Fay Weldon

Przyjaciółki

Przełożyła z angielskiego
Monika Czerniewska

Wydawnictwo „Książnica"

10396746

Tytuł oryginału
Female Friends

Logotyp serii i projekt okładki
Mariusz Banachowicz

Koncepcja graficzna serii
Marek J. Piwko

Ilustracja na okładce
© Kellie More

ISBN 83-7132-884-2
      978-83-7132-884-8

Wydawnictwo „Książnica" sp. z o.o.
Al. W. Korfantego 51/8
40-160 Katowice
tel. (032) 203-99-05, 254-44-19
faks (032) 203-99-06
Sklep internetowy:
http://www.ksiaznica.com.pl
e-mail: ksiazki@ksiaznica.com.pl

Katowice 2006

Skład i łamanie:
mplusm-pracownia

ROZDZIAŁ PIERWSZY

Zrozumieć i przebaczyć. To było główną lekcją, udzieloną mi przez matkę, biedną, cierpliwą, delikatną chrześcijańską duszę, motywem jej postępowania oraz powodem jej śmierci w biedzie, samotności i opuszczeniu. Podeszwy jej lichych kapci, które znalazłam pod łóżkiem i wyrzuciłam, żeby nie przyniosły wstydu przed przedsiębiorcą pogrzebowym, były całkowicie zdarte wskutek nieustannej krzątaniny. Szur, szur. Pucu, pucu. Bezmyślne wycieranie kurzu do końca swoich dni.

W Somerset House — gdzie zapisane jest życie i śmierć każdego z nas, a także wszystkie nasze małżeństwa i rozwody — znajduje się świadectwo urodzenia, które określa mnie jako Evans Chloe, córkę Gwyneth Evans, z domu Jones, i Davida Evansa, malarza pokojowego, zamieszkałych przy Albert Villas nr 10, ulica Caledonian, Londyn N1, urodzoną 20 lutego 1930 roku. Nazwisko Evans, imię Chloe, płeć żeńska. Nie ma tu jeszcze świadectwa mojego zgonu, chociaż wstrząsnęło mną to, że przeglądając akta, które zapełniają te z pozoru niekończące się georgiańskie pokoje, wręcz spodziewałam się je tam znaleźć.

Oczywiście wcześniej czy później to świadectwo dołączy do pozostałych.

Zrozumieć i przebaczyć, mówiła moja matka i być może miała rację, ale mnie wysiłek w to włożony całkiem wyczerpał. Przydałaby mi się złość, żeby natchnąć mnie energią i przywrócić znów do życia. Lecz gdzie szukać tej złości? Kto mógłby mi pomóc? Moje przyjaciółki? Rozumiałam moje przyjaciółki i przebaczałam im, odkąd tylko pamiętam.

Marjorie, Grace i ja.
Tak Chloe myślała sobie przed zaśnięciem.

ROZDZIAŁ DRUGI

— Nie ma sensu odgrzebywać przeszłości — mówi do Chloe jej mąż Oliver, podczas gdy ona siedzi na brzegu łóżka i obserwuje, jak on nalewa sobie kawę z francuskiego kamionkowego dzbanka. Tego dnia życie Chloe ma się zmienić w sposób, w jaki zmienia się życie spokojnych ludzi, poprzez pewną zmianę stanowiska raczej niż zachowania. Dla Chloe jest to całkiem zwyczajny ranek, poza tym że obudziła się z uczuciem radości, ze świadomością, że wreszcie wolno jej będzie zakończyć żałobę po śmierci matki; i teraz, kiedy Oliver mówi, iż nie ma sensu odgrzebywać przeszłości, wszystko się w niej przeciw temu burzy.

Co do Olivera, jest zadowolony, że noc się skończyła — nie dlatego że źle spał, ale dlatego że spał za dobrze i nękały go koszmary. Nad jego mosiężnym łożem bezustannie czają się koszmary, które atakują go, gdy tylko Oliver zasypia zbyt głęboko lub zbyt ufnie. Oliver nie nosi piżamy. Jest drobnym, muskularnym zarośniętym mężczyzną, a włosy na jego piersi zaczynają siwieć. Kiedyś, gdy siedział na łóżku wśród wytwornych białych prześcieradeł, połyskliwe czarne włosy na jego ciele układały się miękko na oliwkowej skórze, a gęste ciemne włosy na głowie wiły się w zwartych lokach na jego skroni, pobudzane, jak Chloe zwykła uważać, przez gwałtowność jego opinii i pasję jego niechęci.

Teraz, gdy Oliver opiera się o poduszki, obleczone brązową praktyczną mieszanką terylenu i bawełny, jego posiwiała pierś nadaje mu nieciekawy wygląd pokonanego, jego pasje stopniały, a włosy na głowie, już przerzedzone, opadają w zupełnie zwyczajny sposób. Rodzina nie dostrzega w nim zmiany. Wyobrażają sobie, że wciąż jest królem świata zewnętrznego, tak jak niepodzielnie panuje na swoim własnym terytorium; w istocie dawno już przestał być władcą imperium. Rządzi w domu i nigdzie indziej.

Oliver dostaje śniadanie na tacy. Nie jada go wspólnie z rodziną. Rano nerwy mu natychmiast puszczają od hałasu i dobrego humoru otoczenia. Kiedy wciąż towarzyszą mu nocne myśli i emocje, piski i wybryki dzieci — z których kilkoro nawet nie jest jego dziećmi — wydają się okropną zasadzką zastawioną specjalnie jemu na złość.

Tak więc gdy Françoise przygotowuje dzieciom śniadanie, Chloe ma zwyczaj zanosić Oliverowi tacę z jedzeniem. Później Oliver idzie do swojego gabinetu, by pisać lub też próbować pisać swoją powieść.

— Tak — zgadza się wbrew sobie Chloe — nie ma sensu odgrzebywać przeszłości.

Ale on nie zadowala się tym natychmiastowym przytaknięciem.

— Czemu więc — pyta — sugerujesz, że miewam koszmary z powodu czegoś, co przydarzyło mi się w przeszłości? Winne są raczej obiady Françoise. Ona gotuje na maśle. Zamiast częstować mnie psychologicznymi frazesami, dlaczego nie namówisz jej, żeby gotowała na oleju?

— Françoise pochodzi z Normandii — mówi Chloe — a nie z południa. Używanie masła ma tam dawne tradycje.

— Chyba nie uważasz, że chce mnie zabić cholesterolem? — pyta pół żartem, pół serio. Koszmary nocne jeszcze się całkiem nie ulotniły.

— Gdyby chciała kogoś zabić — mówi Chloe — to raczej mnie.

Ale Oliver nie jest tego pewien. Gdy Françoise leży pod nim, w jej oczach widać chłód, który zadaje kłam usłużnej powolności jej ciała i słodkim jękliwym westchnieniom. Wyraża swoją niepewność na głos, ale Chloe nie reaguje.

— Mam nadzieję, że nie jesteś w złym humorze — powiada Oliver, dając do zrozumienia, że sam balansuje na jego krawędzi.

— Nie — odpowiada Chloe uprzejmie.

Podciąga żaluzję i spogląda na ogród. Jest marzec. Zimowa pogoda ustąpiła: słońce odbija się w zielonych czubkach żonkili, właśnie wychylających się z czarnej ziemi. Za ciemnozieloną ścianą cisów widzi miedzianą wieżyczkę wiejskiego kościoła, pięknie ozdobioną bujnym grynszpanem. Rozpiera ją radość.

Teraz jednak słońce świeci Oliverowi w oczy. Protestuje, więc dla jego wygody Chloe znów opuszcza żaluzję, ale wcześniej na gładkiej poduszce obok Olivera zauważa długi ciemny włos Françoise. Bierze włos i wrzuca go do kosza. Oliver nie lubi nieporządku.

— Przepraszam, jeśli byłem przykry — mówi Oliver. — Jeżeli masz coś przeciw Françoise, wystarczy, że powiesz.

— Oczywiście, że nie — mówi Chloe i rzeczywiście nie ma nic przeciw.

Ale coś się w niej zmieniło. Naprawdę. Posłuchajcie, co mówi dalej.

— Myślę, że pojadę dzisiaj do Londynu — stwierdza Chloe, która nienawidzi miast, tłumu i samochodów.

— Po co?

Musi pomyśleć, zanim odpowie.

— Chcę się zobaczyć z Marjorie i Grace.

— Dlaczego?

— To moje przyjaciółki.

— Wiem o tym. Nie rozumiem tylko, czemu na przyjaciół wybierasz sobie takie dziwaczne osoby?

— Człowiek nie wybiera przyjaciół. Nabywa ich. Są tak samo obowiązkiem, jak przyjemnością.

— Nawet ich nie lubisz.

Ma rację. Chloe czasem nie lubi Marjorie, a czasem Grace, a czasem obu naraz. Ale to nie ma nic do rzeczy.

— Skąd wiesz, że będą miały czas zobaczyć się z tobą? — ciągnie Oliver. — Nie rzucą wszystkiego, tylko dlatego że przypomniałaś sobie o ich istnieniu. Jesteś wielką egocentryczką.

— Będę musiała zaryzykować.

— Bilet kosztuje majątek — mówi Oliver. — I kto zajmie się dziećmi?

— Françoise.

— Nie możesz wszystkim obarczać Françoise! Jej obowiązki to gotowanie, sprzątanie i prowadzenie domu. Opieka nad dziećmi do nich nie należy.

Czeka, aby żona powiedziała, co jeszcze do nich nie należy, ale Chloe mówi tylko:

— Dzieci są już tak duże, że same mogą się sobą zająć.

I rzeczywiście.

ROZDZIAŁ TRZECI

O wpół do dziesiątej Chloe przeżywa paroksyzm strachu na myśl o wyjeździe do Londynu i naprzykrzaniu się przyjaciółkom, a pięć po dziesiątej, dzięki jakiejś dobrej wróżce budzącej się w niej wreszcie ze snu, odzyskuje odwagę. Dzwoni.

Inigo, Imogena, Kevin, Kestrel i Stanhope są na dworze, wytyczają na trawniku kort na sezon gry w badmintona. Rodzone dzieci Chloe to najmłodsze i najstarsze. Inigo ma osiemnaście lat, a Imogena osiem. Duchowe dzieci Chloe: Kevin, Kestrel i Stanhope, urodziły się pomiędzy nimi. Ich radosne, beztroskie przekleństwa docierają przez ogród, gdy Chloe próbuje uzyskać połączenie z Londynem, a w Londynie z BBC, a w BBC, poprzez szereg recepcjonistek i sekretarek, z Marjorie.

Kto by uwierzył, myśli Chloe, że te dzieci mogą tak lekko używać słów, które kiedyś fruwały nad ich kołyskami z jadowitą wrogością. Suka, sukinsyn, Chryste, kurwa. Chociaż Chloe jest rodzoną matką tylko Imogeny i Iniga, lubi myśleć, że wszystkie dzieci jej właśnie zawdzięczają swoje istnienie. Czworo z nich, Kevin, Kestrel, Stanhope i Imogena, ma wspólnego ojca — niejakiego Patricka Batesa. Ojcem Iniga jest Oliver. Matką Stanhope'a jest Grace. Matka Kevina i Kestrel, Midge (legalna żona Patricka), nie żyje. Imogena zakłada, oczywiście niesłusznie, że jej ojcem jest Oliver. Stanhope nie zna, z powodów jasnych tylko dla jego matki Grace, prawdziwego nazwiska swego ojca. A ponieważ dorośli w poczuciu winy chronią dzieci przed prawdami, które są wszak mniej bolesne od kłamstw, dzieci żyją rzekomo w błogiej niewiedzy, iż Stanhope i Imogena są przyrodnim rodzeństwem nie tylko dla siebie, ale również dla Kevina i Kestrel.

Przynajmniej Chloe wierzy, że żyją.

Wreszcie na drugim końcu linii odzywa się głos Marjorie:

— Dlaczego dzwonisz? — pyta Marjorie. — Wszystko w porządku? Czy coś się stało?

— Nic — odpowiada Chloe.

— Aha — mówi Marjorie. Czy w jej głosie nie pobrzmiewa rozczarowanie? — Miałaś kłopoty z dodzwonieniem się do mnie? W ciągu czterech tygodni cztery razy zmieniałam pokój. Gdybym była mężczyzną, nigdy by się nie ośmielili. Czy wiesz, co każą mi teraz robić? Najnudniejszy serial, jaki tylko można wymyślić. Mnóstwo ludzi męczyło się tygodniami, żeby go wyprodukować. Tak mi powiedzieli. Adaptacja powieści o życiu rozwódki w średnim wieku, ofiary współczesności i zmieniającego się społeczeństwa, w trzynastu odcinkach. To kara za to, że pragnąc odmiany, prosiłam o produkcję serialu *Samochody Zet*. Lubię filmy o gliniarzach i gangsterach, więc dają mi za temat ludzkie cierpienie, że nie wspomnę już o reżyserach, którzy mają tu dożywotnie posady i nie można ich wyrzucić.

Chloe ma blade pojęcie, o czym mówi Marjorie, ale zmuszona jest podziwiać ją za zdolność radzenia sobie w świecie oraz zarabiania w nim pieniędzy. Marjorie nie ma jednak ani męża, ani dzieci, co dla Chloe jest wielkim nieszczęściem i ośmiela ją — chociaż czuje się nic nie znaczącą kurą domową spod Londynu, która nie wie nic o reżyserach ani kontraktach — by spytać, czy Marjorie zje z nią dzisiaj lunch.

— Czy ta francuska dziewczyna wciąż z wami jest? — indaguje Marjorie.

— Tak — odpowiada Chloe takim tonem, jakby chciała spytać: i co z tego?

— W takim razie zjem z tobą lunch — mówi Marjorie — i odwołam dwóch złych reżyserów i jeszcze gorszego pisarza. Chyba wiesz, co się stanie. Ona nie zadowoli się tylko twoim mężem. Zażąda również twoich dzieci i twojego domu. Pozbędą się ciebie w rok i skończysz z niczym.

Jaki prosty pogląd na świat, myśli Chloe, mają kobiety niezamężne. Co Marjorie może o tym wiedzieć? Mówi jej to.

— Całymi dniami czytam scenariusze — odpowiada Marjorie — i takie rzeczy zawsze się w nich zdarzają. Można powiedzieć, że znam życie rodzinne dobrze, chociaż z drugiej ręki. A fikcja, jak twierdzą moi autorzy, jest niczym w porównaniu z prawdziwym życiem. Uważaj na truciznę w zupie. A więc w „Italiano", o wpół do pierwszej.

Odkłada słuchawkę z tą właściwą sobie umiejętnością dawania jedną ręką i brania drugą, nie mówiąc Chloe, gdzie jest ta restauracja.

ROZDZIAŁ CZWARTY

Marjorie, Grace i ja.

Kto by pomyślał, kiedy byłyśmy jeszcze młode i rozpoczynałyśmy razem życie, że Marjorie kiedykolwiek znajdzie się na kierowniczym stanowisku, że przestanie płakać, płaszczyć się, przypochlebiać ludziom i ukaże takie dziarskie, satyryczne oblicze? Żeby nie wspomnieć już o jej zarobkach, które sięgają sześciu tysięcy funtów rocznie.

Biedna mała Marjorie o ciele w kształcie gruszki, kręconych włosach i tłustej cerze, o smutnych zdziwionych oczach i bystrym umyśle, piłująca złudzenia tak, jak nóż kuchenny piłuje bryłę zamrożonej ryby. Zmaga się z jednym odrzuceniem za drugim, zbyt uczciwa, by udawać, że nigdy odrzucona nie była.

Marjorie nie płakała, jak mi mówi, od dwudziestu pięciu lat. Wylała swoje łzy w dzieciństwie, tłumaczy; zużyła je wtedy wszystkie. I na odwrót, Grace, wówczas o suchych oczach, teraz jest płaczliwa. Widać każdy musi w życiu przejść przez swoje. Tak powiedziałaby moja matka. Wydaje się, że wraz z kanalikami łzowymi reszta Marjorie również uschła. Macica, skóra, serce, umysł. Właściwie odkąd umarł Ben, miłość jej życia, usycha na naszych oczach. Tylko raz w miesiącu, zawsze podczas pełni księżyca, wykrwawia się prawie na śmierć.

Biedna mała Marjorie skazana przez los, by żyć jak mężczyzna, czerpać przyjemności seksualne tam, gdzie je znajdzie, zadowalać się z konieczności tylko własnym istnieniem. Bez potomstwa, pozbawiona tych wycieczek w przeszłość i przyszłość, którymi płodniejsze z nas, lepiej zakorzenione w nieprzerwanym strumieniu pokoleń, wzbogacają swoje życie. Wciąż jednak walcząca ze swoim kobiecym ciałem i szalejącymi hormonami.

ROZDZIAŁ PIĄTY

Jest dziesiąta piętnaście. Jeśli Chloe ma zamiar zdążyć do „Italiano" na lunch, będzie musiała złapać pociąg do Liverpool Street Station o jedenastej piętnaście. Ale zanim opuści dom, tak niespodziewanie, zakłócając jego płynną rutynę, poniesie spodziewane konsekwencje.

Najpierw musi wytłumaczyć swoje postępowanie dzieciom, które zanim dadzą jej duchową zgodę na wyjazd, będą chciały wiedzieć, dokąd jedzie, dlaczego i z jakimi podarunkami wróci. Tak więc:

Imogena (8): Do Londynu? Czy ja też mogę pojechać?

Chloe: Nie.

Imogena: Dlaczego nie?

Chloe: Bo to nudne.

Imogena: Nie, wcale nie.

Chloe: Właśnie, że tak. Jadę tylko porozmawiać z moimi znajomymi.

Inigo (18): Jeśli tam jest nudno, to dlaczego jedziesz?

Chloe: Bo miło jest czasem stąd wyjechać.

Stanhope (12): Tu jest miło.

Kestrel (12): Czy coś przywieziesz?

Chloe: Jeśli mi się uda.

Kevin: To znajomi czy znajome?

Chloe: Znajome.

Inigo: Mam nadzieję.

Imogena: Dlaczego nie mogę z tobą jechać? Tu nie ma co robić. Oni będą w kółko grali w nudnego badmintona.

Chloe: Możesz pomóc Françoise.

Imogena: Nie chcę pomagać Françoise. Chcę jechać z tobą.

Stanhope: Pozdrów moją matkę, jeśli ją zobaczysz. Czy to z nią będziesz się widzieć?

Chloe: Wiesz, że twoja mama zmieniła mieszkanie. Pewnie jest teraz bardzo zajęta.

Imogena: Skoro wyjeżdżasz, to czy możemy zjeść na lunch rybę z frytkami? Ze smażalni?

Chloe: To bardzo kosztowne.

Kestrel: Tak samo jak wyjazd do Londynu.

Chloe: No dobrze.

Inigo: Czy ojciec zawiezie cię na stację?

Chloe: Nie sądzę. Teraz pracuje.

Inigo: Ja cię podrzucę.

Och, wspaniałomyślny Inigo! Tydzień temu zdał egzamin na prawo jazdy.

Następna jest Françoise, mamrocząca nad marynatą. To krępa mądra dziewczyna o bujnym owłosieniu, nie tyle ładna, co wyglądająca zmysłowo. To czysty przypadek: zmysłowość ma więcej wspólnego z nisko osadzonymi brwiami i krótką górną wargą niż z jej charakterem.

Françoise: A co z lunchem dla dzieci?

Chloe: Chcą rybę i frytki.

Françoise: To wielka rozrzutność.

Chloe: Tylko ten jeden raz. Inigo może zawieźć cię do wioski samochodem.

Françoise się uspokaja. Nawet uśmiecha.

Chloe: Pięknie pachnie ta marynata.

Françoise: Mięso będzie się moczyć tylko przez cztery godziny. To za mało. Powinnam je namoczyć zeszłej nocy, ale jestem zmęczona i przez to zapominam.

Chloe: Jeśli chcesz mieć jutro wolne...

Françoise: Jutro muszę przygotować *lièvre* na niedzielny obiad. To ulubione danie Olivera. Jak jest *lièvre* po angielsku?

Chloe: Zając.

Françoise skończyła kurs angielskiego dla zaawansowanych, ale cały czas się uczy.

Po Françoise czas na Olivera. Ale Oliver umocnił swoją dezaprobatę wobec wyjazdu Chloe, zamieniając ją w obojętność. Pracuje w swoim gabinecie, a nawet, wyjątkowo, pisze na maszynie. Zazwyczaj gdy Chloe zagląda do niego późnym rankiem, siedzi tylko zamyślony, wpatrując się w okno.

Oliver: Więc jedziesz?

Chloe: Tak, czy dobrze ci idzie?

Oliver: Piszę list do „Timesa". Nie wydrukują go.

Chloe: Dlaczego nie? Przecież mogą.

Oliver: Nie wydrukują, bo go nie wyślę.

Chloe: Nie chcesz mi dzisiaj czytać? Mogę odłożyć wyjazd.

Oliver ma zwyczaj czytać Chloe na głos skończone rozdziały przed poprawieniem tego, co już napisał.

Oliver: Nie bądź niemądra.

Odwraca się do maszyny. Nie jest to zachęta do wyjazdu, ale przynajmniej przyzwolenie.

Podczas gdy Inigo wyprowadza morrisa z garażu, Chloe dzwoni do Grace pod jej nowy adres przy Holland Park i pyta, gdzie jest restauracja „Italiano".

— Będzie dla ciebie lepiej, jeśli nigdy się nie dowiesz — mówi Grace.

— Proszę cię. Spieszę się.

— Nad przejściem podziemnym przy Shepherd's Bush. Wybierz spaghetti i unikaj cielęciny.

— Jeszcze jedno. Czy mógłbyś porozmawiać ze Stanhope'em? Teraz są ferie. Wielkanoc. Przyjechał wczoraj. Czy mam go zawołać do telefonu?

— Teraz się pakuję — mówi Grace. — Dziś wieczorem jadę z Sebastianem do Cannes. Wyślę Stanhope'owi pocztówkę. Spodoba mu się. Tak naprawdę to on nie lubi ze mną rozmawiać. Wiesz o tym. Krępuje go rozmowa ze mną, nawet przez telefon. Naprawdę niewiele nas łączy. Nudzisz, Chloe.

— Jest twoim synem.

— Mówisz tak tylko wtedy, kiedy ci wygodnie. Przypuszczam, że Kevin i Kestrel też są u ciebie?

— Tak.

Zapada cisza. Wiele osób wini Grace za śmierć Midge. Midge, matki Kevina i Kestrel.

— Ależ z ciebie męczennica... — Grace mówi tylko tyle. — Przypuszczam, że ta francuska dziewczyna już jest w łóżku Olivera?

— Tak. Jak zwykle.

— Gratuluję. Teraz więc masz szansę. Możesz wyrzucić Olivera z domu, rozwieść się i żyć za jego pieniądze do końca życia.

— Nie chcę.

— Czego? Rozwieść się czy żyć za jego pieniądze?

— Ani jednego, ani drugiego. Naprawdę muszę już iść. Pociąg mi ucieknie.

— Myślę, że to wszystko jest chore — mówi Grace. — Czy chcą, żebyś ich oglądała?

— Nie bądź głupia — mówi Chloe, wstrząśnięta.

Grace uwielbia szczegóły. Będzie wgłębiać się w tragedie i okrucieństwa, żądając wszystkich szczegółów porodu, gwałtu, ataków serca, wypadków samochodowych, samobójstw i morderstw, chociaż opowiadający już dawno ma dość swojej opowieści. „Tak, ale co on powiedział? Czy krzyczała? Czy oczy wypadły mu z orbit? Gdzie on to właściwie położył i jak? Czy kierownica przebiła go na wylot? Tak, ale gdzie spalili łożysko?" Grace wie wszystko o łożyskach i jak, z prawnego punktu widzenia, powinny być spalone. Oraz to, że jeśli akuszerka po domowym porodzie nie może znaleźć odpowiedniego paleniska, musi zanieść łożysko do szpitalnego pieca. W przeciwnym wypadku mogą je porwać czarownice.

— Jeśli nie chcą, żebyś ich oglądała — mówi Grace — to nie jest to chore, tylko nudne. Czy możesz przyjść do mnie po południu, po lunchu?

— Tak — mówi Chloe, chociaż ze ściśniętym sercem. Dlaczego? Grace jest przecież jej przyjaciółką.

— Z kim jesz lunch?

— Z Marjorie.

— Tak właśnie myślałam — mówi Grace. — Tylko Marjorie chodzi do „Italiano", choćby po swoim trupie, a prędzej czy później trupem padnie, jeśli tknie minestrone. Pozdrów ją ode mnie i powiedz, że mam nadzieję, iż nie wsadzi swoich wąsików do zupy.

Podaje Chloe swój nowy adres i odkłada słuchawkę.

Grace, która już dawno skończyła czterdziestkę, żyje z dwudziestopięcioletnim Sebastianem. Chloe czuje, że duchowo przewyższa Grace.

ROZDZIAŁ SZÓSTY

Grace, Marjorie i ja.
Kto by to pomyślał, kiedy byłyśmy młode.
Grace, tak utalentowana, śmiała i wytrwała, teraz żyje z mężczyzn. Cóż, tak już jest ten świat skonstruowany, większość kobiet tak czyni, wszyscy przecież musimy jakoś żyć.

Grace narzeka na długi i trudnych kochanków, ale zawsze ma jakiś dom na sprzedaż, kopię Rembrandta pod zastaw, kogoś, kto zaprasza ją na kolację albo zostaje na noc w jej łóżku. Inne obawiają się nędzy, utraty pracy, opuszczenia, rozwodu, śmierci. Grace obawia się braku dobrego fryzjera. Jest to niewątpliwy rezultat wielu nieprzyjemnych doświadczeń, które zahartowały ją jak psa Pawłowa, ale podejrzewam, że była ofiarą nader chętnie biorącą udział w eksperymencie.

Grace jest piękna, ale często nieprzyjemna i myślę czasami, że ta jej druga cecha pociąga ludzi bardziej niż pierwsza.

Pomimo upływu lat Grace jest wciąż piękna — tak jakby odżywiała się napadami złego humoru i łzami. Kiedy płacze, wygląda okropnie. Widziałam ją wiele razy z czerwonymi oczami, opuchniętymi i brzydkimi; usta nabrzmiałe od ciosów, szyja zaznaczona nie miłosnymi ukąszeniami, ale śladami po duszeniu, które sama niewątpliwie prowokuje. Następnego dnia — nikt by nie zgadł: wszystko jest znów gładkie i efektowne, naszyjnik na jędrnej białej szyi, oczy jasne, kpiące i obojętne.

Łatwo jest zranić Grace, ale goi się ona podejrzanie szybko.

ROZDZIAŁ SIÓDMY

Marjorie, Grace i ja. Jak niemądrze kochałyśmy.
Grace kochała swojego Christiego, arcyłotra stulecia, a potem siebie (i jest, jak mówią, swoim własnym najgorszym wrogiem).
Marjorie kochała i wciąż kocha swoją matkę, która często zapominała nie tylko jej imienia, ale nawet o jej istnieniu.

Ja, Chloe, kochałam Olivera.

Wszystkie, chociaż nie w tym samym czasie, kochałyśmy Patricka Batesa, a Marjorie wciąż go kocha, oby wyszło jej to na zdrowie.

Obecnie prawie nie wiem, co znaczy słowo „miłość". Pamiętam, że moja matka powiedziała mi kiedyś, iż jest to siła, dzięki której ludzie krążą wokół siebie na stałej orbicie i w ustalonej odległości, jak planety wokół Słońca albo jak Księżyc, ten zimny drań, wokół Ziemi.

Moja matka, biedna nieboszczka, przez dwadzieścia lat kochała potajemnie swojego pracodawcę, który ani razu nie odbył z nią fizycznego stosunku, więc taka wizja miłości łatwo jej przychodziła. I rzeczywiście jest prawdą, że sile, która przyciąga nas do innych, towarzyszy siła, która jednocześnie odpycha — zmusza, by wiecznie tańczyć i żonglować w ramach naszych wewnętrznych przestrzeni, jak ćmy w smudze światła, nigdy za intymnie, zawsze za blisko, by krążyć wokół obiektu naszego uczucia, pragnąc połączenia, a jednocześnie się go obawiając.

Pamiętam miłosne oczarowania. Oczywiście. Czasem coś się stanie. Na przykład poranne słońce w ogrodzie, piosenka, zapach, dotknięcie ręki — i ciało pamięta, jak wygląda miłość, i dusza dźwiga się w górę, jeszcze raz pewna istnienia swego Stwórcy; i cała jaźń znów drży na wspomnienie tego uniesienia, które kiedyś tak przeobrażało nasze biedne opętane ciała, nasze biedne opętane umysły.

Nie wyszło nam to na dobre.

ROZDZIAŁ ÓSMY

Marjorie, Grace i ja. Jak niemądrze kochałyśmy, jakie jesteśmy zabójcze. Razem urodziłyśmy sześcioro dzieci, ale jakby dla równowagi, doprowadziłyśmy do śmierci sześć spośród najbliższych i najdroższych nam osób. I chociaż świat nie uznałby tych zgonów za morderstwo, wiemy w głębi serca, że to b y ł y morderstwa. To, że ludzie ci leżą teraz martwi w trumnach, zostało spowodowane albo naszym zaniedbaniem, albo naszymi życzeniami rychłej śmierci, zatruwającymi atmosferę wokół nich, kiedy jeszcze żyli. A może przygniotłyśmy ich wielkim ciężarem matczynej czy żoninej miłości i skruszyłyśmy w nich życie i ducha?

Nasza wina.

Grace zabiła swojego Christiego. Stało się to nazajutrz po zawarciu przez niego trzeciego małżeństwa, z Californią: Grace nie dała mu zmrużyć oka przez całą noc, dzwoniąc najpierw przez telefon, potem do drzwi wejściowych, wreszcie wykrzykując nieprzyzwoite porady dla Californii, aż została usunięta przez policję. Następnego ranka wyczerpany Christie zjechał swoim nowym maserati z autostrady M1 i zabił się, nie od razu, ale w straszny sposób. Wraz z nim odeszły alimenty i Grace nie pozostało nic (w jej kategoriach) oprócz zniszczonego domu w St. John's Wood. California, ta mała hipiska, miała cwanych prawników oraz kontrakt małżeński, w którym przewidziano prawie natychmiastowe wdowieństwo, i w ciągu nocy została milionerką.

Marjorie zabiła swojego Bena, z którym żyła (według ówczesnej terminologii) w grzechu. Któregoś wieczoru Ben zmieniał żarówkę i wyciągając rękę, by wziąć nową od wolno poruszającej się Marjorie, spadł z krzesła, uderzył się w szyję, a później pojechał na izbę przyjęć, żeby wyjaśnić, dlaczego go boli.

Nie było go trzy godziny, kiedy zadzwonili ze szpitala i poprosili Marjorie, aby go odebrała, więc pojechała i spotkała staruszka w zniszczonych butach i białym kitlu, który zaprowadził ją do chłodnego wykafelkowanego pokoju, gdzie okrągły księżyc połyskiwał przez mleczne szyby. Wyciągnął ze ściany szufladę, a w niej leżał martwy Ben. Później powiedziano jej, że złamał przy upadku kręgosłup i gdy tak czekał w kolejce do lekarza, jakimś niesłychanym trafem dwa kawałki kości, ocierając się o siebie, przecięły któryś ważny nerw.

Marjorie była w szóstym miesiącu ciąży i niewątpliwie to jej niezręczność spowodowała, że Ben musiał sięgnąć za daleko i spadł. Dziecko urodziło się przedwcześnie i też zmarło.

Dwa zgony na koncie Marjorie. Nawet nie zaproszono jej na pogrzeb Bena — jego rodzina również uznała, że to była jej wina, zabójczej uwodzicielki. A dziecko nawet nie miało pogrzebu.

Doktor zawinął je po prostu i zabrał, tak jak to robi weterynarz z martwym zwierzęciem.

Co do mnie, Chloe, zabiłam swoją matkę, wysyłając ją do szpitala na usunięcie macicy, czego tak naprawdę nigdy nie chciała. Jej macica, ten drobny organ, taki mały, gdy nie jest w użyciu, a w jej wypadku już całkiem niepotrzebny, okazał się w końcu rakowaty, a nie tylko, jak utrzymywałam, usiany mięśniakami.

Niesamowite jest też to, że choroba, uśpiona do chwili rozpoznania, rozwija się i rozszerza, kiedy zaczyna się o niej mówić. To tak, jakby ciało wpadło na jakąś myśl i potem nie mogło się jej pozbyć. Matka nie chciała iść do szpitala; to był mój pomysł. Denerwowała mnie jej bierność: czułam, że musi mieć fizyczną przyczynę, nie tylko podłoże w kobiecej naturze. Gdyby mogli to usunąć, myślałam, wyciąć to z niej i już, miałaby się lepiej, zaczęłaby o siebie dbać, przestałaby cierpieć, przestałaby przebaczać i rozumieć mnie, moje dzieci, męża, przyjaciółki i swoją własną depresję.

Ale moja matka po prostu zmarła, jakby ten maleńki bezużyteczny organ był siłą napędową jej istnienia.

ROZDZIAŁ DZIEWIĄTY

Inigo odwozi swoją matkę Chloe na stację w Egden. Prowadzi bez wahania ani strachu, rozważnie i spokojnie, wyraźnie uważając tę maszynę za pożyteczne narzędzie, a nie przedmiot dający ujście jakimś utajonym i ciemnym aspektom jego osobowości.

Trudno jej zgadnąć, co takiego zrobiła, by zasłużyć na ten wzór doskonałości o szerokich ramionach i przyjaznych oczach, gładkiej oliwkowej skórze i lśniących, czarnych sprężystych włosach, tak podobny do ojca z wyglądu, ale tak różny w zachowaniu, który zwraca się do niej z czułością, a do swego ojca z należnym szacunkiem, tylko nieznacznie zabarwionym kpiną; który zdaje egzaminy, bierze narkotyki w umiarkowanej ilości, unika wrogów i rozumie przyjaciół, a ma ich mnóstwo; teraz zaś nie tylko odwozi ją na stację, ale robi to z własnej woli.

Może, myśli dalej, z płaskiego krajobrazu hrabstwa Essex, którego zupełny brak charakteru potrafi przyprawić ją wręcz o depresję i które nadaje się tylko pod uprawę kapusty, pod lotniska i miejską zabudowę, Inigo wycisnął to, co spokojne i dobre; albo raczej sam, skoro Bóg tego dlań nie uczynił, wymościł sobie własne gniazdo pełne wdzięku i piękna, w którym wzrastał.

Nawet żywopłoty z jej młodości zniknęły, wyrwane przez postęp i maszyny do zbioru kapusty. Słońce skryło się za chmurami. Wczesna obietnica dnia nie spełniła się. Nieliczne pozostałe drzewa o starych konarach stoją brązowe i suche; na polach leżą pozostałości po zimie.

Jaki to los, zastanawia się Chloe, skazał ją na spędzenie życia na tych kilku angielskich milach kwadratowych? Najpierw dawno temu w Ulden, jako córkę Gwyneth i przyjaciółkę Marjorie i Grace. Potem, po krótkim wytchnieniu, jako żonę Olivera w Egden, oddalonym o dziesięć mil koleją.

A tam gdzie teraz jest supersam w Egden, stał wiejski szpital, w którym urodziła się Grace, pierwsza i jedyna córka Edwina i Esther Songfordów. A może tylko tak uważali — Grace miała w zwyczaju podważać ich rodzicielstwo, a wraz z tym swoje obowiązki wobec nich. I nie bez odrobiny racji — mniej więcej rok po urodzinach Grace w targowym mieście Egden i w okolicznych wioskach wybuchł skandal, po którym definitywnie zamknięto wiejski szpital, gdyż pewna starsza i ekscentryczna matrona wymyśliła nowy, naukowy sposób identyfikowania noworodków według odcisków ich paluszków u stóp, co spowodowało zamieszanie wśród pielęgniarek, prawie pewne pomyłki przy identyfikacji dzieci oraz, ponad trzy lata później, konieczną zamianę sześciorga dzieci pośród sześciu par małżeńskich na podstawie badania krwi, wyglądu zewnętrznego, zachowania oraz oczywiście zgodnie z instynktem rodzicielskim. Ku radości prasy, zarówno krajowej, jak zagranicznej. Sześciorga na pewno, a ilu dzieci nie na pewno? Przez całe dzieciństwo oraz później Grace lubiła w wyobraźni stawać się dzieckiem wielu bogatych i arystokratycznych małżeństw. Wiara, że zostało się zamienioną przy porodzie, jest dość powszechna wśród małych dziewczynek — a jeśli, podobnie jak szalonej matronie, dać Grace palec, chwytała całą rękę i nigdy nie pomagała swojej matce zmywać, nawet gdy pomoc domowa miała wolne.

Songfordowie mieszkali w Ulden w okazałym edwardiańskim domu zwanym „Pod Topolami". Był tam duży ogród, rząd topól chroniących od wiatru, huśtawka dla dzieci, kort tenisowy, duże strychy, ogrodnik, dochodząca pomoc domowa, spiżarnia pełna zawekowanych kompotów i dżemów, bawialnie z perkalowymi zasłonami, zapadającymi się sofami, perskimi chodnikami, chińskimi dywanami, wieloma bambusowymi meblami, wschodnimi bibelotami, pamiątkami z armii hinduskiej, z której zwolniono ojca Grace, oraz z jedną biblioteczką, zawierającą dwanaście tomów Encyklopedii Brytyjskiej, jakieś przewodniki, atlas, dwie powieści Dornforda Yatesa, trzy kryminały Sappera oraz *Światło, które zgasło* Rudyarda Kiplinga.

Do tego właśnie domu w 1940 roku ewakuowano Marjorie, przybyłą pociągiem, który zatrzymał się w Ulden przez pomyłkę. Chloe również jechała tym pociągiem przez pomyłkę i tylko dzięki temu szczęśliwemu zbiegowi okoliczności Chloe oraz jej matka Gwyneth, która miała objąć posadę w gospodzie „Róża i Korona", mogły wysiąść w Ulden.

Kiedy jesteśmy dziećmi, tyle rzeczy dzieje się przez pomyłkę. Kiedy dorośliejemy i postrzegamy pewien porządek rzeczy, musimy przyznać, że nie ma czegoś takiego jak przypadek. Robimy nietaktowne uwagi, bo pragniemy kogoś zranić, łamiemy nogi, bo nie chcemy chodzić, wychodzimy za nieodpowiedniego człowieka, bo nie pozwalamy sobie na szczęście, wsiadamy do niewłaściwego pociągu, bo wolimy nie dotrzeć do celu.

Co zaś możemy powiedzieć na temat pociągu, który zatrzymuje się na niewłaściwej stacji, wypluwa nie w tym miejscu co trzeba sześcioro dzieci i zmienia bieg ich życia?

ROZDZIAŁ DZIESIĄTY

Wyobraźcie sobie teraz scenerię jesiennego poranka 1940 roku, gdy pociąg wiozący Marjorie i Chloe zbliża się do Ulden. Wraz z ojcem, który jest niekoronowanym królem całej wioski, na stacji czeka Grace, księżniczka, ubrana bardziej jak książę w spodnie i sweter, wbrew poleceniu matki, ale w zgodzie z jej najskrytszymi życzeniami. Matka chciała mieć chłopca.

Czu, czu, uff, uff, przez płaskie pola. Wygląda to na scenę z ciuchcią zabawką. Dzień jest gorący, spokojny, bezchmurny. W Londynie szaleje panika, ale tutaj nie. Możliwe, że wojenne chmury rozciągają się gdzieś nisko nad południowym wschodem, ale tu są mądrze odpierane przez ceny minimalne na płody rolne i dotacje dla rolnictwa. Wreszcie pełne zatrudnienie na tym obszarze dzięki układaniu na błoniach w Ulden pasów startowych dla spitfire'ów. A z tych chmur, prosto w słońce, wyłania się pociąg z dwoma wagonami. Biały dym z lokomotywy wdzięcznie unosi się ponad pola, na których ludzie wykopują cebulki żonkili i sadzą ziemniaki.

W ciuchci obraz nie jest już tak przyjemny. Oba wagony (jedyne, jakie można było zdobyć) pełne są przerażonych, płaczących, niesfornych, wymiotujących, załatwiających się dzieci. W wagonach nie ma toalet. Pod nogami brak wolnego miejsca. To uchodźcy z Londynu. Zostali pospiesznie oznakowani i wysłani tam, gdzie bezpiecznie, z dala od bomb Hitlera. Wielu nie zdążyło się pożegnać z rodzicami. Większość nie wie, co się z nimi dzieje. Kilkoro na pewno wolałoby nie żyć, niż być tutaj.

Wśród tego zgiełku mała Chloe siedzi grzeczna i wyprostowana jak zwykle, mocno trzymając rękę swojej matki, Gwyneth. W tym pociągu matki są bezsprzecznie czymś cennym. Gwyneth zaś wręcz robi się słabo ze zdenerwowania. Otoczona przez nędzę i brud, pozbawiona jest tego, co dla niej niezbędne — wody, mydła, wiadra i ścierki.

Co więcej, znalazłszy się w tym pociągu przez przypadek, gdyż pomyliła peron siódmy z ósmym, Gwyneth rozstała się z dwoma skrzyniami, w których cały jej ziemski dobytek był starannie zapakowany, poukładany i przełożony bibułką. Teraz zaprząta ją myśl, że w elastycznej jedwabnej kieszeni mniejszej skrzyni, wraz ze świadectwem urodzenia i zwiniętym rulonikiem maleńkich pejzaży jej męża, jest medyczna karta przebiegu jego choroby. Gwyneth ukradła ją ze szpitala, w którym umarł, i ciągle się lęka, że ktoś ważny ją znajdzie i przedstawi jako dowód przestępstwa. W każdym razie sama nie mogła się zmusić, aby ją zniszczyć. Teraz tego żałuje. Przypuśćmy, że przeszukają skrzynię, znajdą kartę i wsadzą Gwyneth do więzienia? Co wtedy stanie się z Chloe?

Co się stanie z Chloe? Przez ostatnie dziesięć lat był to refren w życiu Gwyneth.

Gwyneth postanawia zniszczyć kartę, gdy tylko skrzynia dotrze do „Róży i Korony". Zaczyna nowe życie jako barmanka i dziewczyna do pomocy, w zamian za nocleg, wyżywienie dla siebie i Chloe oraz pięć szylingów kieszonkowego tygodniowo.

Poza tym Gwyneth bardzo lubi sprzątać, a ponieważ jest wdową z dzieckiem, tak właśnie powinna wyglądać jej przyszłość.

ROZDZIAŁ JEDENASTY

Naprzeciwko Chloe i Gwyneth siedzi nieładne, chude zapłakane dziecko o jasnych, głęboko osadzonych, lekko zezowatych oczach, zerkających spod zmarszczonych brwi. Marjorie. Ma burzę kręconych włosów, które są odgarnięte z czoła i spięte tuzinem brązowych metalowych spinek. Nie jest przyzwyczajona do sposobu mówienia i zachowania się reszty dzieci w przedziale. Do niedawna Marjorie była otoczona troskliwą opieką. Któregoś dnia jej ojciec, Dick, zdenerwował wszystkich, zaciągając się do wojska, a jej matka, Helen, zabrała ją z prywatnej szkoły gdzieś w Anglii i zapisała do miejscowej szkoły państwowej, którą wkrótce zamknięto. Teraz szkołę, ponownie czynną przez zaledwie tydzień, ewakuowano, a Marjorie wraz z nią.

A Helen, matka Marjorie, piękna Aryjka o wzniosłych zasadach, napisała w liście do swego przystojnego, udręczonego żydowskiego męża o wzniosłych zasadach, ojca Marjorie, zaledwie zeszłego wieczoru:

Wszyscy bierzemy w tym udział. Dla Marjorie będzie najlepiej, jeśli spróbuje szczęścia razem z innymi. Myślę, że jest teraz gdzieś w Essex. Wiejskie powietrze powinno wyleczyć jej pryszcze — obawiam się, że Londyn strasznie źle na nie wpływał. Pojadę ją odwiedzić tak szybko, jak tylko się da, chociaż wiesz, jak te pociągi kursują, poza tym zaoferowałam się przeznaczyć dom na go-

ścinę dla polskich oficerów i zostanę ich gospodynią, więc możesz sobie wyobrazić, jak bardzo będę zajęta. Nie martw się — wszystkie twoje książki i papiery schowałam bezpiecznie na strychu — a bibliotekę przygotowałam na tańce. Biedni mężczyźni — ta wojna jest taka okropna: zasługują na pełny relaks.

Dick, stacjonujący gdzieś w Szkocji i nadzorujący produkcję butów z cholewami dla Kobiecego Korpusu Królewskiej Artylerii, nie jest w stanie sprzeciwić się czemukolwiek. Wprawdzie Helen nie poradziła się go w sprawie zabrania Marjorie ze szkoły, ale on również nie poradził się Helen w sprawie wstąpienia do wojska. Któregoś wieczoru przyszedł po prostu do domu, spóźniony z jakiegoś powodu, powiedział „zrobiłem to" i następnego dnia już go nie było. Czy to jest odpowiedzialne zachowanie?

Jeśli Helen złożyła jego książki i papiery na strychu, gdzie przecieka dach, to jego wina, bo zamiast zająć się dachem (chociaż wiele razy go o to prosiła), chodził na zebrania polityczne. Jeśli chce być mu niewierna na deskach biblioteki (taniec zawsze ją podnieca i oboje o tym wiedzą), na jego łóżku albo nawet w korytarzu, wręcz na oczach służących, to będzie, bo on na to zasługuje i wie o tym. Albowiem tej nocy, kiedy urodziła się Marjorie, Dick spał z żoną kolegi — była drugą kobietą w jego życiu, z którą się kochał — a żona kolegi w przypływie albo złośliwego poczucia winy, albo nudy powiedziała o tym Helen. Dick wie o wszystkim i czuje się bezradny.

Dick prawie nie zna swej córki Marjorie. Najpierw miała nianię, a potem poszła do szkoły. Przypuszcza, że będzie jej dobrze. Nie jest ładna i żal mu jej, ale teraz jego życiem stała się armia. Potrafi walczyć z Hitlerem. Z Helen nie.

Helen natomiast nie potrafi zrozumieć, co takiego zrobiła podczas tych wszystkich cudownych, roześmianych lat bezdzietnego małżeństwa, że została ukarana osobą Marjorie. Rodząc tę nieładną, łaszącą się do wszystkich dziewczynkę, straciła męża.

Mała Marjorie, odrzucona i osamotniona, siedzi teraz z kartką zawieszoną na szyi, patrzy na rączkę Chloe, odzianą w rękawiczkę, spoczywającą tak bezpiecznie w dłoni Gwyneth, i zaczyna płakać. Chloe, która tęskni za bezpieczeństwem tabliczki na szyi, jest chora od hałasu, zapachu wymiotów i jeszcze gorszych rzeczy i też zaczyna płakać.

Płacz udziela się Gwyneth. Wyjmuje z kieszeni nieskazitelną chusteczkę i wyciera twarz córki, własną, a także twarz Marjorie, skoro znalazła się pod ręką. Wreszcie pociąg dojeżdża do Ulden. Miał, jak wiemy, jechać dalej do Egden, a tylko pociąg sanitarny z peronu szóstego miał zatrzymać się w Ulden, ale maszynista nie zrozumiał polecenia.

ROZDZIAŁ DWUNASTY

Na peronie Edwin, ojciec Grace, przewodniczy komitetowi powitalnemu. Jest tęgim łysym mężczyzną o grzmiącym śmiechu. Uważa, że przyjął właściwą postawę żołnierską, to znaczy stoi sztywno z wyprostowanymi plecami i wysoko uniesionym podbródkiem. Tak właśnie śmiało i dzielnie, doskonale zebrany w sobie, bez cienia słabości lub rozpaczy, prosty jak struna wyciągał rękę, w którą ojciec wymierzał mu razy, gdy świadectwa szkolne były złe — a zawsze były; tak samo stojąc, już starszy, odbierał dumne parady i tak samo się prężył, kiedy sąd wojenny zwolnił go ze służby, do której został urodzony i wychowany. Nie jest zdrowo całe życie stać na baczność, więc często miewa teraz kłopoty z kręgosłupem.

Edwin zbliża się do pięćdziesiątki i sądzi, że dobrze przystosował się do cywilnego życia, chociaż wciąż czasami, nawet po piętnastu latach, dziwi go przebudzenie w domu pełnym perkalików, wśród miękkich kobiecych głosów, a nie wśród stukotu obcasów, szczęku broni i rozkazów. Wtedy zrozpaczony leży długo w łóżku i czeka na śmierć, a na dole Esther coraz bardziej gorączkowo dzwoni talerzami przy śniadaniu.

Edwin ma oczy nabiegłe krwią, ukryte pod powiekami i osadzone blisko siebie na wąskiej twarzy. Nos długi i cienki; wąsy, w kształcie kierownicy roweru, przecinają jego twarz kępkami sztywnych ryżawych włosków i zwisają, przykrywając wrażliwe usta.

Jest człowiekiem zajętym, chociaż nie pracuje zawodowo. Może i jest zdegradowany — wiedzą o tym wszyscy — ale pochodzi ze szlachetnego rodu i ma obowiązki wobec wioski. Pokazy kwiatów, festyny, poczucie misji, zasady głoszone w pubie. Ileż to razy wybierał się do Londynu na spotkania z prawnikami, którzy stoją mu na drodze do spadku. Martwi się też o swój źle zainwestowany kapitał, którego może już nigdy nie ugryźć, jeśli wziąć pod uwagę rzekomą rozrzutność żony. Musi sobie radzić z własnymi gwałtownymi napadami lęku i przygnębienia. Teraz przyszło mu organizować obronę cywilną. Co wieczór zaś ma w zwyczaju odwiedzać „Różę i Koronę", gdzie od ósmej trzydzieści do zamknięcia okupuje Zaciszny Kącik. Alkohol pije jak dżentelmen. Albo tak mu się tylko wydaje.

Jego żona ma na ten temat inne zdanie, ale nic nie mówi. Grace jest jedynym dzieckiem Edwina i Esther. Oboje bardzo boleją nad tym, że nie mają więcej dzieci, ale w ciągu minionych lat osiągnęli taki stan seksualnej niemocy, że jakim cudem mieliby je począć?

Tymczasem Grace, stojąca na peronie, jest w złym humorze.

ROZDZIAŁ TRZYNASTY

Grace nie chce dzielić domu z wysiedleńcem. Zawiodła się na swoim ojcu, że tak potulnie podporządkował się władzom, które nałożyły na nich ten obowiązek. Poza tym miała nadzieję, że po skończeniu dwunastu lat zostanie wysłana do internatu. Teraz gdy nastała wojna, gdy szanse ojca na spadek maleją, a także gdy spadają jego akcje, wydaje się, że nigdy nie będzie mogła opuścić domu.

Grace wie, że jeśli będzie musiała chodzić do wiejskiej szkoły — a wszystko na to wskazuje — jej upokorzenie będzie całkowite. Nie bez powodu wątpi w swoje zdolności i obawia się, że inne dzieci, ten brudny motłoch, będą lepiej sobie radzić niż ona z matematyką i ortografią.

Grace jest szczupłą, ładną arogancką dziewczynką o szerokiej twarzy, regularnych rysach, zielonych oczach, jedwabistych rudych włosach i kremowej matowej cerze, która często idzie w parze z takimi włosami. Nie przypomina ani ojca, ani matki. Nerwy sprawiają, że jest opryskliwa, a frustracja doprowadza ją do rozpaczy — zawsze, odkąd pamięta, czuła się spięta i sfrustrowana.

Tak więc tego ranka „Pod Topolami", przy śniadaniu — z pietyzmem, choć niezdarnie podanym przez Esther Songford, matkę Grace, żonę Edwina — toczy się rozmowa. Esther serwuje owsiankę, jajka, bekon, nereczki, grzanki, pieczarki — wstała wcześnie rano, żeby je zebrać, więc przynajmniej są świeże, chociaż rozgotowane — oraz herbatę „Jackson Breakfast".

Kartki na żywność oczywiście na razie dają się we znaki tylko masom miejskiego proletariatu. Zamożni nie muszą rezygnować ze swoich upodobań. Wojna w gazetach to za mało, żeby zmienić służalczą postawę sklepikarzy. Dopiero prawdziwa wojna sprawi, że staną się wszechmogącymi tyranami uszczęśliwionymi faktem, że mogą zemścić się na swoich niegdyś skąpych i impertynenckich klientach. Tymczasem zaś to nie brak żywności, lecz brak opanowania sprawia, że śniadanie w tym akurat domu nie jest taką prostą sprawą. Grace jest czerwona z wściekłości.

Edwin: Przestań się dąsać, Grace. Przyjmujemy wysiedleńca i koniec. Musimy dać przykład.

Esther: Ona się nie dąsa, Edwin. Po prostu jest dzisiaj trochę małomówna. Nie krzycz na nią. Grace, kochanie, skończ owsiankę i nie denerwuj ojca.

Grace: Jest przypalona.

Esther: Tylko troszkę, kochanie.

Edwin (szyderczo): Podobnie jak jajka wikarego. Częściowo nieświeże.

Esther: Obawiam się, że to przez te rondle, Edwin. Są cienkie jak papier. Trzeba je wymienić. Wstydzę się nawet prosić panią Dover, żeby je umyła.

Już od siedmiu lat Esther na próżno prosi o nowe rondle. Edwin nadzoruje wydatki domowe z surową dokładnością. Jest nie tyle skąpy, ile lęka się nieoczekiwanego ubóstwa; żyje w obawie przed wojennymi, społecznymi lub losowymi kataklizmami, które w ciągu jednej nocy zmiotą rentę, dochody i nieruchomość. Boi się klas pracujących i widma socjalizmu, niebezpiecznie zbliżającego się do siedzib warstw uprzywilejowanych.

Kiedy Edwin spaceruje po wiejskich dróżkach, wymachując laseczką z tarniny, wzorowy przykład racjonalnego Anglika, nie podnosi twarzy w górę po to, żeby jak można by sądzić, powitać boże słoneczko, ale raczej wącha powietrze, próbując wyczuć pierwszy podmuch nieprzyjacielskiego gazu trującego — spodziewanego w Anglii w każdej chwili.

Edwin: Złej baletnicy przeszkadza rąbek u spódnicy, Esther. O nowych rondlach nie ma rzecz jasna mowy. Jest wojna. Metal potrzebny jest na karabiny. Dziwię się, że wspominając o tym, wykazujesz taki brak patriotyzmu.
Esther: Ojej! Wcale tak nie myślałam. Tak mi przykro. Ja zjem twoją owsiankę, Grace.

I Grace bez wdzięczności odsuwa na bok swój talerz. Matki jej zdaniem są po to, aby pochłaniać dowody swojego braku umiejętności kulinarnych.

Grace: Ja? Mam się dzielić z takim zasmarkanym łobuzem z East Endu? Molly [przyjaciółka] mówi, że jej ciotka ma wysiedleńców, którzy przywlekli pchły i gnidy, siusiają do łóżek, nigdy się nie rozbierają na noc i śmierdzą. Nie możesz, tato. Nie w moim domu.
Esther: W naszym domu, Grace. Jakoś sobie poradzimy. Pomyśl, ile trzeba ich nauczyć. Musisz podzielić się swoim szczęściem. Małe biedactwa, oderwane od matek. Pewnie niektóre z nich nigdy w życiu nie widziały owcy ani krowy, nie mówiąc o gospodarstwie. Tatuś ma rację. Musimy się zjednoczyć, kochanie, nawet dzieci.
Grace: Dlaczego?
Esther: Żeby pokonać pana Hitlera.
Grace: Mam nadzieję, że wygra.

Czy posunęła się za daleko? Tak.

Edwin: Grace, idź do swojego pokoju.
Grace: Ale nie skończyłam jeszcze śniadania...

Idzie jednak. Boi się ojca choleryka, zwłaszcza w porze śniadania. Esther też się go boi.

Edwin: Zupełnie nie panujesz nad tą dziewczyną, Esther. Miejmy nadzieję, że wysiedleńcy sprowadzą ją na ziemię. Wpisałem twoje nazwisko przy dziewczynce.

Esther: Och, myślałam raczej o chłopcu, żeby pomagał w ogrodzie.

Edwin: W ogrodzie! Od tej pory nie będzie już ogrodu. Będzie warzywnik. Wojna położyła kres twoim wystawom kwiatów i nagrodom,

Esther: To nie czas na fanaberie i zachcianki.

Pod Esther uginają się nogi.

Albowiem Esther więcej dbając o przyszłość niż jej mąż, dużo czasu poświęca pracy w ogrodzie, który pięknie kwitnie pod jej troskliwą ręką. Miękkie trawniki, zadbane klomby, róże — które wywołują u Edwina astmę — od lat są jej oczkiem w głowie, jej królestwem. Teraz wygląda na to, że Edwin wreszcie znalazł sposobność, aby dokonać na nie inwazji.

Inwazja niewątpliwie wisi w powietrzu. I rzeczywiście, w ciągu wszystkich lat wojny o ogród toczy się walka, którą raz wygrywają cebule i marchew Edwina, a kiedy indziej ziołowe rabaty Esther.

Pierwszego ranka po wypowiedzeniu przez Edwina wojny Esther jest niezwykle przygnębiona. Idzie do kuchni i skrobiąc przypalony rondel po owsiance, stara się nie płakać nad zlewem.

Kim jest ta Esther, niewątpliwie żona Edwina, przypuszczalnie matka Grace, zastępcza mama Marjorie i Chloe? Jest córką wikarego. Ma poczucie obowiązku i wyznaje zasadę, że przynajmniej dla dobra dzieci musi być zawsze dzielna, pogodna i nie powinna narzekać. Podobnie jak jej mąż żywi pewne poczucie straty. On stracił dumę i karierę. Ona straciła wiarę, budząc się któregoś ranka z ponurym podejrzeniem, że ojciec jej nie lubi, że woli od niej synów, oraz z wrażeniem, że Bóg — nawet jeśli rzeczywiście istnieje — z pewnością nie jest dobry. Obecnie unieszczęśliwia ją Edwin i tylko Edwin, ale podobnie jak ojciec, jest on podstawą jej istnienia i przyzwyczaiła się już do tego.

Wyszła za mąż późno, w wieku trzydziestu lat, gdy rodzice umarli i zostawili jej trochę pieniędzy. Wciąż nosi ślady dawnej urody, ma duże i wypukłe oczy, gęste, choć cienkie włosy oraz zwiotczałą skórę. Nieprzerwanie i nieefektywnie krząta się po domu.

Nie sypia razem z mężem, ponieważ po urodzeniu Grace (był to zresztą trudny poród, a ona miała nadzieję na syna) współżycie sprawiało jej ból. Ich związek fizyczny był w najlepszym okresie niesmaczny dla niej i trudny dla niego.

Obecnie z rzadka, kiedy Edwin wypije w „Róży i Koronie" nieco więcej niż zwykle, wchodzi do sypialni żony i stawia czoło zarówno jej niechęci, jak i własnej prawdopodobnej niemocy, później pogardza sobą za swoją zwierzęcą naturę, rano zaś nie jest w stanie spojrzeć Esther w oczy; matka jego dziecka tak potraktowana i poniżona, i to z jego winy. Za to chamstwo dałby sobie w twarz, gdyby mógł, ale ponieważ nie może, jest wobec niej bardziej opryskliwy niż zwykle.

Dzisiaj jest właśnie taki ranek — nienawidzi jej i zasadzi marchew na jej rabatkach, właśnie że tak.

A ona nie będzie z nim walczyć, będzie po prostu płakać przy zlewie. Jest w niej taki cnotliwy upór, taka delikatność pod tymi wypchanymi tweedowymi spódnicami i bezkształtnymi swetrami bliźniakami, takie piękno drzemie w przykrytym nimi ciele. Ta atmosfera wokół jego żony, tak niepobudzonej, doprowadza go do wielkiej irytacji. Czasem jest bliski apopleksji. Boi się, że serce przestanie mu bić. Esther zaś wie doskonale, że niepotrzebnie okazuje mu uprzejmość, słodycz i moralną przewagę. Ale co ma robić? Zniżyć się do jego obcesowego męskiego poziomu? Nigdy. Jest niewypowiedzianie zła na niego za podobne poranki.

Będzie hodować róże i narażać go na kichanie i astmę.

Tak więc dzień nie zaczął się dobrze ani dla Grace, ani Edwina, ani dla Esther. Teraz, na stacji, Grace trzyma Edwina za rękę — nie dlatego że mu wybaczyła, ale dlatego że wśród tylu tłoczących się kobiet i dzieci cenny jest każdy osobnik płci męskiej i wszyscy muszą widzieć, iż należy on do niej.

ROZDZIAŁ CZTERNASTY

Stacja w Ulden jest zazwyczaj miejscem spokojnym i czystym. Rzadko kiedy gości tu więcej niż pięciu pasażerów naraz i zawiadowca, pan Fell, cierpliwy i rodzinny człowiek, ma zawsze dużo czasu i chęci, by się nią zajmować. Peron jest wysprzątanyi umyty, nazwa stacji wypisana kwiatami na ładnie przystrzyżonym trawiastym klombie, a wiktoriańska poczekalnia oświetlona gazem i ogrzana węglem. Teoretycznie z poczekalni korzystać mogą tylko pasażerowie pierwszej klasy, ale podczas zimowych miesięcy pan Fell wpuszcza do niej również pasażerów trzeciej klasy.

Dzisiaj na stacji panuje hałas, tłok i zamieszanie, a pan Fell w swoim biurze cierpi na atak astmy i ledwo łapie oddech. Dzwon kościelny wybija miłą melodię powitania — ostatnią, gdyż następnego dnia rząd zakazuje bicia w dzwony, jako że może ono podobno sprzyjać Niemcom; pociąg, który nigdy nie powinien był się tu zatrzymać (o czym wie tylko pan Fell, ale brakuje mu oddechu, by to powiedzieć), głośno wypuszcza parę z komina lokomotywy; urzędnik do spraw wysiedleń, nie zrażony, odczytuje nazwiska dzieci, których nie ma.

Dzieci płaczą, dorośli protestują, psy szczekają.

Swoim zwyczajem Edwin Songford przejmuje kontrolę. Ucisza urzędnika do spraw wysiedleń, dzwony i lokomotywę. Zarządza dla pana Fella brandy z piersiówki (srebro i skóra połączone ze szkłem) i stwierdza to, co już wcześniej stało się jasne, a mianowicie, że pociąg stanął na niewłaściwej stacji albo wiezie niewłaściwe dzieci.

Spodziewano się wysiedleńców z Hackney, z East Endu. Te dzieci przyjechały z Kilburn, z zachodniego Londynu.

Niezrażony, a nawet zadowolony — ponieważ angielskie klasy wyższe zdążyły już poznać reputację wysiedleńców z East Endu, nie umiejących odróżnić fotela od klozetu, zawsze otoczonych przez cwane, nieposkromione matki o niewyparzonych językach, których nie są w stanie powstrzymać ani maniery, ani brak łóżka, ani dekrety rządowe — Edwin zarządza, aby obecni na stacji wieśniacy i ziemianie wybrali dla siebie te dzieci z zachodniego Londynu, które im najbardziej odpowiadają. Ludzie pchają się w stronę najsilniejszych i najbardziej ułożonych dziewcząt.

Marjorie zostaje sama.

Patrząc na nią, Grace widzi dziecko, które prawdopodobnie w najwyższym stopniu przygnębi matkę i zirytuje ojca. Ciągnie Edwina za ramię.

— Weźmy tę — mówi Grace.

— Będziemy musieli — mówi Edwin. — Tylko ona została. I rach, ciach, tak się decyduje nasze życie.

Może jednak, jeśli się lepiej przypatrzyć, ludzie są milsi i los jest łaskawszy, niż początkowo sądzili. Może Grace nie wybrała Marjorie z czystej niechęci, ale dlatego że spostrzegła dziecko, które na zewnątrz wyrażało to, co ona sama czuła w środku, i chciała mu pomóc.

Może też nie przez interesowność Chloe wybrała siedzibę „Pod Topolami" na swój drugi dom, Esther na drugą matkę, a Grace i Marjorie na swoje przyjaciółki, lecz dlatego że zauważyła ich smutek, ich wewnętrzną bezdomność. Nie znaczy to, że je wykorzystała lub one wykorzystały ją — po prostu wszystkie lgnęły do siebie, szukając pocieszenia.

Hm...

ROZDZIAŁ PIĘTNASTY

Stacja w Ulden jest obecnie zamknięta, porąbana siekierą doktora Beechinga. Po torach chodzą wędrowcy. Wzdłuż torów rośnie niezwykła kolekcja dzikich i ogrodowych kwiatów, pamiątka po dawno zmarłym ekscentryku, który kiedyś podróżował koleją wzdłuż i wszerz Anglii, rozsiewając garściami nasiona kwiatów, karmiąc nimi przez okno przedziału porywisty edwardiański wiatr.

Natomiast leżąca dalej wzdłuż torów stacja w Egden przetrwała. Tutaj Inigo zostawia dorosłą Chloe, która ma jeszcze dwie minuty do odjazdu pociągu do Londynu.

Inigo zapewniał, że zdążą na czas.

Chloe przybywa punktualnie do „Italiano". Marjorie nie. Spóźnia się, ponieważ bez wątpienia zatrzymały ją ważne sprawy. Chloe nie ma pewności, czy powinna się cieszyć z powodzenia Marjorie czy irytować — z własnego podejścia.

Jako dziecko Marjorie jest bardzo skora do pochlebstw. Uważa, że jeśli nie będzie narzekać, będzie dzielna, odważna i zawsze skora do pomocy, jej matka, którą kocha, przyjedzie i zabierze ją do domu. Jest to bezpośrednie wezwanie do Boga, ale Bóg jakby tego nie zauważa, chociaż Marjorie chodzi do kościoła z Esther w każdy środowy wieczór i niedzielny poranek. (Grace, ateistka, odmawia uczęszczania do kościoła, a gdy już się tam znajdzie, za każdym razem mdleje, co na jedno wychodzi.)

A Helen wciąż nie przyjeżdża, aby zgłosić się po swoje dziecko i zabrać je do domu.

Wkrótce wszyscy przyznają, że Marjorie, bez względu na kierujące nią pobudki, okazuje się lepszą córką dla Esther niż Grace, jej prawdziwe dziecko.

Marjorie ściele łóżka, chwali jedzenie, przygotowuje Edwinowi kąpiel, biega po pokojach szczebiocząca i gorliwa, uczy się gry na pianinie, na egzaminach jest najlepsza, chowa głowę na kolanach Esther, kiedy chce jej się płakać, przynosi jej polne kwiaty, kiedy jest szczęśliwa, radzi się, co włożyć i co powiedzieć.

I wciąż Helen, jej prawdziwa matka, nie pisze nawet listu, nie mówiąc o tym, że nadal nie przyjeżdża, aby zabrać ją do domu.

Marjorie boi się Edwina, ale ukrywa ten strach i usiłuje poznać pozycje sił alianckich i nieprzyjacielskich oraz towarzyszyć przybranemu ojcu, gdy rok w rok przy bibliotecznym stole Edwin śledzi na mapach przebieg wojny w Europie, Afryce i Azji.

A Dick, jej prawdziwy ojciec, wciąż nie przyjeżdża, aby ją zabrać. No bo jak? Jest we Francji i nawet jeśli pisze na adres matki, to kto może wiedzieć, czy listy docierają do miejsca przeznaczenia czy też matka po prostu zapomina je przekazać?

Grace natomiast nie interesuje się wojną. Wyrzekła się rodziców, prostych i nudnych ludzi, którzy tak polubili Marjorie, tę kukułkę w gnieździe, i postanawia być odmieńcem. Dąsa się, leni, narzeka. Nie ściele swojego łóżka; sprawia za to dużo kłopotu. Czuje się artystką i jest z tego dumna. Rysuje. Maluje. Kopiuje. Wpatruje się w lustro i przy świetle księżyca wpada w histerię. Czyni Chloe swoją powierniczką. Chloe, chociaż jej matka pracuje jako kelnerka, jest dobrze wychowana, mądra, dowcipna i traktuje dorosłych — z wyjątkiem Gwyneth, swojej matki — albo jako równych sobie, albo jako wrogów. Lecz w przeciwieństwie do Grace nie zdradza się ze swoją opinią. A Edwin i Esther witają Chloe z ulgą, widzą, jak cywilizująco wpływa na Grace, i chętnie zapraszają ją do domu. Wydaje się cicha, uprzejma, pełna szacunku i czysta. I działa na Grace i Marjorie jak pozytywny katalizator.

W obecności Chloe Grace zachowuje się całkiem uprzejmie wobec Marjorie, a nawet okazuje jej pewne przywiązanie.

Marjorie uczy się, jak hodować w ogrodzie róże na Boże Narodzenie oraz co robić, by chronić ich blade okaleczone płatki przed ślimakami i wilgocią.

Grace godzi się łaskawie pod okiem ojca hodować brukselkę i zdobywa pierwszą nagrodę w zawodach szkolnych w roku 1942.

Chloe, której dom stanowi obity deskami, dzielony z matką pokój na tyłach gospody „Róża i Korona", uczy się, jak przycinać róże, tak fatalnie wpływające na astmę Edwina.

A Helen wciąż nie pisze.

W szkole Marjorie uczy się pilnie i ma wyniki najlepsze w klasie — z wyjątkiem gier, wychowania plastycznego, muzyki i wuefu. Wywołuje zarówno współczucie, jak i podziw. Swoje racje słodyczy, od anyżkowych cukierków po miętowe dropsy, oddaje najczęściej wrogom, rzadziej przyjaciółkom, i jeśli małe biedactwo chce w ten sposób kupić miłość, to jej się to udaje.

Mimo to Helen wciąż nie przyjeżdża.

ROZDZIAŁ SZESNASTY

Teraz, znacznie odważniejsza, Marjorie każe Chloe czekać. Kelner prowadzi Chloe do stolika między drzwiami kuchennymi a toaletą. Czekając Chloe prosi o campari i dostaje dubonnet. Nie protestuje. Rozumie trudną sytuację kelnera i wybacza mu. W każdym razie Chloe zawsze staje po stronie kelnera, a nie klienta.

Podobnie Gwyneth, wykonując swoje obowiązki w „Róży i Koronie" w czasie pierwszych lat wojny, rzadko się sprzeciwia.

Gwyneth nie jest nieszczęśliwa, ale często wyczerpana i gdy ma wolny dzień, ranek zawsze spędza w łóżku. Przeważnie wstaje o szóstej trzydzieści, rzadko kładzie się spać przed północą i w tygodniu ma jeden dzień wolny.

Rano, świeża i wypoczęta po mocnym śnie, Gwyneth jest pełna energii. Lubi otwierać na oścież okna w barze, wypuszczając ciepłe, stęchłe powietrze i wpuszczając zimne i świeże. Lubi zmywać ze stołów ślady po kuflach, a potem, gdy skończy się pasta do mebli, mówi tylko: „Nie szkodzi! Praca nikomu jeszcze nie zaszkodziła!" i szoruje mocniej.

Gwyneth nawet lubi podobać się mężczyznom, jeżeli tylko odgradza ją od nich bar: a ponieważ szesnaście kilometrów od Ulden znajduje się obecnie obóz wojskowy i baza lotnicza, „Róża i Korona" pełna jest podziwiających ją mężczyzn w mundurach, zarówno oficerów, jak szeregowców. Ma ładną delikatną twarz, wydatne piersi i zgrabne stopy.

Gwyneth przeciw niczemu nie protestuje, nawet przeciw sprzątaniu wymiotów w niedzielny poranek czy myciu ubikacji po dzikiej sobotniej nocy. W końcu są to wydzieliny wybawicieli jej kraju. Mężczyźni rzadko trafiają, kiedy są pijani, i ktoś musi po nich sprzątać. Takie są fakty. Gwyneth potrafi gotować, jak również podawać do stołu, kiedy więc pan i pani Leacock postanawiają serwować gorące obiady, zajmuje się tym Gwyneth, rezygnując z przerwy na lunch.

Goście zachwyceni są Gwyneth, która nigdy nie stroi fochów.

Leacockowie nie wiedzą, jak dawali sobie radę, zanim Gwyneth przyszła do pracy.

W rzeczywistości po prostu ciężej pracowali.

— Czy nie powinnaś prosić o podwyżkę? — niepewnie sugeruje Chloe matce przy jednej z rzadkich okazji, gdy Gwyneth narzeka w jej obecności na dole i niedole swego życia. Leacockowie otworzyli w Zacisznym Kąciku bar z przekąskami i Gwyneth czuje się dotknięta nie tyle perspektywą dodatkowej pracy, ile tym, że nie raczyli nawet powiadomić jej o swoich zamiarach.

Gwyneth jest wstrząśnięta pomysłem, że mogłaby poprosić o podwyżkę.

— Gdyby myśleli, że jestem więcej warta, toby mi sami zaproponowali — mówi. — Poza tym pomyśl, jacy są dla mnie dobrzy. Niewiele osób przyjęłoby matkę z dzieckiem. Powinnyśmy być szczęśliwe, że mamy dach nad głową, Chloe. Zresztą toczy się wojna i nie wolno myśleć tylko o sobie. Zachowuję się niemądrze, a poza tym mam okres, to wszystko. Jestem pewna, że bar z przekąskami w Zacisznym Kąciku to bardzo dobry pomysł.

— Czy nie mogłabyś poprosić Leacocków, żeby zatrudnili jeszcze jedną dziewczynę? — nie ustępuje Chloe. — Nie możesz robić wszystkiego sama.

— To nie byłoby w porządku. Dziewczęta powinny pracować w przemyśle wojennym. Co by było, gdyby jakiś lotnik został bez spadochronu, bo ja myślę tylko o sobie?

— A czy nie możesz odejść i poszukać innej pracy? — pyta Chloe, znudzona noszeniem sukienek z kraciastych obrusów, które wyrzucono z powodu dziur po papierosach. Gwyneth szyje Chloe te sukienki, wykorzystując wolne popołudnia.

Cóż, tak, Gwyneth wie, że to byłoby rozsądne, ale boi się zmiany. Ma wrażenie, że chociaż jest źle, to po zmianie może być o wiele gorzej, a tak Bóg prędzej czy później na pewno wynagrodzi jej cierpliwość i cierpienie.

Niestety, jak do tej pory nie zdradził takich zamiarów. Rzeczywiście można by pomyśleć, że Bóg czuje jakąś specjalną niechęć do Gwyneth. Najpierw zabija jej ojca podczas wypadku w kopalni, a potem jej matka umiera z żalu. Przedstawiają więc miłą, młodą walijską dziewczynę, najlepszą w klasie z ekonomii, mieszkającą z babcią, przystojnemu młodemu górnikowi Davidowi Evansowi, aby ją pokochał i poślubił.

Niebiański Hipokryta (określenie Marjorie) uśmiecha się podczas ślubu, zsyłając słoneczny, piękny dzień. Po to, by w mniej więcej miesiąc później rozniecić w jej małżonku płomień talentu, który dotychczas tlił się całkiem niepostrzeżenie, i doprowadzić go do przekonania, że nie zamierza umierać w kopalni, ale chce mieszkać w Londynie, malować obrazy oraz bratać się z artystami i pisarzami.

Zaprowadziwszy ich do Londynu na ulicę Caledonian, sprawia, że Gwyneth zachodzi w ciążę i pomimo nieustannych modlitw w kaplicy źle się czuje, nie może zatem pracować, a David nie jest w stanie zarobić na życie inaczej, niż malując ściany. Następnie zsyła złą pogodę, a ponieważ za Jego też sprawą David zaczął pracować w kopalniach w wieku dwunastu lat i osłabił płuca

— David choruje na gruźlicę, słabnie z roku na rok i wreszcie, gdy Chloe ma pięć lat, odchodzi w Boże Objęcia, zostawiając Gwyneth zdaną wyłącznie na siebie.

Ze wszystkich obrazów namalowanych przez Davida w sanatorium tylko jeden, może z powodu upodobań, a może z nadmiaru czasu i nudy, mierzył więcej niż dwanaście na osiem centymetrów — miał rozmiary piętnaście na dziesięć centymetrów, ale i tak został zabrany przez właścicielkę mieszkania jako zapłata za czynsz za ostatni tydzień.

Wtedy Gwyneth — ponieważ ma Chloe, jest bezdomna, bez pieniędzy, a jej babcia nie żyje — nie ma innego wyjścia, jak tylko wprowadzić się do pierwszego domu, jaki zsyła jej Bóg, podsuwając jej też przyjaciela Davida, Pata, irlandzkiego pacyfistę, aby ją kochał i się nią opiekował.

Gwyneth jest z Patem całkiem szczęśliwa, mieszkając w przyczepie na wyspie Canvey. Może w spokoju wychowywać Chloe i prowadzić niekończącą się wojnę z błotem, które niczym fala zalewa przyczepę; a także prać ubrania Patricka. I Boga to sprawka, że seksualna energia Pata rozmywa się stopniowo przez picie i gadanie, tak więc jej poczucie grzechu z powodu niedochowania wierności mężowi — bo przecież te wyschłe kości, które Bóg z niego zostawił, są wciąż jej mężem — nie jest zbyt bolesne.

W każdym razie kiedy wybucha wojna i Pat zostaje internowany jako osobnik niebezpieczny dla państwa, a przyczepa zniszczona przez policjantów, którzy szukają obciążających dowodów, Gwyneth z ulgą przyjmuje decyzję Boga o kolejnej przeprowadzce. Ksiądz kontaktuje ją z państwem Leacockami. Tak więc nic dziwnego, że Gwyneth uważa, iż lepiej będzie zostać tu, gdzie jest, i nie prowokować już Boga do żadnych wybryków. Poza tym Gwyneth jest zakochana w panu Leacocku. Natomiast mała Chloe chodzi do wiejskiej szkoły, siedzi między Marjorie i Grace, uczy się łaciny, greki oraz zawiłości ustroju feudalnego, podczas gdy ponad nią, na niebie, mężczyźni w samolotach staczają swoje zwycięskie bitwy.

A po szkole, jeśli wszystko jest w porządku, jeśli Grace się z nią nie pokłóciła i jeśli wciąż rozmawia z Marjorie, Chloe idzie na podwieczorek „Pod Topole", gdzie wita ją Esther. Wszyscy w wiosce wiedzą, że Gwyneth jest wykorzystywana i że Chloe, pozbawionej ojca, jest ciężko. Kobieta w sklepie ze słodyczami podsuwa jej miętusy, a nauczyciele rzadko ją strofują. Za wszystkie nieszczęścia, jakie tylko pamięta, Chloe została utulona, pocieszona i wyściskana.

Po podwieczorku Chloe wraca do „Róży i Korony", do pokoju od podwórza, który dzieli z matką. Tutaj przy małym stoliku, ledwo mieszczącym się między dwoma twardymi łóżkami, Chloe odrabia lekcje. Kąt zasłonięty firanką służy jako szafa. Nie posiadają wiele. Pod łóżkiem matki leżą obrazki ojca, bezpiecznie schowane w kartonowym pojemniku. Przedstawiają szyb górniczy, którego tak nienawidził i bał się, ale który mógł okazać się mniejszym złem niż londyńskie mgły i chłody. Możliwe, że przed śmiercią doszedł do takiego wniosku, bo obrazy, tak dokładnie i starannie namalowane, zdają się przedstawiać umiłowane i magiczne miejsce.

A pod łóżkiem Chloe, także w kartonowym pudle, obok świadectw narodzin, ślubów i zgonów znajduje się album Gwyneth ze zdjęciami. Gwyneth jako dziecko, otoczona rodzicami, kuzynami, wujami, ciotkami. Co się z nimi stało? Chloe nie wie nic oprócz tego, że rozproszyli się po świecie i pogubili. Są też fotografie ze ślubu — niezwykle słoneczny dzień, cienie panny młodej i pana młodego wyraźnie odcinają się od ściany kaplicy.

Chloe wpatruje się w fotografie uważnie, choć rzadko. Obawia się, że białe i czarne punkciki na fotografii ojca zastąpią w końcu jej własne, niewyraźne wspomnienia o nim. I oczywiście wreszcie zastępują.

Chloe zna jego kartę choroby na pamięć. Skradzioną ze szpitala trzyma pod swoim materacem. Zauważa, że w dniu, w którym umarł, nie miał gorączki — na karcie ktoś namazał na czerwono ZGON.

Żegnaj, ojcze.

O siódmej Chloe z matką jedzą kolację w kuchni „Róży i Korony". Nie jest to obfity posiłek. Cóż, trwa wojna. Gwyneth mogłaby brać paszteciki z baru z przekąskami, ale niechętnie korzysta z tego przywileju.

Po kolacji Chloe pomaga myć kufle po piwie. Nie dostaje pieniędzy za tę pracę, ale jak mówią Leacockowie, dzięki temu nie psoci.

A Gwyneth lubi spędzać ten czas sam na sam z córką: może ją uczyć świata.

Skąd Gwyneth może wiedzieć, że banały, jakie prawi, wzięte z wątpliwych źródeł, czasopism, od kaznodziejów lub sentymentalnych pijaków i często wręcz zaprzeczające jej własnemu doświadczeniu, są przeważnie nieprawdziwe, a chwilami niebezpieczne? Gwyneth cofa się przed prawdą w ciemnotę i odkrywa, że fałszywe wierzenia i półprawdy, przeplatając się, stanowią wygodne oparcie dla delikatnej osoby, do której Bóg powziął irracjonalną niechęć.

Czerwona flanela jest cieplejsza od białej — utrzymuje Gwyneth.
Małżeństwa zawierane są w niebie.
Żeń się w pośpiechu, żałuj powoli.
Jeszcze nikt nie ucierpiał od ciężkiej pracy.
Bóg pomaga tym, którzy sami sobie pomagają.
Gdy się schylisz po szpilkę, tego dnia ci się poszczęści.
Dobrzy ludzie umierają młodo.
Nigdy się nie kąp, gdy masz okres.
Cios w piersi powoduje [szeptem] raka.
Bóg troszczy się o samego siebie.
Damę zawsze można poznać po butach...

I tak dalej. Chloe, zmęczona i śpiąca, wyciera szklanki, słucha cierpliwie i próbuje znaleźć w tym wszystkim jakiś sens. Jest dobrą dziewczyną.

Gwyneth zaniepokojona tym, że Chloe tak dużo czasu spędza „Pod Topolami", zmartwiona, czy Chloe czasem tam nie zawadza, ośmiela się poprosić o jeszcze jedno wolne popołudnie, aby spędzać więcej czasu z córką. Na co pani Leacock, bystra, wciąż krzątająca się kobieta o zimnych oczach, zagorzała katoliczka, wydaje okrzyk przerażenia, wzywa Matkę Świętą i kładzie się do łóżka z bólem w piersi, a przez dzień lub dwa uprzejmą i rumianą twarz pana Leacocka przesłania chmura, gdy rozważa on tę prośbę. Wydaje się nie tyle zły, ile smutny.

Gwyneth jest przerażona tym, że sprawiła tyle kłopotu. Cofa swoją prośbę, ale Leacockowie rozmyślają o niej tygodniami. Nie są w stanie zapomnieć o tym incydencie, przeżuwając go tak, jakby konali z głodu i wreszcie dostali kość.

— Jeśli kwestią są pieniądze — mówi pan Leacock — Chloe będzie mogła czyścić gościom buty [jest już osiem pokoi gościnnych] za dwa szylingi tygodniowo.

— Nie chodzi o pieniądze — mówi Gwyneth.

— Jeśli kwestią jest zmęczenie — pani Leacock, mówiąc to, schodzi ze schodów cała drżąca — mogę zdobyć trochę soku pomarańczowego z Ministerstwa Aprowizacji. Sprzedają go tanio w Stortfordzie, bo ma za dużo konserwantów, więc dzieci nie mogą go pić, ale jest doskonały dla dorosłych. Pomoże ci przyjść do siebie.

Tak więc Gwyneth nie otrzymuje dodatkowego dnia wolnego. Ale Chloe każdego ranka, zanim zacznie czyścić buty, dostaje łyżkę gęstego syropu pomarańczowego, cierpkiego od kwasu siarkowego, ze skrzynki, na którą Gwyneth musi teraz znaleźć miejsce pod swoim łóżkiem.

Któregoś zimowego poranka, szukając dłonią po omacku ust Chloe w ciemnościach — okna na noc zasłonięte są roletami — Gwyneth się śmieje.

— Trzeba się śmiać — mówi — całe życie to śmiech. Cha, cha!

Tak więc teraz, gdy portugalski kelner przynosi w niezbyt czystej szklance dubonnet zamiast campari, Chloe nie mówi nic. Zdaje sobie sprawę, że kelner darzy klientki szczególną niechęcią i usługiwanie im uważa za upokarzające. Zdaje sobie sprawę, że jest przepracowany, wykorzystywany, źle opłacony i bezradny w obcym kraju, a najgorszą zniewagą dla niego jest to, że ona ma tego świadomość.

Ale wciąż tam siedzi.

ROZDZIAŁ SIEDEMNASTY

Za dziesięć pierwsza Marjorie wchodzi do „Italiano". Ma na sobie kosztowny skórzany strój, ale wyraża on nie tyle erotyzm, ile obawę przed możliwą zmianą pogody. Chloe, która jest wysoka i szczupła, ma małe ręce i stopy, subtelną, delikatną twarz i krótko obcięte ciemne włosy, ubrana jest w jasną jedwabną bluzkę i jasne zamszowe spodnie. Wydaje mnóstwo pieniędzy Olivera na ubrania, zawsze w obawie, że mogą powrócić dni sukienek z obrusów podziurawionych papierosami.

— Jeszcze nigdy nie wyglądałaś tak chłopięco jak dziś — mówi Marjorie. — Uważasz, że tak trzeba? — Marjorie trzyma plastikową odblaskową torbę na brudną bieliznę, pełną wilgotnego prania. — Poza tym w żadnym wypadku nie będziemy siedzieć przy tym stoliku — ciągnie Marjorie. — Oszalałaś? Przecież siedzimy prawie w męskiej toalecie.

— Nie kłóć się — błaga Chloe, ale Marjorie bezzwłocznie kieruje ją do stolika koło okna. Rzuca torbę z praniem pod krzesło i uśmiecha się promiennie do kelnera, lecz ten wciąż pozostaje wrogi.

Zamawiają *antipasto*. Kelner przynosi wyschniętą fasolkę, jajka na twardo w majonezie ze słoika, sardynki z puszki i zwiotczałe rzodkiewki, pięknie poukładane na jaskrawozielonych plastikowych liściach sałaty.

Marjorie je ze smakiem. Chloe patrzy ze zdumieniem.

— Dlaczego jej nie zabijesz? — pyta Marjorie, mając na myśli Françoise. — Mogę ci dać kilka tabletek.

— Jestem bardzo szczęśliwa, Marjorie — mówi Chloe. — Nie odczuwam zazdrości seksualnej. To podłe uczucie.

— Kto ci to powiedział? Oliver?

— Żyjemy wszyscy tak, jak umiemy najlepiej — mówi Chloe — i to oczywiste, że wolno nam korzystać z seksualnych przyjemności, jak i kiedy chcemy.

— Owszem, ale to oni korzystają z tej przyjemności, a nie ty.

— Ostatnio jakoś niewiele rzeczy mnie podnieca.

— Kto tak twierdzi? Oliver?

Ale Chloe nie pamięta zbyt dobrze, kto pierwszy to powiedział, ona czy Oliver.

— Zachowałam się okropnie wobec Olivera — mówi Chloe.

— Jeśli to jest jego zemsta, to bardzo łagodna. Można wytrzymać.

— Wolałabym o tym nie mówić. Czyje to pranie?

— Patricka.

— Myślałam, że już nie robisz takich rzeczy — wyznaje Chloe.

Marjorie wygląda na znużoną. Chloe od razu zgaduje, że przyjaciółka ma okres. Jej twarz jest mizerna i zmęczona, a włosy w bezładnych kędziorach.

— Ktoś musi to zrobić — stwierdza Marjorie.

— Niekoniecznie — mówi Chloe. — Można tego nie ruszać, aż gmina wystosuje nakaz przymusowej dezynfekcji.

— Jeszcze nie jest z Patrickiem tak źle — odpowiada Marjorie.

— Może wyglądam jak chłopak — mówi Chloe — ale czy nie wydaje ci się dziwne, że ty, wpływowy producent telewizyjny, pierzesz brudy Patricka? Przecież nie jesteś jego żoną. Nawet z nim nie sypiasz.

— Skąd wiesz? — indaguje Marjorie. — Chociaż rzeczywiście masz rację. Jak mogę prowadzić życie seksualne? Cały czas krwawię. Denerwuje mnie zachowanie innych jego przyjaciółek. Wiele z nich na pewno ma pralki automatyczne i nie rozumiem, dlaczego nie chcą prać ze mną na zmianę. Jeśli dają sobie radę ze schodzeniem po jego schodach — chociaż ostatnio miejscowi hipisi używają tej okolicy jako wychodka — to są też na tyle silne, by stawić czoło jego brudom. Wszystkie moje rzeczy piorę w pralni, ale nie mam odwagi, by jego rzeczy też tam posłać. Nie z braku pieniędzy, ale z lęku przed upokorzeniem.

— Jeśli nie masz nic przeciwko temu — mówi Chloe — o Patricku też nie chcę mówić. To przynosi pecha.

Patrick Bates mieszka w brudnym pokoju w suterenie i w półmroku maluje obrazy. Przynoszą mu całkiem sporo pieniędzy — chociaż nie tyle co u szczytu jego sławy, dziesięć lat temu. Patrick uważany jest za bardzo bogatego, chociaż przysięga, że wydaje pieniądze na pniu, zamiast wkładać je do banku. Na pewno wydaje ich bardzo mało. Od czasu śmierci Midge, jego żony, coraz bardziej dziwaczeje. Kiedy umarła, tańczył na jej grobie.

Obrazy Patricka zawsze były małe; teraz są miniaturowe. Potrafi zmieścić cały seraj na płótnie wielkości zwykłego talerza, a farbę nanosi pędzelkami kosmetycznymi. Jest skąpcem. Przymawia się o jedzenie i ubranie. Wygląda starzej niż na swoje czterdzieści siedem lat. Policzki zapadły mu się na bezzębnych dziąsłach — nie wyda ani grosza na dentystę. Sam wyrywa sobie zęby, kiedy go bolą.

Chloe nie widziała Patricka od dziewięciu lat. Od czasu gdy odwiedziła go, prosząc o pieniądze na utrzymanie Kevina i Kestrel — Olivera irytował ciężar utrzymywania cudzych dzieci — i zamiast z pieniędzmi wróciła z Imogeną.

Teraz woli nie mówić ani nie myśleć o Patricku. Chce wyrzucić go ze swojego życia. Jest dziki, niszczycielski i sieje niezgodę. Przemknął przez jej życie jak anioł śmierci, przebrany czasem za złośliwego chochlika, a czasem za samego Pana.

— „Co on tam robił, wielki bóg Pan, w dole rzeki, wśród trzcin?" — mówi teraz Chloe do Marjorie. Jako trzynastolatki uczyły się tego wiersza na pamięć, biorąc udział w konkursie krasomówczym. Chloe wygrała.

— No właśnie, co? Zawsze chciałyśmy to wiedzieć — mówi cierpko Marjorie. — A co do Patricka, powinnaś chcieć o nim mówić. Jest ojcem wszystkich tych dzieci.

— Czasem pół ojca to gorzej niż brak ojca — mówi Chloe.

— Ale w ich pokojach wiszą tuziny jego obrazów, więc zawsze jest z nimi, tak jak jego geny. Mimo wszystko Oliver będzie wciąż te obrazy kupował. Tyle ich się mieści na ścianach, że czasem myślę, iż to kupowanie nie będzie mieć końca.

— Skończy się, kiedy Patrick zapije się na śmierć — twierdzi Marjorie.

Chloe słucha tego bez przykrości.

— A wtedy Oliver będzie miał największą w całym kraju kolekcję obrazów oraz dzieci Batesa. Będzie szczęśliwy.

— To nie jest śmieszne — mówi Chloe. Żałuje, że przyjechała do Londynu.

— Może Oliver chce przekupić dzieci — fantazjuje Marjorie — i dlatego kupuje tyle obrazów. Oprócz tego oczywiście, że chce cię zirytować.

Patrick maluje kobiety o różnych kształtach, w różnych stanach i pozycjach. Chloe nigdy nie sądziła, by te obrazy miały demoralizujący wpływ. Oliver powiedział jej kiedyś, w czasach gdy grał z Patrickiem w pokera i mówił jej rzeczy, w które wierzyła, że w obrazach Patricka ujawnia się cała jego skryta wielkoduszność.

— Dlaczego Oliver miałby chcieć mnie zirytować? — pyta Chloe.

— Bóg raczy wiedzieć — odpowiada Marjorie. — Gdyby to była lista dialogowa, tobym ci powiedziała. Ale ponieważ to jest samo życie, nie mam pojęcia.

Całkiem nagle, jak to ma w zwyczaju, pochmurnieje.

— Nienawidzę swojego życia — mówi. — Wszystko jak za ciemną szybą, a jedyną nagrodą są ohydne obiady w ohydnych knajpach z przyjaciółmi zbyt zajętymi papraniem własnego życia, aby ich obchodziło to, co się dzieje w moim.

— Mnie obchodzi — mówi Chloe, która zbyt długo zna Marjorie, aby przejmować się taką gadaniną. — Zresztą myślałam, że lubisz swoją pracę.

— Swoją pracę? Moja praca nic dla mnie nie znaczy. Cienie na ekranie. Tak ciężko pracowałam, aby dojść do tego, czym jestem, a teraz wydaje się, że to nie ma znaczenia. To tylko cztery różne gabinety w ciągu czterech tygodni, dyskusje o tym, czy przysługuje mi dywan czy nie, i stanowisko generalnego producenta zamiast zwykłego. Nigdy mi nie zaufają. Zresztą niby dlaczego mieliby mi ufać? Nie mogę przecież poważnie traktować tych ich filmików. Nie przedstawiają prawdziwego życia. Mówię im to, a oni się obrażają...

— Sama sobie wybrałaś takie życie — stwierdza Chloe. Powinnaś była wyjść za mąż i mieć dzieci.

— Nie wyszłam, więc nie mam. Nigdy nie będę miała tego, czego naprawdę chcę. Jestem jednym ze ślepych zaułków natury. Chodzącą czarną dziurą. Mam wyrwę w środku, bezdenną jamę, można we mnie wrzucić wszystkich mężów i wszystkie dzieci świata, a ona nigdy się nie zapełni. Tak samo jest z tobą i Grace. Żadna z nas nigdy nie będzie miała tego, czego potrzebowałyśmy, szkoda, że bomba na nas nie spadła i nie uwolniła nas od tego cierpienia.

Marjorie, Grace i ja.

A czegóż to potrzebowałyśmy?

Niewiele. Może tylko ojców i matek, dzięki którym powstałyśmy. Aby nas uznali, a nie wypierali się własnych dzieci. Aby matki nas kochały i czuły się za nas odpowiedzialne Aby poprawiały smak życia, gdy w nie wchodziłyśmy. I uśmiechały się przy tym.

Gdy to nie wyszło, co otrzymujemy? Marjorie, Grace i mnie.

Mała Marjorie zawsze deptała po piętach, zawsze była pełna wyrzutów. Chwilami mąciła spokój dnia jakąś krytyczną uwagą. Czy powinno się jej wybaczyć?

— Córka barmanki! — Marjorie woła na Chloe, gdy przychodzą ze szkoły w dniu, a którym Chloe wygrała konkurs krasomówczy. — Zawsze można poznać po zapachu piwa, że już przyszła.

Oczywiście nie jest to prawda. Gwyneth i Chloe to największe czyściochy, jakie widziano w Ulden. Mydlą, trą, skrobią, gmerają w swoich ciałach i opłukują je do czysta. Nawet kartki na masło zamieniają na mydło. Między palcami u ich stóp, za uszami, pod biustem i w pępkach, a zwłaszcza w pępkach wszystko jest czyste i nieskazitelne. Szorują i skrobią swoją winę, urazę i niepokój, które przez to tracą wszelkie znaczenie.

A jakie są dumne, matka i córka, znosząc swą dolę i przebaczając aż do końca. Na parapecie okiennym trzymają szereg pudełek, każde z monetami. Na gaz, światło (w pokoju jest licznik), książki, przejazdy, obiady i kieszonkowe. Siedzą w swoim saloniku i liczą pieniądze. Podczas gdy król siedzi gdzie indziej, na łóżku kogoś innego, jedząc chleb z miodem. Pan Leacock.

Za dużo pije. Ma zaczerwienioną twarz, rękę szeroką i silną. Kładzie ją na ramieniu Gwyneth, a ona drży i uśmiecha się. Chloe to widzi.

— Biedny człowiek — mówi Gwyneth. — Jego żona nie jest dla niego dobra. Co za okropne życie.

Zrozum i przebacz, mówi Gwyneth. Zrozum mężów, żony, ojców, matki. Zrozum bitwy powietrzne nad głową i skrzynki z kwestą, zrozum kobiety w futrach i dzieci bez butów. Zrozum szkołę — Jonasza, Hioba i istotę boskości; zrozum Hitlera, Bank Anglii i zachowanie sióstr Kopciuszka. Módl się o zrozumienie dla żon i wyrozumiałość dla mężów; o cierpliwość dla rodziców i zdolność do kompromisu dla młodych. Nic na świecie nie jest doskonałe; sprzeciw wymaga siły koniecznej, aby przeżyć. Zaciśnij zęby, wytrzymaj. Zrozum, przebacz, pogódź się w obliczu własnej śmierci, własnego nieuniknionego zepsucia. Co takiego można chcieć, co byłoby rozsądne? Jak takie chciejstwo może być rozsądne, jeśli wkrótce będzie po tobie? Czekaj na ten dzień ze spokojem i godnością, to wszystko, co możesz zrobić.

Matko, czego ty mnie uczyłaś! I cóż to było za żałosne, upokarzające, chlipiące odejście, zużyte kapcie starannie ułożone pod łóżkiem, aby tylko nikogo nie urazić.

ROZDZIAŁ OSIEMNASTY

Plastikowe liście sałaty leżą puste już od dłuższego czasu. Kelner unika wzroku Marjorie. Zaprawiona w przeciwnościach losu Marjorie znacznie się ożywia. Tak oto toczy się rozmowa:

Marjorie: Czy będziesz widziała się z Grace dziś po południu?

Chloe: Tak.

Marjorie (zmieszana): W takim razie cieszę się, że znalazłaś dla mnie czas. Dziwi mnie, że się fatygowałaś.

Chloe: Nie bądź niemądra.

Marjorie: Ostatnio nie widuję się z Grace. Jej żal mnie, a mnie żal jej, lecz to ona zawsze wygrywa.

Chloe: Pytała o ciebie.

Marjorie: Wielkie mecyje. Czy dalej żyje z tym nastoletnim królem pornosów?

Chloe: On nie jest nastolatkiem. Ma dwadzieścia pięć lat.

Marjorie: Powinnyśmy chyba się cieszyć, że nie ma siedemnastu. Ale nie zaprzeczysz, że jest królem pornosów? Kręci rozbieranki.

Chloe: Wcale nie. Robi bardzo dobre, bardzo wrażliwe filmy Jeżeli zbierze dosyć pieniędzy.

Marjorie: Kto tak mówi? Oliver?

Chloe: Tak.

Marjorie: Sądzę, że jest jednym z pieczeniarzy Olivera.

Chloe: Dlaczego jesteś tak uprzedzona do Olivera?

Marjorie: Bo jestem głodna, a ten kelner jest okropny. I dlatego że cię unieszczęśliwia.

Chloe: Nieprawda, mężczyźni nie unieszczęśliwiają kobiet. To kobiety same się unieszczęśliwiają.

Marjorie: Kto tak mówi? Oliver?

Chloe: Tak.

Kelner zabiera plastikowe liście sałaty i przynosi szpinak oraz grecką kiełbasę, o których Marjorie mówi, że są specjalnością tej restauracji. Trzymana przez dłuższy czas w gorącym piekarniku kiełbasa skwierczy na talerzu, a szpinak, niegdyś dymiący, teraz scementowany jest zieloną skorupą. Jedzą.

Marjorie: Kiedy zobaczysz się z Grace, powiedz jej, że obecnie nie mam przyjaciela.
Chloe: Dlaczego mam jej to powiedzieć?
Marjorie: To ją uszczęśliwi. Chcę, żeby Grace była szczęśliwa.

Chloe zaciska zęby, żuje kiełbaskę i nic nie mówi.

Marjorie: Naprawdę nie mam nic przeciwko temu, żeby Grace była szczęśliwa. Zresztą ona zawsze dobrze się bawi. Ja wiem, że kosztem innych, zdeptać, zdeptać wszystkich bez wyjątku. Żałuję, że nie mam tej odwagi. Może urodzić dziecko, póki jest na to czas, i dać ci je, Chloe?
Chloe: Nie, dziękuję.
Marjorie: Wiesz, o co mi chodzi. Pewnie znowu gdzieś wyjeżdża.
Chloe: Do Cannes.
Marjorie: Co za wspaniałe życie. Procesować się w Londynie i kopulować w Cannes. Ona zawsze wszystko miała.
Chloe: Niezupełnie. Wiele jej zabrałaś.
Marjorie: Co mianowicie?
Chloe: Esther i Edwina. Podkradłaś ich uczucia.
Marjorie: Wcale tego nie chciałam.

Wygląda na zaskoczoną. To zmienia postać rzeczy.
— Czy te kiełbaski nie są dobre? — Marjorie mówi mechanicznie, pracowicie żując.
Ma zwyczaj czekać na odpowiedni moment i chwalić wszystko, co się przed nią pojawia. „Hurra!", krzyczała Marjorie dawno temu w Ulden, gdy Esther podawała sztywną galaretkę z jeżyn, znienawidzoną przez wszystkich. „Byczo!", gdy pojawiały się gotowane cebule, wystające spod kluskowatego białego sosu, który Esther przygotowywała ze smalcu, szarej mąki, mleka w proszku i wody.

I każdy cierpiał za Marjorie, tak ewidentne były jej wysiłki, tak szlachetne jej starania, aby być dobrą i szczęśliwą.

Życie rodzinne „Pod Topolami". Tworzenie obecnej Anglii. Rodzina jako fundament narodu, niepodatny na zmiany.

Esther lubi wszystko ratować przed zniszczeniem. Zimny budyń z sago przerabia na zupę, dodając sos pomidorowy i sól. Robi dżem z przejrzałych i gnijących śliwek, zebranych w trawie na końcu ogrodu. Suszy kwiaty, żeby ocalić je przed zwiędnięciem. Obraca na wszystkie strony prześcieradła, aby zapobiec nieuniknionemu robieniu się dziur. Wciąż się modli, aby jej dusza została zbawiona i aby Marjorie, Grace i Chloe były dobre i szczęśliwe. Modli się o to, aby Edwin uzyskał przebaczenie.

Kiedy Edwin wyjeżdża na ryby lub do swoich prawników, Esther jest energiczna i praca idzie jej jak z płatka. Kiedy wraca, Esther popada w zagadkową niezręczność, przypala rondle i przelewa wanny; potyka się i nadweręża kostkę.

Nadchodzi niezbyt pomyślny okres dla Edwina. Jego oddział obrony cywilnej zostaje włączony do większej formacji, a on traci nad nim dowodzenie. Ten cios zapędza go z powrotem pod „Różę i Koronę", z której zachęcony wojskowymi zadaniami wyłaniał się nieśmiało, jak ćma kierująca się ku dziennemu światłu. Niestety w Zacisznym Kąciku nie wszystko jest tak, jak być powinno. Czasem żołnierz lub zwykły lotnik zajmuje miejsce w rogu, który Edwin uważa za swój, i nie opuszcza go nawet na wyraźną prośbę. Całkowicie normalne i patriotyczne uwagi Edwina, wychwalające wojenną politykę Churchilla, wywołują niekiedy, jeśli w barze zgromadzi się wyjątkowe pospólstwo, huragan śmiechu. Zdarza się też, że brakuje piwa.

Edwin starzeje się o dziesięć lat w tyleż miesięcy. Alkohol wywołuje na jego twarzy różowe przebarwienia. Wąs mu siwieje. Cierpi na wybuchy złości, depresji, astmy oraz szczególnej irytacji w stosunku do własnej żony. A jego żołądek, na ogół odporny nawet na kuchnię Esther, teraz skręca się na samą myśl o obiedzie. Staje się specjalistą od domowego sadyzmu.

Wyobraźcie sobie niedzielę, całkiem typową dla tych miesięcy, kiedy zmartwienie, frustracja i rozpacz omotały umysł Edwina i zniekształciły jego widzenie świata oraz ludzi, którzy w nim żyją.

Świeci słońce. Jest środek lata. Morze wzywa. W baku jest dość benzyny, by dojechać do wybrzeża i z powrotem. Esther zrobiła kanapki z prawdziwym masłem — przez tydzień oszczędzała kartki wszystkich domowników — oraz z pastą z piklinga. Chloe przyniosła cztery jajka na twardo — które dostała jej matka od gospodarza pijaka, żywiącego próżną nadzieję na specjalne traktowanie w dniach, gdy jest mało piwa i brakuje whisky. Grace włożyła swoją najlepszą sukienkę z czerwonej bawełny w niebieskie wzorki, a Marjorie umyła samochód i wypolerowała siedzenia pokryte prawdziwą skórą. Od sąsiadów pożyczyły plażową piłkę i z trudem, gdyż dziewczęta rosną prędko, a kartki na ubrania ciężko dostać, zdobyły dla każdej porządny kostium kąpielowy.

Odjazd zaplanowano na dziesiątą. Gdy zegar w hallu wybija godzinę, Esther i dziewczęta zbierają się przy garażu. (Delikatnie rzecz ujmując, Edwin nie lubi czekać, a jeśli już musi, potrafi przez całą drogę nie odezwać się słowem.) O dziesiątej piętnaście Edwina jeszcze nie ma.

Chloe jako ta, która ma najmniejsze szanse doprowadzić Edwina do pasji, zostaje wysłana po niego do biblioteki. Edwin siedzi, patrząc posępnie w okno. Zamiast sportowych spodni i koszuli ma na sobie mundur obrony cywilnej.

— Jesteśmy gotowe, panie Songford — mówi Chloe.

— Gotowe? — Wydaje się zdziwiony.

— Jedziemy nad morze — ośmiela się powiedzieć Chloe.

— Nad morze? Kraj jest na skraju katastrofy, a my jedziemy nad morze? Cóż to za szaleńczy pomysł?

— Czekamy — mówi Chloe pokornie.

Edwin idzie do garażu. Chloe drepcze za nim. Na nogach ma białe sandały swojej matki. Noszą buty tego samego, nietypowego rozmiaru i niełatwo im znaleźć obuwie, zwłaszcza teraz w czasie wojny.

— Więc to tak! — Edwin jest figlarny. Jego zęby błyszczą w zbyt szerokim uśmiechu. — Czy nasza wyprawa jest naprawdę konieczna?

— Tak, tatusiu — mówi Grace. — Zanim umrę z nudów.

— Jesteśmy gotowe i czekamy — wtóruje jej Esther. — Przygotowałyśmy piknik! Słyszę, jak morze nas wzywa, a ty?

— Wyczyściłam siedzenia — mówi Marjorie.

Edwin stoi, uśmiecha się i czeka. Esther wpada w pułapkę. Zawsze tak jest.

— Chcesz jechać w tym mundurze? — pyta.

— A co, uważasz, że nie powinienem? Nie mam prawa?

— Oczywiście, że masz, mój drogi. Pomyślałam tylko, że może ci być trochę za gorąco. Taki piękny dzień!

— Pozwolisz, że sam ocenię temperaturę własnego ciała — twarz Edwina zaczyna się czerwienić. Żyła na skroni pulsuje. Dzieci się odsuwają, pakują siebie oraz swoje bagaże do samochodu i żywią nadzieję wbrew wszelkiej nadziei.

— Nie powinnam była tego mówić — mówi Esther. — Przepraszam.

— Ale powiedziałaś — zauważa Edwin. — Więc mamy to teraz analizować? Chcesz, żebym był jedynym mężczyzną na plaży bez munduru? Obawiam się, że nie jestem kimś, kto lekko traktuje takie rzeczy. Zorganizowałaś tę wyprawę tylko po to, by upokarzać mnie przed każdym mijanym chłystkiem. Znam cię na wylot, Esther.

— Ależ, kochanie...

— Za gorąco w mundurze! Jesteś okropna.

Dumnym krokiem idzie w stronę domu.

— Edwin — woła za nim płaczliwie Esther. — Edwin, dokąd idziesz?

— Do gabinetu.

— Po co?

— Pisać listy. Nie mogę?

— Ale mieliśmy jechać nad morze... — Esther ma oczy pełne łez. — Zrobiłam kanapki.

Edwin zamyka się w gabinecie. Dziewczynki wysiadają z samochodu, speszone i rozczarowane. Esther opanowuje się i mówi z ożywieniem:

— Obawiam się, że tatuś jest zmęczony. A może zamiast tego zrobimy sobie cudowny piknik nad rzeką? Możemy zanieść tam kosz. To niedaleko.

Ale one kręcą głowami. Nie chcą. Dzień jest spisany na straty.

Edwin wciąż siedzi w gabinecie. Mija jedenasta, mija dwunasta. Znika ostatnia szansa na to, by zmiękł. Upał obezwładnia.

W domu panuje cisza. Esther smaży grzanki na lunch. Grace rysuje, Marjorie odrabia lekcje. Spod drzwi gabinetu unosi się ciężka chmura nienawiści, przygnębienia i niechęci.

Chloe idzie na podwieczorek do „Róży i Korony" i oddaje jajka matce.

Nie są to dobre dni ani dla Edwina, ani dla nikogo innego. Czasem Esther się zastanawia, czyby nie zrobić prawa jazdy, ale pierwsza przeszkoda, to znaczy nakłonienie Edwina, by ją nauczył, jest nie do pokonania.

Wyobraźcie sobie teraz inną scenę, pewnej letniej niedzieli jakieś dwanaście lat później, gdy Grace jest już oddaną żoną Christiego. (Grace miała małżeństwo wymarzone w ten sam sposób, w jaki inne kobiety mają — albo nie mają — wymarzone kuchnie.)

Do czekającego na podjeździe mercedesa zapakowana jest dwójka małych dzieci Grace — papużek nierozłączek — hiszpańska niania, kosz z piknikiem przygotowany przez dom handlowy Harrodsa (*alia tempora, alii mores*) i skrzynka szampana dla uroczych przyjaciół, których mają odwiedzić tego dnia w ich nadmorskim domu w Sussex.

Grace, rozgrzana i zadowolona, opiera się o długą maskę mercedesa. Jej sterczący pulchny biust wyłania się subtelnie z głęboko wyciętej, białej bawełnianej sukienki. Grace patrzy w niebo i obserwuje ptaki. Czy myśli o przeszłości, o swej matce i ojcu, o tamtych wyprawach, w tamtych czasach? Pewnie nie. Grace rzadko łączy przeszłość z teraźniejszością.

Ale oto nadchodzi Christie, skacząc w dół schodów, istne wcielenie przedsiębiorczej energii i talentu do spraw finansowych. Sto osiemdziesiąt pięć centymetrów wzrostu, szerokie ramiona, gładko ogolony, o wyraźnych aryjskich rysach twarzy, jej wielce pożądany mąż.

Na widok Grace nagle staje. Ona uśmiecha się do niego. To powolny i rozmarzony uśmiech; ofiarowuje mu wspomnienie minionych przyjemności; nie uśmiechała się tak do niego nigdy przedtem ani też nigdy potem.

Poprzednia noc pełna była dziwnych, niestosownych seksualnych zachowań (dzięki nieopatrznej uwadze, którą rzucił ginekolog Grace), nowych zarówno dla Grace, jak i dla Christiego, przekonanego, że pozycja na misjonarza — on na niej, z zamkniętymi oczami — wyznacza granicę zachowań małżeńskich, a wszystko inne jest już pornografią. Kobiety, tak jak mężczyźni, powiedział ginekolog Grace, miewają orgazm więc, z trudem zmuszając swoje usta do wypowiedzenia tego słowa na głos, tak bogaty, dziwny i niebezpieczny wydał się jej ten pomysł, wyszeptała tę informację do ucha Christiemu, gdy leżeli razem w małżeńskim łożu.

Rano, już po tych wyczynach, jest ociężała, syta i zaspokojona. Ale cóż mówi Christie? Dlaczego obrzuca ją przezwiskami? On, który w nocy tak ją obejmował i pieścił — a potem, podczas śniadania, gdy jadł bekon i pił kawę, był tak niezwykle przyjazny — jakich on teraz używa słów? Ekshibicjonistka, prostaczka? Co takiego zrobiła? Jej sukienka? Obnaża piersi jak kokota?

Przecież dzień jest gorący. Wybrała tę sukienkę, bo dzień jest gorący i to wszystko, przysięga — a nie po to, jak zarzuca jej Christie, by uwieść ich gospodarza w jego domku w Sussex, męża jej najlepszej przyjaciółki. Christie jest okrutnym, niesprawiedliwym sadystą. Jej szczęście pryska. Dzieci płaczą. Niania pobladła z przerażenia.

Niemniej to prawda, że gospodarz podziwia biust Grace. To prawda, że chciałaby zirytować swoją przyjaciółkę. To prawda, że wydarzenia poprzedniej nocy i władza, którą roztoczyła nad Christiem, a której on teraz tak się boi i którą odrzuca, rozbudziły jej erotyczne fantazje nie tylko wobec męża najlepszej przyjaciółki, ale też wszystkich mężczyzn na świecie. Christie nie jest tak daleki od prawdy, jak w swoim biednym zimnym sercu podejrzewa. Co się tyczy Grace, jest całkowicie niewinna. Wybrała tę sukienkę, bo dzień jest upalny; jej oczy napełniają się łzami. Christie zmarnował jej dzień, jej życie, jej przyszłość. Jąkając się, wypowiada bolesne i gorzkie słowa, a on z godnością oddala się do swojego biura.

To pierwsza niedziela od siedmiu miesięcy, której nie poświęcił na pracę, i proszę, jak mu ją zmarnowała.

Grace często opowiada tę historię na dowód, że Christie jest złośliwy i w ogóle nie można z nim wytrzymać, a także aby wykazać swój hart ducha, gdyż w odpowiedzi na ten incydent nauczyła się, bardzo rozsądnie, prowadzić samochód i zdała egzamin za pierwszym razem. A ponieważ Christie nie pozwoliłby jej prowadzić mercedesa, w obawie że zepsuje skrzynię biegów, sprzedała się za pięćdziesiąt funtów ormiańskiemu skrzypkowi w jego pokoju w hotelu „Regents Park", aby kupić sobie własny samochód. W każdym razie tak mówiła.

Chociaż druga żona Christiego, Geraldine, pracownik socjalny, mówiła zupełnie co innego.

— Wiem z całą pewnością — powiedziała kiedyś do Chloe — że Grace zdała ten egzamin dopiero za czwartym razem. A co do kochania się z Ormianinem za pieniądze, jest to typowe dla chorej fantazji Grace; obawiam się, że to symptom choroby umysłowej, a także kolejny dowód, jeśli jakieś będą potrzebne, że nie nadaje się do tego, aby widywać się z dziećmi w czasie weekendów. Hotel „Regents Park"! Kobiety tak się tam po prostu nie zachowują, a gdyby nawet chciały, jestem pewna, że nie zostałyby wpuszczone przez portiera. To bardzo przyzwoite miejsce. Byłam tam kiedyś na podwieczorku. No i te pięćdziesiąt funtów! Kto by dał tyle za Grace? Ormianie to cwana nacja, cena rynkowa na prostytutki sięga trzech funtów, więc chyba nietrudno im to obliczyć w swojej walucie. Według Christiego biedna Grace jest po prostu oziębła i to oczywiście jest częścią jej kłopotów. A jeśli chodzi o tę niedzielę, to Christie poszedł do biura nie dlatego, że był obrażony, ale dlatego, że powiadomiono go przez telefon, że jeden z jego budynków się wali i potrzebują go na budowie.

To ostatnie stwierdzenie z pewnością kryło dużo prawdy. Christie był inżynierem budownictwa i jego budynki często się waliły.

Chloe czuła dużą dozę sympatii i współczucia dla Geraldine, dając wiarę twierdzeniu Grace, że Christie poślubił Geraldine, porządną młodą dziewczynę, tylko po to, by przyznano mu dzieci.

I chociaż w tym czasie Geraldine była bezczelną i irytującą kołtunką, typową niedoświadczoną i bezdzietną żoną, która wie, że odrobina dobrej woli, rozsądku i samodyscypliny rozwiąże wszystkie problemy — czy to małżeńskie, społeczne, czy polityczne — Chloe spodziewała się, że życie i czas wszystko to wkrótce uzdrowią.

I rzeczywiście tak się stało. Kiedy dzieci zostały już skrupulatnie i bezpiecznie zaadoptowane, a Grace przestała się nimi interesować, Christie pozbył się Geraldine za pomocą długiego i upokarzającego procesu i zawarł jednodniowe małżeństwo z chciwą, choć rozkoszną hipiską Californią; w ten oto sposób Geraldine stała się matką dwójki dzieci, których ani specjalnie nie lubiła, ani nie była w stanie utrzymać, i nikt już nie słyszał, by robiła uwagi typu:

Nie ma czegoś takiego jak złe dziecko, są tylko źli rodzice

albo

Ludzie powinni mieć pretensje tylko do siebie.

I była przez to o wiele milsza.

ROZDZIAŁ DZIEWIĘTNASTY

W chwili gdy kelner zabiera ich puste talerze, w „Italiano" nie ma już prawie nikogo. Marjorie przegląda jednak jadłospis i zamawia *zabaglione* dla siebie i Chloe. Marjorie nigdy się nie poddaje, nigdy się nie oszczędza, myśli Chloe. Prosi się o kłopoty, po to aby stawić im czoło. Walczy w jakimś potwornym basenie okropnych zdarzeń, raz tonąc, to znów wypływając na powierzchnię, pełna pretensji, z trudem łapie oddech i nigdy nie przystaje na to, by wyciągnąć rękę i zacząć się ratować.

— Jak się czuje twoja matka? — pyta Chloe.

Marjorie została wepchnięta do tego basenu przede wszystkim przez Helen i dlatego nigdy nie wypłynie.

Tak, posłuchajcie jej teraz.

— Matka? Matka ma się wspaniale! — mówi Marjorie. — W przyszłym tygodniu kończy siedemdziesiąt lat. W zeszłym miesiącu pisali o niej w „Vogue". Nie widziałaś? Nie? Byłam pewną że czytasz „Vogue". Wydaje modne przyjęcia dla homoseksualnych działaczy politycznych. Wszyscy bardzo ciotowaci. Nie wiem, czy ona zdaje sobie z tego sprawę, ale należy chyba doceniać takie starsze panie, nieprawdaż? Tak więc adorują się nawzajem nad koronkowymi obrusami, bukietami i *coq à la Tunisie*, przyrządzonym przez subtelnego młodego Sulejmana, przywiezionego znad Bosforu.

— Mam nadzieję, że on pierze te obrusy — mówi Chloe, dla której obrusy zawsze były ciężarem, ponieważ jej mąż, Oliver, nie jest w stanie strawić jedzenia bez obrusa, a ona nie ma pralki.

— Ja je piorę — mówi Marjorie — zabieram je w niedzielę, w niedzielne popołudnie piorę je ręcznie w letnich mydlinach, suszę w moim małym ogródku, a w poniedziałek rano odsyłam z biura taksówką. Chciałabym zamieszkać z nią i opiekować się nią należycie, ale wiesz, jaka zawsze była niezależna.

— Masz teraz sporo prania — mówi Chloe. — Biorąc pod uwagę obrusy twojej matki i bieliznę Patricka.

— A co innego mogę robić w wolnym czasie? — pyta Marjorie. — I kto by się tym zajął?

Zabaglione jest zadziwiająco pożywne, ciepłe i dobre. Podając je, kelner nawet się uśmiecha. Może trapił go bardziej wstyd niż niechęć. Marjorie odpowiada mu uśmiechem. W końcu odniosła zwycięstwo.

— Mogłaby oddawać do pralni — ryzykuje Chloe.

— O, nie — Marjorie jest zgorszona. — Musi bardzo uważać. Wiesz, jak starsze osoby martwią się o swoją przyszłość... pewnie dlatego, że tak niewiele jej mają przed sobą. Będzie nawet musiała sprzedać dom na Frognal.

— Chyba czas najwyższy. — Chloe nie lubi Helen od czasu, gdy podsłuchała, jak ta krytykuje liberalizm Esther wobec przyjaźni córki z wiejskimi dziećmi. To znaczy z Chloe, córką barmanki. Tak przynajmniej przypuszczała Chloe.

Dom na Frognal, miejsce szczęśliwej miłości Helen i Dicka, stał nie zamieszkany przez ostatnich piętnaście lat, podczas gdy Helen bawiła się myślą o jego sprzedaży. Czasami wprowadzali się do niego hipisi albo dzicy lokatorzy, po czym sami się wyprowadzali.

— Żywi do niego sentyment — mówi Marjorie. — To dla niej trudne.

— Przypuszczam, że jest już za późno na remont — odpowiada Chloe. — I na to czekała. Trzeba go będzie zburzyć, dadzą zezwolenie na budowę nowych mieszkań i zarobi fortunę.

— To wcale nie jest tak — zaprzecza Marjorie. — Nic nie zniszczy tego domu. To lity beton. Ona wcale nie jest wyrachowana, potrzebuje po prostu pieniędzy.

Helen latami sprzedawała ryciny, które Dick kupił w latach dwudziestych. Dostała za nie bardzo dobrą cenę. Niestety pierwsze ich wydania, które osiągnęłyby jeszcze lepszą cenę, leżały pod przeciekającym dachem i w rezultacie się zmarnowały.

Kiedy Dick poszedł do wojska, na dachu była tylko jedna obluzowana dachówka, ale działa przeciwlotnicze z Hampstead Heath wstrząsnęły ziemią i obluzowały następne trzydzieści dwie. Tak w każdym razie powiedział Helen strażak z wiadrem piasku, wypatrujący na dachu bomb zapalających. A ona, będąc któregoś deszczowego dnia na strychu i oglądając gnijące kartki, nie mogła się nawet zmusić, aby przesunąć tomiska spod kapiących kropel.

Jego książki. Jego wina. I tylko jedna szansa dla każdego.

— Nie wiem, czemu ty nie mieszkasz na Frognal — mówi Chloe do Marjorie, chociaż dobrze wie czemu, a także jak bolesny jest tego powód. Lecz gdy Marjorie jest coraz milsza i szczęśliwsza, Chloe nie potrafi powstrzymać się od zaczepek w stylu: „Tyle miejsca się marnuje" albo: „Mam nadzieję, że matka zaprasza cię na te wspaniałe przyjęcia w zamian za pranie", wiedząc doskonale, że Helen tego nie robi. I wreszcie: „Czy pierzesz też prześcieradła Patricka, oprócz jego bielizny? Te, których używa z panią X i panią Y, kiedy ty czekasz pod drzwiami?"

Marjorie wygląda jednak na bardziej zasmuconą niż złą.

— Rzadko kiedy jesteś taka — stwierdza. — Coś musiało się stać. Dlatego chciałaś się ze mną zobaczyć. Cóż, wszyscy wiemy, o co chodzi. Przez dwadzieścia lat pozostajesz w związku z niewłaściwym mężczyzną, a najbardziej prawdopodobnymi tego powodami są snobizm, zachłanność i lęk.

Chloe milczy. Po chwili Marjorie mówi:

— Ciekawe, czemu ciągle przychodzę do tej okropnej nory? Obsługa jest skandaliczna, jedzenie marne, kelner idiota i jeszcze specjalnie posadzili nas w przeciągu.

— Zgadza się — mówi Chloe.

Marjorie zaczyna się śmiać. Chloe zaczyna chlipać.

— Oj, Marjorie — wzdycha Chloe.

— Oj, Chloe — wzdycha Marjorie. — Nic się nigdy nie zmienia.

— A właśnie że się zmienia — mówi Chloe. — Musi.

Ale tak naprawdę nic się nie zmienia. Tak to wygląda teraz, a i wtedy było podobnie. Prosisz o chleb, a dostajesz kamienie.

ROZDZIAŁ DWUDZIESTY

Wreszcie! Helen przyjeżdża do Ulden, aby odwiedzić swoją córkę Marjorie. Jaka piękna jest Helen, jaka elegancka, jaka nietknięta przez czas; jak potrafi oczarować Esther Songford i flirtować z Edwinem, opierając szkarłatny paznokieć na jego zakurzonej klapie i hipnotyzując go wzrokiem.

Przyjeżdża samochodem z szoferem. Cała jest śmietankowo-różowa. Ma pończochy z najczystszego jedwabiu; jej halka, chwilami widoczna spod spódnicy, jest oblamowana koronką. Helen ma szerokie i niewinne oczy w owalnej twarzy oraz jasne włosy, wijące się słodko za uszami.

(Daleko stąd Dick, zziębnięty i głodny, myśli o Helen w ramionach wrogich oficerów, na podłodze biblioteki, pod ciekącym dachem, i dobrze mu tak. Helen nie myśli o Dicku.)

— Och, moi drodzy — mówi. — Moi drodzy.

I obejmuje wszystkich po kolei, ale Marjorie jakoś mniej niż innych. Esther, która rzadko dotyka kogokolwiek, jest wdzięczna i oczarowana gładkim ciepłem ręki Helen; a dotyk obcego policzka, tak delikatnego i czułego, ją oszołamia.

— Co za okropne czasy — lamentuje Helen. — Ta wojna to koszmar. Jestem wam wdzięczna za opiekę nad Marjorie. Tak jej tu dobrze z wami.

— Może zostać tak długo, jak zechce — mówi Esther Songford. Jak niezdarna się czuje w swojej starej brązowej spódnicy i kardiganie; jak bardzo pragnie aprobaty Helen.

— Hm… — mówi Edwin.

— Dopóki nie znajdziemy czegoś poza Londynem, to takie straszne miejsce… Będę przysyłała gwineę tygodniowo — mówi

Helen. — Tylko tyle mogę zrobić. Będzie mi ciężko, rzecz jasna. Jestem właściwie sama na świecie. Obawiam się, że rodzice mojego męża wyrzekli się dziecka. Rozumiecie, są Żydami, i to bardzo ortodoksyjnymi; wyrzeczenie się jej zaoszczędza im więc dużo pieniędzy! Jestem pewna, że tylko o to chodzi. Niemniej bardzo mnie to boli.

Pierwszy raz Marjorie usłyszała, że jej ojciec jest Żydem. Cóż, nie powinna była podsłuchiwać pod drzwiami.

— Będziemy się nią opiekować — mówi Edwin. — Biedna mała Marjorie. Na Jowisza, oczywiście, że będziemy, to minimum tego, co możemy zrobić. Nakarmimy ją, zadbamy o nią, kolorki wrócą na jej policzki. — Niepokoją go uwagi sugerujące dyskryminację i krzywdę. Jest miłym człowiekiem dla każdego oprócz Esther. — Londyn nie jest teraz miejscem odpowiednim dla dziecka. Słyszałem, że East End został zbombardowany.

— Ludzie wykazują niesłychany hart ducha — mówi Helen. — Śpiewają w schronach, kiedy nad nimi szaleje istne piekło. Czy wiecie, że pracuję dzień i noc? Cóż, teraz wszyscy muszą pracować. Pomagam przetrwać młodym matkom. Biedactwa, tyle mają pokus. Gdy mąż idzie do wojska, żona dostaje tygodniowo zaledwie dwadzieścia osiem szylingów! To straszne. Jak można za to utrzymać rodzinę? Oczywiście, że nie dają sobie rady, a ponieważ Londyn pełen jest żołnierzy na przepustce, obawiam się, że można się spodziewać całkowitego upadku moralności. Nie, Londyn nie jest miejscem dla dzieci.

— Ależ, mamo — mówi Marjorie w pokoju, ciągnąc matkę za rękaw w sposób niesłychanie irytujący — wszyscy inni wysiedleńcy już dawno wrócili, tylko ja jedna zostałam w wiosce.

— Marjorie — mówi Helen — nie zagląda się darowanemu koniowi w zęby. Skoro państwo Songfordowie są tak dobrzy dla ciebie, to jest okropnie nieuprzejme z twojej strony.

Marjorie robi się szkarłatna. Łzy tryskają jej z oczu.

— Jest dość płaczliwa — mówi Helen. — Chyba to odziedziczyła, niestety. Taka nieustająca ściana płaczu.

— To kochana dziewczynka — oświadcza Esther z przekonaniem.

— To by było wszystko — mówi Helen. — Muszę już pędzić.

— Może zostanie pani na podwieczorku? — pyta Edwin. — Nie da się pani skusić na kawałek ciasta orzechowego?

— Bardzo bym chciała, ale wzywają mnie obowiązki. Dziś wieczorem muszę być w Schronisku dla Młodych Żon — mówi Helen. — W ogóle nie powinnam była przyjeżdżać ani zostawiać ich, ale chciałam się upewnić, czy Marjorie niczego nie brakuje.

— Proszę cię, zostań, mamo — woła Marjorie — jest dopiero południe.

— Kochanie moje, nie męcz mnie. Musimy przed zmrokiem wrócić do Londynu. Wiesz, że obowiązuje zaciemnienie.

Szofer otwiera przed nią drzwi. Jest młodym, zdrowym przystojnym blondynem odzianym w mundur, ale trudno powiedzieć, czy służby cywilnej czy wojskowej.

Edwin odprowadza ją do auta, otula futrzanym pledem.

— Ta wojna — zwierza się Helen z wahaniem — ta wojna... jest czymś niezwykłym. Zmieniła moje życie. Przedtem byłam taką egoistką. Wywarła na mnie błogosławiony wpływ. Co to za miejsce, ten świat... och, co za miejsce!

Edwin wpatruje się w nią zachwycony. Silnik mruczy. Podbiega Marjorie.

— Mamo — pyta — co z ojcem? Gdzie jest ojciec?

— Naprawdę nie wiem — mówi Helen. — Ale to nic nie znaczy. Teraz listy w ogóle nie dochodzą. Niczego nie można być pewnym.

— Ale mamo...

Helen uśmiecha się słodko, klepie córkę po policzku, zamyka okno w samochodzie i już jej nie ma. Zdołała jednak ożywić atmosferę w Ulden.

— Niezwykłe — mówi Edwin do Esther nad wieczornym kubkiem kakao. Esther przyrządza kakao z wodą, nie z mlekiem.

— Co takiego?

— Jej wiek.

— Co w tym niezwykłego?

— Musi być w tym samym wieku co ty, a wystarczy spojrzeć na nią i na ciebie — i Esther jest tak zdenerwowana, jak Edwin, wzburzony i niespokojny, sobie to zaplanował.

Jedwabne halki lamowane koronką! Jasnowłosi szoferzy!

— Kiedy dorosnę — mówi Grace do Marjorie przed zaśnięciem — będę taka jak twoja mama.

Marjorie chlipie w sąsiednim łóżku i nie odpowiada.

Kłamstwa i szkarłatne paznokcie!

Niecały kilometr dalej, w pokoju na tyłach „Róży i Korony" Chloe leży w łóżku i nie śpi. Prześcieradła są szorstkie, a koce cienkie; metalowe łóżko ma zardzewiałe sprężyny, materac zrobiony jest ze zbitych kłaków. Mała Chloe zastanawia się, czy już zawsze będzie skazana na takie życie. Z otwartych okien Zacisznego Kącika docierają opary piwa i śpiew. Tam na dole jej matka uśmiecha się, obsługuje gości, sprząta, wyciera i skrywa swój niesmak. Słychać trzaskanie drzwi i krzyki. Na podwórku, opici piwem, ponagleni przez naturę mężczyźni wydalają ekskrementy i mocz, wymiotują. W sobotnie wieczory, gdy dziewczęta z fabryk przyjeżdżają do Stortford, podwórko, pełne tulących się par, zdaje się wzdychać i pomrukiwać. Chloe czyta Biblię przy świetle latarki. „Pamiętajcie o Stwórcy w chwilach waszej młodości, kiedy nie nadeszły jeszcze złe dni..."

Ale przypuśćmy, że nadejdą?

Następnym razem Helen zmuszona jest przyjechać pociągiem, nie samochodem. Brakuje benzyny. Towarzyszy jej szarmancki polski oficer. Stuka obcasami, kłania się, ale nie mówi po angielsku. Teraz Helen też ma na sobie mundur. Choć niewiadomego pochodzenia, ten duży uniform w kolorze khaki świetnie podkreśla jej delikatny wdzięk. Wygląda tak, jakby miała na sobie przebranie.

Jest blada i roztrzęsiona, zostawia polskiego oficera w towarzystwie Esther, a sama zabiera Edwina na spacer do lasu. I tak oto mniej więcej toczy się rozmowa:

Helen: Czuję, że jest pan moim przyjacielem, że mogę panu zaufać. Esther też, oczywiście. Ale wie pan, jak to jest, kiedy potrzebuje się rady... co mężczyzna, to mężczyzna. Chyba Esther nie będzie mi miała za złe, że tak pana porwałam? Za nic w świecie nie chciałabym jej urazić. Tyle jej zawdzięczam.

Edwin: Jest z tym Polakiem. To chyba w porządku.

Helen: Tak. No i dzieci. Ona kocha dzieci, prawda? Edwinie, wreszcie dostałam wiadomość od Dicka. Myślałam, że jest w Szkocji, ale

60

nie, wysłali go do Francji. Musiała zajść jakaś pomyłka, ponieważ
nikt zdrów na umyśle nie wysłałby Dicka do służby czynnej. Za wielki
z niego intelektualista, a poza tym Żyd. Sergiusz mówi, że Żydzi zupełnie nie nadają się na żołnierzy! Czy wie pan, że Dick należał do Unii
Zwolenników Pokoju? Właściwie ja też, ale uważam, że byłam pod
zbyt wielkim wpływem Dicka. To okropne, co powiem, ale odkąd go
nie ma, odkryłam siebie. Ja też byłam socjalistką, wie pan? Naprawdę!
Zwykłam uważać, że ludzie mają swój rozum, a tylko brakuje im wykształcenia albo szczęścia, ale teraz zaczynam myśleć, że są po prostu
bardzo głupi. Sergiusz — który jest prawdziwym hrabią — mówi, że
komunizm jest z góry skazany na klęskę z powodu głupoty klas pracujących. Przynajmniej przypuszczam, że tak mówi — rozmawiamy po
francusku. Oboje liznęliśmy trochę francuszczyzny. Ale problem leży
w tym, że Dick został wzięty do niewoli i ja strasznie się tego wstydzę. Wiem, że to nie jego wina, ale nie mogę pozbyć się wrażenia, że
wybrał najłatwiejsze, powiedziałabym, typowo żydowskie wyjście. Takie bierne i podstępne. Przez ten czas jako oficer i dżentelmen będzie
tam sobie siedział bezpiecznie i przytulnie jak u Pana Boga za piecem,
podczas gdy my będziemy narażeni na bombardowania i biedę. Nie
byłabym zaskoczona, gdyby się poddał, mając to na uwadze. To bardzo
dziwne, że tak postąpił. Czy mógłby pan mnie wyręczyć i powiedzieć
o tym Marjorie? Bardzo mi trudno rozmawiać z nią o jej ojcu. Czy pan
wie, że kiedy ją rodziłam, on mnie zdradzał, a ja o mało nie umarłam?

Edwin uważa to za coś niesłychanego. Tak samo uważa Helen.
Biedny Dick, któremu Rhoda, najlepsza przyjaciółka Helen,
pełna życia, swawolna, śmieszna dziewczyna, wybrana przez Helen do pomocy, zaofiarowała ciepło, zrozumienie i pocieszenie.
Co powinien był zrobić Dick tej nocy, gdy urodziła się Marjorie?
Wypędzony przez domową pielęgniarkę? Poród to nie jego interes, to babska sprawa, jego własna żona pęczniejąca, pękająca, i to
z powodu jego brutalności, lekarze, którzy zakazali stosunków
w czasie ciąży — bo niedobre dla dziecka, oraz trzy miesiące po
porodzie — bo niedobre dla matki, i Helen, zawsze gotowa skwapliwie uwierzyć temu, co jej najbardziej odpowiadało? Co powinien
był zrobić Dick, pytali przyjaciele (byli przyjaciele) Rhody i Helen.
Cóż, oczywiście zdecydowanie odwrócić się od Rhody (wtedy nie
uważano pragnień seksualnych za siłę napędową, tak jak teraz, ra-

czej za słabość niż za siłę), ugryźć się w język, wstrzymać oddech, zdobyć się na cierpliwość i ocalić wszystkich od katastrofy.

Tak przynajmniej uważała biedna, zraniona Helen, która obnażyła piękną pierś po to tylko, zdawałoby się, żeby otrzymać cios, i która zresztą zawsze miała trudności z odróżnianiem skutków od przyczyny (wierzyła święcie, że krosty Marjorie są przyczyną jej cierpienia, a nie jego rezultatem).

Uczucie zranienia przeszło w moralne oburzenie, potem w nawyk i wreszcie w przewagę.

Edwin: Och, biedna, dzielna Helen.

Helen: W każdym razie chcę zachować wiarę dziecka w ojca. Uważam, że jest to bardzo ważne. Jeśli będę widywać ją zbyt często, boję się, że moje rozgoryczenie wyjdzie na jaw i ucierpi na tym jej prostoduszność. Ona po prostu nie ma dokąd pójść. Moi rodzice są w Australii, a co do rodziców Dicka — cóż, zawsze uważali się za coś lepszego ode mnie. Może pan sobie to wyobrazić? Sergiusz mówi, że takich ludzi powinno się internować, że Żydzi to prawdziwi zdrajcy. Londyn jest teraz okropnie niebezpieczny, ale muszę zostać, nie wolno mi uciec, to nie leży w mojej naturze. Pan Churchill mówi, że wszyscy powinni pozostać na swoim miejscu i pomagać, a nie ma pan pojęcia, jak wiele potrzebuje teraz Londyn! Połowa ludności nie chce wyjść ze schronów, a druga połowa nie chce do nich wejść. Jednym grozi śmierć od chorób, a drudzy mogą być wysadzeni w powietrze lub spaleni. A ten zanik moralności! Pracuję z upadłymi matkami. Zapraszam je na herbatę, słuchamy płyt; pokazuję im, że wciąż można prowadzić normalne życie, że nie musimy zniżać się do poziomu zwierząt. A utrzymanie tego ogromnego domu w czystości to prawdziwa zmora — nie jestem w stanie znaleźć sprzątaczki, a co dopiero zatrudnić ją na stałe bez płacenia strasznych sum. Jedna kobieta zażądała półtora szylinga za godzinę, a miała tak okropne żylaki, że z pewnością jej praca nie byłaby tyle warta... Edwinie, ty niegrzeczny chłopczyku, lepiej wracajmy. Esther będzie się zastanawiać, co się z nami stało. Ależ mam szczęście, że trafiłam na tak dobrych przyjaciół i taki dobry dom dla Marjorie.

Wracają więc do domu, Helen zabiera polskiego hrabiego, który podziwiał róże Esther, muska Marjorie na pożegnanie, Edwin zupełnie zapomina powiedzieć Marjorie, że jej ojciec jest jeńcem wojennym, a Esther ma ciężkie życie przez dzień lub dwa, gdy Edwin wytyka jej braki w wyglądzie, gotowaniu, gospodarności, opiece nad dziećmi i w całym istnieniu, aż wreszcie sprowokowany ponad wszelką miarę jej osłupiałym, cierpiącym wyrazem twarzy, wykopuje z gazonu lwie paszcze i sadzi cebulę.

Chloe i Grace pomagają.

ROZDZIAŁ DWUDZIESTY PIERWSZY

Latem 1943 roku Marjorie jedzie na dzień do Londynu, aby odwiedzić matkę. Jest niedziela. Dom na Frognal, wybudowany w 1933 roku przez renomowanego architekta, stylem przypominający nieco betonową łódź z bulajami zamiast okien, stoi teraz jak odrapana arka, osiadła w dżungli pnączy i krzaków. Wszystkich młodych ogrodników powołano do wojska, a starsi mogą znaleźć lepiej płatną pracę.

Ale Helen jest w radosnym nastroju. Wciąż wydaje przyjęcia: gości jest aż nadto. Rozmaici polscy oficerowie na przepustce w Londynie, jeden lub dwóch nawróconych przyjaciół, jeszcze z czasów Unii Zwolenników Pokoju, malarze, którzy przedtem przymierali głodem, a teraz oficjalnie uwieczniają wojnę, byli pisarze awangardowi, którzy teraz zarabiają krocie jako korespondenci wojenni — wszyscy znajdują azyl w jej domu. Kupcy, oczarowani wdziękiem Helen, dostarczają jedzenia w obfitości, więc jej gościnność nie ma granic.

Helen nie może zostawić gości, by wyjść po Marjorie, która sama jedzie autobusem z Liverpool Street Station do Hampstead przez wciąż dymiące zgliszcza miasta i widzi z piętra autobusu coś, co w pierwszej chwili bierze za worek do połowy schowany wśród cegieł, a później rozpoznaje jako górną część czyjegoś ciała. Zastanawia się, czy nie powiedzieć o tym konduktorowi, ale potem rezygnuje. Ktoś chyba musi o tym wiedzieć. Nie chce wyjść na głuptasa.

Próbuje powiedzieć Helen o zwłokach, ale Helen jest zbyt zajęta, żeby słuchać. Mówi swoim przyjaciołom, jaką niezależną dziewczynką stała się Marjorie dzięki życiu na wsi i uczęszczaniu do wiejskiej szkoły. Marjorie, nakrywając do obiadu, podsłuchuje, jak jej matka mówi do przyjaciółki:

> Helen: Biedny, drogi Dick! Ciekawe, czego mu najbardziej brak w oflagu, seksu czy kultury? Czy potrafisz wyobrazić sobie Dicka bez Klubu Lewicowej Książki albo „New Statesmana" czy „Apolla"? Myślę, że jedyne, co mają w takim miejscu, to „Esquire" lub „Tit-Bits", przesyłane przez Czerwony Krzyż. Boję się, że umysł całkiem mu zwiędnie i uschnie bez zwykłej porcji bodźców i że nie będzie jedyną rzeczą, która mu uschnie! Nigdy nie czerpał z własnych źródeł.
> Marjorie: Mamo!
> Helen: Pospiesz się, Marjorie.
> Marjorie: Chcesz powiedzieć, że ojciec jest w niewoli?
> Helen: Oczywiście, kochanie. Pan Songford powiedział ci przecież.

Marjorie znajduje adres oflagu ojca, przeszukując matczyne biurko z różanego drewna. Co tydzień wysyła na ten adres długi list, przepisując stronice z „Apolla", „New Statesmana" oraz całe opowiadania z „Nowej Literatury Penguina"; Chloe pomaga, wertując stronę za stroną, podczas gdy powinna odrabiać lekcje, a Grace — „prawdziwa mała artystka", jak mówi jej nauczycielka — kopiuje rysunki Henry'ego Moore'a i obrazy Paula Nasha na cienkim papierze lotniczym, który jest dołączany do listu. (Grace ma niezwykłą zdolność plastycznego naśladownictwa; łapie za ołówek i z dumną, na pół obojętną, na pół pogardliwą miną, szybko kopiuje oryginał.) Żadna z nich nie wie, czy listy docierają do adresata. Odpowiedź oczywiście nie nadchodzi. Nie ma to większego znaczenia.

— Pewnie zamęczyli go na śmierć — któregoś dnia, przy podwieczorku, mówi Grace. — Wiecie, jacy są Niemcy.

— Cicho bądź, Grace. Jest oficerem i dżentelmenem — mówi pocieszająco Esther. — Takie rzeczy zdarzają się tylko szeregowym. Nie denerwuj biednej Marjorie.

Ale Grace martwi i denerwuje Marjorie przy każdej okazji i trudno jej się dziwić, bo świadectwo szkolne Marjorie jest oszałamiające. Pod koniec pierwszego roku Marjorie przoduje w szkole we wszystkim, a Chloe jest druga. Grace dostaje nagrodę z wychowania plastycznego i opinię „miałaby lepsze stopnie, gdyby chciała" ze wszystkich pozostałych przedmiotów. I chociaż

Grace ma normalnych rodziców i mieszka we własnym domu w całkiem normalny sposób, z biegiem czasu te atrybuty coraz bardziej jej przeszkadzają. Grace ogranicza istnienie do realności Edwina — cholerycznego, nadwrażliwego i omylnego. Marjorie z zaginionym ojcem i Chloe z umarłym żyją w świecie przeszłych i przyszłych możliwości.

Marjorie wysyła matce swoje świadectwo i dostaje odpowiedź, w której Helen zupełnie pomija jej wyniki i pisze, że wyjeżdża na rok do Stanów, aby pracować w organizacji Wolnych Francuzów w Nowym Jorku. Czy Marjorie może powiadomić o tym państwa Songfordów?

Marjorie powiadamia. Gwinea tygodniowo już dawno przestała przychodzić.

— Powinnaś wziąć jakiś udział w wysiłku wojennym — to wszystko, co Edwin ma do powiedzenia Esther — a nie siedzieć na tyłku przez cały dzień.

Esther rzadko siedzi na tyłku. W tych czasach musi bezustannie latać, naprawiać i kombinować. Każda jeżyna jest zawekowana; przecier z rzepy dodany do dżemu dla powiększenia objętości; jajka w kremie zastąpione złocistym syropem — gdyż jajek nie ma; nawet tutaj, na wsi, urzędnicy rzucają się na każde jajko, jakie wypadnie kurze spod ogona. Tylko kapusta występuje w nieograniczonych ilościach. Oraz oczywiście warzywa z ogrodu.

— Zaśpiewam na koncercie dla wojska — mówi Esther, w końcu zmuszona do obrony niesprawiedliwą krytyką Edwina. Przed zamążpójściem Esther chciała zostać śpiewaczką operową. Edwin jest przerażony.

— Ośmieszysz siebie — mówi. — I mnie.

Ale Esther nie daje za wygraną, więc Edwin próbuje nakłonić organizatorów, aby odwołali jej występ. Nie chcą się zgodzić i Esther śpiewa. Ona, pani w średnim wieku z czerwonymi, opuchniętymi rękami i straconymi ambicjami, staje przed wszystkimi tymi mężczyznami i śpiewa ni mniej, ni więcej tylko Brechta. *Balladę o żonie niemieckiego żołnierza:*

A co dostała żona żołnierza

— Tak to idzie —

Ze świetlistej stolicy, z Paryża?
Z Paryża przyszła jedwabna sukienka —
Niech sąsiadka pęka, że jedwabna sukienka!
To dostała z Paryża,
A co dostała żona żołnierza
Z mroźnej rosyjskiej ziemi?
Z Rosji dostała welon z krepy —
Do żałobnej stypy wdowi welon z krepy,
To dostała z rosyjskiej ziemi.*

Jej głos jest czysty, mocny i młody, dykcja wyraźna i pewna. Gdy kończy, nastaje cisza. A potem niekończące się brawa. Wygląda na wdzięczną, chociaż wcale nie zdziwioną taką reakcją. Nie chce zaśpiewać na bis.

— Już dosyć — mówi. — To mi wystarczy na wieki. Musi wystarczyć.

— Czasem — mówi Gwyneth do Chloe — czyścisz mosiądz i znajdujesz złoto. Nie zawsze, ale czasem. — I nareszcie to, co mówi, wydaje się Chloe prawdziwe.

Edwin nie słyszy, jak jego żona śpiewa, ani nie jest świadkiem jej sukcesu. Na kilka godzin przed jej występem na scenie wypada mu dysk, więc kładzie się do łóżka, a potem jest zbyt obolały, by słuchać czyjejkolwiek relacji z tego wydarzenia.

ROZDZIAŁ DWUDZIESTY DRUGI

— Wiem, co ci jest — mówi Marjorie, kiedy czekają na kawę — i co mnie jest. To ten plakat „Wytrwajcie". Wrył się nam w mózgi.

No tak. Plakat „Wytrwajcie" na tablicach ogłoszeniowych w kościołach, barach, szkołach, w Instytucie Kobiet i na stacji, w sąsiedztwie przepisów na ciasto z marchwi oraz pasztet z dorsza i ziemniaków, tablicach wywieszonych przez Ministerstwo Aprowizacji.

---

* B. Brecht, *Wiersze wybrane*, tłum. Stanisław Jerzy Lec, Warszawa 1954.

Co robię?

Gdy słyszę wiadomość o lądowaniu Niemców? Trwam na miejscu, mówię sobie: „Nasi chłopcy na pewno sobie z tym poradzą"." Nie mówię: „Muszę stąd uciekać", czy w domu, czy w pracy, po prostu to przetrwam.

— Ja trwam w pracy, a ty w domu — mówi Marjorie. — Jakie z nas dobre dziewczynki.

Ciach, ciach, ciach, nożyczki sklepikarza wycinają kupony i numerki. Małe kostki margaryny, jeszcze mniejsze masła, maleńkie kawałeczki sera suną po ladzie. Dżem z melona i mleko w proszku. To wszystko na ten tydzień. Książeczki z kuponami stają się coraz cieńsze. Dowody tożsamości dla dzieci są źródłem dumy. A więc to jest dorosłe życie! Liczba samobójstw gwałtownie rośnie. Zdrowotność skacze w górę. Jeśli nie można nasycić się frytkami, to trzeba marchwią. Dzieci z okresu wojennego są o wiele wyższe od dzieci przedwojennych. Najwspanialsza godzina Wielkiej Brytanii!

Autobusy pękają w szwach od kobiet w turbanach na głowie, śpieszących do pracy w fabrykach broni. Syn właścicielki ich sklepu ze słodyczami ginie w akcji. Brat piekarza traci nogę. Ogrodnik, który niegdyś pomagał Esther przy jej ziołowych rabatach, zostaje uznany za zaginionego. Stali bywalcy „Róży i Korony", roześmiani, przystojni, strojący niewybredne żarty młodzi mężczyźni z lotniska, przestają przychodzić o zwykłej porze. Nowi młodzi ludzie zajmują ich miejsca przy barze, opierają się i tłoczą w ten sam sposób, zamawiają te same drinki. Trudno ich odróżnić.

Czasem Gwyneth leży wieczorem w łóżku i płacze. Dlaczego? Chloe nie wie. Płacze nad sobą lub nad światem. Rano znów jest pełna energii i pracowita. We dwie wykonują poranne, płynące z radia ćwiczenia, na ile tylko pozwala im maleńki pokój. Chloe łamie mały palec, uderzając o ścianę przy wymachu ramion. Cóż, jest wojna. Bieda nie zależy już tylko od jednostki.

Niemiecki bombowiec zostaje zestrzelony i eksploduje około dwóch kilometrów od wioski. Spalone resztki, metalowe i ludzkie, zostają ogrodzone. Tydzień później Marjorie znajduje w rowie oderwane ludzkie ramię, wciąż w rękawie munduru.

Zawsze Marjorie.

— Trudno tu mówić o wytrwaniu — mówi Chloe. — Kocham swojego męża.

— Miłość! — prycha Marjorie. — Co to takiego? W twoim wieku?

Wstaje, podchodzi do automatu z kawą i nalewa porcję sobie i Chloe. Kelner zniknął z zasięgu wzroku. Chloe marzy o tym, żeby już sobie pójść, ale Marjorie nie ma jeszcze takiego zamiaru.

— Łatwo można posunąć się za daleko — ciągnie Marjorie. — Jak Edwin Songford. Czy wiesz, że on kiedyś zgwałcił Grace? Chodziła po domu całkiem naga.

Chloe blednie.

— Grace powie wszystko, żeby tylko ożywić konwersację — mówi słabym głosem.

— Co więcej — nie rezygnuje Marjorie — twierdzi, że kiedy jej ojciec był małym chłopcem w Indiach, jego ojciec, przyłapawszy go na masturbacji, podłączył go do jakiejś maszyny powodującej szok elektryczny i przez to Edwin stał się na zawsze impotentem.

— W jaki więc sposób ją zgwałcił?

— Nie mówiła o szczegółach.

— A przede wszystkim skąd się wzięła na świecie?

— Traktujesz wszystko tak dosłownie, Chloe — zrzędzi Marjorie. — Poza tym został zdegradowany, bo wyciął dziurę w podłodze i podglądał, jak w pokoju niżej dowódca kopuluje ze swoją kobietką.

— Biedny Edwin — mówi Chloe. — Dlaczego Grace jest dla niego taka okropna?

— Bo siedzi samotny i niedołężny na wybrzeżu w Bournemouth i gdyby miała dla niego choć jedno dobre słowo, mogłaby poczuć się w obowiązku jechać tam i zająć się nim. To jednak całkiem możliwe, że historia o gwałcie jest prawdziwa. Grace była bardzo prowokująca i ciekawska, a wszystkie okoliczności temu sprzyjały. W prymitywnych społecznościach na przykład żona, która czuje wstręt do seksualnych powinności, tak wychowuje córkę, by ta zajęła jej miejsce w małżeńskim łożu. Pamiętasz, jak Esther utrzymywała zawsze, że Grace nie jest na tyle rozwinięta, by nosić stanik, więc Grace biegała naga po domu, podczas gdy my wszystkie, przyzwoite, nosiłyśmy solidne staniki z fiszbinami?

— Nikt wtedy nie biegał nago. Umierało się ze wstydu, jeśli widać było choćby kawałek piersi. Poza tym mówisz o kazirodztwie, a nie gwałcie, i nie wierzę w ani jedno słowo. Życie było wtedy zupełnie inne.

— Wcale nie — mówi Marjorie. — Ty po prostu niczego nie dostrzegałaś. Dwa razy przechodziłaś koło tego rowu i nie zauważyłaś ręki pilota. A ja ją zauważyłam.

— Może leżała tam tylko dlatego, że się jej spodziewałaś — odpowiada zdesperowana Chloe.

— Według Grace — ciągnie Marjorie — stało się to wtedy, gdy wróciłam do Londynu, do domu na Frognal, a Edwin martwił się o niewinność Grace. Wracał z „Róży i Korony" i poszedł do jej pokoju sprawdzić, czy już jest, ale jej nie było. Obwinił więc o to biedną Esther, która z płaczem poszła do łóżka, a on siadł i czekał z butelką whisky. Kiedy Grace wróciła wreszcie koło trzeciej cała rozgoryczona, kpiąca i wściekła — wiesz, jaka ona była — poszedł za nią do jej pokoju, zdjął pasek, żeby ją sprać, spodnie mu opadły i tak to się stało.

— Podejrzewam — mówi Chloe ponuro — że jeśli wymyśla się takie szczegóły, to równie dobrze mogą być one prawdziwe. Skoro jest przeświadczona, że ją zgwałcił, fakty nie mają w tej sprawie większego znaczenia.

— To nieprawda — mówi Marjorie — i wiesz o tym. Fakt to fakt, a wyobraźnia podlega freudowskiej interpretacji.

— Każdy, kto pożąda w swoim sercu... — odpowiada Chloe — jak zwykła mówić moja matka.

— Nic dziwnego, że nie potrafisz utrzymać Olivera w ryzach — stwierdza Marjorie. — Dlaczego godzisz się na tę Françoise?

— Bo Oliver jest dzięki niej szczęśliwy — stwierdza Chloe.

— A ty?

— Nie jestem nieszczęśliwa — stwierdza Chloe ostrożnie.

— A powinnaś być — mówi Marjorie.

A co ty o tym wiesz, myśli Chloe, wściekła. Nie masz męża, nigdy nie miałaś i nigdy nie będziesz mieć, więc skąd ta pewność, co powinnam, a czego nie?

— Jesteś jak twoja matka — ciągnie dobrotliwie Marjorie. — Godzisz się na zbyt wiele. Wytrzymałość to choroba i odziedziczyłaś ją po niej.

— To sprawa wyboru — mówi Chloe. — Jakie życie wiodła-by moja matka, gdyby nie godziła się na wiele? Czy Esther miała jakiś wybór poza życiem z Edwinem? Co innego by robiła? Kobiety w życiu kierują się koniecznością, a nie wyborem.

— Kobiety, które nie zarabiają — mówi Marjorie.

— Próbowałam zarabiać — odparowuje Chloe. — Naprawdę próbowałam i wtedy właśnie zaczynały się kłopoty. A Esther Songford nie miała aż tak złego życia, jak mówisz. Małżeństwa nie mają złego życia, ono tylko wygląda okropnie od zewnątrz.

— Nie tylko wygląda — mówi Marjorie. — Ono jest okropne.

— Miała swoje życie wewnętrzne, którego nic nie mogło zniszczyć.

— Nieprawda — protestuje Marjorie. — Było zniszczone, skopane i posiniaczone. Esther strasznie cierpiała, kiedy Edwin z niej się naśmiewał, a Grace była opryskliwa, wiem o tym. Widziałam, jak Esther próbowała być dzielna.

— To nie było tak — mówi Chloe. — Miała różne przyjemności. Swoje rabaty w ogródku, dom i różne zajęcia. A kiedy Edwina nie było, potrafiła być bardzo figlarna.

I rzeczywiście, Esther zachowywała się czasem jak rozbawiony kociak harcując, śpiewając i tańcząc po kuchni, zarówno ku zachwytowi, jak i zakłopotaniu dziewcząt.

— Kto się boi wielkiego złego wilka? — śpiewała, ale gdy o wpół do dwunastej w nocy otwierały się drzwi frontowe i Edwin wracał z pubu, bała się i nie bez powodu.

ROZDZIAŁ DWUDZIESTY TRZECI

Któregoś niedzielnego poranka Chloe przychodzi wcześnie „Pod Topole" i zastaje Esther zapłakaną, siedzącą wśród nie pozmywanych zeszłej nocy naczyń. Jej prawe oko jest podbite i spuchnięte, a warga zakrwawiona. Ma na sobie starą sukienkę ze sztruksu, którego zieleń płowiejąc przybrała głęboki odcień. Łzy powiększyły jej oczy, a rozpacz wygładziła twarz. Wygląda jak bardzo ładne dziecko. Mówi do Chloe tak:

— Spadłam ze schodów, Chloe. Jestem trochę roztrzęsiona. Czy możesz nastawić czajnik? Wypijemy sobie dobrą herbatkę. Nie mogę znieść tej przygnębiającej atmosfery, a ty? Zawsze uważałam, że to od żony i matki zależy nastrój w domu. Mężczyźni to na ogół ponure stworzenia, które ciągle się obrażają, a ty musisz się uwijać i uśmiechać, żeby wszystko było tak jak trzeba. Ale ładnie dzisiaj wyglądasz, Chloe. Zawsze taka czyściutka, dobra z ciebie dziewczynka. Grace chyba jeszcze chrapie, tak jak jej ojciec. Wszystko przez tę „Różę i Koronę", chodzenie tam wcale nie wydaje mi się takim patriotycznym zajęciem. Najpierw cały wieczór pan Songford leje sobie piwo do gardła, potem cały ranek leży w łóżku, a między jednym a drugim wywołuje jeszcze awanturę! Ale nie wolno mi narzekać. Miałam szczęście, że w ogóle wyszłam za mąż. Jako dziewczynka nie byłam wcale taka ładna, a pana Songforda poznałam dość późno. Wiesz, zawsze pragnęłam zostać śpiewaczką, ale nie byłam dość ładna i moi rodzice nie chcieli o tym nawet słyszeć. Młody kapral Bates proponuje, żebym zaśpiewała na festynie w ogrodzie Nadeszła ta godzina, ale obawiam się, że mój mąż nigdy się na to nie zgodzi. Właściwie wydaje mi się, że najbardziej nie cierpi samego kaprala Batesa — cóż, jego poglądy są dość radykalne — i nie chce słyszeć o tym, żeby kapral organizował festyn w naszym ogrodzie, mówi, że musi on jak zwykle odbyć na plebanii. Próbowałam mu wytłumaczyć, że wielu żołnierzy to irlandzcy katolicy i że to nie wypada, ale boję się, że daleko mu do rozsądku innych ludzi. Tak mi żal biednego kaprala Batesa: tak bardzo się stara i pomimo wszystko jest prawdziwym dżentelmenem. Jestem pewna, że nigdy w życiu nie podniósł ręki na kobietę.

Ale nawet Chloe, chociaż jeszcze chodzi do szkoły, wie, że kapral Patrick Bates nie jest dżentelmenem. Może aniołem Lucyferem przed upadkiem, ale raczej parweniuszem niż dżentelmenem. Patrick Bates całuje, mówi różne rzeczy i jeszcze gorzej. Patrick Bates ma dwadzieścia dwa lata. Jego ojciec (tak mówi) był kryminalistą i alkoholikiem i został zamordowany podczas pijackiej awantury. Jego matka (tak mówi) jest prostytutką w Manchesterze. A sam Patrick, dziecko z tego związku spod ciemnej gwiazdy, był wychowany (tak mówi) przez samotną ciotkę w Morningside, eleganckiej dzielnicy Edynburga.

Patrick Bates nie boi się (tak mówi) niczego — ani mężów, ojców, braci, ani własnej natury. Jest krępy i silny. Ma błyszczące niebieskie oczy, sztywne rudawe włosy, a członek (Grace zniża głos do szeptu) sztywny i długi zarazem.

Patrick Bates wywołał erotyczny ferment wśród dojrzałych mieszkanek wioski oraz miłosny zawrót głowy u młodszych dziewcząt. Jaką to niezwykłą władzę, oprócz głębokiego wejrzenia w zawstydzone oczy pań i obdarzenia ich skoncentrowaną i pełną podziwu uwagą, posiada Patrick? Na pewno nie jest to rozmiar jego członka (ponieważ z całej wioski tylko Grace wie o takich rzeczach, interesuje się nimi, nie wspominając już o tym, że na ten temat mówi).

Marjorie miała później powiedzieć, że w obecności Patricka kobiety czuły się seksualnie dowartościowane. Tak nieposkromiona była jego ciekawość wszystkiego co kobiece, utrzymywała Marjorie, że znacznie przewyższała kobiecą świadomość bycia zbyt starą, zbyt młodą, zbyt dużą w biuście, zbyt małą, zbyt niedoświadczoną lub zbyt doświadczoną, zbyt luźną w pochwie lub zbyt ciasną, o za dużym temperamencie lub za małym — pozostawiała kobiecie tylko świadomość bycia kobietą, co całkowicie Patrickowi wystarczało.

Grace miała powiedzieć, że dlatego tak jest, iż to nie kobiety uważał za symbol seksu, a raczej siebie samego.

Chloe czuła w tamtym okresie, że był po prostu miły, opiekuńczy i zaangażowany. Dopiero później, gdy minęła młodość i optymizm, gdy dostał tę słodycz, której pragnął i która obróciła się w piołun w jego ustach, turkoczące koło istnienia Patricka zacisnęło się jakoś i wskoczyło na wsteczny bieg, wyczerpując zapasy jego dobrej woli, poruszając mętną przemoc, zakodowaną przy jego narodzinach, i ujawniając na koniec jego nikczemną, szaloną i wrogą naturę.

Patrick Bates jest oficerem kulturalno-oświatowym w miejscowej jednostce sił powietrznych. Ponieważ pastor ma wysokie ciśnienie, to Patrick organizuje chwilowo wiejskie potańcówki, turnieje gry w wista, wystawy warzyw, zbiórki makulatury, złomu i tak dalej. Wydaje się zdziwiony swoim zajęciem, ale jest ono zdecydowanie bezpieczniejsze niż, powiedzmy, siedzenie na miejscu tylnych strzelców, których szczątki regularnie wypluwają powracające samoloty. Patrick nie jest jeszcze przygotowany na to, aby skończyć tak szybko i w tak upokarzający sposób, i oznajmia to publicznie w Zacisznym Kąciku.

Fakt, że może takie rzeczy mówić głośno i wciąż otrzymywać za darmo drinki, jest miarą jego popularności i wdzięku.

Tak się dziwnie złożyło, że w tym okresie tylko Edwin Songford mu nie ufa, widzi w jego uśmiechu iskrę zniszczenia, wyczuwa skrajnie pasożytniczy charakter i ma niejasną wizję zmarnowanej przyszłości Batesa. Ale kto w tamtych czasach zaufałby sądom Edwina Songforda. Świat się zmienił, Edwin nie. Edwin ma opasły od piwa brzuch; po nocach wścieka się histerycznie na myśl o socjalizmie, strajkach, zatrudnieniu kobiet; chciałby kary śmierci za handel na czarnym rynku i przestępstwa homoseksualne. Kiedy mówi o swoich wątpliwościach dotyczących Patricka, kto go słucha? Tylko Esther, która musi.

Pani Songford przyjmuje filiżankę herbaty od Chloe.

— Dziękuję ci, kochana. Mam bardzo wysuszone gardło. To od czasu tego koncertu. Chyba je wtedy nadwerężyłam. Powiedziałabym, że Edwin ma rację: człowiek robi z siebie pośmiewisko. Lepiej się nie wysilać. Naprawdę martwię się o moje gardło. Moja matka umarła na paskudną chorobę — taką, która się rozprzestrzenia. Zaatakowała jej gardło. Mój ojciec żądał, żebyśmy każdy kęs przeżuwali sześćdziesiąt cztery razy, aby ochronić śluzówkę żołądka. Był wspaniałym człowiekiem, ale z perspektywy czasu myślę, że trochę dziwaczył na punkcie diety. Przy posiłkach nie wolno też było rozmawiać. Oczywiście matka nic nie mogła na to poradzić, ostatecznie wyszła za niego... cóż, był to ponury dom. Człowiek powinien być radosny, więc robię, co mogę, nie chcę skończyć jak moja matka i powtarzam sobie, że moje kłopoty to nic w porównaniu z tym, co muszą przejść nasi biedni, walczący mężczyźni.

Jednym z kłopotów Esther jest Grace, która właśnie weszła w wiek dojrzewania. Grace wymyka się „Spod Topól" o wpół do jedenastej, kiedy jej matka jest już w łóżku, a ojciec wlewa w siebie ostatniego drinka pod „Różą i Koroną". Czatuje na Patricka, gdy ten wychodzi z baru. Wraca z Patrickiem do bramy jednostki wojskowej. Co się dzieje po drodze?

Tego nie wie nikt, ale Grace ma przebiegły wyraz twarzy, na której maluje się zaspokojenie, i Chloe zaczyna jej nienawidzić, nie po raz ostatni w życiu, ale intensywniej niż kiedykolwiek potem.

W towarzystwie Patricka Chloe jest sparaliżowana. Grace popisuje się przed nim; Marjorie go zabawia; Chloe potrafi tylko wpatrywać się w niego z wyschniętymi wargami.

Wszystkie trzy dziewczęta uczą się w szkole średniej w Chelmsford. Granatowe plisowane tuniki związane w pasie sznurem (i tuszujące talię). Biała bluzka. Pasiasty krawat. Kapelusz panama w lecie, granatowy filcowy w zimie i kara kozy za brak kapelusza. Pocerowane, czarne fildekosowe pończochy, ciężkie buty, a w zimie kombinacje.

Kombinacje (słowo używane w liczbie mnogiej, nigdy pojedynczej) noszone były na gołe ciało. Zaczynały się przy szyi i sięgały prawie do kolan. Sztywna, żółtobiała szorstka flanela, z dekoltem wykończonym rzędem obwisłych guzików i sztywnych dziurek (podwójnie obrzuconych), by się nie strzępiły) i z dwiema zapinanymi na guziki klapkami, jedną z przodu, drugą z tyłu, na wypadek gdyby właścicielka chciała skorzystać z ubikacji.

W zimowe poranki Grace wychodzi z domu w swoich kombinacjach i zdejmuje je na przystanku autobusowym za żywopłotem, nawet wtedy gdy pada śnieg.

Marjorie i Chloe wolą być ciepło ubrane.

Marjorie przestała pisać do ojca. Kultura wydaje się bez znaczenia. Duch kobiety w wieku piętnastu lat ma niewiele czasu na cokolwiek innego oprócz zastanawiania się nad sobą. (Chociaż szkoła średnia robi wszystko, by przerywać to zajęcie godzinami pracy domowej.) Z Nowego Jorku nadchodzi list od Helen, która w postscriptum pisze, że według wiadomości z organizacji jeńców wojennych, które wreszcie do niej dotarły, jej ojciec, Dick, wciąż żyje i wciąż częściowo widzi na jedno oko.

Chloe jest zakochana w nauczycielu historii i w Patricku. Obie miłości są beznadziejne, bolesne i jest przekonana, niemoralne. Nie wolno o nich nikomu wspominać. Uczy się, jak przeżywać wszystko w skrytości ducha.

Grace nie ma zamiaru niczego ukrywać. Zmusiła wreszcie swoją matkę do uznania ją za dorosłą na tyle, by nosić stanik. Kupują go. Oznaczony jest rządowym znakiem przedmiotu użytkowego. Jest niezgrabny, ale funkcjonalny. Przez dzień lub dwa Grace chodzi, jak inne dziewczęta, z półką na biust.

Nierzadko zdarzało się w tamtych czasach, że wrażliwy młody mężczyzna, widząc po raz pierwszy kobiece piersi — często działo się to podczas nocy poślubnej — przerażał się ich wyglądem, gdyż był przekonany, że są to wysunięte do przodu stożki bez sutek, jednakowe u wszystkich kobiet.

Grace jest zirytowana tą półką. Bez przerwy gotuje w garnku sztywny, odpychający stanik, aż materiał zmienia swoje właściwości. Wtedy farbuje go na czarno.

Nauczycielka gimnastyki zauważa go podczas gry w hokeja, kiedy nie nosi się kombinacji: wyraźnie prześwituje przez rzadką przędzę koszulki gimnastycznej.

Odbywa się taka rozmowa:

Nauczycielka: Droga panno Grace, wydaje mi się, że ten stanik jest niestosowny.

Grace: Co pani ma na myśli?

Nauczycielka: Porządne dziewczynki nie noszą czarnej bielizny.

Grace: Dlaczego?

Nauczycielka: Bo jak by poznały, że jest czysta?

Grace: Wystarczy pamiętać, kiedy się ją prało. Poza tym gdyby była czarna, co by to szkodziło? Zresztą wszyscy powinni oszczędzać mydło podczas wojny. Podobno mężczyźni wolą czarną bieliznę. Czy pani się z tym zgadza?

Nauczycielka: Tylko pewien rodzaj mężczyzn. Mężczyzna, który się tobie spodoba, Grace, będzie lubił kobiety o nieskazitelnie czystym umyśle, ciele i bieliźnie.

Grace: Naprawdę pani tak uważa? Cóż, skoro tyle z tym zamieszania, to w ogóle nie będę nosić stanika.

I nie nosi. Wszyscy są zgodni co do tego, że Grace źle skończy. O mały włos nie zostaje wyrzucona ze szkoły, bo wywiera zły wpływ na inne dziewczęta, ale ratuje ją talent do rysowania. Na szkolnych korytarzach wiszą nawet jej kopie van Gogha.

ROZDZIAŁ DWUDZIESTY CZWARTY

Marjorie, Grace i Chloe. Kiedyś wszystkie krwawiły na komendę, punktualnie i regularnie przez pięć dni co cztery tygodnie, zawsze podczas pełni księżyca. Ta okoliczność w ich życiu doprowadzała Grace do wściekłości.

— Wyglądasz raczej marnie — mówi Marjorie do Chloe, gdy nareszcie wychodzą z „Italiano". — Czy masz okres tak jak ja, czy to z powodu życia, jakie prowadzisz?

— To okres — mówi Chloe. — Z życiem, jakie prowadzę, jest wszystko w porządku.

— Zawsze miałyśmy okres jednocześnie — mówi Marjorie. — Pamiętasz? Grace zazwyczaj głodziła się, żeby mieć inny termin miesiączkowania, ale to nie skutkowało. Czy według ciebie to coś znaczy? Że istnieje jakaś wewnętrzna siła, która nas razem popycha? Może mamy instynkt stadny, jak karaluchy?

— Nie — mówi Chloe.

— Pamiętasz te podpaski, których używałyśmy? Z papieru, co się strzępił podczas chodzenia?

— Wolę nie pamiętać.

— Wiesz, co dzisiaj jest za dzień? — nalega Marjorie.

Chloe idzie z nią do centrum telewizyjnego; mijają wybujałe chwasty przy Shepherd's Bush Green, a potem kierują się w stronę White City. Ich nozdrza pełne są spalin.

— Nie — mówi Chloe. — Co jest dzisiaj?

Ach, dzisiaj.

Dzisiaj dzieci Chloe — które są jej z racji krwi, obsesji lub miłości — zaznaczają kort do badmintona na angielskim trawniku. Są dobrze odżywione; nie mają glist, jaglicy ani gruźlicy. Dzięki telewizji poznały istotę przemocy w każdej postaci; tymczasem jedyną formą rzeczywistego obcowania z przemocą jest szkolny kawał z podłożoną bombą lub rozbity samochód mijany na autostradzie. Nie wykazują bynajmniej zdziwienia z powodu swojego szczęścia.

A jednak kto by przewidział dla nich taką szczęśliwą przyszłość, gdy się rodziły? Nie rozumieją też całkiem poświęcenia Chloe, która doprowadziła je do takiego dobrobytu — jeśli to poświęcenie, bo czyż w końcu nie robimy tego, co chcemy?

To właśnie Oliver tłumaczy Chloe, która narzeka czasem na trudy związane z dziećmi. A kto za to płaci? pyta Oliver. Nie ty, lecz ja. Tak, myśli w duchu Chloe, ale tobie pieniądze łatwo przychodzą. Ja płacę swoim czasem, energią, całym swoim życiem. Dzieci zabierają energię matki, rosną w siłę, podczas gdy ona słabnie.

Inigo i Imogena. Kevin, Kestrel i Stanhope. Biedny Stanhope. Dzisiaj Chloe je lunch z Marjorie. A potem pójdzie odwiedzić Grace. Kto by przypuszczał, po tym wszystkim co się stało, że znowu będą chciały się ze sobą spotykać?

Dzisiaj Esther Songford nie żyje. Tam gdzie kiedyś rosły róże, nie wspominając już o cebuli i kapuście, stoi teraz pięć baraków. Dom „Pod Topolami" wykupił jakiś przedsiębiorca budowlany. Wykorzystuje budynek jako magazyn na materiały, czekając, aż się zawali, by dostać pozwolenie na wybudowanie w tym miejscu luksusowych mieszkań. Niedługo będzie tu autostrada. Trwają prace w kopalni kredy; tam gdzie kiedyś chłopcy Szalonej Laleczki walczyli o swoje życie i przegrali, teraz stoi pochylnia.

Dzisiaj pan Songford mieszka w domu starców w Bournemouth. Grace rzadko do niego jeździ.

Dzisiaj płótna Patricka osiągają cenę od siedmiuset pięćdziesięciu funtów (za większe prace) do dwóch tysięcy (za mniejsze). Maluje kobiety, które kochają się, rodzą dzieci, umierają, leżą martwe, wyłaniają się mgliście z wszechogarniającego bogactwa domowych szczegółów.

W 1947 roku Chloe pokazuje Patrickowi Batesowi obrazy swego ojca, te o rozmiarach miniatur. Pewnego wieczoru, o dziesiątej trzydzieści, gdy Gwyneth wciąż zmywa kieliszki, Patrick przychodzi do pokoju na tyłach „Róży i Korony" obejrzeć obrazy. Chloe leży na brzuchu na podłodze, szukając zwiniętych płócien pod łóżkiem swojej matki, między pudełkami i skrzynkami. Znajduje je w głębi zepchnięte pod ścianę. Jest już cała pod łóżkiem, z wyjątkiem siedemnastoletnich nóg.

Podłoga jest tak czysta, że jej sukienka w kratkę nawet się nie zakurzyła. Gdyby Gwyneth była z natury bardziej niechlujna, Chloe mogłaby szybko zaprzestać poszukiwań i Patrick nigdy by nie zobaczył obrazów jej ojca ani, jak w tym wypadku, jej gładkich wyciągniętych nóg.

W ten sposób spełnia się nasze przeznaczenie, na dobre lub na złe. Inigo, Imogena, Kevin, Kestrel, Stanhope — to potomstwo dzielnego Davida Evansa, który siedział wyczerpany na szpitalnym łóżku, czekał na smak krwi w ustach, z ogromną precyzją pokrywał farbą swoje maleńkie płótna, u którego obsesja mieszała się z optymizmem. Odwaga nie idzie na marne; bolesne wydobywanie piękna z brzydoty nie jest nadaremne. Uważane za zapomniane, bezwartościowe, głęboko zakopane i gnijące pod pokładami ziemi piękno jednak wyłania się jakoś, poruszając lawinę życia i energii.

Patrick wpatruje się w obrazy Davida Evansa i wydaje się zaskoczony.

— Tak — mówi. — Bardzo interesujące.

Patrzy jeszcze raz. — No tak — mówi. — To sposób na to, by nie umrzeć.

Chloe ma rumieńce od pełzania po podłodze.

— Czy chcesz, żebym zrobił ci dziecko? — docieka Patrick i Chloe wydaje się, że tego właśnie chce.

Patrick kocha się z nią tam i wtedy, na łóżku jej matki, ku nieskończonemu zdziwieniu i wdzięczności Chloe. Wydaje jej się to doświadczeniem nie tyle przyjemnym, co przytłaczającym — jakby wkraczała w inny świat, na przykład w świat snu po przebywaniu na jawie lub w realny świat, gdy śniła. Podejrzewa, że to niebezpieczny świat, pełen śmiertelnych pułapek, ale najwyraźniej zamieszkiwany przez elitę.

Patrick wychodzi po półgodzinie, by wrócić do garnizonu.

— Nikomu nie mów — mówi. — Zapomnij o tym na zewnątrz. Pamiętaj tylko w środku. To ci bardzo dobrze zrobi.

Budząc się następnego ranka, nie może uwierzyć, że to się wydarzyło. Wpatruje się w ledwie widoczną, starannie spraną plamę na narzucie matki i zastanawia się, czy może naprawdę rozlała herbatę, jak powiedziała Gwyneth. Patrick ignoruje ją od tamtego czasu i Chloe, cierpiąc, wraca do rzeczywistości.

Nie zachodzi w ciążę, nie tym razem. Nie cieszy się z tego: to czyni Patricka zbyt niepodobnym do bóstwa.

ROZDZIAŁ DWUDZIESTY PIĄTY

— Nie — mówi Chloe. — Nie wiem, co dzisiaj jest za dzień.

Dziś mija dziewięć miesięcy, odkąd Françoise przebywa w domu państwa Rudore'ów. Od trzech miesięcy utrzymuje stosunki cielesne ze swym pracodawcą. Chloe nie odbyła żadnego od roku. Czy jest jej ciężko? Chloe nie wie.

Kiedy Chloe śpi w łóżku swego męża, jej oczekiwaniom nie ma końca — powinny być wypełniane i usatysfakcjonowane nie tylko puste przestrzenie w jej ciele nocą, ale również jej wnętrze w ciągu dnia.

Opiekuj się mną, pielęgnuj mnie, kochaj, dbaj o mnie, krzyczy do niego przy każdym przebudzeniu i każdym sennym oddechu. Bądź doskonały. Nie tak, jak ty to widzisz, ale tak, jak ja widzę doskonałość. Bądź doskonały nie tylko dla mnie, ale również dla naszych dzieci. Wszystkich naszych dzieci. Nie pracuj, nie pij, nie wściekaj się; to odciąga cię od twojego zadania. Twoim zadaniem jestem ja. Wypełnij mnie, wypełnij moje puste przestrzenie. Spełnij mnie.

Ale w głębi serca Chloe wie, że już nigdy nie poczuje się wypełniona. Niektóre rany są zbyt głębokie, powłoki ochronne podarte i nic ich nie naprawi. Miłość i troska ucikną z niej w końcu i już zawsze będzie pusta bez względu na to, czy on ją wypełni czy nie.

Śpiąc w jego łóżku, nie potrafi jednak stłumić swoich oczekiwań.

Poza łóżkiem potrafi być opanowana. Źle traktowana, ale przynajmniej wolna od złudzeń. Chodzi zraniona, odsuwa się od pola bitwy, nie potrzebuje udawać, że nic jej nie jest. Co za ulga! Dopóki dzieci niczego nie widzą.

Oczywiście, że widzą. Inigo i Imogena, Kestrel i Kevin. Stanhope również.

— No dobrze — mówi Chloe. — Powiedz mi, co dzisiaj jest.

Ziemia trzęsie się pod stopami, gdy przejeżdża gigantyczna ciężarówka kierująca się na zachód, ku trasie M4.

Grozi jej ogromne niebezpieczeństwo pozostania nijaką domową kurą, tak jak jej matka, jak pani Songford, która przynajmniej umarła w hańbie. Jak miliony, miliony kobiet beznadziejnie krzątających się do samego końca.

— Dzisiaj mija osiemnaście lat — mówi Marjorie — jak poszłam odebrać Bena ze szpitala i znalazłam go martwego w szufladzie. Dzisiaj mija równo tydzień, jak poszłam do lekarza, który powiedział, że powinnam wyciąć macicę, że to bez sensu tak ciągle krwawić, i teraz nie wiem, co robić. Ty też mi nie mów, Chloe, bardzo proszę, nie ufam już twoim sądom. Od czasu Françoise. Nie wiesz nawet, jak mnie to zdenerwowało. Miałam nadzieję, że przynajmniej ty będziesz szczęśliwa.

Co na to Chloe? Chce się jej płakać, za każdego.

ROZDZIAŁ DWUDZIESTY SZÓSTY

Dzisiaj Grace żyje z Sebastianem, który jest o piętnaście lat młodszy od niej. Lub raczej Sebastian żyje z Grace. Grace dobrze zarabia, ale Sebastian ma talent, wdzięk i przyszłość. Sam wybiera i decyduje, z kim chce żyć. Obecnie Grace wykazuje tendencję do brania, co wpada jej w ręce. Sebastian jest reżyserem filmowym, a raczej byłby, gdyby mógł zebrać pieniądze na zrobienie filmu. Uczył się reżyserii filmowej w szkole prywatnej, a potem zrobił dyplom z form filmowych na uniwersytecie.

Dzisiaj Grace mieszka w na pół wyremontowanym mieszkaniu, na ostatnim piętrze w długim rzędzie domów w Holland Park. Mieszka tam od siedmiu miesięcy, z czego ostatnie trzy z Sebastianem. Tu właśnie odwiedza ją Chloe.

Robotnicy mieli połączyć trzy pokoje w jeden, ale odeszli, jak się wydaje, w połowie zadania. Wewnątrz i na zewnątrz mieszkania leżą góry skutego tynku i sterty rozmokłej tapety, a pasy nowych tapet z położonym klejem wciąż rozciągnięte są na koźle. Puszki farby stoją otwarte i schną. Chloe automatycznie nakłada na nie pokrywki.

Grace kuca na podłodze przed piecykiem elektrycznym, susząc swoje gęste rude włosy. Oczyściła nieco podłogę koło okna, położyła dywaniki i poduszki, ustawiła sprzęt grający, podłączyła do kontaktu czajnik oraz małą lodówkę i w tych granicach urządziła sobie dom.

— Nie sprzątaj — mówi Grace. — „Może będę musiała oddać sprawę do sądu. Wszystko musi wyglądać jak najgorzej.

W miarę upływu lat Grace poczuła zamiłowanie do spraw sądowych. Ona, która gdy kiedyś była stroną w sądzie, płakała i wrzeszczała, teraz polubiła to doświadczenie. Tak oto toczy się rozmowa między nią a jej przyjaciółką Chloe:

Grace: Jak tam wąsik Marjorie? A może już się goli?

Chloe: Ma ważniejsze sprawy na głowie.

Grace: Jakie? BBC? A jak tam Patrick? Mówiła?

Chloe: Wciąż taki sam, szalony i skąpy.

Grace: Dlaczego się do niego nie wprowadzi? Szkoda pieniędzy na czynsz i opłaty.

Chloe: Nie zaproponował jej tego.

Grace: Ma okropny zwyczaj ustępowania mężczyznom. Jest taka sama jak ty, Chloe. Czy nie uważasz, że to mieszkanie jest cudowne?

Chloe: Trudno powiedzieć.

Grace: Nienawidzę go. Jest koszmarne.

Chloe: Nie musiałaś się tu przeprowadzać. Mogłaś zatrzymać dom w St. John's Wood.

Grace: Nie mogłam. Sprzedałam go. Potrzebowałam pieniędzy, no i denerwował mnie sąsiad. Jego żona rodziła jedno dziecko po drugim, on ciągle narzekał i w końcu miałam wszystkiego dość. Dzicy lokatorzy też mi nie pomogli.

Chloe: Tamten dom to wszystko, co miałaś. Grace, co zrobisz, kiedy skończą ci się pieniądze?

Grace: Umrę. Nie znoszę tej okolicy, a ty? Prawdziwe mieszczańskie getto. Pełne krótkowzrocznych kobiet z loczkami, ubranych w skóry i noszących pluszowe misie. Wszyscy normalni ludzie uciekli. Nawet nie wiesz, jak brudne było to mieszkanie, kiedy się tu wprowadziłam, wegetowało tu pięcioro dzieci, ojciec siedział w więzieniu, matka miała gruźlicę, a podłogi były mokre od siuśków. Próbowałam pomalować je farbą, ale wciąż śmierdziały, więc wezwałam robotników, żeby wymienili klepkę. Kiedy zerwali deski, wprowadził się Sebastian i powiedział, że trzeba w takim razie zrobić remont całego mieszkania, więc zaczęli rozwalać ścianki działowe, lecz wtedy pojawili się ludzie z rady dzielnicy i powiedzieli, że to nie są ścianki działowe, tylko nośne, i że wszystko robimy nielegalnie, bo trzeba mieć zgodę architekta, i wtedy oczywiście robotnicy zniechęcili się i poszli. Zapłaciłam im zaliczkę — to był pomysł Sebastiana, powiedział, że jest taki zwyczaj, że trzeba okazać im zaufanie. W końcu Sebastian namówił jakiegoś swojego znajomego architekta, żeby sporządził nam plany, a w barze spotkał innych robotników — dawnych techników filmowych, rozkręcających nowy interes, to oni zrobili ten bałagan, sama wiesz, jaki jest przemysł filmowy — ale sąsiedzi zdążyli podpisać podanie, żeby nie pozwalać nam na zmiany w konstrukcji budynku. Tymczasem robotnicy dostali jednak jakieś zlecenie na film i nie mogli rzecz jasna odmówić — kręcą go w Belfaście, wiesz, jak tam jest. Nie muszę ci mówić. No i ekipa zrezygnowała. Nieruchomości to nudny interes.

Chloe: Co się stało z tą matką, która miała gruźlicę?

Grace: To jedyna rzecz, która cię poruszyła?

Chloe: Tak.

Grace: Nie wiem. Nigdy nie pytałam. Myślę, że jakaś agencja pomogła jej przenieść się na przedmieście. Zapłaciłam jej tysiąc funtów, żeby się wyniosła. To była dla niej fortuna.

Chloe: A gdzie jest pokój Stanhope'a?

Grace: Musiałabyś spytać architekta. Ma jakiś pomysł na dodatkowy pokój dla gości, zawieszony pod sufitem. Właściwie to mu nie ufam. Robi tylko szybkie schematyczne szkice, dużo gada i niczego nie mierzy.

Chloe: To po co go zatrudniacie?

Grace: Jest przyjacielem Sebastiana.

Chloe: To twoje pieniądze.

Grace: Nie, to pieniądze Christiego. Leży tam w swoim grobie — czy też urnie — i szydzi z tego, jak się gospodaruję. W życiu nie zarobiłam grosika, przynajmniej w sensie pensji. Nie wiedziałabym, od czego zacząć. Chciałabym być śpiewaczką operową, wiesz?

Chloe: Tak jak twoja matka?

Grace: Nie, nie tak jak moja matka. Zapomniałam o niej. Nie mogłabym robić niczego, co robiła moja rodzina. Czy Stanhope lubi muzykę?

Chloe: Nigdy o tym nie mówi, tylko o futbolu. To twój syn, nie mój. Przecież przysyłają ci świadectwa szkolne; przypuszczam, że zawsze możesz to sprawdzić w rubryce „Zajęcia dodatkowe".

Grace: Nigdy nie czytam świadectw szkolnych. Powinny zostać zlikwidowane. Naruszają prywatność dziecka. Dziecko w szkole potrzebuje głównie anonimowości.

Chloe: W takim razie może Stanhope powinien pójść do szkoły państwowej? Bardzo tego chce.

Grace: Zawsze ustępujesz dzieciom, Chloe. Jak chłopak w wieku Stanhope'a może wiedzieć, co jest dla niego najlepsze? Jest o wiele szczęśliwszy w internacie. Mają tam dobrych nauczycieli, wspaniały sprzęt, doskonałe boiska i pewnie zaprzyjaźni się z wieloma chłopcami.

Chloe: On nie zawiera łatwo znajomości.

Grace: To pomyśl, jakiż nieszczęśliwy byłby w szkole państwowej.

Chloe: Powiedziałaś mu, że będzie w internacie tylko do czasu, gdy znajdziesz odpowiednie mieszkanie.

Grace: Odpowiednie? Ty nazywasz to odpowiednim mieszkaniem? Poza tym nie wierzę temu architektowi. Nie sądzę, że Stanhope byłby szczęśliwy w pokoju zawieszonym pod sufitem, a ty? Nie. Chłopiec musi zostać tam, gdzie jest. I z całą pewnością nie przeniosę go do szkoły państwowej; dlaczego on chce tam iść?

Chloe: Chce grać w piłkę nożną, a nie w rugby.

Grace: No proszę, przecież to śmieszne. Poza tym z tak idiotycznym imieniem, jak Stanhope, byłby tylko wyśmiewany przez tę hołotę.

Grace zmienia swoje poglądy społeczne razem ze swoimi kochankami, tak jak patyczak zmienia swój wygląd w zależności od krzaka, na którym siądzie. Ale wciąż odzywa się w niej nerwowa żądza zaszczytów. Chociaż gotowa jest w tej chwili wysadzić w powietrze Eton albo przynajmniej podpalić lont dynamitu podłożonego przez Sebastiana, nie pozwoli synowi iść do szkoły państwowej.

Chloe: Przecież to ty go tak nazwałaś, Grace. Uparłaś się przy tym imieniu, mimo że wszyscy ci odradzali.

Grace: W pełni się zgadzam, że cała ta wpadka ze Stanhope'em była idiotyczna. Powinnam była zrobić skrobankę. Jestem zła, że cię posłuchałam, Chloe. Ty ponosisz odpowiedzialność za Stanhope'a. Czy podoba ci się moja sukienka?

Chloe: Nie.

Grace ma na sobie granatową jedwabną sukienkę, uszytą około 1946 roku; sukienka ma nierówne brzegi i jest wytarta na szwach. Dość smutno układa się na małym brzuchu Grace, jakby tęskniąc do bardziej krzepkiej poprzedniej właścicielki.

Grace: Nie? A mnie tak. Kupiłam ją na Portobello. Matka Marjorie miała taką. Myślisz, że to ta sama? Zawsze chciałam być taka jak Helen.
Chloe: I udało ci się

Nie próbuje być miła.

ROZDZIAŁ DWUDZIESTY SIÓDMY

Styczeń 1945 roku. Wróciwszy niespodziewanie z Nowego Jorku, Helen zjawia się „Pod Topolami". Jest ósma rano i na dworze leży śnieg. Wciska dziesięcioszylingowy banknot w drżącą rękę Marjorie, a puszkę łososia daje w prezencie Esther Songford. Esther mocno utyła — ma spuchnięte kostki i zadyszkę — ale udaje się jej wysapać podziękowanie.

— Czy Esther dobrze się czuje? — pyta Helen cała zatroskana, biorąc Edwina na bok. — Wygląda okropnie!

Helen nie wyłączyła silnika swojego małego austina. Wpadła tylko na minutę. Jej pasażer, szary na twarzy i zdenerwowany, stoi na podjeździe, tupiąc nogami, by się rozgrzać, i nie chce wejść. Jest, jak mówi Helen, politykiem z Partii Pracy.

— Esther jest po prostu gruba — mówi Edwin. — Za dużo ziemniaków. Popuściła sobie.

— Nikomu z nas nie wolno sobie popuścić — mówi Helen. — Musimy się przygotować, żeby wygrać pokój, tak jak wygrywamy wojnę.

Helen jest elegancka nawet o ósmej rano. Nosi cieniutką granatową sukienkę we wzorek, z poduszkami na ramionach i plisowaną spódnicą, futro oraz pończochy z nylonu — pierwsza para, jaką widziano w Ulden. Na nogach ma nowe pantofle na koturnach.

Włosy, spiętrzone nad czołem, opadają gładko aż do karku, gdzie wznoszą się znowu kolistym półłokiem, jak fala morska, która za chwilę ma opaść. Trudno o bardziej nienaturalną fryzurę, ale w tych czasach włosy pod żadnym pozorem nie powinny przypominać włosów i to samo dotyczy karnacji. Pomarańczowy, plackowaty makijaż ukrywa każdą skazę; szkarłatna pomadka zamienia usta w łuk Kupidyna, którego Bóg nigdy nie planował.

Helen wygląda pięknie, ale sztucznie. Esther owija się starym szlafrokiem, chwyta puszkę łososia i opada na krzesło, pozwalając odpocząć swoim biednym, obolałym nogom. Jest jej ciągle niedobrze.

— Mam tylko minutę, moi kochani — mówi Helen, podczas gdy wszyscy tłoczą się wokół niej jak pszczoły wokół miodu. — Marjorie, pod koniec tego tygodnia musisz przenieść się do Londynu.

— Ależ nie może, przecież rakiety V... — mówi Esther Songford ze swojego krzesła.

Helen nie zwraca na nią uwagi.

— Nie mogę teraz. Co z moim dyplomem z liceum... — mówi Marjorie — i z egzaminami na studia...

Edwin krzyczy na nią.

— Chyba kochasz swojego ojca bardziej niż szkołę — mówi Helen. — Mamy podstawy, by sądzić, że wkrótce zostanie zwolniony ze względu na zły stan zdrowia. Będzie chciał się nacieszyć rodziną po tym wszystkim, co przeżył. Muszę już pędzić. John spieszy się na bardzo ważne spotkanie. Obiecałam go podwieźć; o wiele przyjemniej jechać samochodem niż pociągiem, ale obawiam się, że jeśli wyłączę silnik, to już nigdy nie ruszymy. Mówię mu, że to nie ma znaczenia, jeśli się spóźni, bo jest tak ważną osobą, że wszyscy będą na niego czekali z radością cały dzień, ale chyba jest okropnie zdenerwowany.

I już jej nie ma.

Kiedy Chloe mówi matce, że Marjorie wraca do Londynu, oczy Gwyneth napełniają się łzami.

— Co się stało? — pyta zdziwiona Chloe. — Przecież wraca do domu, prawda?

— Ta wojna — mówi Gwyneth. — Tyle złego nam wszystkim wyrządziła! — Ma szkaradną wysypkę na rękach. Według lekarza to z powodu ciągłego zmywania i braku witamin, ale jak można temu zaradzić?

— A co będzie po wojnie z nami? — pyta Chloe. — Czy wrócimy do Londynu?

Ale Gwyneth nie chce wyjeżdżać.

— Musisz tu zostać i skończyć naukę — mówi.

Gwyneth jest dumna z Chloe; ta schludna, ładna mądra dziewczyna jest jej największym sukcesem. Gwyneth drży z radości po każdym powodzeniu Chloe w szkole, wpada w popłoch przy najmniejszym bólu głowy córki. Bezinteresownie troszczy się o jej dobrobyt, nie oczekuje niczego w zamian, zawsze łagodzi, głaszcze, zachęca, kształtuje charakter, zaleca cierpliwość i wytrwałość.

To znaczy dopóty, dopóki interesy Chloe i państwa Leacocków się nie krzyżują. Kiedy do tego dochodzi, Leacockowie wygrywają. Gwyneth kocha pana Leacocka. Czy z innego powodu kazałaby Chloe wstawać w zimowe poranki o szóstej, narażając na szwank jej zdrowie i siły, czyścić gościom buty, nakrywać do śniadania, czatować na mleczarza, by zdobyć trochę dodatkowego mleka — a nawet, gdy dziewczynka nieco podrośnie i zmądrzeje, siedzieć po nocach, po zamknięciu „Róży i Korony", i prowadzić rachunki? Wszystko za darmo, jeśli nie liczyć uśmiechu pana Leacocka.

— To zaszczyt — mówi Gwyneth. I wierzy w to, tak jak Chloe.

Gwyneth nie ma dokąd pójść. Przekroczyła już czterdziestkę i nie ma oszczędności. Jej życie w „Róży i Koronie" ułożyło się według znośnego schematu wyzysku połączonego z podnieceniem. Wierzy, że pan Leacock ją kocha. I rzeczywiście podczas rzadkich okazji, gdy uda mu się znaleźć z Gwyneth sam na sam, całuje ją i wyznaje jej miłość. Są dla siebie stworzeni, mówi, ale ich miłość musi ograniczyć się tylko do pocałunków. Gwyneth nie może, nie wolno jej, nigdy, rzucić pracy u niego, bo będzie bardzo nieszczęśliwy, jeśli ona to zrobi. I nie, nie wolno jej prosić o podwyżkę ani krótszy tydzień pracy, bo żona zacznie coś podejrzewać.

Gwyneth czuje taką winę i takie podniecenie, wywołane potajemnymi spotkaniami, że skwapliwie mu wierzy. Lata mijają szybko: ona ciągle wypatruje, ciągle szuka ukradkowych spojrzeń, na poły obawiając się, na poły mając nadzieję, że pani Leacock zobaczy i będzie podejrzewać. Im bardziej zaś Gwyneth czuje się winna z powodu męża, tym większą sympatię żywi do żony, tej bystrej małej ptaszyny, współczując jej monotonii życia, w którym jest miejsce jedynie na jawną i legalną miłość.

Gwyneth wierzy, że wystarczy jej tylko powiedzieć słowo i pan Leacock będzie należał do niej; więc ciągle zwleka, więc nigdy go nie wymawia. Tak oto żyją samotne kobiety, radząc sobie najlepiej, jak umieją, z tym, na co nie mają wpływu: odczytują ukryty sens w zdawkowych słowach; widzą miłość w wyrachowanym pożądaniu; czują pożądanie w niewinnych słowach; znajdują nadzieję tam, gdzie jej nie ma. I tak starzeją się, czekając i łudząc się, choć może lepiej jest starzeć się w przykrym świetle prawdy.

ROZDZIAŁ DWUDZIESTY ÓSMY

— Oczywiście, że powiedziałam Marjorie, że ojciec mnie zgwałcił — mówi Grace. — Marjorie nigdy nie umiałaby sama wymyślić niczego tak interesującego. Wszyscy ci z branży filmowej są tacy sami, bez żadnej wyobraźni. Biedny ojciec. Był bardzo pijany i bardzo zły.

Grace pakuje się w pomieszczeniu, które służy za sypialnię. To znaczy, opróżnia szuflady na podłogę, wyszukuje ubrania i wpycha je do niekształtnych skórzanych toreb, wykazując tyle samo przywiązania do starych podartych szortów, co do swetrów Yves'a St. Laurenta.

— Zdjął pas, żeby mnie zbić; kiedyś chyba miał ordynansa, którego męskość bardzo mu imponowała, a który zwykł mawiać, że kobiety trzeba prać pasem, aby utrzymać je w ryzach. Ale ojciec miał pecha, bo opadły mu spodnie, a wiesz, jakie wtedy noszono niewymyślne majtki. Domyślałam się, miałam tylko piętnaście lat, że ma erekcję. Zwykle jego penis był małym drobiażdżkiem, skulonym pod wielkim brzuchem. Matka mówiła o nim „dyzio tatusia". Jak wiesz, zawsze kąpaliśmy się razem, żeby oszczędzać gorącą wodę. Zawsze w niedzielę rano. Marjorie kąpała się z matką, a ja z ojcem. Objawem patriotyzmu był poziom wody w wannie nie przekraczający piętnastu centymetrów. Nawet król Jerzy nie nalewał sobie więcej.

Więc ojciec stał, celując we mnie tym wielkim nabrzmiałym organem jak pistoletem. Powiedziałam Marjorie, że rzucił mnie na łóżko i włożył mi go, bo bardzo chciała to usłyszeć i mogłam się domyślić, że wygada tę historię, ale nie przypuszczam, żeby on to rzeczywiście zrobił. Chyba pamiętałabym takie zdarzenie, prawda? Chociaż właściwie, jeśli chodzi o seks, pamięta się właśnie to, co chciałoby się zapomnieć. Wówczas chciałam, żeby to była prawda. Powiedziałam Patrickowi, że mój ojciec mnie zgwałcił. Chciałam wzbudzić jego zainteresowanie.

— I udało ci się? — pyta Chloe.

— Tak — mówi Grace. — Od razu położył mnie w rowie, żeby jak powiedział, spróbować smaku moich ust. A potem powiedział: „Nie mów nikomu, bo pójdę do więzienia, nie jesteś pełnoletnia, zobacz, jakiego ryzyka podejmuję się dla ciebie. Zapomnij o tym na zewnątrz, ale pamiętaj tylko w środku", powiedział. „To ci dobrze zrobi."

— Patrick i jego terapeutyczny kutas — mówi smutno Chloe.

Gdy Grace tak krząta się wśród sterty ubrań — podobnie jak krzątała się w dzieciństwie wśród sterty jesiennych liści — co jakiś czas podnosi do nosa bluzeczkę lub stanik, wącha i jeśli uzna zapach za przykry, albo wyrzuca rzecz do kosza na brudy, stwierdzając, że nic już nie da się zrobić, albo spryskuje obficie wodą kolońską i rzuca z powrotem na stertę. Chloe jest jednocześnie pełna podziwu i zgorszona.

— Co za ulga, że możemy rozmawiać o takich sprawach — mówi Grace. — Przez wszystkie te lata musiałyśmy milczeć! Sebastian ciągle mówi o wszystkim, o każdym szczególe, tak jakby nic, co miało kiedyś miejsce, nie było zbyt okropne, żeby oszczędzić temu komentarza. Kiedy kochamy się, co dzięki Bogu nie zdarza się często, on cały czas komentuje to na bieżąco. Wcale mi się to nie podoba.

I rzeczywiście Grace woli milczące uściski z lat młodości, kiedy nie było słów na to, co zrobiła lub co jej zrobiono, a nawet jeśli były, to ich wtedy nie znała.

Uważa, że w tamtych czasach uścisków bez słów w grę wchodziła ciemniejsza siła, ściślej łącząca ją z pierwotnymi regułami wszechświata. Teraz ta „rozrodcza treść" ginie w świetle wiedzy. Stymulacja penisa, stymulacja łechtaczki, perwersja — czy to właśnie ma miejsce? Czy dziś jesteśmy lepsi niż zeszłej nocy albo lepsi od Jaggerów? Grace nie ma nawet ochoty wiedzieć, ale dla Sebastiana ta wiedza ma kapitalne znaczenie.

— Wolałam czasy, kiedy słowo „pierdolić" było przekleństwem — mówi Grace.

— Powinnaś posprzątać mieszkanie — rzuca Chloe, czekając nerwowo, co Grace jeszcze powie.

Co Grace ma do zaofiarowania Sebastianowi, zastanawia się Chloe, jeśli nie partnerstwo seksualne? Można by przewertować wszystkie magazyny kobiece z całego miesiąca i nie znaleźć odpowiedzi. Z pewnością nie wygodę życia, nie mówiąc o bezpiecznej i krzepiącej przystani, w której można stawić czoło światu zewnętrznemu. Oprócz pozostałości po robotnikach na podłodze pełno jest książek, okruchów, rachunków, pułapek na myszy, korków po winie, pustych butelek i starych pudełek po serze camembert. Z zapchanej ubikacji wylała się woda i podłoga została wytarta byle jak. Na balkonie Grace ustawia wieżę z pudełek wyłożonych folią aluminiową, w których dowożą do domu chińskie jedzenie — gdzieniegdzie tłuszcz rozlał się po folii, gdzieniegdzie zakrzepł.

Grace: Jeśli nie lubisz bałaganu, to nie patrz. Jesteś biednym, tchórzliwym, nieśmiałym stworzeniem, jak twoja mama. Myślisz, że jeśli nie posprzątasz, to nikt nie będzie cię kochał.

Chloe (kłamiąc): Wcale tak nie jest. Po prostu jeśli nie posprzątasz, dostaniesz tyfusu.

Grace (z radością): Mamy szczury. To powinno odpowiednio podziałać w sądzie. Karmię je.

Chloe: Musisz znaleźć nowych robotników. Nie można tak żyć.

Grace: Jak mam to zrobić? Nie mam pieniędzy, dopóki nie dostanę odszkodowania od ostatniej ekipy.

Chloe: Musisz mieć jakieś pieniądze, Grace. Dopiero co sprzedałaś dom.

Grace: Dałam wszystko Sebastianowi. Musi zrobić film fabularny o strajku w kopalniach Warwickshire w 1933 roku.

Chloe (przerażona): Grace!

Ile razy już wymawiała to słowo dokładnie takim tonem? Mówi tak zawsze wtedy, gdy dowiaduje się o tym, co zrobiła Grace. W ustach Chloe brzmi to jak jęk zatroskania.

Grace: Sebastian mówi, że to i tak pieniądze Christiego. Powinny zostać jak najszybciej oddane społeczeństwu, z którego je wydoił.

Chloe: Ależ to bzdura!

Grace: Tak uważasz? W każdym razie z pewnością dostanę je z powrotem. Mam procent od zysków.

Chloe: Jakich zysków? Oszalałaś. Jeśli chcesz inwestować w film, dlaczego nie spytasz najpierw Olivera?

Grace: Bo nie kocham Olivera. Kocham Sebastiana. Zresztą Oliver należy do innego świata. Jest za stary. Jaką się stałaś burżujką, Chloe. Prawie zbladłaś z emocji.

Chloe: A co z opłatami za szkołę Stanhope'a?

Grace: Może więc będzie musiał pójść do szkoły państwowej. To powinno cię usatysfakcjonować. Ale stanie się to z konieczności, a nie dla zasady, nie myśl sobie.

Chloe: Boże, dodaj mi sił.

To ulubiony zwrot Olivera.

Grace: Nie podniecaj się tak, Stephen powiedział, że scenariusz jest doskonały. Powiedział, że powinnam wyłożyć swoje pieniądze. Powiedział, że świat dojrzał do filmów kontestujących.

Chloe: Ale Stephen pracuje w reklamie, nie w filmie.

Stephen jest bratem Grace. Ma dwadzieścia siedem lat.

ROZDZIAŁ DWUDZIESTY DZIEWIĄTY

Wiosna 1945 roku. Hitler jest w odwrocie. Jeszcze nigdy Esther Songford nie była taka gruba, pomimo drastycznie ograniczonych racji żywnościowych. Dziesięć deka masła na tydzień, piętnaście deka margaryny, jedno jajko i trzydzieści deka mięsa. Chleb, ziemniaki oraz wszystkie inne produkty spożywcze są na kartki. Tylko marchew i kapustę można kupić bez ograniczeń. Esther gotuje jedno i drugie w tej samej wodzie, żeby oszczędzić na opale.

— Łazisz w kółko jak stara krowa — wyrzuca jej Edwin i Esther płacze.

Chciałaby znowu być młoda, żwawa, szczupła i nie czuć mdłości przez cały czas. Chciałaby być taka jak Helen, żeby sprawić przyjemność mężowi. Aplikuje sobie syrop figowy, w nadziei że zeszczupleje. Żywi dziwne przekonanie, że tyje się od jedzenia gorących potraw; pozwala więc, by obiad stygł jej na talerzu, co doprowadza Grace do oburzenia i irytacji. W tym czasie Grace irytuje się wszystkim.

Edwin wyjaśnia Esther istotę białek i węglowodanów, ale ona nie chce zrozumieć. Nie jest głupia, ale tak samo irracjonalnie traktuje jedzenie, jak i swój brzuch.

Pewnego sobotniego wieczoru, gdy Marjorie przyjechała na weekend, wszystkie trzy dziewczynki grają z Esther w monopol. Esther odsunęła się od stołu, by zrobić miejsce dla swojego tłustego brzucha. Na spódnicę, której nie mogła zapiąć z tyłu, więc spięła ją agrafką od pieluchy, nałożyła zielony bawełniany fartuch.

Pod fartuchem przebiega dreszcz. Pod cienką bawełną widać, jak wydęty brzuch Esther unosi się i opada. W środku jest coś żywego.

— Patrzcie — mówi Marjorie z ręką unieruchomioną w powietrzu, wciąż unoszącą hotel, który właśnie kładła na Pall Mall. (Marjorie wygrywa, jak zwykle. Szczęśliwa w kartach, nieszczęśliwa w miłości.) Wszystkie patrzą tam, gdzie wskazuje. — Tam się coś rusza.

Pani Songford chwieje się na nogach i nagłe olśnienie powoduje, że blednie.

— Jestem za stara — mówi. — To niemożliwe. Myślałam, że to ta przemiana.

Ale nie, jest w ciąży i jakieś dwa miesiące później w miejscowym szpitalu rodzi się Stephen.

Zakończenie wojny jest dla każdego trudnym okresem. Poziom adrenaliny w żyłach narodu spada gwałtownie — kryzys wydaje się nieodwołalny. I rzeczywiście. Strach przed samym sobą zastępuje strach przed nagłą śmiercią; żywe koszmary znów zamieniają się w uśpione. Nie ma już wymówek. Dzieci muszą się usunąć i zrobić miejsce dla ojców, których nie pamiętają; żony muszą nakarmić swych ukochanych mężów, a nie tylko o nich rozmawiać; kobiety mają porzucić swoją pracę i wrócić do domowych zajęć, tak jak oczekuje się tego w czasach pokoju od wszystkich porządnych pań domu. Hitler nie nadejdzie, ale Bóg też nie; nie będzie ani kary, ani zbawienia. Zamiast tego następuje wybuch seksualnego ożywienia, którego rezultatem w latach 1950—1960 będzie zjawisko znane w szkołach jako „kałduny".

Tymczasem w kraju brakuje sprzętu medycznego — środków znieczulających i krwi do transfuzji, nie mówiąc już o tym, że trudno o lekarzy i pielęgniarki. Położnictwo, jak zwykle, wlecze się na końcu listy narodowych priorytetów. Po długim porodzie bez środków znieczulających, uciszana przez akuszerkę, surową starą pannę, biedna Esther rodzi chłopczyka za pomocą ostrych stalowych kleszczy. Gdy dziecko jest już na oddziale noworodków i wszyscy idą na podwieczorek, Esther dostaje krwotoku i umiera pozostawiona bez opieki.

Wypadek, choroba, śmierć — i rodzina, która wyglądała na bezpieczną i stabilną, obraca się z niejaką wdzięcznością w nicość.

Wydaje się, że chaos i rozkład są czymś zwyczajnym, a dobre czasy tylko przypadkiem między nimi. Dni wówczas przeżywane, które wydawały się niespokojne, pełne zmartwień, drobnych utarczek i głupstw, z perspektywy czasu wydają się usłane różami. Gra w monopol! Wystawy kwiatów! Świadectwa szkolne! Budynie z jeżyn i kłótnie o cebulę!

Rzeczywiście to były dobre czasy „Pod Topolami", i to dzięki Esther harującej potulnie dzień po dniu, chociaż nikt jej wtedy za to nie dziękował. Czy wiedziała, że jej trud nie idzie na marne? Że natchnęła Marjorie, Grace i Chloe siłą, która pomogła im przetrwać złe czasy i doczekać dobrych? Czy też uważała się za taką, jaką postrzegał ją mąż — za niezdarną fajtłapę, na okrągło przeżuwającą w myślach swoje dni, tak jak kiedyś na żądanie ojca przeżuwała każdy kęs jedzenia?

Grace ma siedemnaście lat, kiedy rodzi się dziecko, a matka umiera. Na jesieni wybiera się do Slade studiować grafikę. Ale co będzie z tym osieroconym dzieckiem, z tą rozwrzeszczaną drobiną o czerwonej twarzyczce, sinych skroniach i zaropiałych oczach? Czy Grace zostanie w domu, by się nim opiekować?

Nie, Grace nie zostanie.

Edwin, i tak dość oszołomiony po śmierci Esther, przekonawszy się, że dni są puste, skarpetki nie wyprane, jedzenie nie ugotowane, a jego wieczory w barze bezsensowne z braku jej dezaprobaty, szuka ucieczki we wściekłości i szaleństwie. Nie rozmawia z Grace; uważa, że jest nienaturalna i pozbawiona kobiecości. Nie chce płacić za jej studia w Slade; ale Esther zostawiła córce dwieście funtów, o których istnieniu nie miał pojęcia; tego również nie może zapomnieć ani wybaczyć. W tym czasie zupełnie traci rozum. Krewni mu radzą, by zatrudnił gosposię do opieki nad domem, dzieckiem i przy okazji nim samym, ale nie chce o tym słyszeć. Jest pewien, że zostanie tylko oszukany i wykorzystany. Jego różowa twarz blednie i mizernieje; opasły brzuch wysycha i Edwin przez jakiś czas wygląda tak jak Esther — jak nieżywy.

Chwasty szaleją na kwiatowych klombach. Czy widzicie, jak przyroda sprzysięgła się przeciwko niemu? Kiedy wreszcie wraca do równowagi, okazuje się, że sprzedał dom, kupił sobie chatkę w Bournemouth, a dziecko wysłał pod opiekę żony starszego brata Esther — sympatycznej wdowy imieniem Elaine, która nosi męskie koszule, tweedowe garnitury, ciężkie skórzane półbuty i zgodnie żyje z Olive, przyjaciółką z wyraźnym czarnym wąsikiem.

Elaine i Olive hodują psy pod Horsham; i tutaj właśnie, pomijając chwile, gdy pełne werwy i niezgrabne labradory zbijają go z nóg, Stephen rośnie w szczęściu i zadowoleniu.

W rzeczy samej osiąga wagę około stu dwudziestu kilogramów, co u młodego dwudziestosiedmioletniego człowieka wzrostu stu siedemdziesięciu ośmiu centymetrów jest nie lada osiągnięciem. Ma wyłupiaste wyblakłe oczy po Esther — znacznie powiększone przez grube szkła — rudawe włosy i dołek w brodzie. Ma też bystry umysł i zmysł do interesów. Pracuje w reklamie.

Grace na ogół wstydziła się Stephena. W końcu kojarzył się z dramatycznym okresem w jej życiu i można właściwie powiedzieć, że przez swoje narodziny w nieodpowiednim momencie stał się przyczyną wielu jej kłopotów. Stephen był gruby, nieciekawy i wcale nie taki mądry. Ostatnio jednak, dzięki blaskowi reklamy i radosnemu optymizmowi płynącemu ze świata reklamówek, odświeżającemu i jakby wzmacniającemu jego bladą skórę, Stephen wydał się Grace atrakcyjniejszy. Spogląda ku niemu z nadzieją i zaczyna uważać go za cenny nabytek, a nie za ciężar.

Grace: Oczywiście zdajesz sobie chyba sprawę, że Stephen jest synem Patricka?

Wstrząs powoduje u Chloe lekki szum w uszach, oddalenie dźwięku, trudności w słyszeniu.

Grace: Daje to pewną nadzieję Stanhope'owi, jeśli uznać, że jest przyrodnim bratem Stephena, może powinnyśmy kształcić Stanhope'a w branży reklamowej? Czy Oliver miałby coś przeciwko temu?
Chloe: Nie wierzę, że Stephen jest synem Patricka. Nie mogę w to uwierzyć. Twoja matka nie była taka. Kobiety tak się wtedy nie zachowywały.
Grace: Wszystkie kobiety są takie. Wszystkie tak się zachowują — zawsze. W końcu to dowiedziono. Niedawno zrobiono grupowe badania krwi w Hampshire Town i odkryto, że przynajmniej jedno dziecko na czworo nie jest potomkiem domniemanego ojca. Przynajmniej jedno!
Chloe: Według mnie oznacza to, że nieudolny oddział noworodków podmienia matkom dzieci. Patrick był wtedy chłopcem. Esther mogłaby być jego matką.
Grace: Tak samo ja mogłabym być matką Sebastiana. Może to charakterystyczne dla tej rodziny. Stephen nawet przypomina Patricka, nie sądzisz?
Chloe: Kto to może widzieć pod tą warstwą tłuszczu?
Grace: I jest tak samo niesłychanie twórczy. Zawsze coś robi lub tworzy, zupełnie jak Patrick.

I rzeczywiście za młodu Patrick jest opętany demonem twórczości. Tam gdzie przedtem nie było nic, musi zrobić coś — obraz, piosenkę, powieść, ogród, romans — by na zawsze wypełnić lukę między niczym a czymś.

Grace: A poza tym on wie wszystko, tak samo jak Patrick.

W 1945 roku Patrick zaskakuje swoją wiedzą o tym, czego nikt w Ulden nie wie. Patrick wie, że Bank Anglii finansował Hitlera i że Churchill jest nieudolnym paranoikiem; wie, że seks nie jest grzechem i że płyty gramofonowe nie muszą być małe i szybkie, ale mogą być duże i wolne, a nawet nagrane na taśmę, jeśli tylko pozwalają na to prawa autorskie. Wie, że któregoś dnia ludzie polecą na Księżyc oraz że urodzić się Brytyjczykiem po wojnie wcale nie będzie równoznaczne z uśmiechem losu. Wie, co dzieje się z Żydami w Niemczech. Wie, co uszczęśliwi Marjorie, Grace i Chloe.

Z pewnych powodów, wówczas niejasnych, woli nie uszczęśliwiać Marjorie.

Kiedyś, na tańcach z okazji lądowania wojsk alianckich w Normandii, podczas walca z Marjorie pokazał jej sześciu lub siedmiu najprzystojniejszych młodych ludzi na parkiecie.

— Ten, ten i ten — powiedział — wszyscy leczą się na choroby weneryczne.

Grace: Wiesz zresztą, jaki był Patrick. Wystarczyło mu cokolwiek, byleby miało spódniczkę. A matka miała bardzo ładne nogi i pamiętasz, jak zawsze pochylała się nad rabatami. Mam zabrać niebieskie bikini czy czarny kostium jednoczęściowy?

Ciało Grace jest wciąż szczupłe i gładkie. Pięknie się opala.

Chloe: Jednoczęściowy.

Ale Grace już go powąchała i wrzuciła do kosza na brudną bieliznę.

Chloe: Grace, musisz przestać mówić rzeczy, które nie są prawdą. Wydawało mi się, że miałaś zbyt trudne życie, żeby je jeszcze bardziej komplikować.

Grace patrzy tylko na Chloe i się uśmiecha. A Chloe wspomina Esther Songford, młodą i wrażliwą, płaczącą w kuchni — i zastanawia się. Rozważa przeszłość oraz teraźniejszość Grace — i zastanawia się. Może Edwin Songford, ojciec, najważniejszy żywiciel, rzeczywiście dostarczył wreszcie w kategoriach cielesnych to, czego od niego wymagano, nie spisując się w niczym innym. I może kłamstwo Grace — bo przecież twierdzi, że to było kłamstwo — dotyczy nie samego kazirodztwa, ale jej strachu przed nim.

Grace: Czasem zachowujesz się jak Szalona Laleczka, Chloe. Nie chcesz uwierzyć w to, o czym wiesz, że jest prawdą.

ROZDZIAŁ TRZYDZIESTY

Szalona Laleczka nawiedza Ulden przez lata wojny. Co weekend przyjeżdża z Londynu pociągiem i idzie przez wioskę, zatrzymując przechodniów, dzwoniąc do drzwi, zawsze uśmiechnięta, zawsze zalotna.

— Czy widziałaś moich chłopców, laleczko? Cyrila i Ernesta?

Ofiarowuje kobietom dzikie kwiaty i całuje mężczyzn, jakby myślała, że może wyłudzić od nich dobre wieści.

— Cyril ma zielony sweterek, laleczko. Sama go zrobiłam. Ernesta jest bordo i trochę mniejszy.

Kiedy się ściemniało, dawała za wygraną i jechała do domu, siedząc w pociągu cicha i opanowana, jak inni pasażerowie.

Cyril i Ernest pochowani są na cmentarzu w Ulden. Utonęli podczas drugiego dnia pobytu w wiosce, gdy uciekali w środku nocy do domu, do Londynu, przemierzając po ciemku lód w kopalni kredy. Ich szkoła została przesiedlona do Ulden, ale nikt nie uprzedził o tym rodziców; nikt też nie udzielił im żadnej informacji po wyjeździe dzieci, gdyż obawiano się niemieckich szpiegów. Mówi się, że Szalona Laleczka spała ze szkolnym stróżem, żeby się dowiedzieć, dokąd wyjechały jej dzieci, ale on nawet wtedy nie potrafił udzielić jej dokładnej odpowiedzi. Wspominał tylko o Essex, a Essex jest duże.

Szalona Laleczka przybywa do Ulden dzień po pogrzebie swych dzieci. Pastor informuje ją o ich śmierci, ale ona najwyraźniej mu nie wierzy. Pastor prowadzi ją za rękę do świeżego grobu, ale ona patrzy nań tępo i wreszcie mówi:

— Pocałuję cię, jeśli mi powiesz, gdzie oni są. Dam ci więcej niż pocałunek, jeśli wolisz.

Nic dziwnego, że pastor cierpi na nadciśnienie.

Jest ładną dziewczyną, ma dopiero dwadzieścia kilka lat, ale wkrótce staje się zgorzkniała, wygląda coraz starzej. Jej mąż jest w służbie czynnej, gdzieś z tajną misją, i nigdy już nie wróci. Uznany za zaginionego, przypuszczalnie zabity. Okoliczności jego śmierci również są tajemnicą. Tak przywykła do tajemnic, biedaczka, że przestała po prostu ufać informacjom.

ROZDZIAŁ TRZYDZIESTY PIERWSZY

Zjawia się Sebastian, skacząc po schodach, szczupły, pełen życia i pośpiechu, jakby owczarki podeszłego wieku miały złapać go za pięty, gdyby szedł wolniej. Ku zdziwieniu Grace wygląda na zadowolonego z widoku Chloe. Przyciska sztywną zażenowaną Chloe do swojej cienkiej dżinsowej koszuli, pyta ją o zdrowie, a nawet o Marjorie.

— Będzie musiała usunąć macicę — mówi Chloe.

— O Boże, to już czas na takie operacje! — mówi Sebastian.

Sebastian ma na sobie szeroki pas z mosiężną sprzączką przedstawiającą węża, który połyka orła. Jak on kpi i panuje nad światem! Jak drży i kurczy się na myśl o nudzie i samotności. Jak mało go obchodzą cierpienia tego świata.

Sebastian uważa, że światu zawdzięcza tylko swoje własne istnienie oraz przyjemność, jaką z niego czerpie.

Spłowiałe dżinsy wyraźnie podkreślają kształt pośladków Sebastiana. Chloe zaskoczona jest nagłym przypływem seksualnego podniecenia, które płynie z oczu wprost do łona, omijając rozum. Zastanawia się, czy to właśnie zobaczyła i poczuła Esther Songford, podnosząc oczy znad pelargonii na Patricka Batesa?

„Zapomnij o tym na zewnątrz, pamiętaj tylko w środku. To ci dobrze zrobi."

— Organy wewnętrzne Marjorie zawsze sprawiały jej kłopot — mówi Grace, raczej pośpiesznie odprowadzając Chloe do drzwi. — Chyba będzie jej lepiej bez nich.

Cóż, myśli Chloe z wyrozumiałością, jeśli twoja matka umarła przy porodzie, wydając na świat przyrodniego brata twoich własnych dzieci, może się okazać, że ty również uznasz, iż kobiece organy sprawiają więcej kłopotu, niż są tego warte.

— Grace — pyta z ociąganiem zaniepokojona Chloe. — Twoja matka nie wiedziała o tobie i Patricku, prawda?

— Nie — odpowiada Grace. — Ale myślę, że wiedziała o ojcu i o mnie. To na pewno pomogło jej pogodzić się ze śmiercią. Chyba zauważyłaś, jak mnie zawsze podstawiała ojcu, by zwrócił uwagę na moje cycki lub pupę, a wszystko to pod pozorem kartek na ubrania.

— Zmyślasz. — Chloe jest zdenerwowana.

— Nie lubiła mnie, nie lubiła jego, więc upiekła dwie pieczenie za jednym zamachem. Tak jak ty i twoja Françoise.

— Co masz na myśli?

— Podtykasz ją swojemu mężowi pod nos. Widziałam, jak to robisz, i uważam, że zasłużyłaś na to, co się stało.

Nagle cała kipi ze złości, a jej oczy płoną. Chloe drży, jak zawsze gdy jej uporządkowany świat wywraca się do góry nogami.

— Co takiego ci zrobiłam? — pyta. — Dlaczego taka jesteś?

— Po prostu istniałaś — odpowiada Grace. — Ty i Marjorie. Dwie cholerne kukułki w moim gnieździe. To wy zabiłyście moją matkę. Wykończyłyście ją.

I Grace cofa się od drzwi, trzaska nimi, a biedna Chloe, ogromnie przygnębiona, wraca do domu, do Egden, żeby stawić czoło Françoise i odchwaścić rabaty z pelargoniami przed zapadnięciem zmroku.

ROZDZIAŁ TRZYDZIESTY DRUGI

Marjorie, Grace i ja.

Mamy swoje najgłębsze tajemnice, zabobony, wierzenia, fakty pomieszane z fantazją. Swoje seksualne lęki, racjonalne i nieracjonalne. Swoje własne doświadczenia, którymi dzielimy się ze sobą. Są zupełnie różne od tych, do których przygotowały nas książki i podręczniki.

Dostawałyśmy świadectwa, dyplomy, stopnie. Miałyśmy poronienia, przerwane ciąże i dzieci, Marjorie i ja złapałyśmy trypra. Wciąż nie umiemy nazwać naszych intymnych części ciała. Znamy je na ślepo, przez dotyk, ale nie patrzymy na nie ani nie nazywamy ich. Rządzą nami.

Grace mówi, że kobiety dostają owulacji niespodziewanie. Dlatego niewinne dziewczęta zachodzą w ciążę, a doświadczone nie. Grace mówi, że ma zniszczoną szyjkę macicy: uważa, że gdzieś zrobiła jej się miękka, galaretowata cysta, której żaden lekarz nie potrafi znaleźć; mówi, że tylko dwa razy w życiu osiągnęła orgazm inaczej niż przez masturbację, a odkryła ją długo po tym, jak odeszła od Christiego, i nawet wtedy nie wiedziała, że to, co robi, ma nazwę, ani że inni ludzie też to robią. Grace codziennie bada swoje piersi, szukając raka, i codziennie odkrywa wiele różnych zgrubień. Grace nie ufa lekarzom, którzy badają jej wnętrze. Podejrzewa, iż czerpią z tego przyjemność. Cóż, tak uważa.

Grace ma za sobą tanie skrobanki w ciemnym podwórku, przerwane ciąże w placówkach służby zdrowia oraz kosztowne zabiegi po wprowadzeniu zakazu przerywania ciąży. Uwielbia znieczulenie i czuje ulgę dopiero wtedy, gdy nie ma już dziecka i nie zbiera jej się na wymioty. Grace próbowała używać spirali antykoncepcyjnej, ale zbyt obficie krwawiła, by to wytrzymać. Tylko jedna kobieta na trzy to znosi, mówi Grace. Od pigułki było jej niedobrze. Na kapturki patrzy z obrzydzeniem. Obecnie Grace nie używa żadnych środków antykoncepcyjnych. To wyraz jej aktu jedności ze światem, albo tak tylko mówi. Polega na swoim wieku, zmaltretowanej macicy i wyimaginowanych mięśniakach, które chronią przed ciążą.

Grace lubi zachodzić w ciążę, ale nie lubi być w ciąży. Marjorie uważa, że jej możliwości reprodukcji zostały wyczerpane przez pierwsze dziecko, którego nie udało jej się donosić. Marjorie przypuszcza, że jest niepłodna, ale nie może być tego pewna, gdyż stosuje kurację estrogenową na regulację miesięcznych krwawień — która wcale nie pomaga.

Marjorie wierzy, że pierwsza miesiączka zależy od wagi dziewczynki. Menstruacja zaczyna się przy wadze czterdziestu dwóch kilogramów. Ponieważ sama zaczęła miesiączkować najpóźniej ze swoich koleżanek, nigdy nie musiała się niczym przejmować. Marjorie wierzy, że właśnie dlatego jest niepłodna — a także dlatego że każde dziecko, które by urodziła, byłoby gigantyczne. Zasugerowała jej to nieprzyjemna młoda pielęgniarka w klinice wenerologicznej, w której Marjorie miała nieszczęście się znaleźć, i Marjorie woli jej wierzyć.

Marjorie uważa, że dobrze by było, gdyby urodziła dziecko Patricka, ale Patrickowi niestety potrzebna jest tylko praczka. Marjorie chodzi na konsultacje do ginekologów, do gabinetów piękności i do specjalistów, żeby dowiedzieć się o stanie swoich wnętrzności, które uważa za krwawą nieokreśloną masę i które tak się właśnie zachowują.

Na zakończenie każdej filmowej produkcji Marjorie urządza przyjęcia w swoim mieszkaniu i chętnie sypiałaby z każdym, kto chciałby u niej zostać, jeśli oczywiście jej wnętrzności na to by pozwalały. Ale niestety zbyt często krwawi.

Ja, Chloe, wierzę, że nie powinno się kąpać podczas periodu, że napięcie przedmiesiączkowe spowodowane jest zatrzymywaniem płynu w mózgu, że seks jest po to, by rodzić dzieci. Że niektóre dzieci są zamierzone — oraz że najgorzej dobrani rodzice łączą się, by spłodzić dziecko, i dokonawszy tego, rozstają się, zaskoczeni tym, co zrobili; że niektóre najbardziej dorodne i miłe pary potrafią płodzić tylko chude, cherlawe i nieszczęśliwe dzieci, i nie ma w tym sprawiedliwości. Że dzieci nie zmieniają zasadniczych cech swojej osobowości od dnia, w którym się rodzą, do dnia, w którym opuszczają dom, i niewiele można zrobić, by im pomóc lub w czymś przeszkodzić.

Ja, Chloe, wierzę, że organy rozrodcze będą funkcjonować prawidłowo, jeśli nie zwraca się na nie uwagi, oraz że natrętne światło badań zakłóca ich dobre samopoczucie. Dziś badasz swoje piersi i jutro masz raka. Teraz robisz wymaz z szyjki macicy i wkrótce wycinają ci macicę. Doświadczenie, jeśli nie statystyka, uczy, że to prawda.

Ja, Chloe, uważam, że moją powinnością jest macierzyństwo, a nie erotyka. Nie mogę się zgodzić, że można mieć jedno i drugie, choć rozum mi mówi, że owszem; dlatego więc nie mam nic przeciwko temu, by Françoise dzieliła łoże z Oliverem. To ratuje moją godność.

Poza tym matka musi być czujna. W przyrodzie istnieje prawo, które głosi, że nie można być czujnym i przeżywać orgazmu jednocześnie.

ROZDZIAŁ TRZYDZIESTY TRZECI

Mszyce pokrywają wiciokrzew jak falująca piana. Chloe zauważa je po powrocie z Londynu. Muszki mnożą się jak kije do miotły w *Uczniu czarnoksiężnika*. Nowe malutkie mszyce po prostu wyłażą spod ogona starym, większym mszycom. Kiedyś zaskoczony Oliver powiedział o tym Chloe.

Po spryskaniu wiciokrzewu nietoksycznym sprayem, który zalecił jej Oliver, i sprawdzeniu, czy objętość falującej piany rzeczywiście zmniejsza się o dziesięć procent, Chloe idzie do kuchni stawić czoło rodzinie.

Françoise stoi przy kuchence Aga, przygotowując *boeuf-en-daube*. W kuchni oprócz lodówki, która jest niezbędna do chłodzenia szampana Olivera, nie ma żadnych urządzeń. Oliver nie lubi hałasu domowej maszynerii: działa mu na nerwy. Jest to symbol burżuazyjnego zadowolenia, którego on nie cierpi. Wziąwszy pod uwagę połowę świata, która głoduje, i drugą połowę, ogłupioną kultem demonstracyjnej konsumpcji, Oliver czuje się lepszy pod względem moralnym, jeśli ubrania i naczynia czyszczone są ręcznie, a podłogi szorowane na kolanach; oraz bliżej natury, jeśli jego jedzenie ugotowane jest na węglu i drewnie, a nie dzięki elektryczności.

W każdym pokoju jest kominek. To prawda, że stoi to w niezgodzie z ustawą o czystości powietrza, ale Oliver nie ma wątpliwości, że powietrze zanieczyszczane jest przez przemysł, a nie prywatne domowe kominki. Co się zaś tyczy samochodów (Oliver ma dwa — peugeota kombi i mustanga), tylko w sześciu procentach przyczyniają się do zanieczyszczenia powietrza i ataki na prywatne samochody, jak dobrze wiadomo, są taktyką dywersyjną, wspieraną przez wielki biznes.

Chloe latami moczyła ręce w wodzie do prania, brudziła kurzem i sadzą, raniła o drewniane podłogi. Nie ma już wcale ochoty na kłótnie z Oliverem. W dyskusjach jest lepszy od niej. I po co się kłócić? Wszystko co Oliver mówi o świecie zewnętrznym, jest oczywistą prawdą. Sama dobrze wie, że Aga gotuje lepiej niż kuchenka elektryczna; że trudniej jest złamać rękę, niż zepsuć zmywarkę do naczyń lub pralkę; że zamrażarki psują smak potraw i zmieniają ich właściwości, że odkurzacze niszczą cenne dywany; że to niemoralne zatrudniać inne kobiety, by zajmowały się czyimiś brudami; że centralne ogrzewanie osłabia organizm; że wykładziny podłogowe kupują ludzie starzy duchem; że nietoksyczny spray na mszyce nie zabija motyli.

Teraz kolej na Françoise, by żyła według zasad Olivera. W jej rodzinnym domu w Reims znajduje się wiele nowoczesnych urządzeń, nawet nóż elektryczny — do cienkiego i oszczędnego krojenia wspaniałych mięs — oraz elektryczna krajalnica do warzyw. I oto Françoise zaczęła pogardzać takimi urządzeniami.

Kiedy Chloe wchodzi do kuchni, twarz Françoise jest mokra od cebulowych łez. Chloe patrzy na nie z przyjemnością. Widzi, jak z Françoise obłazi cała warstwa galijskiej fachowości. Pod nią czai się pospolita kobieta, służąca bezsensownej woli samca.

Oliver wierzy święcie, że jest nadzwyczaj sensowny.

Oliver pisze scenariusze dla największych amerykańskich wytwórni filmowych. Jego wrogowie (których jest wielu) mówią, że scenariusze są zręczne. Jego przyjaciele (których jest niewielu) mówią, że są profesjonalne. W każdym razie przynoszą dużo pieniędzy. Ale największym pragnieniem Olivera jest pisanie powieści. W każdej chwili zamieniłby dobre pieniądze na dobre recenzje.

Kiedy Chloe spotyka Olivera po raz pierwszy, jest on stypendystą na uniwersytecie w Bristolu. Wyłonił się z ruin zbombardowanego East Endu jak feniks z popiołów, aby studiować literaturę angielską. Rodzice Olivera są pochodzenia rosyjsko-żydowskiego. Matka Olivera zmarła niedawno na raka, a ojciec procesuje się za państwowe pieniądze ze sklepem, który na tydzień przed śmiercią jego żony sprzedał jej futro. Śmierć ją zresztą zastała w tym futrze, a teraz sklep nie chce go przyjąć w zamian za zwrot pieniędzy.

— Było widać, że jest umierająca — mówi ojciec Olivera, Danny, sześć razy dziennie przez sześć tygodni. Oliver liczył. — Co za sklepikarz sprzedaje futro umierającej kobiecie? Wystarczyło na nią spojrzeć, żeby widzieć, iż umiera.

Oliver nienawidzi swojego ojca, swoich sióstr, nienawidzi East Endu, rządów, które spuściły tyle bomb na jego głowę, zabiły jego przyjaciół i zniszczyły wybuchem ogród, który z takim uczuciem założył z tyłu domu, między budą dla psa a sznurem na bieliznę. Wyrzekł się ich wszystkich, a także rosołu z kurczaka, Jom Kipur i żydowskich narzeczonych z obciętymi włosami.

Którejś szalonej nocy Oliver idzie na studencką prywatkę. Wyobraźcie sobie taki obrazek:

Zadymiony studencki pokój (w tamtych czasach każdy, kogo na to stać, pali papierosy i niewielu słyszało o raku płuc, a tym bardziej łączyło tę chorobę z papierosami, choć bez wątpienia wielu na nią później zmarło); plakaty biur podróży (głównie Cypr) na ścianach; kapiące świece (i wosk, który topi się w bezkształtne stożki stalaktytów, a nie bezmyślnie i równo, jak obecnie); chianti w koszyczkach z rafii; rzędy radośnie uśmiechniętych poczernianych zębów; mężczyźni, którzy skończyli dwadzieścia lat, odbyli służbę wojskową, a nawet — jakie to romantyczne! — walczyli na froncie, teraz ubrani w workowate szare spodnie, białe koszule bez krawatów, albo — och, jakie to śmiałe! — w swetry o stonowanych kolorach, i z krótkimi włosami; dziewczyny prosto ze szkoły, w schludnych bluzeczkach i plisowanych spódnicach, z włosami krótko podciętymi lub zaondulowanymi w fale jak z lukru, z grubą warstwą matowego makijażu, skupione — w zależności od temperamentu — na utracie swojego dziewictwa, zachowaniu go lub najlepiej osiągnięciu jednego i drugiego jakimś magicznym sposobem.

Na takie przyjęcie tuż po północy, w chwili gdy cichną rozmowy i pary układają się poziomo w niewinnych objęciach, przychodzi Oliver.

Oliver nie wygląda na Anglika. Jest zbyt ciemny, zbyt włochaty, zbyt rozgoryczony — i zbyt, można by powiedzieć, żydowski. Nie znaczy to, że ktokolwiek w towarzystwie jest antysemitą, wręcz przeciwnie, ale istnieje opinia, że Oliver sprawia dużo kłopotów sobie i innym. Kłóci się z profesorami, obraża tych, którzy próbują mu pomóc, widzi luki w programie i systemie egzaminacyjnym — ależ p o t o właśnie są uniwersytety! — narzeka na skromne stypendium, zamiast być za nie wdzięcznym jak wszyscy inni, i jeszcze żąda dodatkowych koców oraz miękkich poduszek do swojego łóżka, którego wygoda zależy w końcu od cierpliwości podatnika.

Licho wie, rzecz jasna, co to takiego, te podatki. Tylko nieliczni mają o nich jakieś pojęcie, gdyż trochę interesują się tym, jak jest zorganizowane społeczeństwo. Oliver wie. Jego ojciec lamentował, a matka łkała, gdy co sześć miesięcy przychodziła płowożółta koperta z urzędu skarbowego. Z urzędu skarbowego? A co to takiego?

Oliver wypija resztki ze wszystkich butelek chianti, jakie znalazł. Nie lubi tych ludzi. Przyszedł na prywatkę tylko dlatego, że nie mógł spać. Uważa, że przewyższa pozostałych gości swoją dręczącą przeszłością i brakiem zaściankowości. Ale wie też, że oni podkreślają wobec niego swoje poczucie wyższości, traktują go protekcjonalnie, dopuszczają do siebie jak jakąś maskotkę, jakby ich zadowolenie przynosiło im chlubę, a jego udręki były żartem. I te dziewczyny! Jak on ich nienawidzi, tych ich zaokrąglonych samogłosek, sterczących biustów, tatusiów i mamusiek, ich aryjskiej uprzejmości. Niektóre poderwą go nawet i oddadzą mu się, nie chcąc uchodzić za zbyt niewinne lub zbyt małostkowe — i chociaż leżąc na nich powinien czuć się zwycięsko, dalej pozostają lepsze, łaskawe i protekcjonalne. To on krzyczy w rozkoszy; one jedynie jęczą posłusznie i mówią mu, że go kochają, a on wie, że to nieprawda. Potrafi zmusić je do udawania, do krzyku; ale choćby wykręcał ich miękkie, uduchowione ramiona, nie potrafi rozzłościć ich ani rozsierdzić.

Są zbyt miłe. Nie są ludzkie. Ludzkie istoty śpiewają i marzą, pieprzą się i odżywiają, kochają się i tłamszą, wygrażają pięściami w stronę nieba pełnego burzowych grzmotów i urągają Stwórcy, który z pewnością dosięgnie ich następnym piorunem. Te angielskie dziewczątka z miękkimi, cierpliwymi głosami i uległymi sercami, których najgorszym przewinieniem był faul przy grze w hokeja na trawie, są mu zupełnie obce. Czuje, że ma pełne prawo postępować z nimi tak, jak mu się podoba, i jeśli zdobywa przy tym uznanie jasnowłosych uśmiechniętych mężczyzn z chłodnymi, inteligentnymi doświadczonymi oczami żołnierzy po służbie, tym lepiej.

Stopy Olivera nie zaprowadziły go na tę służbę.

ROZDZIAŁ TRZYDZIESTY CZWARTY

Wygląda na to, że kolacja się opóźni. Jeśli Françoise wciąż kroi cebulę, to *boeuf-en-daube* nieprędko będzie gotowa. Françoise wyciera oczy i z wyrzutem kieruje spojrzenie ku Chloe. Wieczorami jej twarz często traci swoje dzienne ożywienie i gości na niej zamęt, jakby ożywiający ją duch się poddawał. Dziś wieczór jest szara ze zmęczenia, a kącik jej oka drga.

Dobrze, myśli Chloe. Dobrze, dobrze. A potem: Czemu jestem taka okropna? No proszę, to ten wpływ Marjorie i Grace!

Chloe: Czy coś nie tak?
Françoise: Nie.
Chloe: Czy dzieci były grzeczne?
Françoise: Tak.
Chloe: Wyglądasz na nieco zmęczoną. Chcesz, żebym cię zastąpiła?
Françoise: Nie trzeba. Już wszystko zrobione.
Chloe: Czy kolacja nie będzie zbyt późno?
Françoise: Będzie na stole piętnaście po dwunastej.

Więc Oliver miał również zły dzień. Często mu się zdarza, że aby pominąć jeden dzień, który uważa za niemiły, przesuwa kolację na następny.

Chloe: To co z dziećmi?
Françoise: Oiver [jak ona wymawia to imię, z takim zmysłowym galijskim wdziękiem] mówi, że dzieci mają jeść paluszki rybne. Mówi, że szkoda marnować dla nich dobre jedzenie!
Chloe: Obawiam się, że wtedy wszystko się opóźni, Françoise. Zostanę po kolacji i posprzątam, jeśli chcesz.

Françoise: Nie, nie trzeba. Za to dostaję pieniądze, a talent literacki to płomień, który trzeba rozniecać, a nie gasić. Jestem dumna, że mogę się przydać.

W jej głosie brzmi nuta rozpaczy.

Chloe: Powinnaś iść spać.
Françoise: Oliver mówi, że według naukowców samice potrzebują mniej snu niż samce.
Chloe: Pewnie tak jest.
Françoise: Mogę się pani zwierzyć, pani Rudore?
Chloe: Oczywiście.

Co znowu?

Françoise: Pan Rudore chce, żebym zdała małą maturę z angielskiego, ale zajęcia odbywają się tak daleko, a autobusy tak rzadko chodzą, że jestem zupełnie *distraite*.
Chloe: Ależ twój angielski jest bardzo dobry, Françoise. Mówisz potocznym językiem.
Françoise: Pan Rudore chce, żeby był jeszcze lepszy, żebym jeśli będzie mi czytał swoją prozę, potrafiła poddać go krytyce w bardziej naukowy sposób.
Chloe (po chwili): Czy on często ci czyta, Fraçoise? Nie miałam o tym pojęcia!

Faktycznie nie miała. Chloe jest dotknięta i zdenerwowana. Chwyta ją ból pod żebrami. Może Marjorie i Grace mają rację. Może rzeczywiście nie ma już przyjaciół — może łóżko jest dopiero początkiem intrygi Françoise.

Françoise: Dzisiaj po raz pierwszy dostąpiłam tego zaszczytu. Wołał panią, ale pani nie było, pani Rudore. Była pani w Londynie z wizytą u swoich przyjaciółek. Twórczy płomień tak łatwo zagasić, że kiedy poprosił, abym zajęła pani miejsce w wygodnym fotelu, nie mogłam, nie wypadało mi odmówić. Poprosił mnie też o szczerą opinię, ale kiedy ją wygłosiłam, powiedział, że powinnam brać lekcje angielskiego.
Chloe: Mam nadzieję, że go nie zniechęciłaś, Françoise.

Françoise: Może on ma rację. Może jestem bezużyteczna i głupia. Zawsze przytrafia mi się to samo. Nikt mnie nie rozumie i nie docenia.

Chloe: Françoise, wszyscy bardzo cię doceniamy!

Françoise: Jestem sama w tym kraju, bez przyjaciół, a przecież nie chcę robić nic złego. Próbuję wszystkich zadowolić; to zła cecha mojej osobowości. Może powinnam jechać do domu. Czuję, że pani mnie nie lubi.

Chloe: Oczywiście, że cię lubię, Françoise. Nie byłoby cię tutaj, gdybym ciebie nie lubiła.

Françoise obejmuje ramionami szyję Chloe i przytula swój policzek do jej włosów. Françoise jest wyższa od Chloe. Gest to zarówno dziecinny, jak perwersyjny i Chloe czuje się nieswojo. To ciało, tak bliskie Oliverowi, mogłoby w pewnym sensie należeć do niego. To tak, jakby Oliver dotykał i podniecał ją poprzez Françoise, a więc wciąż w obecności trzeciej osoby. Chloe stoi bez ruchu, nie przytulając jej ani nie odtrącając. Kiedy Françoise wreszcie się odsuwa, jej intencje — czy to uwiedzenia, czy przeprosin — wydają się czyste, a nawet dziecinne. Françoise, tak jak dziecko, w ciągu sekundy otrząsnęła się z żalu, winy i niechęci.

Françoise: Więc pani mi wybacza. Znowu wszystko jest w porządku. Będziemy wszyscy szczęśliwi. To ogromna przyjemność znów zobaczyć przyjaciółki, a zwłaszcza takie stare znajome, prawda? Oliver powiada, że pani i te przyjaciółki mogłyby, jak to się mówi, konie razem kraść. Byliśmy zgodni, on i ja, że to dobrze, iż pani pojechała. To bardzo ważne podtrzymywać przyjaźń w pewnym wieku.

Konie kraść! A co takiego sobie ukradły, Marjorie, Grace i Chloe? Wszystko, w swojej desperackiej młodości. Rodziców, kochanków, dzieci, wyobrażenie o sobie.

Chloe wypiera się swoich przyjaciółek przed tą małą Galijką, Françoise.

Chloe (kłamiąc): One nie są dla mnie takie ważne.

Françoise: Jaka szkoda! Ze mną jest oczywiście inaczej. To nie jest naturalne, aby ktoś w moim wieku miał wiele przyjaciółek. Kochanków, tak. Ale nie przyjaciółek. W żadnym wypadku nie wolno ufać przyjaciółkom.

W przeddzień ślubu narzeczony Françoise uciekł z jej najlepszą przyjaciółką.

ROZDZIAŁ TRZYDZIESTY PIĄTY

Na żądanie Helen Marjorie opuszcza dom „Pod Topolami" i przeprowadza się do Hampstead. Wojna jest już na ostatnich, owrzodziałych nogach.

Bzyk, bzyk.
Czy to pszczoła? Czy to osa?
Nie, to bomba.
Bzycząca bomba. Ostatnia, tajna, rozpaczliwa broń Hitlera.
Bomba-robot, bomba latająca, „pierdząca furia" lub beznamiętna V1.

Wszystko było w porządku, dopóki słyszałeś jej bzykanie. Kiedy wyłączał się silnik, wiedziałeś, że spadają, i to pewnie na ciebie.

Marjorie, samotna w domu na Frognal, słyszy te same bomby, co Oliver w East Endzie. Cieszy ją ich dźwięk. Ktoś gdzieś myśli o niej. Tak przedstawia się jej samopoczucie.

Natomiast Helen pojechała do Taunton, swojej obecnej kwatery. Nosi wesołą czerwoną czapeczkę, jaskrawoczerwoną szminkę, obwozi generała i nocuje w tych samych hotelach co on. Dom na Frognal przygnębia ją tak samo jak Marjorie. Długie niskie pokoje o nieregularnych kształtach, w których przegniły tynk odłazi płatami. Metalowe karnisze, przecinające sufit jak tory kolejowe na skrzyżowaniach, zardzewiały. Zrzucają rudawe płatki na jasne, niewoskowane, wypaczone meble w stylu Bauhausu. Pnącza napierają i stukają w świetliki. Dach wciąż przecieka: rozpanoszył się grzyb i pościel oraz książki w całym domu stęchły.

Helen uważa, że nie jest odpowiedzialna za stan i utrzymanie domu. To zajęcie dla mężczyzny. Narzeka jednak na jego ponury charakter. Gdy przyjeżdża do Londynu, zatrzymuje się w hotelu „Connaught", gdzie wciąż podają na podwieczorek kanapki z ogórkiem, i trzyma się z dala od Frognal. Marjorie rzecz jasna dalej tam mieszka. Cóż, ktoś musi pilnować domu przed złodziejami. (Helen żyje w strachu przed złodziejami i gwałtem. Jej przyjaciele, nawet generałowie, zobowiązani są zajrzeć pod łóżko, zanim Helen ułoży się do snu.) Poza tym obie czekają na powrót Dicka. List z Czerwonego Krzyża mówi, że będzie odesłany ze względu na zły stan zdrowia. Przygotuj mu łóżko, Marjorie.

Marjorie mieszka więc sama w zapuszczonym, zakurzonym wilgotnym domu. Uczy się do matury w szkole korespondencyjnej. Łaciny, greki i francuskiego. Helen narzeka, ale opłaca czesne. Daje córce dziesięć szylingów na jedzenie i inne wydatki.

W poniedziałki Marjorie idzie do sklepu, wykupuje swoje tygodniowe racje żywności, wysyła swoje cotygodniowe wypracowania i wraca do domu. Czasem nie wychodzi aż do następnego poniedziałku. Raz w miesiącu jedzie do Ulden, by spędzić weekend z Songfordami. Nie stać jej na częstsze podróże.

Któregoś razu, gdy Helen zatrzymuje się w Londynie, Marjorie spotyka się z nią na obiedzie w hotelu „Connaught" i ze średnim apetytem zjada danie z ryby.

Helen ma na sobie kremowy kostium z szantungu i żółty kapelusz. W miarę upływu lat nie wygląda starzej, lecz jeszcze bardziej nieskazitelnie. Marjorie nosi jeden ze starych szarych swetrów ojca, znalezionych w szufladzie, i brązową spódnicę pożyczoną od Grace. Włożyła apaszkę bordo, by podkreślić fakt, że je obiad w „Connaught". Tak toczy się ich rozmowa:

Helen: Jesteś stanowczo za chuda, Marjorie. Mam nadzieję, że ćwiczysz biust.
Marjorie: Tak, mamo.
Helen: To garbienie się nad książkami! Źle wpłynie na twoją figurę.
Marjorie: I tak nigdy nie była dobra.
Helen: Człowiek jest tak atrakcyjny, za jakiego się uważa, Marjorie. Martwię się o ciebie. Nie czujesz się samotna? Sama w tak wielkim domu?
Marjorie: Nie martw się o mnie, mamo. Naprawdę. Jest mi bardzo dobrze.
Helen: Chyba rozumiesz, że ktoś musi mieszkać w tym domu. Nie mogę zatrudnić dozorcy, nie w tych czasach. Dobrych służących trzeba

szukać ze świecą. Mówi się, że są na froncie, ale według mnie wykorzystują tylko stan mobilizacji. A jeśli już znajdziesz kogoś, to tak jakbyś dawała złodziejowi klucz do ręki! Wystarcza ci na jedzenie?

Marjorie: Oczywiście, mamo.

Helen: Wiem, że racje są bardzo skromne, ale wszyscy musimy się poświęcać. Poza tym jesteś drobnej budowy, więc tobie powinny w zupełności wystarczać. Mam nadzieję, że przyniosłaś swoje kartki na odzież? Dobrze! Ile? Sześćdziesiąt siedem punktów? Cudownie! Widziałam ładny zimowy płaszcz na wyprzedaży u Harrodsa, a ponieważ jestem zmarzluchem, nie mogę ryzykować i wozić moich generałów, jeśli nie jestem ładnie, wygodnie i ciepło ubrana. Mam nadzieję, że chociaż tobie jest dobrze, bezpiecznie i wygodnie przed kominkiem.

Marjorie: Nie mogę dostać węgla.

Helen: Na miłość boską, dziecko, zdobądź się na trochę wyobraźni. W tym ogrodzie jest tyle starego drewna, że starczyłoby na miesiąc dla okrętu wojennego. I Marjorie, proszę cię, nie zostawiaj okruszków w kuchni. Nie chcę, żeby zadomowiły się tam myszy. Jak ci idzie nauka?

Marjorie: Bardzo dobrze. Dostałam piątkę z prozy łacińskiej.

Helen: Coś muszą ci dawać w zamian za tyle pieniędzy. Jestem przekonana, że wszyscy ci dyplomowani nauczyciele są oszustami, dezerterami albo jeszcze gorzej. Jeżeli nie, to dlaczego nie pracują w zwykłej szkole? Nie patrz tak posępnie, kochana, musisz czekać na powrót swojego ojca.

Serce Marjorie ściska się na myśl o jakimś niewidomym okaleczonym nieznajomym, który potyka się w jej kierunku po wytwornych niezamiecionych schodach i nazywa ją córeczką.

Helen: Co masz zamiar zrobić z włosami, Marjorie? Twój ojciec byłby szczęśliwy, gdybyś pięknie wyglądała. Wszyscy wiemy, jak bardzo mu się podobają ładne kobiety. Poza tym obowiązkiem kobiety jest wyglądać jak najlepiej, zwłaszcza w czasie wojny. To daje mężczyźnie p o w ó d do walki. Może byś spróbowała szczotkować włosy sto razy z każdej strony?

Marjorie: Próbowałam, bardzo się tłuściły.

Helen: Lepsze to niż ten stóg siana.

110

Marjorie idzie do domu. Helen daje jej dodatkowe dziesięć szylingów, za które Marjorie jest wdzięczna. Wydaje je na znaczki i koperty — przecież uczy się korespondencyjnie.

Marjorie ma nadzieję, że wkrótce spadnie na nią bomba V1. Zaczyna podejrzewać, że w domu straszy. Musi zebrać całą odwagę, żeby przejść z salonu do kuchni. Czuje, jakby między tymi pomieszczeniami wisiała jakaś niewidzialna kurtyna; musi użyć całej swojej mocy, żeby ją odsunąć. W kuchni zaś góruje nad nią jakaś potężna moc mówiąca: „Wracaj, uciekaj!". Marjorie skwapliwie ucieka.

Spożywa nie gotowane jedzenie w jadalni, a wodę bierze z łazienki.

Jest jej coraz trudniej wychodzić z domu. Zresztą i tak nie ma dokąd pójść. Ludzie na ulicy wydają się tak obcy i dalecy, jakby pochodzili z innej planety. Podczas poniedziałkowych porannych zakupów jej głos brzmi tubalnie, jak gdyby wydobywał się z dna morskiego, dudni w uszach. To zaś, co mówi, wydaje się tak niedorzeczne, że dziwi ją, kiedy sprzedawca rozumie i podaje jej żywność w zamian za pieniądze i kartki.

Marjorie ma siedemnaście lat. Żyje jak w koszmarnym śnie. Nieco życia dociera do niej ze stronic podręczników. Wysyła też całkiem inteligentne odpowiedzi do Janet Fairfax, pani magister, która poprawia jej łacińskie teksty i od czasu do czasu dołącza zachęcającą uwagę: bardzo dobrze! Masz talent! Radzisz sobie świetnie nie tylko z językiem żywym, ale i z martwym!

Pewnie udaje, myśli Marjorie. Pewnie to oszustka albo dezerterka z Pomocniczej Służby Wojskowej. Albo jakaś stara panna, która prowadzi kawiarnię i na niczym się nie zna. Tak czy inaczej jest jej przyjemnie. Buduje to w niej niewielką ścianę ciepła, która nie przepuszcza chłodu. Po zakupach Marjorie wraca do domu. Pracuje, je, sprząta, a po zmierzchu barykaduje się w swoim pokoju. Wygląda jednak na to, że to coś, co znajduje się w kuchni, dociera już do jadalni. Rośnie. Marjorie jada w sypialni. Ta strona domu, po której znajduje się łazienka, wydaje się mniej zagrożona. Słońce przez świetliki pada na klatkę schodową i rozlewa się żółtymi kałużami światła na niskich kamiennych stopniach.

Bzyk, bzyk.

I znowu! Łabędzi śpiew Hitlera.

Proszę, spadnijcie. Oszczędźcie innych. Wybierzcie mnie.

Nie.

Dalej przy tej samej ulicy znajduje się prywatna szkoła dla chłopców. Chłopcy zostali ewakuowani na czas wojny, ale ostatnio wrócili do Londynu. Młodzieńcy chodzą przed jej oknami w tę i z powrotem, rozmowa z nimi jest jednak niemożliwa.

Marjorie budzi się w środku nocy. Coś jest w pokoju. Serce dudni, ręce się wyciągają, by włączyć nocną lampkę. Szybko. Nie. Nic. Tylko ta świadomość, że to jest tutaj, w pokoju; wyszło z kuchni. Dlaczego? Marjorie ucieka z pokoju przez niewidzialną zasłonę, która rozsuwa się niechętnie, by ją przepuścić. Całą noc siedzi na schodach, przy włączonym świetle i pełnym księżycu świecącym przez okna.

Marjorie zaczyna krwawić. Nie ma odwagi, by iść do łazienki i umyć się albo wrócić do sypialni po podpaski. Schody już zawsze będą w plamach.

Następnego dnia wraca jej ojciec. Dick. Na jednym oku ma przepaskę, drugie jest zmętniałe, ale wciąż nim trochę widzi. W każdym razie chodzi z jedną ręką wyciągniętą przed siebie, jakby odsuwał przeszkody. Jest wychudzony; na jego głowie klują się świeżo wyrośnięte włosy. Marjorie go nie pamięta. To jasne, że Dick rozmyśla o innych sprawach, nie o niej. Razem z nim przychodzi pani z Czerwonego Krzyża. Jest miła, układa ojca na łóżku i mówi Marjorie, żeby się nie martwiła, musi tylko cierpliwie czekać.

Gdzie jest Helen? Cóż, Helen jest na Szetlandach, obwozi amerykańskiego generała, który wizytuje północną linię obrony. Zresztą zawsze chciał zobaczyć szetlandzkie owce, gdyż jako dziecko miał kiedyś bardzo drogi sweter z szetlandzkiej wełny. Czy kiedykolwiek w życiu trafi mu się jeszcze taka okazja? Helen wozi go wszędzie, usłużna zarówno w łóżku, jak i poza nim. Marjorie natychmiast wysyła telegram — ale Szetlandy leżą bardzo daleko, na poczcie nie można polegać i telegram nie dochodzi.

To był poniedziałek.

Marjorie budzi się do życia i bez wahania wchodzi do kuchni. Robi herbatę i oddaje cały swój przydział masła, żeby Dick mógł zjeść grzanki z masłem. Dick leży na plecach na łóżku i śpi, podnosi się, by coś zjeść, i znowu opada na łóżko. Czasami leży po prostu z otwartymi oczami, mruga i myśli. O czym?

To był wtorek.

Bzyk, bzyk.
Proszę, nie spadajcie.
Nie.

To była środa.

Dick siada, uśmiecha się i bierze rękę Marjorie.

— No więc, Marge — mówi. — Może powinniśmy mówić do ciebie „Masełko"?

Znowu idzie spać. Jak rzadkim i cennym towarem jest masło.

To był czwartek.

Jest noc. Kiedy Marjorie śpi, Dick wstaje z łóżka i idzie po poplamionych krwią schodach (czy to zauważa?) na strych, żeby obejrzeć swoje książki. Widzi pleśń i czuje grzyb. Schodzi na dół do kuchni, dostaje ataku serca i umiera.

To był piątek.

Marjorie znajduje Dicka na podłodze w kuchni. Wraca Helen. Czerwony Krzyż mówi, że śmierci należało się spodziewać — czyż nie postawili sprawy jasno? Helen uważa, że wszystkiemu winna jest Marjorie, która nie wezwała jej do domu. Cóż, jest bardzo zdenerwowana.

To była sobota i niedziela.

Marjorie jedzie do Bishops Stortford na egzamin z łaciny. Jaka jesteś nieczuła i okrutna, mówi Helen.

To był poniedziałek.

Co za tydzień!

Bzyk, bzyk.
A kysz, mam was w nosie!

Marjorie dostaje wyróżnienie ze wszystkich trzech przedmiotów.

ROZDZIAŁ TRZYDZIESTY SZÓSTY

Marjorie, Grace i ja. W jaki sposób dochodzimy do siebie po atakach przerażenia i niechęci, które nas ogarniają w małżeństwie i w życiu? Kiedy leżymy w łóżku z otwartymi oczami i czujemy, że jeśli nic nie zrobimy (a nie możemy nic zrobić), wydarzy się najgorsze — śmierć naszych dzieci, odebranie prawa do opieki nad nimi przez sąd, fizyczne okaleczenie, utrata naszego domu albo skrajna samotność z powodu odrzucenia. Kiedy płaczemy, szlochamy, trzaskamy drzwiami i wiemy, że zostałyśmy oszukane, zdradzone, wykorzystane i nie zrozumiane oraz że nasze życie leży w ruinie, a my jesteśmy bezradne. Kiedy wędrujemy same po nocy, planując morderstwo, samobójstwo, cudzołóstwo, zemstę — i wracamy do domu, do łóżka, żeby wstać następnego ranka z zaczerwienionymi oczami i żyć, jakby nic się nie stało.

I albo staje się najgorsze, albo nie, albo źle się z nami obchodzą, albo nie — nigdy nie ma jasnej odpowiedzi. Życie toczy się dalej.

Marjorie poprawia sobie humor, zapadając na zdrowiu. Martwi się kołataniem serca, wypadnięciem dysku, skurczami żołądka. Otrząsa się z niepokoju oraz przygnębienia i wpada w hipochondrię. Zdaje kolejny egzamin, chociaż ręce jej drżą i boli ją głowa. Sporządza kolejny raport. Dostaje następne zadanie. Życie toczy się dalej.

Grace przystępuje od razu do działania. Wyrzuca grzesznego kochanka, dostaje histerii, próbuje się powiesić, tłucze w domu, co się da, mówi sprośne rzeczy przez telefon, wytacza następną sprawę sądową — uspokaja się. Idzie do fryzjera i żąda, by manikiurzystka zajęła się jej paznokciami u nóg. Życie toczy się dalej.

Ja, Chloe, poruszam się w innej tradycji, podobnie jak wcześniej moja matka i Esther Songford. Sądzę, że zachowuję się i reaguję jak większość kobiet — zaniedbane żony szukają pracy w charakterze pomocy domowych, rozwódki zostają sprzątaczkami, odrzucone matki zapisują się na psychoterapię, nieszczęśliwe córki zostawiają dom i szukają pracy za granicą jako pomoce do dzieci.

Czyść i szoruj, by zapomnieć o zmartwieniu, mocz ręce w płatkach mydlanych, wygrzebuj resztki ze zlewu, wytrzyj nosy dzieciakom — kark zgięty pod jarzmem niepotrzebnej domowej harówki, już zaczyna się ból w krzyżu, nieposłuszne stawy atakuje artretyzm. Życie toczy się dalej.

ROZDZIAŁ TRZYDZIESTY SIÓDMY

Grace wychodzi pierwsza za mąż i po przyjeździe do Ulden chwali się obrączką na palcu, ślubem w bieli i Christiem u boku.

Kto by to pomyślał rok wcześniej, gdy Grace odjeżdżała ze stacji w Ulden do Londynu i dalej, do Slade, odprowadzana tylko przez Gwyneth, Chloe i pastora? Jej matka rozkładała się na cmentarzu, ojciec wariował w domu starców, a dom był wystawiony na sprzedaż. Nerwowa, emocjonalnie pobudzona i gadatliwa, tym razem wyglądała nie szczupło, ale wręcz chudo.

— Szkoda, że Marjorie tu nie ma — mówi Grace, gdy czekają na ciuchcię, która powiezie ją do miasta.

Jest początek października, wilgotny i ponury dzień. Ostatnio Chloe nieustannie dziwi miękkość Grace. Swoją dłonią w rękawiczce Grace bierze nawet Gwyneth pod ramię, chociaż zazwyczaj jest chłodna i na dystans wobec matki swojej przyjaciółki, która cokolwiek by mówić, pomimo śpiewnego głosu i nienagannych manier jest tylko barmanką.

Ale po śmierci matki Grace staje się na jakiś czas pokorniejsza, delikatniejsza i wdzięczna za okazywane jej uczucie.

— Pamiętacie dzień, w którym przyjechałyście razem z Marjorie? — pyta Grace. — Tyle tu było wtedy ludzi. Teraz wydaje się, że nie ma nikogo. Wszystko się kończy.

— To był okropnie śmierdzący pociąg — mówi Gwyneth. — I strasznie przygnębiający, niebezpieczny okres. Teraz czasy są lepsze.

Niemniej tęsknią za tamtymi czasami niewinności, dorastania i wrzawy. Powojenny świat jest monotonny, szary i postarzały. Żadnych rozrywek, tylko braki w zaopatrzeniu i praca. Lotniska wojskowe zamknięto, Amerykanie wyjechali, oddziały zdemobilizowano. Nawet Patrick wyjechał, zabierając ze sobą grzeszne podniecenia, a zostawiając cnotę i przyzwoitość. Na rabatach Esther rośnie zdziczała kapusta, ale podpory na fasolę Edwina opanowały róże. Żadne z nich nie wygrało, ani Edwin, ani Esther. W końcu osiągnęli remis.

— Musisz bardzo na siebie uważać, kochanie — mówi Gwyneth do Grace. — Jesteś zbyt młoda, żeby rozpoczynać samodzielne życie.

Pastor znalazł dla Grace kawalerkę w Fulham, w Slade czeka na nią miejsce na wyższej uczelni, w banku ma dwieście funtów, nie może już doczekać się wyjazdu, ale Gwyneth się martwi.

— Nie młodsza niż Chloe — odpowiada Grace.

W następnym tygodniu Chloe wyjeżdża na uniwersytet w Bristolu. Gwyneth próbuje przyzwyczaić się do tej myśli. Przez siedemnaście lat jej życie zależało od potrzeb Chloe. Teraz będzie wolna, teraz gdy nie ma już sił, by skorzystać z tej wolności.

— Tak czy inaczej, zbyt młoda — upiera się Gwyneth.

— Dam sobie radę — mówi Grace. — W Londynie jest Marjorie. Nie będę sama.

— Ale pamiętaj — mówi Gwyneth. — Jeśli nie chcesz wpaść w tarapaty, nigdy nie zostawaj sam na sam z mężczyzną. To prosta zasada. Mam nadzieję, że Chloe ją pamięta.

— Jestem pewien, że w Slade jest ChRS — wtrąca pastor.

— ChRS? — pyta Grace.

— Chrześcijański Ruch Studentów. W Bristolu również, Chloe. Umożliwi wam towarzyskie spotkania z młodymi ludźmi, pod właściwym nadzorem. Nie zamierzamy was mitygować, bo sami jesteśmy starzy wyjadacze: wiemy, że dziewczęta chcą się spotykać z chłopcami, a chłopcy z dziewczętami.

Grace myśli o błotnistym rowie, w którym leżała z Patrickiem. Chloe o łóżku swojej matki, nie zamkniętych drzwiach i o Patricku.

— Tak — mówi Grace uprzejmie.

— Tak — mówi Chloe w ten sam sposób.

— Chciałabym, żebyś odłożyła to o rok — mówi Gwyneth. Kiedy jedna matka odchodzi, druga się wprowadza.

— Już za późno — mówi Grace.

Grace spaliła za sobą mosty. Jej matka nie żyje, brata odesłano, a ojciec przeżywa załamanie nerwowe. Wszystkiemu winna jest Grace, która pragnie teraz jak najszybciej uciec z Ulden.

— Nie jest za późno — mówi Chloe. — Po prostu nie wsiądziesz do pociągu.

Chloe obawia się, że w Londynie Grace może spotkać Patricka. Albo nawet w Slade. Bo czyż Patrick, zazwyczaj tak tajemniczy, nie przyznał się kiedyś, że po wojnie zamierza wykorzystać stypendium naukowe, przyznawane byłym żołnierzom, by studiować na akademii sztuk pięknych? Czy Grace wie więcej od niej? Chloe nie może się jej spytać. Chloe i Grace nigdy nie rozmawiają o Patricku, bojąc się tego, co mogą usłyszeć, i to główne milczenie stwarza między nimi cały łańcuszek pomniejszych milczeń.

Zresztą jeśli cię ktoś przeleci i zostawi, można to spokojnie pominąć milczeniem. W przeciwnym razie upokorzenie jest ogromne. Obie to czują.

Tak się składa, że Chloe się myli. Patrick rozpoczyna studia na Akademii Sztuk Pięknych w Camberwell, nie w Slade, i najczęściej spotyka się z Marjorie. W końcu Marjorie ma do swojej dyspozycji ogromny dom, a Patrick nie ma najmniejszej ochoty płacić czynszu. Znajduje jej adres w swoim notatniku. Dostał go od Chloe.

Patrick: Jaki wspaniały dom. Zupełna ruina!

Marjorie: Posprzątałabym, gdybym wiedziała, od czego zacząć.

Patrick: Absolutnie nie wolno tego robić. Podoba mi się taki, jaki jest. Czy mieszkasz tu zupełnie sama?

Marjorie: Tak, matka jest w Południowej Afryce.

Patrick: Nie czujesz się trochę samotna?

Marjorie: Owszem.

Patrick: Te zamki chyba są do niczego.

Marjorie: Tak. Czasami gdy budzę się rano, drzwi frontowe stoją otworem. Nie mogę też korzystać z kuchni, bo jest nawiedzona.

Patrick: Przez co?

Marjorie: Powiedziałabym, że przez mojego ojca, ale on zmarł w niej w kilka miesięcy po tym, jak zaczęło straszyć. Chyba że te sprawy mają inną skalę czasu od naszej.

Patrick: Duch jest wyobrażeniem osoby żyjącej, a nie martwej. Jeśli przestałabyś być taka nieszczęśliwa i przygnębiona, duch by zniknął.

Marjorie: Po czym poznajesz, że jestem nieszczęśliwa i przygnębiona?

Patrick: Po krostach na twojej brodzie.

Marjorie jest bardziej oczarowana niż obrażona. Jest wstrząśnięta stwierdzeniem, że stan umysłu może być związany ze stanem ciała.

Marjorie: A jak mam przestać być nieszczęśliwa i przygnębiona?

Patrick: Przyjmij mnie na lokatora.

Patrick uśmiecha się do niej. Wydaje się taki barczysty, silny, młody i zdrowy, a jego prośba taka prosta, sensowna i szczera. Można by pomyśleć, że jest synem chłopa, nie kryminalisty.

Marjorie: Mama nie lubi w domu obcych.

Patrick: Twoja mama jest w Południowej Afryce.

To prawda, myśli Marjorie z odrobiną, jak by to powiedzieć, złośliwości.

Patrick: A ja nie jestem obcy.

To prawda. W 1946 roku Patrick pocałował raz Marjorie, kładąc swoje silne ręce na jej drobnych dłoniach, przyciskając ją do pnia topoli, i nie wiadomo, co by się stało, gdyby nie to, że zaczęło padać, lub gdyby było to inne drzewo, a nie topola ze swoimi sterczącymi, odpychającymi gałęziami. Ależ Marjorie wtedy drżała. Patrick Bates, dojrzały mężczyzna w mundurze wojsk Jego Królewskiej Mości, a ona ni mniej, ni więcej, tylko nieładna i niezdarna córka Helen. „Nic się nie stało", powiedział, jakby wiedział o niej więcej niż ona sama, a cóż może być bardziej podniecającego? „Nic się nie stało."

Teraz Marjorie robi krok do tyłu, a Patrick krok do przodu. Patrzy na sufit podłużnego salonu i na gmatwaninę karniszy, z których zwisają brązowe, pogryzione przez mole zasłony.

Patrick: Co to za mokra plama?

Marjorie: Chyba coś jest nie w porządku z dachem. Jest jeszcze gorzej, kiedy pada. Zupełnie tego nie rozumiem. Dach jest przecież dwa piętra wyżej. Jak deszcz może dotrzeć tak nisko?

Patrick: Sprawdzę to.

Ale nigdy nie sprawdzi.

Patrick wprowadza się z farbami, płótnami, walizkami i zadomawia się w salonie. Dni spędza w Camberwell, a wieczorami maluje, najpierw martwe natury, a później Marjorie, początkowo ubraną, a następnie rozebraną. Niczego więcej od niej nie żąda. Nie chce, żeby mu gotowała, prała czy sprzątała. Woli jeść na zimno gotowaną fasolkę z puszki — i to samo robi Marjorie, gdy uświadamia sobie taką możliwość. W tym dumnym, gwałtownym okresie żadne z nich nie chce być nic dłużne nikomu ani niczemu. Na brodzie Marjorie wyskakuje mniej krost. Helen przenosi się do Australii. Przez dwa semestry zalega z zapłatą czesnego w Bedford College, gdzie Marjorie studiuje filologię klasyczną. Sekretariat uniwersytetu wzywa Marjorie i z nienaganną życzliwością określa Helen jako „jedno z tych trudnych rodziców". W imieniu matki Marjorie nie posiada się z oburzenia, zrzucając winę na złe funkcjonowanie poczty. Żeby zapłacić czesne, za radą Patricka sprzedaje trzy portrety Etty, każdy za piętnaście funtów. Portrety schowane były w ogrodzie, w szopie na drewno, dopóki Patrick nie przyniósł ich do domu. Marjorie, której od dłuższego czasu duchy dają spokój, budzi się pewnej nocy z nagłym przerażeniem, z oddechem zjawy na twarzy i biegnie do Patricka po ukojenie. Patrick śpi w ubraniu, owinięty kocami, obok długiej, niegdyś wspaniałej, sofy. Nie pozwala jednak Marjorie ułożyć się koło siebie, chociaż sam nie bardzo rozumie dlaczego.

Odsyła ją z powrotem do niespokojnej, wzburzonej ciemności jej pokoju, której nie jest w stanie rozświetlić tej nocy żadna ilość sztucznego światła.

— Jeśli jesteś narzeczoną ciemności — mówi jej przy śniadaniu złożonym z zimnego makaronu z serem — a podejrzewam, że jesteś, to gdzieżbym śmiał wchodzić w paradę między ciebie a twojego demona? To zbyt niebezpieczne.

— Ale ja się tak boję — odpowiada Marjorie. — A poza tym o czym ty mówisz? Ja wiem, że to tylko przywidzenie, nerwica i tak dalej. — Marjorie nie kocha Patricka. Czuje się zbyt blisko z nim związana. Jest jednocześnie jej ojcem i bratem.

— Po prostu leż i spróbuj to polubić — mówi Patrick. — Tak zrobiłaby każda kobieta. Bóg jeden wie, co ty i ten twój najeźdźca z innego świata tam płodzicie. To nie dom jest nawiedzony, ale ty. Nie chcę zarazić się od ciebie twoją duchową chorobą weneryczną.

— Przecież to nie jest zaraza — mówi Marjorie żałośnie.

Czy te okropności, za które jest odpowiedzialna, nigdy się nie skończą? Może jednak to zaraza, a w każdym razie zaraźliwa choroba. Kilka miesięcy później Patrick wraca z zajęć z pełną butelką grand marniera, którą znalazł w rynsztoku, i oboje z Marjorie wypijają ją całą, a rano budzą się splątani razem na podłodze, z mdłościami i kacem, i chociaż umysł Marjorie kiepsko pamięta to, co właściwie się stało, ma ona fizyczną świadomość, że tego ranka jej ciało jest niewątpliwie inne, niż było zeszłego wieczoru, a ona całkiem nieświadomie dostała jakby bilet wstępu do światów, o których do tej pory tylko słyszała. Co do Patricka, widać wyraźnie, że w tym okresie pewna naturalna dobroć, którą posiadał, zanika; a może gwałtowna niechęć, która towarzyszyła jego przyjściu na świat, zaczyna odciskać swoje piętno na jego osobowości — w każdym razie od tej pory Patrick ma dar sprowadzania nieszczęść nie tyle na siebie samego, ile na głowy ludzi mniej przyzwyczajonych do tego niż on. Pewnie dlatego, mógłby ktoś powiedzieć, że Patrick został w dzieciństwie uodporniony na chorobę Marjorie, a inni, którzy mają w życiu więcej szczęścia od niego, nie. To ludzie, których od tej pory Patrick wyszukuje i których na swój sposób zaraża i niszczy.

Zespolenie się jednej osoby z drugą rzadko jest bez znaczenia lub rezultatu, owocując w najlepszym wypadku dziećmi, a w najgorszym śmiercią; w najbardziej zaś trywialnym — chorobą i upokorzeniem; w prozaicznym — zmianą stanu cywilnego i ulgą; w najbardziej znaczącym — przypływem sił życiowych, odmianą duchową i szczęściem. I żadna ilość grand marniera nie może tego zniweczyć.

Nie wolno lekceważyć wszystkich tych szarych ludzi spieszących ulicami naszych miast, ani siły, jaką stanowią w tym wielkim i skomplikowanym układzie rzeczy. Patrick nikogo nie lekceważy. To j e g o siła.

Grace wpada raz na Frognal, żeby odwiedzić Marjorie, widzi zadomowionego Patricka i natychmiast znika. Od tej pory uważa się za dziewicę.

Jej Christie twierdzi bowiem, że dziewictwo jest fundamentalną zaletą kobiety, którą kocha, chociaż robi wszystko, co w jego mocy, żeby ją tej zalety pozbawić.

ROZDZIAŁ TRZYDZIESTY ÓSMY

Christie jest Najlepszą Partią na roku. Kiedy zimowe śniegi leżą miesiącami i połowa Europy głoduje, a bombowce nad głową przewożą do Niemiec żywność zamiast bomb, kiedy z palników gazowych wydobywa się mały płomyczek, światło elektryczne migocze, a nieznajomi garną się do siebie, szukając pocieszenia — Christie błyszczy w oczach Grace jak pochodnia nadziei i obietnic. Jest czystą, uczciwą (ale tylko w małżeństwie) męskością. Christie jest ambicją Grace. Nie dyplom, nie kariera, nie uznanie w oczach świata, już nie. Tylko Christie.

Kocha go. Och, jak bardzo go kocha. Jej serce bije mocniej na jego widok, jej żołądek kurczy się z tęsknoty. Ale nie podda się jego objęciom, nie, nie może tego zrobić. Christie zabiera ją z przyzwoitką na łódź (tak, jest żeglarzem) i w góry, już w mniejszym towarzystwie (tak, umie się wspinać). Chce kupić jej mieszkanie (tak, stać go na to), ale ona nigdy się nie zgodzi. Żadnych brylantów, dziękuję, Christie. Żadnych zegarków. Żadnych prezentów, żadnych łapówek, najdroższy. Czekoladki, och, tak, dziękuję! Orchidee, zaproszenie na kolację, powrót taksówką do domu i pocałunek, och, tak, możesz dotknąć moich piersi (jacy jesteśmy okropni) i szybko, szybko, dobranoc, Christie. Mój jedyny, najdroższy. Umarłabym dla ciebie, ale nie pójdę z tobą do łóżka. Po drodze do domu Christie zatrzymuje się w Soho i spędza godzinę z prostytutką. Jak inaczej mógłby przeżyć?

Ona go kocha. Chce wyjść za niego. Jak inaczej mogłaby przeżyć?

— Nie mogę — mówi mu spłakana Grace, wyślizgując się z jego ramion gdzieś na opustoszałej plaży. Jest noc. Świeci księżyc. Cały świat czeka. — Nie mogę. Nie jestem taka jak inne. Jeśli powiem „nie", wiem, że mnie zostawisz i wtedy umrę, ale nie, nie, nie. Och, Christie, gdybyś wiedział, jak cię kocham!

Ależ ona ryzykuje. Jest bliski porzucenia jej, Grace nawet nie wie, jak bliski. Grace zakłóca mu najpierw noce, potem dnie, a przecież Christie musi pilnować swoich interesów, biura, pracowników, zarabiać miliony.

Grace wygrywa nieoficjalną nagrodę w Slade, nie dla najzdolniejszej studentki, ale dla Najbardziej Pożądanej Dziewczyny Roku. Christie zostaje. Lubi sukces. Oczy Grace są niesamowite, jej skóra, dzięki wysiłkowi woli, ma bladość rozwiązłości. Czasem, kiedy idzie, jej kolana uderzają o siebie, jak gdyby była źrebakiem i nie umiała nad nimi panować. Wygląda, myśli Christie, jakby wystarczyło ją pchnąć, a ona upadnie i będzie czekać z posłusznie rozwartymi udami.

Grace nie ma jednak zamiaru tego robić. Wygrywa.

— Czy wyjdziesz za mnie, Grace?

Co za partia, mówią wszyscy, ten trzydziestoletni wysoki Południowoafrykańczyk, z ojcem właścicielem ziemskim, posiadaczem spieczonych stepów, czarnej służby i ogromnych bogactw; ze swoim naiwnym wyobrażeniem o angielskim społeczeństwie, zaczerpniętym z *Kawalkady, Pani Miniver, Bliskiego spotkania* i *Drogi przed nami*, robiący fortunę na sprężonym betonie, narzucający swoją wolę nowym, lekkim materiałom. Teraz można stawiać tak wysokie budynki na londyńskiej glinie jak nigdy przedtem. Londyn może stać się Nowym Jorkiem. Christie pierwszy zdaje sobie z tego sprawę. Współczynniki bezpieczeństwa nie są wiadome. Właściwie nikt ich nie zna. Christie wszystko wyjaśnia, jeśli ktoś go pyta.

Christie organizuje ślub, tak jak organizuje wszystko. Musi zrzec się ambicji, by ceremonia przypominała tę z *Ojca panny młodej*, ponieważ matka panny młodej nie żyje, a jej zbuntowany ojciec jest w Bournemouth, ale Christie robi, co może.

Ślub odbywa się w wiejskim kościele w Sussex, gdzie mieszka angielska ciotka Christiego. Przyjęcie weselne — pod dużym namiotem rozstawionym w ogrodzie. Świeci słońce, dzwonią dzwonki, kwitną kwiaty, panna młoda, dziewica, piękna i wręcz przezroczysta w bieli, idzie do ołtarza. Pan młody staje obok niej; związek zostaje pobłogosławiony. Czy była kiedykolwiek bardziej czarująca para? Kanapki z ogórkiem, truskawki, szampan. Grzmot. Śmiech, łzy, wyjazd do Kornwalii i podróż poślubna w bentleyu, do którego przyczepiono z tyłu stare buty.

Te małe rybackie wioski, opustoszałe skaliste wybrzeże! Można było wtedy kochać się na plaży, a jak okiem sięgnąć nie było żywego ducha. (Teraz jest inaczej. Straż Przybrzeżna przyłapałaby cię w pięć minut.) Christie jest zaspokojony — Grace rozmarzona jak nigdy. Taktownie, ale stanowczo, Christie pyta o jej rozerwaną wcześniej błonę dziewiczą. Takie rzeczy są ważne.

Jazda konna, odpowiada.

Mogło się tak przecież zdarzyć.

Potem powrót do St. John's i życie młodej matrony. Nikt nie widzi powodu, w tych niewinnych czasach, dla którego Grace i Christie nie mogliby żyć długo i szczęśliwie.

Podczas nocy poślubnej Grace zachodzi nawet w ciążę.

Co za rozsądek, zręczność, szczęście! Pójść w ślady babci. Chcieć tyle co trzeba, nigdy nie za dużo.

Dobre czasy!

W marcu Grace rodzi chłopczyka. Piersa. Dwa lata później rodzi się Petra. Są to raczej delikatne, wątłe i płaczliwe dzieci, jakby cała siła poprzednich pokoleń przeszła na rodziców i niewiele jej zostało dla owoców ich związku. Grace darzy je bezgraniczną miłością.

A Marjorie! Marjorie przyjeżdża na ślub Grace. (Patrick nie dostaje zaproszenia.) Cieszy się szczęściem swojej przyjaciółki, a jej cera jest czysta i bez skazy. Ma na sobie sukienkę uszytą według najnowszej mody, o miękkich, nie watowanych ramionach, wąską w talii i o szerokiej spódnicy — ale niepotrzebnie się stroiła, bo na przyjęciu, schowana przed burzą pod dębem, spotyka Bena, którego zupełnie nie interesuje to, jak ona wygląda, ale to, co mówi.

W ciągu trzech tygodni Marjorie opuszcza Frognal i zamieszkuje z Benem w maleńkim mieszkanku w West Kilburn. Ben jest studentem architektury i został zaproszony na wesele, gdyż jego ojciec jest pośrednikiem w interesach Christiego. Sam Ben żywi wiele wątpliwości co do sposobu prowadzenia interesów przez Christiego, nie mówiąc już o jego sposobach konstruowania budynków, ale nie dzieli się nimi z nikim. Ben pochodzi z rodziny syjonistów. Marjorie zastanawia się, czy nie powinna przejść na judaizm, skoro jej ojciec był Żydem, a sama czuje współczucie dla tej rasy, która tyle wycierpiała. Jednakże Ben, który wyznaje judaizm bardziej w sensie politycznym niż religijnym, uważa, iż nie jest to konieczne. Co do małżeństwa, nie ma żadnego pośpiechu. Są przeświadczeni o wspólnej długiej przyszłości. Poza tym gdyby się pobrali, Marjorie straciłaby stypendium, które po przedstawieniu listów i zaświadczeń od adwokatów Helen z Meksyku uzyskała wreszcie od niechętnych władz lokalnych.

Chloe jest zaproszona na ślub Grace, ale nie może przyjechać. Ma inne sprawy na głowie.

ROZDZIAŁ TRZYDZIESTY DZIEWIĄTY

Chloe proponuje, że sama przygotuje kolację dla dzieci, ale Françoise, całkiem już rozchmurzona, nie chce o tym słyszeć. Godzi się tylko, by Chloe jej pomagała. Krząta się po kuchni jak po swojej własnej. Chloe jest skrępowana: czuje, jakby była z kimś obcym, a nie z Françoise.

Niektórzy, myśli Chloe, potrafią wszędzie czuć się jak u siebie. Françoise brzęka garnkami i podśpiewuje wśród naczyń kuchennych innej kobiety i wcale jej to nie przeszkadza. Tymczasem upłynęło całe dziesięć lat, zanim Chloe uznała ten dom za swój. To tak jakby nie posiadając prawdziwego domu jako dziecko, a tylko wspólny pokój dzielony z matką, nie miała teraz prawa do własnego domu. W dorosłym życiu prześladuje ją myśl, że do niczego nie ma prawa, że może mieć tylko to, co podkradnie, kiedy nikt nie patrzy.

A Oliver, kontrolując nawet wybór koloru tapet do pokoju gościnnego, książek na półkach, gazet w skrzynce pocztowej, jedzenia w szafce, sprawdzając ilość mszyc w ogrodzie i pieniędzy w jej kieszeni, nie ułatwia oczywiście życia. Jest tego świadoma.

Mimo wszystko, myśli Chloe, zawsze potrzeba dwojga. Jednego, by wyciągało zachłanne ręce, drugiego, by ich nie odrzucało; ze strachu, próżności, głupoty lub przyzwyczajenia. Wystarczy tylko, żeby Chloe poszła do sklepu ogrodniczego, kupiła spray owadobójczy, wlała go do rozpylacza zamiast mydła i wody — i proszę bardzo, nie ma mszyc.

Ale czy tak zrobi? Nie.

Kiedy Chloe spotyka Olivera po raz pierwszy, siedzi sztywno na poduszce. Przy obcych jest speszona i nieśmiała, więc zadziera swój ładny arystokratyczny nos i zdaje się wywyższać. Chloe nie ma chłopca i obawia się, że przyczyna tego tkwi raczej w jej wybrednej naturze niż w nieumiejętności przyciągania. I tak jest dość upokorzona okazywanym współczuciem z powodu braku normalnego domu, normalnej rodziny, odpowiednich ubrań, a nawet, jak podejrzewa, odpowiednich piersi. (Niewielkie dystyngowane wzgórki, które co rano namydla, spłukuje i osusza tak starannie, wydają się jej okropnie żałosne. Nie ma rzecz jasna możliwości, by mogła je porównać — inne dziewczęta, tak jak jej matka, ubierają się i rozbierają, myją się i wycierają na osobności albo schowane za ręcznikiem.) I chociaż waży o sześć kilogramów więcej niż dotychczas — mieszka w akademiku i zrobiła się pulchna od zbyt wielu ziemniaków i zbyt wielu zmartwień — ten dodatkowy ciężar wydaje się spoczywać na jej biodrach. Może nabierze kształtu gruszki, tak jak Marjorie? Tego się obawia. A teraz siedzi na poduszce i zadziera nosa, a jej bawełniana spódnica ściska ją mocno w talii. Jest uszyta z ładnego różowego materiału w kratkę, który kiedyś wisiał jako zasłonka w damskiej ubikacji w "Róży i Koronie", zanim wypłowiał doszczętnie w południowym słońcu.

Oliver, który na przyjęcie przyszedł późno i tylko dlatego, że nie mógł spać, nie znosząc gospodarza, a co za tym idzie, jego gości, sądzi błędnie, że towarzyszem Chloe, siedzącej na poduszce, wyglądającej na czystą, zgorszoną i na taką, która najbardziej go zirytuje, jest przewodniczący kółka dramatycznego: siedzi u jej stóp i opiera o nie swoją głowę tylko dlatego, że strasznie go ona boli, a on pragnie umrzeć. Kiedy wreszcie mobilizuje się na tyle, żeby wstać i nalać sobie kolejnego drinka, Oliver zajmuje jego miejsce. Głaszcze jej kostkę. Chloe spogląda na głowę Olivera, czarną, sfalowaną, jedwabistą i zbuntowaną. Czy ma wtedy przeczucie, jak bardzo włosy na tej głowie staną się jej znajome? Że będzie patrzeć przy niezliczonych śniadaniach, jak rosną, siwieją i wypadają? Może. Bo dlaczego siedzi, słucha i odpowiada zamiast pójść za odruchem i po prostu wstać, wyjść albo przynajmniej zabrać kostkę, a także swoją przyszłość z jego zasięgu?

Oliver: Dlaczego uważasz, że jesteś lepsza?

Chloe brakuje słów.

Oliver: Widać jesteś za dobra, nawet żeby ze mną porozmawiać.

Ależ ma czarne oczy, ależ złe usta. Podwinął rękawy. Jego ramiona są owłosione i muskularne. Podnosi się i siada obok niej na poduszce. Chloe odsuwa się, ale ich ciała wciąż się dotykają. Oliver się uśmiecha.

Oliver: Dlaczego wy, dziewczęta, jesteście takie okropne wobec siebie?

Chloe ma wrodzone poczucie natychmiastowej winy. Jeśli ktoś mówi „pada deszcz", Chloe odpowiada „przepraszam".

Chloe (od razu): Przepraszam.
Oliver: To nie twoja wina. Tak zostałaś wychowana. Jakie masz ładne dłonie. Przypuszczam, że nie musiały zbyt wiele prać. Moja matka umarła od prania, które brała do domu. Miała raka wątroby. Opary bielinki są rakotwórcze, wiesz?

Chloe, przerażona, nie wie. Oliver przysuwa się bliżej. Są jedyną parą w pokoju, która wciąż siedzi. Wszystkie świeczki, oprócz dwóch, zostały zdmuchnięte. Oczy Olivera błyszczą w ciemności. Chloe traci wszelką ochotę, żeby się odsunąć.

Oliver: Chcę ci powiedzieć, że była członkiem klas pracujących. Wiesz, to takie śmieszne typy, które spotykasz w powieściach. Jedno jest pewne, ci tu, na podłodze, nigdy nie zmieniają ustalonego porząd-

ku rzeczy. Są zbyt zajęci przeżywaniem swojego życia seksualnego.
Czy będzie chciała czy nie będzie, czy on może czy nie może, a jeśli
on tak to ona nie, a jeśli ona tak, to on nie może. Kto zawracałby sobie
głowę Marksem, skoro tkwi tu, w Havelock Ellis. Czy wiesz, o czym
mówię?
Chloe: Nie.
Oliver: Więc lepiej będzie, jeśli przestanę. Powiedz mi coś o sobie.
Chloe: Nie ma o czym mówić.

Wierzy jej.

Oliver: Jakie masz zimne ręce. Jesteś taka sztywna. Dlaczego się nie
odprężysz? Czy mam cię odwieźć do domu?

Chloe, zahipnotyzowana, pozwala mu się zabrać do jego
mieszkania na poddaszu. Oliver robi herbatę i podaje ją w blaszanych kubkach. Jest już zbyt późno, żeby wracała do akademika — ma przepustkę na późny powrót, ale przepustka wygasa
o pierwszej w nocy, kiedy zamykają drzwi. Chloe zupełnie się tym
nie przejmuje ani też nie chce obciążać go swoim kłopotem. Będzie musiała przelazić przez mur, jak wszyscy.
   Oliver opowiada jej o śmierci swojej matki, łajdactwie ojca,
swoim utraconym ogrodzie, dwóch przyjaciołach ze szkoły, zabitych w wybuchu. Przeklina rząd, wojnę, swoją rasę, religię
— odrzuca to wszystko. Płacze! Chloe nigdy jeszcze nie widziała
płaczącego mężczyzny. Nie wiedziała, że potrafią płakać. Łzy na-
pływają jej do oczu.
   — Żałuję, że nie mogę płakać za ciebie — mówi i rzeczywiście tak myśli. Ta dziewczyna odrzuca swoje szczęście garściami.
   Oliver nie ma zwyczaju płakać. Zawstydza go to, ale i uspokaja. Co też ona z nim wyprawia, ta spokojna, poważna dziewczyna?
Wkracza w jego żałość, akceptuje ją — nie próbuje jej zaprzeczyć,
jak większość spotkanych przez niego dziewcząt. W tym czasie
Oliver jest ostatnią osobą, która uwierzyłaby — chociaż uwierzy
w to później — że powinno się zapomnieć o przeszłości. Ale później to Chloe będzie dźwigać za niego ten ciężar. W końcu to on
zarabia pieniądze. Ona może jedynie zmagać się z jego usposo-
bieniem.

A teraz drży, kiedy rozbiera ją i prowadzi w stronę łóżka. Wygląda na to, że Chloe nie potrzebuje ani argumentów, ani obietnic. On nie chce jej rozzłościć, nie chce jej zranić. Chce ją zatrzymać. Oliver Rudore i Chloe Evans. Miłość od pierwszego wejrzenia! Gdyż Chloe nie wątpi, że go kocha. Mogłaby spędzić w jego łóżku resztę życia i bardzo cierpi, kiedy jej tam nie ma. Chloe, która nie wyobrażała sobie przyszłości, bo bała się, że jakaś nieubłagana siła, zbudzona jej zuchwalstwem, uniesie ją i postawi znowu między naczyniami kuchennymi w „Róży i Koronie", teraz może podnieść wzrok znad podręczników i zobaczyć wizję swojej przyszłości związanej z Oliverem Rudore'em.

Chloe bardzo szybko chudnie. Nie zdąża na posiłki w akademiku, ponieważ zajęta jest gotowaniem dla Olivera, dokonywaniem cudów na jego kuchence. Jest niewyspana, gdyż rzadko kiedy udaje jej się przejść przez mur akademika i trafić do swojego łóżka przed czwartą rano, a zajęcia z socjologii zaczynają się o dziewiątej. (Zajęcia Olivera zaczynają się najwcześniej o jedenastej.) Wieczorami, kiedy się nie kochają, uczy się maszynopisania z podręcznika dla samouków, żeby sprawniej przepisywać eseje Olivera.

Nie wspominając w ogóle o Oliverze, Chloe pisze do matki z pytaniem, czy Gwyneth może dostarczyć jej maszynę do pisania. Ona, która nigdy niczego nie żąda! Gwyneth sumiennie i błyskawicznie spełnia prośbę; żeby to zrobić, musi wyrzec się wolnych czwartkowych popołudni przez całe trzy miesiące. Pani Leacock zauważa uprzejmie, że owszem, „Róży i Koronie" przydałaby się nowa maszyna, więc Gwyneth może kupić od niej starą po bardzo rozsądnej cenie, wziąwszy pod uwagę zapotrzebowanie na wyroby metalowe, w tym na trzydziestoletnie olympie.

Co do Olivera, stał się całkiem towarzyski. Zdobył nawet kilku przyjaciół, zwabionych po części zmianą, jaka w nim zaszła, a po części kuchnią Chloe. Przyjemnie patrzeć, gdy są razem, przy każdej okazji trzymają się za ręce, ich uda dotykają się pod stołem nie tyle z lubieżności, co dla poczucia spełnienia i bycia razem.

Do Olivera przyjeżdżają jego dwie siostry telefonistki, które dostały urlop. Wszystko robią razem: dwugłowy, czteropiersiasty potwór z jego dzieciństwa. Spójrzcie na nie teraz, rządzące się w jego pokoju, noszące makowce i nie zmieloną kawę, na ich jasne włosy zwinięte wysoko w identyczne loki, w takich samych cienkich białych bluzkach, z takimi samymi guzikami, pękającymi pod naporem obfitych piersi. Łączy je ten sam huraganowy, ochrypły śmiech, ta sama kpiąca jowialność: obie chwalą się pierścionkami zaręczynowymi, jeden jest z diamentem, drugi ze szmaragdem. Chloe je lubi. Nie rozumie, dlaczego Olivera przerażają te pełne werwy dziewczęta. Oliver szepcze jej do ucha o czymś, czego nie spodziewał się zdradzić nikomu — o kąpielach, kiedy to one, dorosłe dziewczęta, myły go, małego chłopca, i podnosiły wysoko jego malutkiego siusiaka tak, żeby opadał, i śmiały się, w najbardziej dobroduszny sposób, ale się śmiały. Chloe kręci głową, rozumiejąc tę okropność.

Zwierzenia zwierzeniami, Oliver prosi jednak Chloe o zabranie jej kapci spod łóżka, aby nikt ich nie zobaczył. Chloe jest siksą i co jakiś czas Oliver to czuje.

Chloe mdleje. Głód czy ciąża? Wkrótce każdego ranka czuje mdłości. Ciąża, oczywiście. Cóż, ani Oliver, ani Chloe nie lubią prezerwatyw. Poza tym Chloe żywi dziwne przekonanie, że nie może zajść w ciążę, że nie jest dorosłą kobietą, ale wciąż dzieckiem, i to wyobrażenie o sobie udaje jej się przekazać Oliverowi. Kilka miesięcy, podczas których mogła zajść w ciążę i nie zaszła, wzmocniło to ich wspólne przekonanie. Teraz jest w trzecim miesiącu i oboje nie mogą się temu nadziwić.

Takie rzeczy zdarzają się tylko innym. Chloe i Oliver nie robią więc nic, próbują jedynie przyzwyczaić się do raczej niestrawnego bogactwa tego nowego doświadczenia.

Chloe puchnie, pączkuje i nie może już ukryć swojego stanu przed opiekunką roku, która przychodzi, by zbadać jej kondycję moralną. „Rozumiesz, że zastępujemy rodziców." Następnie Chloe otrzymuje uprzejmy list z dziekanatu z prośbą o opuszczenie uniwersytetu, gdyż okazuje się, że nie uczestniczy w pełni w prowadzonych zajęciach, a lista oczekujących jest długa. Nie ma sensu się kłócić, skoro następną pocztą przychodzi list z miejscowego centrum edukacyjnego mówiący, że jej stypendium zostało wstrzymane. Najwyraźniej być niezamężną matką nie jest taką prostą sprawą, ale po prawdzie bycie wykształconą nie wydaje się już takie ważne. Przynajmniej może opiekować się Oliverem jak należy, skoro nie musi już chodzić na wykłady.

Chociaż Chloe i Oliver spędzają dwa tygodnie nad ułożeniem taktownego listu, po otrzymaniu wiadomości Gwyneth jest bardzo zdenerwowana. Dostaje grypy i przez cały tydzień leży w łóżku. Nigdy przedtem, w ciągu wszystkich lat spędzonych w „Róży i Koronie", nie była chora. Pani Leacock wypłaca jej tylko połowę wynagrodzenia.

ROZDZIAŁ CZTERDZIESTY

Płódźcie i rozmnażajcie się. Dla Marjorie, Grace i dla mnie jest to trudniejsze, niż można by sądzić. I pomyśleć, jak łatwo to przychodzi krowom, pszczołom, ciernikowi, ropusze i pająkowi! Na ich sposób oczywiście; zaloty czarnej wdowy są bez wątpienia bardziej niezwykłe niż jakikolwiek sposób zachowania nam właściwy. Oczywiście one nie mają wyboru. Po prostu reagują na bodziec.

Pokaż czerwoną cegłę samicy ciernika i bęc, natychmiast wyrzuca swoje jaja, żeby spróbowały szczęścia. Ona tu nie decyduje. Tak już musi być. I nikt jej za to nie wini. Nikt nie mówi: dlaczego składasz te jaja, nie czekając, aż będzie cieplej — biedne małe cierniki! — i to w takim miejscu rzeki, gdzie roi się od szczupaków i jest taki silny prąd, dlaczego jesteś taka bezmyślna? Już lepiej, żeby w ogóle się nie urodziły, niż mają mieć takie ciężkie życie, chyba się z tym zgodzisz, ty zła, niegodziwa matko? A one bęc, wyskoczyły wszystkie i już.

Bęc, i Grace urodziła, właśnie w takiej spokojnej, czystej, niezmąconej wodzie. Prywatne pielęgniarki, prywatny szpital, własny ginekolog, niania czekająca przy porodzie, by wziąć niemowlę od pielęgniarki.

No i jest to syn, tak jak chciał Christie. I tyle pieniędzy, i tyle kwiatów na osłodę tego wstrząsu.

Wszystkie pierworodne dzieci są wstrząsem, nie ma co do tego wątpliwości. Uciekaj, gdy zobaczysz, że nadchodzą. Żona dziecko staje się matką. Żona wizytówka zamienia się w niechlujną, skuloną, bezradną istotę. Posłuchaj jej. Posłuchaj tego refrenu. Pomóż mi, opiekuj się mną, pieść mnie, płacze. Mnie i dziecko. Jesteśmy tacy cenni, bezbronni i och, tak, sufit musi być niebieski, żeby dziecko mogło się weń wpatrywać, ty bestio. Pomaluj go, kiedy wrócisz z pracy, co, nie możesz wrócić wcześniej? OPIEKUJ SIĘ MNĄ, ty sukinsynu! Oczywiście nie możemy iść na przyjęcie, przecież muszę karmić piersią. Nie, nie możesz iść sam.

Co do niego, jest niemożliwy, jest większym dzieckiem niż samo dziecko: wymagający co do jedzenia, szalony z braku snu; upija się, wpada we wściekłość, choruje, rzuca dla żartu dziecko w powietrze i nie umie złapać, kiedy spada. Och, kochający mężu, kochający ojcze, gdzie jesteś? A mieliśmy być tacy szczęśliwi, tacy spełnieni, tak inni od wszystkich! Ona, potworna, niebezpieczna ona, miota się po domu ze spuchniętym brzuchem i biustem, zdesperowana, oszalała, zdumiona, dlaczego wyszła za tego potwora. Nie dość, że musi radzić sobie z niemowlęciem, to jeszcze z szaleńcem!

Tout casse, tout lasse.

Kiedy Helen rodziła Marjorie, zauważcie, dokąd poszedł Dick i co zrobił. I do jakich kłopotów to doprowadziło!

Tout passe, tout casse.

Kiedy Piers miał dwa tygodnie, Christie, pracujący wtedy nad projektem pawilonu mody na wystawę w 1951 roku, zrobił kilka poważnych błędów konstrukcyjnych, odkrył je, ale nie chciało mu się nanosić poprawek na plany.

No cóż, Christie przecież nie spał tydzień, poza tym piękne sutki Grace zaogniły się i popękały, tak że wyła, kiedy ich dotykał, więc z pięciominutowym wypowiedzeniem i pięciomiesięczną odprawą zwolnił pielęgniarkę, która najwyraźniej doprowadziła do skandalicznych zaniedbań, a potem nie mogli znaleźć następnej przez całe trzy dni, podczas których Grace szlochała i wzywała zmarłą matkę oraz przyjaciółki, kuliła się na łóżku i patrzyła na niego groźnie, jakby był jakimś łotrem.

Och, koszmar!

Kiedy Inigo miał trzy tygodnie, Oliver pojechał na ryby. Nie mógł pracować pod jednym dachem z dzieckiem, a musiał dokończyć scenariusz. W pobliżu wody zawsze odczuwał, że jest bardziej wydajny.

Dwa tygodnie po urodzeniu się Petry Christie porwał Grace na wakacje na Wyspy Bahama, zostawiając syna i córkę w domu. Potrzebuje odpoczynku od dzieci, powiedział. Podczas jego nieobecności zarwał się dach na wpół dokończonego pawilonu, zabijając trzech ludzi — dwóch z nich było tylko prostymi robotnikami, ale trzeci był głównym asystentem Christiego. Nie znaleźli się inni poszkodowani, którzy mogliby szemrać o karygodnych zaniedbaniach; i właściwie Grace nawet nie słyszała o sprawie, gdyż leżała w szpitalu na Bahamach z zapaleniem piersi. Operację przeprowadzono niezręcznie — do dzisiaj ma bliznę. Christie podał szpital do sądu, ale jedynym rezultatem było tylko dwa i pół tysiąca dolarów odszkodowania oraz wiele nagłówków w prasie. Piersi stały się sensacją, a śmierć nie.

Och, dzieci! Ciężkie ciosy spadają na jedynaków, trochę lżejsze na bliźniaki; mimo że nie są zaskoczeniem, sprawiają więcej bólu. Jest to bardziej tępy ból, nie tak przeszywający.

Kiedy Esther była w szpitalu, rodząc Stephena, Edwin wykopywał ziemniaki i sadził żonkile, żeby na wiosnę zrobić jej przyjemność. Podobnie jak on, nigdy ich nie zobaczyła ani też nie dowiedziała się, że uznał jej zwycięstwo.

Co do Patricka — cóż! Malował nieśmiałą Midge w każdej fazie jej ciąży z Kevinem i chciał też namalować ją w czasie porodu, ale w ostatniej chwili ojciec Midge wsadził ją do karetki — no, może nie w ostatniej chwili, Kevin urodził się na stopniach szpitala jeszcze bardziej na publicznym widoku, niż gdyby została w domu — i Patrick był tak zły, że powiedział: „Niech ją odwiedza jej ojciec, ja chyba już nie muszę? Jestem przesądny, jeśli chodzi o szpitale." I ani razu jej nie odwiedził. A kiedy Midge rodziła Kestrel w szpitalu Świętego Jerzego, w sąsiedniej sali Patrick towarzyszył Grace, trzymając ją za rękę, gdy rodziła Stanhope'a. Przypadkowo nie byli sami — działo się to w Wigilię i pielęgniarki na oddziale śpiewały kolędy, a młodzi lekarze pili.

Nigdy nie zachodź w ciążę w marcu, powiedziałaby Grace, jeśli masz zamiar dotrwać do porodu. Nigdy nie ródź dziecka w Wigilię.

W piątym miesiącu ciąży Chloe traci dziecko. Zarówno Chloe, jak i Oliver płaczą. Coś stracili, oboje to czują. Zostali zaatakowani przez jakieś zewnętrzne siły, coś zostało im zabrane. Czyż to jednak nie przyjemnie płakać razem, utożsamiać się z drugą osobą, tak że strata dla jednej jest też stratą dla drugiej, ale równocześnie pocieszeniem?

Chloe i Oliver biorą ślub w bristolskim urzędzie stanu cywilnego — w zabobonnym pośpiechu, zanim stanie się najgorsze. Oczywiście dla dziecka oraz na dyplom Chloe jest już za późno, ale nie dla nich samych. Znaczy to również, że Oliver może dostać stypendium dla żonatego studenta, dwa razy tyle co dotychczas, i że mogą prowadzić z Chloe umiarkowanie wygodne życie, kiedy to on będzie studiował, a ona gotowała i grzała mu łóżko, co jak oboje przyznają, jest doskonałym rozwiązaniem.

Dobre czasy. Nieżonaci studenci szturmują ich drzwi na poddaszu, by zobaczyć, jak wygląda małżeństwo.

Chloe zawiadamia Gwyneth o poronieniu, nie wspominając jednak o zamążpójściu. Dlaczego? Może czuje, że Gwyneth ma tak mało szczęścia dla siebie, że mogłaby spróbować odebrać szczęście córce, nie wyrażając zgody na ten związek, płacząc, albo co gorsza, uśmiechając się przez całą ceremonię swoim dyskretnym dzielnym uśmiechem i unosząc brwi nad banalnością tej świeckiej uroczystości; a może Chloe chciała w jakiś sposób zaoszczędzić matce bolesnych wspomnień z małżeństwa i wdowieństwa oraz uświadomienia sobie, że jej życie już się skończyło, natomiast życie Chloe zaczęło.

Tak czy inaczej kierowana obawami bądź życzliwością Chloe najniegrzeczniej w świecie nie pisze. Podobnie Oliver ukrywa fakt małżeństwa przed swoją rodziną. Dlaczego? Cóż, w czasie kiedy Chloe poroniła, jego siostry wyszły za mąż w trakcie okazałej podwójnej uroczystości, wzbudzającej radość pomieszaną z lamentami, która kosztowała jego ojca wszystkie oszczędności, wydane na jedzenie, ceremonię, kwiaty i orkiestrę, a na którą Oliverowi nie udało się dotrzeć, bo wsiadając do pociągu w dniu wesela naciągnął sobie ścięgno Achillesa. Ból jest ostry, niemożność chodzenia całkowita — ależ się wije i jęczy na peronie; odprowadzająca go Chloe (gdyż sama nie została rzecz jasna zaproszona) słabnie z nerwów i z żalu — jego siostry obrażone (Oliver tak podejrzewa, bo nigdy nie piszą), a ojciec (tak przypuszcza) zraniony do żywego przez niezdarnego z natury, choć uczonego syna ateistę. Czy Oliver pragnie załagodzić sprawę (tak jak robią to ludzie, którzy odkryli, że urazili kogoś, choć wcale nie mieli takiego zamiaru), utrzymując w tajemnicy swoje małżeństwo — czy też samo małżeństwo miało być zamierzonym ciosem? Albowiem w mitologii rodziny Rudore'ów siksy są dobre do łóżka, ale nie do małżeństwa, a kto jest większą siksą niż Chloe, ta chrześcijańska dziewczyna o skandalicznej obecnie reputacji?

Gdybyście wtedy spytali o to Olivera, spojrzałby obojętnie i powiedział: „Moja rodzina nie ma najmniejszego wpływu na to, z kim się żenię, jak, kiedy oraz z jakiego powodu."

I powiedziałby „z jakiego powodu", a nie „dlaczego", gdyż to też leży w jego naturze.

Kiedy Oliver otrzymuje dyplom — a ku swej konsternacji dostaje trzecie wyróżnienie, a nie pierwsze, jak zakładał — razem z Chloe przenoszą się do Londynu. Żyją w kawalerce w Battersea, poniżej kominów elektrowni, która emituje chmurę czarnego dymu, zasłaniającego nad nimi niebo. Działo się to bowiem w czasach, kiedy Londyn nie był jeszcze takim czystym i wręcz wypucowanym miastem, jakim jest dzisiaj, a mgły i smog zatruwały życie i płuca jego mieszkańców.

Chloe, bez żadnego akademickiego wykształcenia, którym mogłaby się pochwalić po piętnastu latach nieprzerwanej nauki, uważa się za szczęściarę, gdy znajduje pracę ekspedientki w British Home Stores, gdzie sprzedaje bliźniaki: bluzeczki z krótkimi rękawami i okrągłym dekoltem w komplecie z rozpinanym kardiganem o długich rękawach, w takim samym (zazwyczaj pastelowym) kolorze. Czasami przenoszą ją do działu biżuterii, gdzie sprzedaje się sznury sztucznych pereł, dopełniające efektu bliźniaków. Chloe lubi swoją pracę — składanie, wygładzanie, mierzenie, obsługę klientek — każdy jej ruch jest staranny, dokładny, kobiecy i wyważony. Jej zdolność do wyrzeczeń jest ogromna. Wkrótce proponują jej awans na asystentkę kierownika, ale odmawia. Przyjęcie go znaczyłoby dłuższy o pół godziny dzień pracy — a zatem wracałaby do domu później niż Oliver. Czuje, że powinna być w domu przed Oliverem, aby ogrzać pokój i przygotować podwieczorek. Mgły i smog wywołują u Olivera kaszel. Legalne i stałe posiadanie mężczyzny jest dla Chloe tak zaskakującą i nie znaną dotąd przyjemnością, że ze strachu przed zemstą Boga staje się wręcz religijna. Po drodze do domu wstępuje do katolickiego kościoła, by zapalić świecę i zjednać Go sobie.

I wciąż nie mówi Gwyneth, że jest mężatką, Pisze do niej, ale jej nie odwiedza.

Oliver ima się rozmaitych zajęć, raz zastępuje nauczycieli, innym razem jest asystentem kierownika w BBC, kucharzem przygotowującym grzanki z serem w „Lyonsie" i tak dalej, ale ponieważ posiada (według swoich pracodawców) butne i niesłychane poglądy, wyrzucany jest z posad, z których nikt przedtem nie wyleciał — co jest powodem do niejakiej dumy zarówno dla Chloe, jak i dla niego samego.

Jaką niezwykłą postacią jest Oliver — taki dzielny, szczery i nieskazitelnie uczciwy. Ach, jak ona go kocha! Oliver nienawidzi ludzi bogatych, posiadających władzę, kołtuńskich, pięknych i odnoszących sukces. Dla Olivera cnota równoznaczna jest z niepowodzeniem, a uczciwość z biedą. Oliver źle sypia, budzi się z krzykiem, bo śnią mu się koszmary; strasznie cierpi z powodu migren, niestrawności, bronchitu, kaców i depresji. Cóż, wiedziała o tym.

Chloe chętnie dzieli z Oliverem jego cierpienia. Przeżywa jego depresje, łagodzi migreny, docenia pisarstwo, leczy niestrawność, wytrzymuje napady wściekłości — wiedząc, że jakkolwiek głośno by krzyczał, ile talerzy by rzucił i ile łez by w końcu uroniła, wszystko dotyczy jego, a nie jej. Wiedząc też, że gdy nadejdzie noc i jego gniew przeminie, spojrzy zdziwiony i przytuli ją do siebie, kochając ją tak, jak siebie samego — a czegóż więcej kobieta może chcieć od mężczyzny? Te czasy również wydają się dobre. A światło tego szczęścia odbija się na ich życiu zarówno w przyszłości, jak i przeszłości.

Niewątpliwie to właśnie przeczucie przyszłego szczęścia pocieszało Chloe, gdy jako dziecko leżała wystraszona w twardym łóżku; i dawało młodemu Oliverowi siłę woli, by sadzić i przesadzać rośliny w ogrodzie, chociaż spadała na nie sadza, psy i koty srały, a siostry stawiały swoje wielkie niszczące stopy między delikatnymi sadzonkami. I to jest szczęście, którego ani Oliver, ani Chloe nie mogą teraz zapomnieć, gdy tak krążą wokół siebie, wśród wydarzeń swojego życia — dzieci, jej przyjaciółek, Patricka Batesa; okazuje się bowiem, że tej pierwszej nocy, kiedy się poznali, o wiele więcej zamieszania wtargnęło w jej młode życie niż w jego, co później miało obrastać w przeróżne konsekwencje.

Któregoś dnia muszą oczywiście odwiedzić Gwyneth. Gwyneth patrzy znad kufli, zza baru w „Róży i Koronie", na dwoje młodych ludzi stojących przed nią i przez chwilę, wręcz umyślnie, nie poznaje swojej córki.

Chloe: Mamo.
Gwyneth (po chwili): Ach, to ty, Chloe.
Chloe: Chcę ci coś powiedzieć, mamo.
Gwyneth: Wiem, wyszłaś za mąż. Marjorie przyjechała do mnie w odwiedziny i powiedziała mi.

Przyjaciółki. Och, te przyjaciółki.

Chloe (oburzona): To dlaczego do mnie nie napisałaś?

Gwyneth tylko się w nią wpatruje.

Chloe (wystraszona): Mamo, nie bądź taka.

Gwyneth się postarzała, jest bardziej zmęczona i smutniejsza. Chloe jeszcze nigdy ładniej nie wyglądała. Poronienie sprawiło, że stoi, drżąc, na niewyraźnej krawędzi dziejącej dziewczynkę od kobiety: przeżywa teraz najlepsze chwile z obu tych światów. Gwyneth idzie wycierać stoły.

Oliver: To moja wina, pani Evans.
Gwyneth (kiedy wróciła): Czy pan wie, że wygląda pan zupełnie jak jej ojciec? Mam tylko nadzieję, że ma pan zdrowe płuca. Pamiętaj, by dobrze wietrzyć pościel, Chloe.

Jest to przebaczenie, aprobata, ręka wyciągnięta do zgody. Ona i Chloe, które żyły tak blisko siebie i tak rzadko się dotykały, obejmują się nawet i ronią kilka łez. Pani Leacock pozwala jej podać młodym darmową kolację w kącie sali, a nawet posiedzieć z nimi, kiedy jedzą. Cóż, w niedzielne wieczory nie ma ruchu.

Chloe spodziewa się, że Oliver przedstawi ją następnie swojej rodzinie. Mówi mu to, gdy którejś nocy leżą w łóżku w swojej kawalerce w Battersea. Olivera męczy kaszel. Mgła napiera za oknami, wdzierając się w każdą szparę, i bawełniane zasłony bez podszewki nie są w stanie jej powstrzymać. Oliver zarabia piętnaście funtów tygodniowo, co jest niewyobrażalnym bogactwem, ale nie wyda ani grosza więcej niż to konieczne. Pracuje w Rank Film Organization, gdzie zaczynał, zarabiając osiem funtów tygodniowo, i pomimo swojej głośnej nienawiści do komercyjnego przemysłu filmowego, codziennego publicznego wyzywania go w stołówce od alfonsów kina oraz pomimo pijanych popołudni nie zostaje zwolniony. Jego pracodawcy, uznając takie zachowanie za objaw talentu, z zapałem go awansują. Dostaje do napisania najpierw jeden scenariusz, potem drugi. Ma do tego smykałkę. Filmy fabularne, wyświechtane dreszczowce; Oliver jest totalnie ogarnięty pisaniem, nadając temu taką wagę jak nikt inny — i totalnie przerażony sobą, gdy już skończy.

Chloe: Czy nie uważasz, że powinniśmy odwiedzić twoją rodzinę?
Oliver: Nie mam rodziny. Mam tylko ojca. Moje siostry oddały się, dzięki Bogu, pod opiekę swoim mężom i wydaje mi się, że na więcej ich nie stać. Wujowie i ciotki podążają przez Golders Green i Stamford Hill do Bishops Avenue. [To trasa, którą przemierza brytyjskie żydostwo z nędzy na East Endzie do bogactw w północnym Londynie.] Mam mniejszą rodzinę niż ty, Chloe.
Chloe: Przecież nie jesteśmy na zawodach, Oliver.

Zazwyczaj nie mówi ani nie powinna mówić takich rzeczy. Ale przedstawiając Oliverowi jego teściową, czuje, że on powinien ofiarować jej co najmniej to samo. A może wstydzi się jej? Małżeństwo zaczyna się wydawać Chloe bardziej skomplikowane, niż początkowo sądziła. Chyba że, rzecz jasna, zawsze już będzie

137

podporządkowywać swoje interesy, tak jak robiła to do tej pory. Oliver odwraca się do niej plecami i próbuje zasnąć. Nie pozwoli mu spać.

Chloe: Poza tym proszę cię, kochanie, to idiotyczne żyć tak dalej, teraz gdy zarabiasz tyle pieniędzy. Cała moja pensja idzie na czynsz, to znaczy dwa funty dwa szylingi, na jedzenie, które bez względu na moje staranie zawsze kosztuje trzy funty, oraz na twoje bilety, które kosztują sześć szylingów tygodniowo, i z tego zostaje mi tylko sześć szylingów tygodniowo na pozostałe wydatki.

Oliver: To był twój pomysł, żeby oszczędzać.

Chloe: Tak, ale nie całe twoje wynagrodzenie.

Oliver: Czy chcesz powiedzieć, że jestem skąpy?

Chloe: Oczywiście, że nie, kochanie. Przecież się nie kłócimy, prawda? Nigdy się nie kłócimy. Ale w kółko ceruję, a moje majtki są w strzępach, twoje skarpetki muszą być okropnie niewygodne, już dwa razy zeszywałam dziurę na środku prześcieradła — czy tego nie czujesz? — i łopatka do jajek jest już tak zużyta, że kiwa się, kiedy zdejmuję jajko, i ono spada. W zeszłym tygodniu spadły mi w ten sposób dwa, a to taka strata. I tak kupiliśmy tę łopatkę na wyprzedaży. Gdybym miała chociaż trzy szylingi, mogłabym kupić jakiś materiał i podszyć zasłony i wtedy spałbyś lepiej. Teraz wszystko ci przeszkadza, albo mgła, która wdziera się do mieszkania, albo światło latarni z ulicy. Nigdy przedtem taki nie byłeś, Oliverze.

Oliver: Na miłość boską, Chloe, przestań jęczeć. Jutro muszę wstać o ósmej i przejechać przez pół Londynu, żeby od dziewiątej trzydzieści do piątej trzydzieści prostytuować swoją duszę po to, by cię utrzymać. Gdybym nie był żonaty, nawet nie śniłoby mi się takie zajęcie, chciałbym, żebyś zdała sobie z tego sprawę.

Chloe ma łzy w oczach i przez chwilę milczy.

Chloe (po chwili): Poza tym zawsze jesteś taki zmęczony, kiedy wracasz do domu. a skoro kończysz pracę o piątej trzydzieści, to dlaczego przychodzisz do domu dopiero o ósmej i jeszcze jesteś w złym humorze? Ja mam już tego dość. Jestem nieszczęśliwa i żałuję, że wyszłam za ciebie.

Oliver: Wzajemnie.

Chloe jest przerażona. Płacze tak żałosnymi łzami, że Oliver, zaniepokojony, pociesza ją i zasypiają dopiero o czwartej rano, a następnego dnia Oliver ma temperaturę, więc zostaje w domu.

Chloe musi więc powściągać swój język i swoje potrzeby i zabrać się z uśmiechem do czyszczenia, łatania, cerowania i robienia papki z rzepy po cztery pensy za kilogram, aż pewnego piątkowego wieczoru Oliver przychodzi do domu z butelką whisky, którą wypija w ponurej ciszy ze swojego kubka do mycia zębów, wpatrując się w kominek gazowy z czterema wyłamanymi prętami.

Chloe wie już dobrze, że lepiej nie pytać go, o co chodzi. Kładzie się do łóżka w koszuli nocnej, kupionej w British Home Stores z dziesięcioprocentową zniżką dla personelu, i próbuje zasnąć.

O drugiej Oliver budzi ją, Chloe ubiera się i idą w kierunku Chelsea, skąd biorą taksówkę (szaleństwo!) i każą się wieźć w pobliże Hackney Road, ponieważ Oliver postanawia wreszcie, że czas, by Chloe poznała starego pana Rudore'a.

— Ale teraz jest środek nocy — protestuje Chloe.

— On nigdy nie śpi — mówi Oliver. — Tak mi przynajmniej mówił przez całe życie. A więc dzień czy noc, co za różnica?

Pan Rudore, biedny, powłóczący nogami starzec, budzi się z głębokiej drzemki, w którą zapadł pod pierzyną na mosiężnym łóżku, w sypialni na tyłach swojego czteropoziomowego domu. W jego śmietniku grasują i wyją bezdomne koty.

Pan Rudore, choć zaspany, nie wydaje się wytrącony z równowagi godziną powrotu marnotrawnego syna; w jego błyszczących oczach widać raczej przyjemne ożywienie oraz wdzięczność za odnowienie czasowo utraconego źródła rozrywki i uciechy.

Podaje Chloe herbatę i grzanki, pokazuje jej fotografie z rodzinnych wakacji, ze szczególną zaś satysfakcją zdjęcie pięcioletniego Olivera w Bournemouth, siedzącego nago na plaży, z kubełkiem, łopatką i rozgwiazdą.

Oliver: Przepraszam, że przyszliśmy tak późno.

Ojciec Olivera: A więc jest środek nocy. Więc jest śliczna dziewczyna. Więc powinieneś był powiedzieć ojcu.

Oliver: Jesteśmy małżeństwem od trzech miesięcy.

Ojciec Olivera: A więc jesteście już małżeństwem na dobre i złe.

Oliver: Jest chrześcijanką. Siksą.

Ojciec Olivera: A więc nie powinna pozwolić swemu mężowi na picie.

Wydaje się, że ojciec Olivera z trudem powstrzymuje się, by nie okazywać uciechy.

Oliver: Przykro mi, że nie byłem na weselu dziewcząt.
Ojciec Olivera: Nie było cię tam? Przysiągłbym, że cię widziałem, mój chłopcze.
Oliver: Nie. Nadwerężyłem kostkę, jeszcze nigdy w życiu nie czułem takiego bólu. Wysłałem telegram.
Ojciec Olivera: Telegramów było mnóstwo! Setki! Że też ich biedna matka tego nie dożyła i nie widziała!

Oliver nie może być górą. Pan Rudore sadowi Chloe i godzina po godzinie, przez resztę długiej nocy, opisuje jej ze szczegółami wciąż trwający proces sądowy z „Maison Furs", firmą, która sprzedała jego żonie futro, chociaż widać było, że ona umiera. Chloe walczy ze snem. Następnego ranka musi być w pracy, inaczej niż Oliver czy ojciec Olivera. Oliver się niecierpliwi.

Oliver (przerywając): Ojcze, jeśli chodzi o pieniądze, jak dajesz sobie radę?
Ojciec Olivera: Cicho, synu. W następnym tygodniu, Chloe, zaraz w następnym tygodniu mieli czelność przysłać ten rachunek, o, proszę... zaraz, gdzie on jest? Jeśli go zgubię, to jestem skończony... o, tutaj. Widzisz datę? Dwudziesty piąty. A te inicjały wydrapali. Zmienili maszynistkę, to znak nieczystego sumienia, o ile się na tym znam...
Oliver: Ojcze, mogę dawać ci dwa funty tygodniowo, jeśli to wystarczy. Mam już niezłą pozycję w przemyśle filmowym.
Ojciec Olivera: Cicho, synu. Jeśli chcesz znać moją opinię, Chloe, ta maszynistka nie mogła swoimi słodkimi paluszkami napisać czegoś tak chciwego i okrutnego...
Oliver: Trzy funty tygodniowo, ojcze.

Cisza.

Oliver: Ale nie wolno ci ich wydawać na opłacanie prawnika. Nie wolno ci pozwać doktora Richmana do sądu. Zrobił dla matki wszystko, co mógł; jeśli cokolwiek ją zabiło, to przepracowanie, i ty dobrze o tym wiesz.

Nie mówi wprost, że wini ojca za śmierć matki, ale oczywiście tak myśli. Jest przekonany, że to z powodu skąpstwa i uporu ojca życie matki stało się koszmarem, i często mówi o tym Chloe. Ojciec Olivera waży sto pięćdziesiąt funtów rocznie — w garści Olivera — i niepewnych tysiąc pięćset funtów — na dachu doktora Richmana — i oddaje głos na Olivera. Wydaje się wręcz przygotowany, by potraktować Olivera nieco poważniej, i gdy wstaje świt, a Oliver i Chloe zbierają się do wyjścia, mówi nawet:

Ojciec Olivera: Złamałeś serce swojego starego, mój chłopcze. Tak się ożenić!

I wydobywa z prawie zapomnianej pamięci rasowej lament: oj! oj! oj!

Usatysfakcjonowany Oliver znów budzi Chloe szturchańcem i wśród uroków poranka wracają na piechotę do domu. Chloe dostaje pęcherzy na stopach. Ma na sobie pantofle, których podeszwy się wytarły. Następnego dnia jest w pracy bardzo zmęczona.

Skąpstwo Olivera gdzieś niknie. Jego samopoczucie zdaje się poprawiać. Gdy następnym razem proponują mu napisanie scenariusza, żąda zapłaty z góry i dostaje ją. Pieniądze wydaje na przedpłatę za dom w Fulham, do którego się wprowadzają. Jakby w podzięce, Chloe znów zachodzi w ciążę: większość czasu leży w łóżku i bezpiecznie rodzi Iniga, syna Olivera.

ROZDZIAŁ CZTERDZIESTY DRUGI

Czy Inigo, dziś osiemnastoletni, zje paluszki rybne z młodszymi dziećmi, czy też poczeka na *boeuf-en-daube*? Chociaż swobodny w towarzystwie dorosłych, a nawet, jak się czasem wydaje, bardziej doświadczony i prawy niż starsi od niego, którzy czują się przez to w obowiązku kontrolować swoje rozmowy w jego obecności, słysząc je jakby na nowo przez jego krytyczne, choć niewinne oczy, bardzo lubi towarzystwo swoich braci i sióstr, zarówno złączonych wspólną krwią (Imogena), jak i duchowych (Kevin, Kestrel i Stanhope).

W wielu wiejskich społecznościach panuje przekonanie, które w praktyce potwierdza się w kołach hodowców psów, że samica nie będzie podtrzymywała rasy, kiedy pokryje ją samiec z niewłaściwym rodowodem. Tak więc sukę owczarka alzackiego, która uda się którejś nocy na randkę z labradorem, można spisać na straty; krowę natomiast pokrywa się w krótkich odstępach czasu dwoma bykami, pierwszym dla mleka, drugim dla mięsa. Czy Inigo, dziecko Olivera, ma w sobie coś z Patricka? Może to niewiarygodne, ale on i Stanhope są do siebie tak podobni — nawet w budowie ciała — że trudno wyobrazić sobie, iż nie są braćmi; Inigo i Imogena zaś mają rysy bardziej podobne do Patricka niż do Chloe. Rząd zimnych niebieskich oczu obserwuje Chloe ponad stołem: jest to tryumf brutalnej żywotności nad szlachetnym urodzeniem.

I nie myślcie sobie, że Chloe, nosząc w sobie Iniga, często myślała o Patricku. Wcale nie. Wiedziała o nim tylko tyle, że mieszka w domu Marjorie, a poza tym już dawno wyznała Oliverowi szczegóły jej spotkania z Patrickiem pod i na łóżku swojej matki. Opowiedziałaby tę historię w jak najogólniejszym zarysie, ale Oliver domagał się szczegółów. Wydawał się nimi zafascynowany.

Teraz Françoise, zostawiając Chloe przy obieraniu ziemniaków na frytki, idzie poszukać Iniga i spytać go, czy będzie jadł kolację z dziećmi czy poczeka — choć może być już zbyt późno jak na jego wiek i siły — i zje z dorosłymi.

Françoise ukończyła wydział psychologii. Ma dwadzieścia osiem lat. Jest jedyną córką właściciela najlepszej restauracji w Reims. Wyobraźcie ją sobie, jak stoi któregoś ranka wśród nie zamiecionych śmieci na Victoria Station, przybywszy prosto z promu, z jedną tylko walizką. Opuściła dom w goryczy i żalu, gdyż jej narzeczony od ośmiu lat porzucił ją w przeddzień ich ślubu dla jej najlepszej przyjaciółki.

Czy może zostać w Reims i znosić litość przyjaciół i rodziny? Skoro jednak jest już w Londynie, dokąd ma iść?

Ale w takich właśnie beznadziejnych chwilach w życiu, o czym Grace często wspominała Chloe, pojawia się nagle nieoczekiwana pomoc. W dniu, w którym mąż zatrzaskuje za sobą drzwi, przychodzi nowy amant, o którym nawet się nie śniło. Pies wpadł pod samochód: tego samego dnia przez okno wlatuje zbłąkana papużka. W tej samej poczcie przychodzi wiadomość o długu hipotecznym i o wuju, który zostawił ci willę w Hiszpanii. Przyjrzyj się uważnie tym przypadkowym darom Opatrzności, radzi Grace. Często są to pseudodary. Amant sprowadza ciążę, papużka chorobę papuzią, a willa podstarzałych krewnych. Wiedziona tą samą mądrością Françoise, zagubiona i bezradna na Victoria Station, bez przeszłości i przyszłości, nie rozpacza i ma rację.

Albowiem do stojącej na peronie Françoise podchodzi Thérèse, Francuzka w najbardziej przez nią pogardzanym typie — mała, jasnowłosa, nieśmiała cnotliwa katoliczka, która prosi Françoise o przypilnowanie jej torby, a na dźwięk francuskiego zaczyna szlochać. Thérèse wraca do *chère maman* po straszliwych trzech tygodniach spędzonych w roli dziewczyny do dzieci w ogromnym domostwie w sercu angielskiej wsi, gdzie dzieci nie były dziećmi swoich rodziców, nie było religii, pralki ani odkurzacza, kolację często jadano o północy i gdzie kazano pracować jej długo i za grosze; pan domu — mówiono, że jest geniuszem twórczym, pracującym w przemyśle filmowym, choć w rzeczywistości pisał jakąś bardzo ważną książkę, w której nie było miejsca na gwiazdy filmowe — robił dwuznaczne uwagi i wyraźnie chciał ją uwieść, a pani domu, której powieść wydawcy właśnie odrzucili, była przykra i niesprawiedliwa. Thérèse spakowała się i wyjechała poprzedniej nocy, po tym jak kazano jej piec wiejski chleb. Życie jest bardzo smutne, prawda? Matka wysłała ją do tego angielskiego domu z plisowanym fartuszkiem, który miał otworzyć drzwi do domów arystokracji, ale żadna arystokracja się nie zjawiła.

Françoise, która żywi ogromny szacunek dla literatury w każdej postaci, wydobywa od Thérèse adres i kieruje swoje kroki do drzwi Chloe.

Niewątpliwie w tym okresie Chloe irytuje się częściej niż zwykle. W ciągu ośmiu lat udało się jej, przy zachowaniu ścisłej tajemnicy i pomimo braku wiary we własne siły, napisać powieść. Spontanicznie wysyła ją do wydawnictwa, które ku jej zdziwieniu wyraża umiarkowanie entuzjastyczną opinię. Oliver nie czytał maszynopisu i robi to dopiero wtedy, gdy książka jest już w druku.

Cóż, Oliver był ostatnio bardzo zajęty i w niezbyt dobrym humorze. Jego ostatni film, opłacony ogromnym wysiłkiem emocjonalnym i finansowym, różniący się od poprzednich — kosztownych sukcesów komercyjnych z wielkimi gwiazdami w rolach policjantów i złodziei — gdyż traktujący o delikatności uczuć mężczyzny zdradzonego przez żonę (to o nim i o Chloe, mówili niektórzy), został wreszcie ukończony i wyświetlony i chociaż krytycy go oszczędzili, szybko zniknął z ekranów zarówno w kraju, jak i za granicą.

Trudno więc się dziwić, że do chwili obecnej nie zajął się maszynopisem swojej żony. Kiedy wreszcie go przeczyta, zażąda jego natychmiastowego wycofania. Wydawcy się sprzeciwiają. Oliver wysyła nakaz sądowy — po swoim ojcu przejął zamiłowanie do adwokatów — i udaje mu się wstrzymać proces wydawniczy, choć czyni to niemałym kosztem. A oto jak, w najłagodniejszych słowach kogoś, kto zna już dobrze szaleństwa swojej żony, zwraca się do Chloe:

Oliver: Najdroższa Chloe, dlaczego chciałaś nam to zrobić? W taki sposób informować świat o naszych domowych bolączkach? Przecież mogłaś skrzywdzić dzieci, siebie, mnie. Żaden artystyczny wyczyn na świecie nie jest tego wart. Z pewnością jest to dla ciebie ogromne osiągnięcie, Chloe, przyjęli twój maszynopis i oboje doceniamy wagę tego, choć nie będziemy udawać, że jest to jakieś wielkie dzieło sztuki. Czy to nie wystarczy? Moja mądra literatka Chloe! Przecież wiesz, jak ryzykowne mogą być takie autobiograficzne wątki. Szczerze mówiąc, one nikogo nie interesują.

Chloe: Oliverze, nawet mi na myśl nie przyszło, żeby pisać powieść o nas. To książka o bliźniaczkach.

Oliver: Oczywiście, moja droga, a inspiracją były moje siostry, nieprawdaż?

Chloe: Twoje siostry nie są bliźniaczkami.

Ale Chloe wie, że Oliver ma rację, i jej opór słabnie. Tak, inspiracją były siostry, te dziarskie żydowskie matrony, które tak lubi, a których on się tak lęka, i bez pytania o zgodę wykorzystała źródła

144

ich energii i rozrywek, i teraz czuje się jak złodziejka. Tak czy owak całą swoją irytację skierowała tym razem przeciwko Imogenie.

Co gorsza, w rezultacie jej oszczerczego czynu oraz zwiększonego zadłużenia Olivera — i tak dużego z powodu próby filmowej autoanalizy — o tysiąc pięćset funtów, które zobowiązał się wypłacić jej wydawcom w ramach rekompensaty, Chloe uznaje, że jest moralnie odpowiedzialna za finansowe kłopoty Olivera.

Oliver, mówi Grace, ma kłopoty finansowe, tak jak inni mają kłopoty żołądkowe.

Odkąd Oliver zobowiązał się do utrzymywania swojego ojca, refrenem w jego życiu są długi, mimo że zawsze dokłada wszelkich starań, by raczej więcej zarabiać, niż mniej wydawać — od swojej rodziny zaś wymaga rozsądku i oszczędności; a kiedy już się zdarzy, że przez jego skrzynkę na listy przeleci tyle dziesiątków tysięcy funtów naraz, że każdą zwyczajniejszą osobę uwolniłyby od zmartwień do końca życia — Oliver rzuca się w wir hazardu i pozbywa się w ten sposób swojej fortuny, będąc zarazem święcie przekonany, że to Chloe zmusiła go do tego w jakiś tajemniczy sposób.

W tym wypadku Chloe czuje się rzeczywiście odpowiedzialna za jego bezsenne, niespokojne noce. Ma zamiar objąć posadę szkoleniowca w tanim domu towarowym w Cambridge. Oliver, słysząc o jej wynagrodzeniu, twierdzi, że Chloe marnuje swój czas, życie, szczęście i przyszłość rodziny, ale tym razem ona nie ustępuje. Zatrudnia Thérèse, na polecenie Olivera daje jej małe wynagrodzenie, a dużo obowiązków i denerwuje się jej cierpiętniczą miną. Ona, Chloe, przynajmniej cierpi radośnie. Czyż Esther Songford nie mówiła jej kiedyś, że tak trzeba robić? Narzeka i warczy na biedną Thérèse.

I jeśli Thérèse, uciekając przed swym ciężkim losem, spotyka na Victoria Station Françoise, która teraz stoi przed drzwiami Chloe, to czyż Chloe nie zasłużyła sobie na to? Chociaż prawdę mówiąc, Thérèse w każdym mogła wyzwolić tyrana.

Tak oto podczas pierwszego spotkania Chloe opisuje Françoise swój dom:

Chloe: Mój mąż jest pisarzem. Potrzebuje w domu spokoju, ciszy i porządku, by móc efektywnie funkcjonować. Ma delikatny żołądek i nie może jeść jaj, ponieważ później mu się nimi odbija. Nie je węglowodanów, bo nie chce utyć, unikamy także tłuszczów zwierzęcych, aby nie podniósł mu się poziom cholesterolu we krwi. Pamiętając o tych ograniczeniach, Oliver lubi bardzo dobrze zjeść. Zazwyczaj je lekkie śniadanie w łóżku, tylko kawa i chleb z masłem, ale chleb musi być bardzo świeży, co oznacza, że pieczemy go w domu. Na razie będę to robiła sama: zostawiam ciasto do wyrośnięcia na noc, a na godzinę przed śniadaniem Olivera wkładam bochenki do pieca. Co do kawy, musi być świeżo zmielona, on nie znosi kawy rozpuszczalnej. Chyba szkodzi mu na płuca. Trudno jest zdobyć kawę dobrej jakości, ale teraz, gdy będę jeździła do Cambridge do pracy, mogę kupować ją w czasie przerwy na lunch. Ale proszę mi o tym przypominać! Nie wolno mi zapomnieć, bo to oznacza zły początek dnia. Inigo ma osiemnaście lat i jest w ostatniej klasie liceum. Imogena ma osiem lat i uczęszcza do pobliskiej szkoły podstawowej. Na lunch przychodzi do domu. Trójka pozostałych dzieci przyjeżdża podczas przerwy semestralnej i na wakacje — Kevin i Kestrel, czternaście i dwanaście lat, oraz Stanhope, również dwanaście. Mają w tym samym dniu urodziny — w Wigilię. Obawiam się, że nie mamy zbyt wielu sprzętów gospodarstwa domowego, lubimy żyć w zgodzie z naturą. Ale pomogę ci w zmywaniu. Wiesz, jacy są chłopcy. Na szczęście wszyscy są dość zdrowi, tylko Oliver miewa migreny. Poza tym nie może spać. W nocy walczy z bezsennością, a gdy śpi, męczą go koszmary. Mamy oddzielne pokoje. Musimy. Obawiam się, że chrapię. Często łapię przeziębienia i mam wtedy zapchany nos. Tak więc... potrzebuję kogoś do opieki nad domem, gdy ja będę w pracy. Do karmienia, ubierania, opiekowania się wszystkimi. Nie tyle dziewczyny do dzieci czy pomocy domowej, ile zastępstwa.

Françoise: Chce pani, by ktoś panią zastąpił?

Brązowe oczy Françoise są błyszczące i jakby przymknięte. Ma owłosione pieprzyki na brodzie, silne, grube ramiona i krótkie nogi. Wygląda na nierozgarniętą, ale wcale taka nie jest.

— Tak — mówi Chloe. — Chcę, żeby mnie ktoś zastąpił.

I rzeczywiście. W tej fazie małżeństwa chętnie odeszłaby od Olivera.

Ponieważ Oliver nieustannie znajduje w niej wady. Jeśli wstaje od stołu, jest niespokojna. Jeśli przy nim siedzi, jest leniwa. Jeśli mówi, to nudzi. Jeśli milczy, to znaczy, że się dąsa. Chloe nie jest w stanie leżeć w jednym łóżku z Oliverem. Dusi się. Oliver mówi, że chrapanie Chloe nie pozwala mu zasnąć — jego żona Chloe znalazła się więc na liście przyczyn bezsenności. Chloe wyprowadza się do drugiej sypialni. Nie ma już argumentów do obrony. Oczy dzieci wyrażają niepokój. Bacznie obserwują rodziców. Imogena chodzi nadąsana. Na twarzy Iniga wyskakują pryszcze. I jak Chloe może odejść? Dokąd ma iść? Być może Oliver czuje się odpowiedzialny za Iniga, ale trzeba jeszcze zaopiekować się Imogeną, Kevinem, Kestrel i Stanhope'em, a jak Chloe ma tego dokonać bez pieniędzy Olivera? Czy w całym kraju znajdzie się choć jeden sąd, który zgodzi się z nią, że Oliver jest konfliktowy? Bardzo w to wątpi. Sądy są pełne mężczyzn. I może sędzia miałby rację, gdyby orzekł, że to nie Oliver jest konfliktowy, ale ona niemożliwa, na przemian niespokojna, leniwa, nudna, nadąsana i oziębła. Ona, która niegdyś leżała tak blisko Olivera, spała smacznie z nogami wsuniętymi między jego uda albo na wpół śpiąca w jego objęciach, wiedziała, że jest unoszona ze swojego dziennego ciała w tę inną, nocną jaźń, że zmienia się w tę wspaniałą namiętną istotę, która nocami ujeżdża rozkołysane rumaki wszechświata — ona, Chloe, oziębła! A teraz jej dzienna jaźń jest w pełni opanowana nawet podczas snu — małoduszna, skrzywdzona, niechętna, na bakier z rytmem Ziemi; oraz mściwa — wzrokiem zabija kuchenne rośliny doniczkowe. Oczywiście, mogły zwiędnąć z powodu pasożytów, ale Oliver mówi, że giną, gdyż Chloe ich nie podlewa.

Tak. Z całą pewnością Françoise może ją zastąpić. Z całą pewnością.

ROZDZIAŁ CZTERDZIESTY TRZECI

Pewnego ranka, sześć miesięcy od dnia, w którym zatrudniła Françoise, Chloe stoi w kuchni i pije kawę. Kiedy wyjdzie z domu, musi złapać autobus na stację, skąd udaje się do pracy w Cambridge. Trwa szkolny semestr. Inigo wyjechał do szkoły. Françoise zabrała Imogenę ze sobą do pracy. We wtorki rano Françoise pracuje jako logopeda i to zajęcie bardzo przypadło jej do gustu. Chloe również by odpowiadało, gdyby przyszło jej do głowy starać się o podobną pracę.

Oliver w fatalnym nastroju (Chloe poznaje to po jego pochylonych do przodu ramionach) wchodzi do kuchni i tak rozpoczyna się rozmowa:

Oliver: Chloe, chcę ci coś powiedzieć.

Chloe: Czy możesz powiedzieć mi to wieczorem? Nie chcę się spóźnić do pracy.

Oliver: Jest to jednak dość istotne dla nas wszystkich. Ale skoro dotyczy ludzi i ich szczęścia, a nie pensji, potrafię zrozumieć, dlaczego nie wydaje ci się ważne. Jedź, moja droga. Pod żadnym pozorem nie wolno ci się spóźnić na autobus. W przeciwnym razie jutro w Cambridge zabraknie krempliny bordo! Jedź, wybrałaś zawód, gdzie nie można czekać, Chloe.

Chloe siada i zdejmuje rękawiczki.

Chloe: Pojadę następnym autobusem.

Oliver: Dziękuję ci. Jestem wzruszony twoją troską o rodzinę. Chyba jesteś jedyną kobietą w tym kraju, która jeszcze nosi rękawiczki.

Chloe: Przykro mi, jeśli cię irytuję. Noszę je tylko dlatego, że rano jest zimno, a autobus jest nie ogrzany. Gdybyś pozwolił mi brać samochód, nie musiałabym nosić rękawiczek.

Oliver: Ostatnim razem, gdy jechałaś samochodem, Chloe, zniszczyłaś rurę wydechową. Jeśli nie potrafisz uświadomić sobie, że przez rów można przejechać przodem, ale tyłem raczej nie, to nie nadajesz się na kierowcę. W każdej chwili może ci się coś stać.

Chloe: To nie był rów. To był wybój na dróżce. Każdemu mogło się to przytrafić.

Oliver: Nie krytykuję cię ani nie łajam, mówię tylko, że kiedy prowadzisz, potwornie się boję i nie mogę pisać, a jeśli nie skończę szybko tej powieści, Bóg jeden wie, skąd weźmiemy pieniądze.

Chloe: Przypuszczam, że z filmów.

Oliver: Nie wrócę do pisania tych idiotyzmów.

Chloe: Boisz się o samochód czy o mnie?

Oliver: O ciebie. Jesteś w złym humorze, Chloe. Może jednak lepiej będzie, jeśli pojedziesz do pracy.

Chloe: Przepraszam. Nie powinnam była tego mówić. Sprowokowałam cię.

Oliver (wielkodusznie): W porządku. Sam łatwo się irytuję. Nie przywykłem martwić się o pieniądze. Ostatnio było tyle wydatków, nie mówiąc już o spłaceniu twoich wydawców.

Chloe: Może to dziwne, ale oni wciąż chętnie wydadzą tę książkę; nie uważasz, że wystarczy pokazać maszynopis twoim siostrom i zobaczyć, czy się w nim rozpoznają?

Oliver: Dziękuję. Nie chcę być pozwany do sądu przez moją własną rodzinę. Już dość się za młodu nacierpiałem z powodu spraw sądowych. Nie przeżyłbym żadnej więcej.

Chloe posunęła się za daleko. I spóźniła się na autobus. Przez kilka następnych dni dom i biuro będą źródłem samych przykrości.

Oliver: Przyszedłem do kuchni, bo chciałem powiedzieć coś ważnego, i znowu zostałem wciągnięty w kłótnię i złośliwości. Nie chcę się z tobą kłócić, Chloe. To mnie wykańcza. Chcę porozmawiać spokojnie i rozsądnie o Françoise.

Chloe: Ach, tak. Françoise. Wiem wszystko.

Oliver: Skąd wiesz?

Chloe: Ścielę łóżka.

Oliver: Płacę Françoise, żeby to ona ścieliła łóżka.

Chloe: Ona ma już dość roboty. I tak naprawdę to ja jej płacę.

Oliver: Wykonuje wiele prac za ciebie; uważam, że powinnaś dzielić się z nią swoją pensją.

Chloe: Nie widzę powodu.

Oliver: A ja widzę. W rezultacie prawie wcale nie uczestniczysz w kosztach. Utrzymanie tego domu staje się koszmarem. Dzieci są potwornie rozrzutne, a nikt nie zadaje sobie trudu, by je kontrolować. Światła palą się całą noc — nawet radioodbiorniki są włączone. I zbliżają się wakacje, więc rzecz jasna przyjedzie tu ta banda bękartów.

Chloe (z wściekłością): Żadne z nich nie jest bękartem.

Oliver: Żartowałem, Chloe. Widzisz, jak szukasz powodów do kłótni? Rzeczy źle się mają; to napięcie jest nie do wytrzymania. Jak mogę pisać, skoro nie mam w domu spokoju?

Chloe: Gdybyśmy znowu spali razem, to znaczy, dzielili wspólny pokój...

Oliver: Chrapiesz. Doprowadza mnie to do szaleństwa.

Chloe: Albo przynajmniej...

Oliver: Nie.

Chloe: Zachowujesz się tak od urodzin Imogeny.

Oliver: Masz jakąś obsesję. To było osiem lat temu. Uznałem to dziecko za własne. Czego więcej możesz oczekiwać?

Chloe: Ale mnie nie przyjąłeś z powrotem.

Oliver: Pleciesz bzdury. Miałaś absolutne prawo iść do łóżka z Patrickiem Batesem, jeśli tego właśnie chciałaś. Wszyscy powinniśmy mieć wolny wybór, jeśli chodzi o nasze seksualne inklinacje.

Chloe: Masz na myśli Françoise.

Oliver: Tak.

Chloe (ze łzami): Imogena zepsuła wszystko, prawda?

I rzeczywiście zepsuła, ta piękna maleńka istota o długich nogach i niebieskich oczach, rudawych włosach, z dołeczkiem w brodzie, szczebiocząca bez przerwy. Oderwała od siebie Olivera i Chloe, tak jak nóż chirurgiczny dzieli syjamskie bliźnięta, zmuszając je do samodzielnego życia. Oliver wyglądał tak, jakby miał w boku wyszarpniętą dziurę, z której płynęła żywa energia. Bzyk--bzyk, Patrick idzie przez życie Olivera jak jeszcze jedna bomba zapalająca; bum-bum, spada i obraca wszystko w ruinę i zniszczenie, nie ma śladu po czyichkolwiek wysiłkach. Zniszczone rzeczy są już do niczego: łataj je i ceruj do woli, ukrywaj zniszczenie przed obcymi, ale jeśli już raz je widziałeś, to wiesz, że nic nigdy nie będzie już takie samo.

Oliver patrzy na Imogenę i spełnia obowiązki ojca, a jego rozdarty bok boli, jakby wbito weń miecz.

Oliver wciąż chodzi do lekarza, skarżąc się na ból w boku, ale lekarz nie potrafi znaleźć żadnej fizycznej przyczyny.

(„To będzie następny stygmat", mówi Grace do Chloe. A Chloe, gdy spotyka się następnym razem z Marjorie, stwierdza, że nie jest w stanie porozumieć się teraz z Grace, taką ta stała się mądralą. „Same słowa i żadnych uczuć" — skarży się Marjorie swojej przyjaciółce na Grace, swoją drugą przyjaciółkę.)

— Imogena nic nie zepsuła — mówi teraz Oliver. — Dopilnuję, by Françoise wracała przed ranem do swojego pokoju. Nie wolno nam wprawiać dzieci w zakłopotanie. I musisz pamiętać, że bardzo cię kocham. I że Françoise pomaga mi zasnąć.

— Czy nie uważasz, że jest zanadto owłosiona? — pyta Chloe.

— To oznaka namiętnej natury — odpowiada Oliver i Chloe nie drąży już głębiej tematu, gdyż boi się bólu, który w każdej chwili może spowodować duszność w piersi, ale który jeśli będzie ostrożna, może nigdy nie dotrzeć do świadomości.

— Spóźniłam się na autobus — mówi Chloe z przygnębieniem.

— Zawiozę cię — proponuje wielkodusznie Oliver, a po drodze do Cambridge stara się wyjaśnić kilka swoich obiekcji związanych z chodzeniem Chloe do pracy. Mówi, że potrzebuje Chloe w domu. Czuje się bezpiecznie tylko wtedy, gdy ona jest w pobliżu. A teraz, kiedy powieść tak dobrze mu idzie, naprawdę chciałby ją mieć w ciągu dnia pod ręką, by móc czytać jej na głos i odpowiednio układać zdania. Nie, oczywiście, że Françoise mu nie wystarczy. Jest cudzoziemką. Poza tym on nie szanuje jej opinii czy wyobraźni tak jak opinii i wyobraźni Chloe. Chloe musi zdawać sobie sprawę, że potrzebuje właśnie jej. Jest jego żoną. Zainwestował w nią wszystkie uczucia, wyjaśnia, a także swoją przeszłość, teraźniejszość i przyszłość. Tylko w tej maleńkiej i nic nie znaczącej sferze seksualnej potrzebuje innej osoby, która nie chrapie i która właściwie i naturalnie reaguje, więc Françoise świetnie się nadaje do tego układu, co więcej, zajmuje się domem, odciążając Chloe. Może więc Chloe poprosiłaby kierowniczkę sklepu o trzy miesiące urlopu, na czas kiedy on będzie pisał najważniejszą część powieści? To znaczy na teraz. Jeśli jej pracodawcy cenią sobie jej usługi, z pewnością spełnią taką prośbę.

Chloe pyta. Chloe traci pracę.

— Nie nadawałaś się do tego — mówi Oliver. — W przeciwnym razie nie pozbyliby się ciebie tak łatwo. Chcieliby zatrzymać cię za wszelką cenę tak długo, jak długo przynosiłabyś im zysk. Dobrze, że z tym skończyłaś: cały czas byłaś nieszczęśliwa, zmęczona i zirytowana. Dostawałaś już odcisków.

Chloe odzyskuje humor, odbiera Oliverowi powód do niezadowolenia i w domu znowu panuje spokój. Dzieci oddychają z ulgą i uspokajają się.

Françoise idzie do łóżka o północy, leży tam godzinę, a potem, dokładnie o pierwszej w nocy, przenosi się do łóżka Olivera i wraca do siebie o drugiej, przygotowawszy Oliverowi filiżankę gorącej czekolady, żeby łatwiej zasnął. Wstaje o ósmej i pomaga Chloe przy śniadaniu dla dzieci. Chloe wstaje o wpół do ósmej i wkłada chleb do pieca, żeby o dziewiątej był gotowy na śniadanie Olivera. Chleb piecze się pół godziny i stygnie pełną godzinę. Gorący chleb, jak wszyscy wiedzą, jest ciężkostrawny.

Między południem a drugą po południu Chloe siedzi w pokoju Olivera (Imogena, która nie przepada za Françoise, woli jeść obiady w szkole, kapustę i takie rzeczy) i czeka, aż Oliver zacznie jej czytać swoją książkę. Czasem rozmawiają, zazwyczaj jednak panuje cisza. Od dziesiątej do jedenastej Oliver zawzięcie stuka na maszynie, czyta wystukany tekst jeszcze raz, od jedenastej do dwunastej myśli o tym, co napisał, a potem, co zdarza się często, wszystko skreśla. Teraz mówi, że obecność Chloe zakłóca chyba jego wenę twórczą, i od tej pory Chloe siedzi w salonie, czekając na jego wezwanie. Po jakimś czasie w ogóle przestaje być wzywana i pewnego wiosennego ranka wybiera się do Londynu na cały dzień, by spotkać się ze swoimi przyjaciółkami. Z Grace i z Marjorie.

A one obie, skoro już o nich mowa, mają swoje własne kłopoty. Nic więc dziwnego, że mają dla Chloe mało czasu lub energii; wygłaszają jedynie zdawkowe, nierozważne, a może nawet wrogie zdania typu: „Rozwiedź się z nim! Zostaw go! Wyrzuć ją!"; a może na więcej nie zasługuje? Tak czy inaczej czuje się urażona.

ROZDZIAŁ CZTERDZIESTY CZWARTY

Marjorie, Grace i ja.

Marjorie jest ze śmiercią za pan brat. Jej smutne brązowe oczy wydają się stworzone do jej kontemplowania, a mocne stopy do przesuwania martwego ciała po podłodze. Patrick Bates powiedział kiedyś, że Marjorie pachnie śmiercią i przespawszy się z nią raz, nigdy więcej tego nie zrobi, choćby była jedyną kobietą na świecie. Nawet jako nastolatka miała suchą skórę — która łuszczyła się tak, jakby obumierała, a nie kwitła.

Jako dziecko Marjorie dzielnie podnosiła martwe ptaki i grzebała je — z larwami i innym robactwem. My patrzyłyśmy w inną stronę.

Wydaje się, że będąc tak przyzwyczajona do śmierci, ma kłopoty ze stawianiem czoła życiu. Woli świat książek albo migające na ekranie obrazy. Świat mediów pełen jest takich uciekinierów od rzeczywistości.

Marjorie podjęła pewną próbę. Tak. Żyła z Benem i nosiła w sobie jego sześciomiesięczne dziecko. Dwa dni po tym, jak umarł Ben, Marjorie zaczęła lekko krwawić i ogólnie źle się poczuła, więc wezwała lekarza. Ku jej zdziwieniu przyszedł natychmiast i kiedy ona leżała na łóżku, rozmawiał z nią, gawędził i rozweselał. Nie znaczy to, że była smutna.

— Jeśli je urodzę, to dobrze — mówi. — Jeśli nie, to nie.

Był małym mężczyzną o drobnych kościach, jak karzełek. Podobał jej się. Widział śmierć wielu ludzi.

Obliczył jej szansę na donoszenie dziecka. Pół na pół, niech się pani nie martwi, powiedział, więc się nie martwiła.

Wieczorem jej stan się pogorszył, a szanse zmalały.

Ból. Tak, skurcz. Minął, ale obawiam się, że szanse są czterdzieści do sześćdziesięciu.

Zresztą nigdy nie wiadomo! Myśl o czymś przyjemnym, dziewczyno. Lekarz jednak wzywa karetkę.

Nagły krwotok, który wkrótce ustaje. Trzydzieści do siedemdziesięciu. Ciąża dobrze jej robi. Skóra przestaje się łuszczyć, cera się wygładza, Marjorie jest pogodna i zadowolona. Nawet jej włosy robią się jedwabiste i opadają falami wokół twarzy.

Nie powiedziała matce. Nie chciała, żeby akurat teraz się tu zjawiła i wszystko zepsuła.

Ból, tym razem wykrzywiający twarz. Marjorie układa się płasko na łóżku. Dwadzieścia do osiemdziesięciu, myśli lekarz. Biedne maleństwo, chce wydostać się na wolność, a może czuje się wypędzone przez ten organizm, zbyt zszokowany, by zapewnić mu opiekę; kto to może wiedzieć? W każdym razie jest zbyt małe, by przeżyć. Do tej pory nie ma karetki. Kierowca ambulansu ma problemy z trafieniem.

Więcej krwi, więcej jęków, nogi same się rozsuwają.

Dziesięć do dziewięćdziesięciu.
Pięć do dziewięćdziesięciu pięciu.
Zero do stu.

Żegnaj, dzieciątko. Idziesz sobie.

Życie nie toczy się dalej.

Grace oczywiście pierwsza przeżywa takie rzeczy. Grace morduje. Grace ma skrobanki. To jak wyrwanie zęba, mówi. Nie może się doczekać. Jakie to wspaniałe, mówi, całe to napięcie, roztrzęsieni mężczyźni i znieczulenie, budzisz się z uczuciem, jakby czas stanął w miejscu. Co za luksus! Marjorie uważa, że gdyby Grace zrobiła to, czego chciał od niej ojciec, i zaopiekowała się swoim małym braciszkiem Stephenem, nie pozbywałaby się później płodów z taką determinacją. Ja, Chloe, uważam, że najbardziej zawinił tu Christie, który wytępił w niej instynkt macierzyński. Gdyż Grace miała kiedyś taki instynkt — zawodziła jak zwierzę po stracie swoich ukradzionych dzieci. Słyszałam ją wtedy. To dlatego opiekuję się w jej imieniu Stanhope'em, a Oliver pozwala mi na to. Rozumiemy, dlaczego biedna Grace nie może robić tego sama. Byliśmy przy tym. Nigdy nie widziałam nieżywej osoby, tylko same trumny, ale wyobrażam sobie ciało spoczywające w trumnie i wziętą za nie odpowiedzialność. Chciałabym mieć tuzin dzieci, gdybym mogła; gdyby tylko zdrowy rozsądek i Oliver pozwolił mi na to. Odpowiedzią na śmierć jest życie, więcej życia, i dlatego świat staje się taki zatłoczony. Albo tylko tak mówią. Rzuć Olivera, mówi Marjorie. Rozwiedź się z nim, mówi Grace.

Ratuj się, mówią obie. Gdyby tylko same wyglądały na uratowane.

Inigo mówi, że poczeka na *boeuf-en-daube*, mimo że jutro idzie do szkoły. Jest już w ostatniej klasie. Jeśli zda egzaminy, pójdzie na studia na uniwersytecie w Yorku. Inigo ma już za dużo lat, by mu mówiono, jak się ma zachowywać, kiedy jeść, jak się ubierać, mówić, poruszać po świecie — słowem, cokolwiek. Przychodzi i wychodzi, kiedy mu się podoba. Jest dobrze zbudowanym osiemnastolatkiem o dramatycznym wyglądzie, odziedziczonym po ojcu haczykowatym nosie i rosnących na sztorc włosach — które gdy są zbyt długie, tworzą wokół jego głowy szeroką, poskręcaną aureolę — oraz o zimnych niebieskich oczach. Gra w rugby.

Wygląda na to, że Inigo nie ma już nic wspólnego z Chloe. Jest pupilkiem swojego ojca, a ona jest tylko maszyną do obsługi. Irytuje ją. Wydaje się pełen podziwu dla Olivera, że uwiódł Françoise — Oliver mówi to zarówno Inigowi, jak i jego matce, wierząc w szczerość w sprawach seksu z młodymi, i Chloe podejrzewa, że chichoczą, zwierzając się ze swoich przygód podczas słuchania płyt lub wypraw na ryby.

Chloe to boli. Czy po to wychowywała Iniga? Po to uczyła go zrozumienia, przebaczania, cierpliwości, miłości; chowała go z otwartą, swobodną rozwagą i troską? I proszę, jest tak rozpustny i drapieżny, jeśli chodzi o płeć żeńską, jak każdy młody mężczyzna z jej pokolenia! Inigo również nie będzie jej faworytem.

Kevin, czternastolatek, jest chudym dzieckiem z odziedziczonymi po ojcu sztywnymi rudymi włosami, niebieskimi oczami i takim samym dołkiem w brodzie — ale jest żylasty, podczas gdy jego ojciec ma krępą budowę. Wiecznie chce jeść. Nabiera jedzenie na talerz, przysuwa do siebie, otacza lewym ramieniem, by obronić je przed łupieżcami, i prawą ręką podnosi do ust. Przez pierwsze trzy lata życia był zawsze głodny. Wygląda na to, że żadna ilość jedzenia nigdy tego nie zmieni. Chodzi do masońskiej szkoły z internatem, zamkniętej teraz na Wielkanoc. Ma krótko obcięte włosy, ziemistą cerę, a samogłoski wymawia bez tej dźwięcznej czystości, z jaką wymawia je Inigo. Zbiera wszystko — znaczki, dzikie kwiaty, samochodowe tablice rejestracyjne. Jego pokój tonie w notesach i rzędach kartonów. Dzielnie radzi sobie w szkole, z pracą domową oraz podczas wakacji u Chloe i nigdy nie pyta o swojego ojca.

Teraz głosuje za paluszkami rybnymi. Kestrel również. Kestrel, jego siostra, ma dwanaście lat. Urodziła się w Wigilię. Chodzi do tej samej szkoły co jej brat — ale do żeńskiej klasy. Żywi silne postanowienie, aby nie dorosnąć. Nosi krótkie skarpetki i sandały, a ze swojego szkolnego mundurka nie wyszłaby przez całe wakacje, gdyby Chloe nie zdarła go z niej siłą. Ma krótkie włosy i wszędzie zabiera ze sobą zeszyt, jak broń. Uwielbia szkołę, jest prymuską i Chloe przypuszcza, że chyba nie jest specjalnie lubiana. Kestrel lubi mówić wszystkim, co, jak i kiedy mają robić, a na brodzie ma pryszcze, które zakrywa plastrem. Mysi koloryt i okrągłą niewinną twarz odziedziczyła po matce, Midge, a zimne niebieskie oczy i podbródek po Patricku.

Stanhope też chce jeść paluszki rybne. *Boeuf-en-daube* brzmi zbyt obco. Stanhope również urodził się w Wigilię. On i Kestrel urodzili się tego samego dnia w szpitalu Świętego Jerzego przy Hyde Park Corner. Matka Kestrel, Midge, przyszła rodzić o czasie. Natomiast Grace, matka Stanhope'a, została zabrana z domu towarowego Selfridges, gdzie złapała za ramię sprzedawczynię przy jednym ze stoisk kosmetycznych i powiedziała: „Przepraszam, ale chyba będę rodzić." Stanhope wygląda na zagubionego, ale dzielnego chłopca. Uczęszcza do niewielkiej prywatnej szkoły. Stanhope przypomina z wyglądu Kevina, którego podziwia, ale ma delikatniejsze i subtelniejsze rysy. Choć Stanhope wyraźnie nie nadaje się do zawodów sportowych, o niczym innym nie mówi. Doprowadza się do stanu wyczerpania w biegach na przełaj. W zeszłym semestrze podnoszono go, gdy zemdlał po trzech czwartych trasy. Prowadził. Szkoła zawiadomiła Grace, ale Grace zapomniała przekazać tę informację Chloe i nikt się nie pofatygował, żeby odwiedzić go w szkolnej klinice. Nikt. Z polecenia Grace Chloe zobowiązana jest podtrzymywać mit, jakoby Stanhope był synem kapitana lotnictwa, który rozbił się dzień po jego urodzeniu.

— To mu się spodoba — mówi Grace — wszystko jest lepsze od Patricka Batesa jako ojca.

Kiedy Chloe buntuje się przeciwko bezsensowności takiej historii, Grace poważnie się obraża.

— Ja jestem matką tego dziecka — mówi.

Któregoś dnia, kiedy Stanhope będzie już dość silny, Chloe ma zamiar powiedzieć mu prawdę, Ale z wakacji na wakacje chłopiec staje się coraz bardziej kruchy, uczuciowy, delikatny i wcale nie silniejszy.

Imogena jest największym skarbem Chloe. Jest dowcipną pleciugą. Kocha Olivera ze wszech miar. Oliver topnieje pod wpływem jej miłości, nawet jeśli jest jej niechętny. Jakim cudem Chloe ma odejść? Jak może wyrwać się z tych układów zależności i nadziei, mając na względzie coś tak niepraktycznego i ulotnego, jak szczęście osobiste?

Françoise smaży dwadzieścia cztery paluszki rybne. Musi. Oliver znalazł dwie paczki paluszków w maleńkiej zamrażarce, gdzie chłodzi szampana, a ponieważ nie znosi paczkowanego jedzenia, wyjmuje je oczywiście i kładzie na wierzchu lodówki, gdzie wkrótce odmrażają się i ociekają wodą, więc jeśli szybko się ich nie usmaży, będą do niczego.

Chloe zamieniła dwa kilogramy ziemniaków na frytki. Nie ma do nich specjalnego sitka, gdyż Oliver nie cierpi frytek, ale Françoise bardzo dobrze radzi sobie z łopatką do jajek i głęboką patelnią.

Chloe otwiera dwie puszki groszku.

Françoise i Chloe siedzą po przeciwnych stronach stołu, a dzieci pośrodku. Śmieją się i dokazują. Stanhope znajduje ukrytą butelkę keczupu. Oliver nie pojawi się przed północą.

Wszyscy są nadzwyczaj szczęśliwi.

ROZDZIAŁ CZTERDZIESTY SZÓSTY

— Teraz lepiej się żyje niż kiedyś — mówi Françoise, gdy obie zmywają.

Dzieci oglądają *Star Trek* w jadalni. Telewizor jest mały i przenośny. Oliver uważa, że posiadanie małego odbiornika jest mniejszym ustępstwem wobec wulgarności mediów niż opłacanie dużego. Dzieciom jest wszystko jedno. Im bardziej zamazany obraz, tym baczniej się wpatrują.

— Naprawdę? — pyta Chloe, która rzeczywiście chciałaby wiedzieć. — Jesteś pewna?

— Nie mogłabym za nic żyć tak jak moja matka.

— A czy tak nie jest? — pyta Chloe i zamyśla się.

Jej nastrój się zmienił. Dlaczego Oliver poprosił Françoise, żeby słuchała dzisiaj jego powieści, chociaż przez całe tygodnie tego nie potrzebował? To tak jakby Oliver tylko czekał, aż Chloe wyjdzie z domu, żeby ją upokorzyć. I nie tylko czekał, jeśli już o tym mowa — ale posłużył się nudą, żeby ją wypędzić. Nie, Oliver nie jest taki. Na pewno nie. Nie wtedy, kiedy chodzi o jego pracę.

— Nie, naprawdę nie jestem taka jak matka — mówi Françoise, rozdrażniona.

— Przecież zmywasz.

— To zupełnie co innego. Robię to w innych warunkach.

Françoise prawie wpada w popłoch.

— *Mon Dieu* — ciągnie — walczyłam w 1968 roku na barykadach. Byłam aresztowana przez policję. Bili mnie, jakbym była mężczyzną. Potem mnie uwolnili. Zamknęłam się w sali wykładowej; ja i moi koledzy urządzaliśmy głodówki. Pod koniec wreszcie skapitulowałam. Nie mogłam przecież pozwolić, by mnie wyrzucono. Musiałam zrobić dyplom.

— Po co?

— Dla w ł a s n e j wolności. Zrobiłam dla Francji, co mogłam. Cierpiałam za Francję. Moja wolność też coś znaczy.

— I to jest ta wolność?

Françoise wyciera szklankę tak mocno, że Chloe obawia się, iż szkło pęknie jej w rękach.

— Ostrożnie — przestrzega Chloe.

— Przepraszam — mówi Françoise. — Myślę, że jestem trochę zmęczona. Nie wysypiam się.

— A ja tak — odpowiada Chloe.

Zapada cisza. Françoise zlewa tłuszcz po frytkach do miseczki. Chloe nastawia drożdże, żeby rosły na poranne bułki dla Olivera.

— Nie robię tego długo — mówi Françoise — czy pani rozumie? Teraz będę miała pracę, która jest odpowiednia do mojego wykształcenia. Moja przyjaciółka, która wyszła za mojego narzeczonego, nie skończyła uniwersytetu... wyuczyła się zawodu cukiernika. Zamiast wolnego i otwartego związku z narzeczonym, takiego jak planowałam, poddałam się woli rodziców, którzy zorganizowali tradycyjny ślub. Przyjaciółka z cukierni przyjechała na ślub i w przeddzień uroczystości uciekła z moim narzeczonym. Moje upokorzenie nie miało granic. Przyjaciółka zarabiała więcej pieniędzy w cukierni niż ja w swoim biurze, poza tym była ładniejsza ode mnie. Ona też ma włoski na twarzy, ale jej są jaśniejsze i mniej widoczne. Niemniej odrzucenie mnie dla kogoś podlejszego było potwornie bolesne. Chciałam przyjechać do Anglii, bo to kraj, gdzie stosunki między płciami są swobodne, przyzwoite i uczciwe. Gdzie w Europie moglibyśmy żyć tak we trójkę i być szczęśliwi?

— No właśnie, gdzie? — pyta Chloe.

— Chciałabym, żeby moja matka była bardziej podobna do pani, żeby przyjęła kochankę mojego ojca i zaakceptowała ich związek. Byli zresztą moimi przyjaciółmi i niczego przede mną nie ukrywali. Seksualne tajemnice nie powinny istnieć.

D l a c z e g o Oliver chce sypiać z tą dziewczyną, zastanawia się Chloe. Jest śmieszna, a jednocześnie pozbawiona poczucia humoru. Może właśnie dlatego?

Wchodzi Inigo, trzymając białą, zabrudzoną koszulkę treningową.

— Widzicie? — mówi strapiony. — To moja koszulka do piłki nożnej. Jest nie wyprana. Potrzebuję jej na jutro.

— Ja to zrobię — mówi Françoise ochoczo. — Jeśli ją dobrze wykręcę i powieszę przed Agą, to powinna wyschnąć.

Na znak wdzięczności Inigo szczypie Françoise w pośladek. Françoise piszczy, podskakuje, śmieje się i czerwienieje, taka z niej magister psychologii.

Chloe zostawia ich i przyłącza się do dzieci, by obejrzeć Kapitana i pana Spocka, rozprawiających się z potwornymi mieszkańcami kosmosu, którzy tak często pod postacią nieśmiałych pięknych młodych kobiet wdzierają się na ich statek kosmiczny.

Kevin, Kestrel i Stanhope przesuwają się, by zrobić na kanapie miejsce dla Chloe. Dzieje się to w ciszy, odruchowo. Nikt nie spuszcza oczu z ekranu. Imogena, ta ośmioletnia osóbka, przeczołguje się z podłogi na kolana Chloe. Chloe czuje zjednoczenie i spełnienie. Co za pociecha. Kobieta musi mieć wokół siebie dzieci, myśli. Wszystko inne jest niekoniecznym dodatkiem, luksusem, darem od losu.

Los! Nie myślmy sobie, że my też możemy zostać przez niego łatwo obdarowani, że możemy zmienić nasze życie. Fatamorgana to cwana bestia, a do tego uparta. Mądrzy ludzie wiedzą, jak się z nią obchodzić — trzeba marzyć o czymś nie wprost, ale w najciemniejszych zakamarkach swojego umysłu, nie nazywając swoich nadziei ani obaw po imieniu. Wyobraź sobie porażkę i już ją masz na karku — aby jej jednak uniknąć, trzeba ją sobie najpierw wyobrazić. Ale spokojnie, spokojnie, nie wprost. Jeśli będziesz marzyć zbyt stanowczo, zbyt mocno, jeśli będziesz żywić zbyt natarczywą nadzieję — któregoś dnia zajdę w ciążę, wyjdę za mąż, kiedyś zostanie mi wybaczone, znów będę mogła chodzić — wtedy los zwróci się przeciwko tobie z nieprzejednaną zawziętością. Będziesz wręcz czuła, jak drwi z ciebie i odwraca się plecami. Najgorsze naprawdę się zdarza, nieustannie. I tak ty, nikt inny, posuwasz się w latach bezdzietna lub ułomna, z ciężarem nieżyjących ludzi, którzy wiszą ci u szyi, ze zmaterializowanymi najgorszymi obawami, z rozwianymi najlepszymi nadziejami.

Nie wypowiadaj więc zbyt wielu życzeń, nie módl się, nie padaj na kolana, bo niewidzialne oczy skupią się na twojej pochylonej głowie. Raczej cofnij się, żebyś była niewidoczna, idź równym krokiem jak dziecko, które w zabawie skrada się ślad w ślad za babcią. Jeśli masz zastrzał na palcu, spodziewaj się, że następnego ranka będzie z nim gorzej, a nie lepiej. Bo w przeciwnym razie w przyszłym tygodniu będziesz już bez palca. Och, ostrożnie! Bądź ostrożna.

Inigo gorączkuje. Ma sześć lat. Chloe słyszy, jak kaszle w nocy. Idzie do niego. Trzecia rano; jest bardzo zmęczona. Mierzy mu temperaturę. Czterdzieści stopni. Chloe wraca do łóżka. Śni jej się, że rano znajduje Iniga martwego. A kiedy nadchodzi świt i pora wstać, cóż, wstaje zmęczona po tym okropnym śnie i co znajduje? Inigo czuje się dobrze, a temperaturę ma normalną. Co stało się w nocy? Czy załopotały skrzydła anioła czy jakaś bardziej niebiańska, mniej okropna matka przyszła mu z pomocą?

Cztery aniołki wokół mego łóżka,
Jeden przy głowie, drugi przy nóżkach,
Gdy się modlę, trzeci mnie strzeże,
A czwarty zdobywa mą duszę w wierze.

Tego wierszyka nauczył Iniga jego mały przyjaciel, Michael O'Brien. Może to go uratowało? Coś na pewno go uratowało i to nie była Chloe. Inigo nuci te słowa wieczorem, tak jak inne sześciolatki śpiewają sobie do snu nieprzyzwoite, podniecające piosenki o cyckach i tyłkach.

Czy już późna godzina?
Po dziewiątej godzinie!
Powieś swe gacie tu na linie.
Kiedy przyjdzie tu już glina,
Zdejmij mu gacie.
I kino się zaczyna.

Inigo ma dziewięć lat. Spadł z dachu garażu na twarz. Leży tam, gdzie spadł. Jego koledzy wpatrują się w niego, obracają go. Jedni biegną w popłochu do domu, inni po Chloe. Chloe przybiega pędem, twarz ma bielszą od Iniga; umysł drży, dygocze, rejestruje nieodwołalność. Co to za scena, która na zawsze wryła się w pamięć? Bezwładne dziecko na ziemi, w odległości dwustu metrów. Czy to pani dziecko? Tak, pani. Czy życzyłaby tego pani jakiejś innej matce? Dlaczego on nie wstaje? Czy to żart? A może to śmierć? Odległość wciąż nie maleje, a nogi są cięższe i poruszają się wolniej niż we śnie. Czy do tego prowadziły te wszystkie sny? Nie. Inigo żyje. Oddycha. Jęczy. Twarz ma pobrudzoną błotem i krwią; na skroni bezkrwawa rana, pełna jakiejś miazgi. A co pod nią? Czy to zawsze wygląda gorzej, niż jest w istocie, czy też jest gorzej, niż wygląda, jak to jest? Co robić? Gromadzą się sąsiedzi. Zaczyna się taniec — film w zwolnionym tempie. Lekarza? Nie, nie ruszajcie go. Karetkę? Nie, to potrwa za długo. Ktoś podjeżdża samochodem.

— Poczekajcie, poczekajcie — mówi Chloe — niech go trochę wytrę.

Czekają. Ktoś przynosi flanelę. Chloe wyciera chłopcu twarz.

Wszystkie matki tak robią w chwili niebezpieczeństwa, jak kotki, które liżą kocięta. Najpierw trzeba zwilżyć chusteczkę, wytrzeć twarz, ręce, uspokoić się, zaprowadzić ład i czystość, codzienny porządek rzeczy. Potem można myśleć.

— Niech pani tego nie robi — mówi ktoś. — Im gorzej wygląda, tym szybciej zajmą się nim w szpitalu.

Ale nikt nie wątpi, patrząc na drżące ciało i poszarzałą, pokrytą plamami twarz Iniga, że zajmą się nim natychmiast, jak tylko go zobaczą. Chloe siada na tylnym siedzeniu samochodu, na jej kolanach układają Iniga, wpychają za nią torebkę. Inigo jest w stanie śpiączki. Czy to śpiączka? Półtora kilometra do szpitala.

Okazuje się, że z Inigiem raczej wszystko w porządku. Trzy niezbyt poważne pęknięcia czaszki, mózg nie uszkodzony, powierzchowne obrażenia twarzy i dwa obtarte kolana. O mało go nie stracili z powodu szoku, jakieś sześć czy siedem razy w ciągu tych pierwszych dwóch godzin. Potem jest już wszystko dobrze.

Inigo spędza w szpitalu trzy tygodnie. Chloe traci na wadze cztery kilogramy. Z pożytkiem: Oliver zaczął napomykać, że tyje. Och, moje przyjaciółki, moje drogie przyjaciółki, jak to mądrze z waszej strony, że nie macie dzieci albo że pozbywacie się ich. Lepiej poddać się aborcji, wysterylizować się czy dać sobie wyciąć macicę. Urodzisz dziecko i dajesz innym moc niszczenia ciebie, zadawania ci nieskończenie wielu ran, byś cierpiała.

To nic takiego być teraz w skórze Iniga, leżącego jak w śpiączce, podczas gdy samochód podskakuje i hamuje. (Samarytanin jest kiepskim kierowcą, zjeżdża z ronda w złą ulicę, myli drogę. Tak, trzeba było wezwać karetkę.) To nic takiego być teraz Inigiem, gorzej być w skórze Chloe, cierpiącej za siebie i za niego. Nigdy też nie miejcie rodziców. Wyjedźcie z kraju, emigrujcie jak najdalej, na antypody, żebyście nie musieli chodzić na niedzielne herbatki i uczestniczyć w upadku czegoś, co było kiedyś silne i mądre. Bądźcie jak Patrick Bates. Odizolujcie się. Błogosławione niech będą sieroty oraz nieurodzajność ciała i umysłu.

W kuchni Inigo śmieje się, a Françoise piszczy. Kończy się *Star Trek*. Zaczyna dziennik. Przełączają telewizor na *Wysoki las*.

Chloe siedzi na kanapie wśród dzieci i słysząc w uszach głos węża, zastanawia się.

Czy Oliver chce, by Françoise zaszła w ciążę? Czy o to mu chodzi? Jest ojcem tylko jednego dziecka, może uważa, że to nie wystarczy? Może jego pragnienie tworzenia, które uczyniło go jednocześnie tak bogatym, tak biednym i tak niepoczytalnym, ogarnia go znowu w żałosnej imitacji Patricka?

Czy dlatego właśnie wybrał Françoise i odrzucił tuziny ładnych, wesołych dziewcząt, które w przeszłości tylko czekały na jego zawołanie? Dlatego że Françoise ma szerokie biodra i robi wrażenie swobodnej i płodnej? Podczas gdy ona, Chloe, chuda i nerwowa, poroniła wiele razy, przed i po Inigu, aż do chwili urodzenia Imogeny, jakby z niechęci obracając w nicość dzieci z jego lędźwi? Może Oliver nie czuł żalu wraz z nią, ale urazę wobec niej?

Czy Oliver chce zemsty? Czy o to chodzi? Czy czekał aż do tej pory, wiedząc, że dla Chloe jest już za późno i jej życie związane jest nieodłącznie z nim, ale jego życie niekoniecznie z nią? Do chwili kiedy ona nie może już wyrzucić konkurentki z byle powodu i rozniecić konfliktu. Dla niej jest za późno, by prowadzić wojnę na wyczerpanie; dla niego nie. Wie, że jest starsza, bardziej zmęczona, bliższa przegranej; że jeśli wręczy jej niemowlę i powie: proszę bardzo, wychowaj je, zabiorę ci następne dwadzieścia lat życia, dziękuję, cóż, ona skinie głową, zgodzi się i upiecze dla niego następny bochenek.

To są nocne strachy, myśli Chloe. Nie istnieją, póki telewizja odpycha ciemność, rzucając dookoła swoje doczesne obrazy. To podejrzenia, które wbiły jej do głowy przyjaciółki.

Oliver nie ma powodu, żeby żywić do niej urazę.

Ponieważ to Oliver wytrzasnął Patricka; Oliver, który stał się jego przyjacielem, wielbicielem, powiernikiem, kumplem od kieliszka i hazardu — jego alfonsem, mój Boże — w latach, gdy Patrick malował obrazy i uznany został (przez niektórych) za drugiego Goyę, a gwiazdy sceny, ekranu, biznesu i polityki pukały raz czy dwa do całkiem zwyczajnych drzwi jego bliźniaka w Acton (jak banalnie); a później (jak szpanersko) wjeżdżały do mieszkania na ostatnim piętrze wysokościowca, które dzielił z Grace; a jeszcze później, po samobójstwie Midge, zakradały się powoli do okratowanej sutereny, gdzie teraz mieszka. To Oliver, w tym środkowym okresie, nalegał, by Patrick namalował Chloe — zmusił ją, by poszła i siedziała przed nim, zupełnie naga, dzień po dniu. Czy on w ogóle w i e d z i a ł, co robi?

To było we wczesnych latach sześćdziesiątych, kiedy Anglia odkryła, że Boga nie ma, seks i młodość są cudowne, starość i doświadczenie smutne oraz że obrazy znaczą więcej od rzeczywistości.

Sukienka odsłaniająca biust i spódniczka mini, masa podniecenia i co? Cóż, Imogena oraz pokolenie dzieci kręcących głowami nad przyszłością, martwiących się, aby concorde nie oderwał atmosfery od Ziemi, i dyskutujących, jak sobie poradzić najlepiej z 2,25 dziecka, liczbą, której przysięgli sobie nie przekraczać. To były dobre czasy dla Patricka — jeszcze nie okaleczonego przez skąpstwo tak, żeby nie móc znieść kupowania farb, by namalować obraz. Jeszcze nie opuszczonego przez Grace; jeszcze nie tańczącego na grobie Midge. Dobre czasy dla Olivera. Cztery hollywoodzkie superprodukcje za pasem: ciągłe przeloty do Stanów, czasem z Chloe, Inigo i nianką, czasem samotnie. Duży dom w Hampstead; inteligentni, światowi znajomi z długimi nieangielskimi nazwiskami. Tuli się w nocy do Chloe, śmiejąc się wraz z nią z wybryków losu, który dał im to, czego chcieli: to znaczy, uznanie krytyków dla niego i dzieci dla niej.

W każdym razie dobre czasy, dopóki nie zakradło się rozgoryczenie, alkohol i całonocne partie pokera; przyjęcia tak wulgarne, szybkie i nieprzytomne, że wierność małżeńska wydawała się idiotyzmem; oraz przyjaźń z Patrickiem, kiedy to obaj przetaczali się po Londynie, do i z barów, klubów i domów przyjaciół — którzy bez względu na porę nocy byli uszczęśliwieni, że przyjmują tak wybitną parę cudaków. A potem, w przypadku Patricka, powrót do Midge: śniadanie i praca. W przypadku Olivera — do Chloe: z wymiotami, kacem i narastającym rozczarowaniem, uświadomieniem sobie, że chociaż Patrick jest zarażony chorobą artystów, jest na najprawdziwszej gorącej linii z Apollem, a on, Oliver, ma co najwyżej jej symptomy i nawet największe ocieranie się o Patricka nie zrobi tu najmniejszej różnicy.

Nie są to takie dobre czasy dla Chloe.

Biedna Chloe, leży całą noc na wpół przebudzona w miękkim łóżku, czując na sobie tylko delikatny ciężar luksusowej pościeli, czekając na dźwięk samochodu powracającego Olivera, budząc się natychmiast na odgłos najmniejszego hałasu: taksówka na zewnątrz, kot czy pokojówka idąca drugi raz do ubikacji — może jest w ciąży? — ale nigdy Oliver. Dokąd pojechał? W czyim jest łóżku? Czy leży pijany i bez zmysłów w burdelu czy w ramionach jakiejś sprytnej młodej osóbki, którą oboje dobrze znają? A gdzie był przedwczorajszej nocy i jeszcze przedtem? Jak mam zachować godność przed moimi przyjaciółkami, jak mam się uśmiechać i wyglądać radośnie na przyjęciach, na które mnie zabierasz, skoro wiem, że wszyscy wiedzą to, co ja? Że wolisz każdą rzecz na świecie ode mnie?

„Higamiczni, hogamiczni."

Przy śniadaniu Oliver wzdycha do niej nad stołem, widząc jej spuchnięte czerwone oczy.

„Mężczyźni są poligamiczni,
Higamiczni, hogamiczni,
Kobiety monogamiczne."

— Wszystkie te cacuszka — mawia, rozglądając się po gustownych antykach, które Chloe kolekcjonuje i pieści — po co ci one? Robisz się taka światowa, Chloe. Wręcz burżujka. Majątek i ludzie. Ludzie i majątek. Nie powinnaś starać się p o s i a d a ć ludzi, Chloe.

— Ta twoja zazdrość — mawia — jest patologiczna. To oznaka niedojrzałej osobowości.

— Nie rozumiem, dlaczego się martwisz — mawia. — Te kobiety nic nie znaczą. T y jesteś moją żoną.

— Na miłość boską — irytuje się — idź i sama się zabaw. Nie mam nic przeciwko temu.

Kłamie w żywe oczy, ale ona o tym nie wie. Chce tylko Olivera. To go drażni (jak mówi) i psuje mu styl. Pragnie tylko tego, żeby była szczęśliwa, ale jego twórczość (jak mówi) wymaga nocnej porcji świeżego, młodego kobiecego ciała.

165

Stopniowo ból ucisza się lub przynajmniej chowa. Chloe angażuje się w szkołę Iniga: w każdy wtorek pomaga w bibliotece, a w piątki odwozi uczniów na basen. Pomaga w miejscowej klinice planowania rodziny i sama uczęszcza na „sesje płodności", w nadziei na zwiększenie swojej własnej.

Och, Oliver! Przynosi do domu trypra i zaraża Chloe. Wkrótce oboje z tego wychodzą. Jego pieniądze kupują najdyskretniejszych i najsympatyczniejszych lekarzy; Oliver jest bardziej tym poruszony niż Chloe, a jej cierpliwość zostaje nagrodzona: nudzi się swoimi nocnymi wypadami i wreszcie siedzi w domu i ogląda telewizję.

Również dla Midge nie są to dobre czasy. Patrick spędza całe noce poza domem, a całe dnie na pracy, zamknięty w swoim studio, zapominając zaopatrywać rodzinę w jedzenie — co często mu się zdarza, ponieważ on sam może całymi dniami nic nie jeść, jeśli jest pochłonięty malowaniem, a skoro on może, to czemu oni nie? Czy Midge i mały Kevin nie są z jego krwi i kości? Patrick nie daje Midge pieniędzy (czuje, że jest z niej kiepska gospodyni i jeśli tylko jej pozwolić, trwoni ogromne sumy na czynsz, pieluchy i proszki do prania), ale sam zajmuje się potrzebami rodziny.

Na co Patrick wydaje pieniądze, zastanawiają się przyjaciele, spoglądając na chudą twarz Midge, jej ciche, wychudłe dziecko i nędzne meble, z których wszystkie odziedziczyli lub dostali, żadnego nie kupili. Midge wie tylko, że Patrick potrafi dać żebrakowi na ulicy dziesięć funtów i nic sobie z tego nie robi, ale jeśli ona prosi go o dodatkowe pieniądze, jest na nią zły i nie odzywa się całymi dniami. Woli już jego towarzystwo niż jego datki. Martwi się jednak zmęczeniem Kevina i rozterka między pragnieniem dogodzenia Patrickowi a pragnieniem nakarmienia dziecka powoduje u niej wrzód żołądka.

Idzie na miesiąc do szpitala, a Kevin do swoich dziadków, którzy szybko go podkarmiają. Podczas jej nieobecności Grace śpi z Patrickiem w studio, a także upiera się przy pozostaniu w pokoju, gdy on maluje swoje klientki. Midge nigdy nie ośmieliłaby się tak zachować.

Dla Grace są to całkiem przyjemne czasy. Rozwiedziona już z Christiem, obojętna na los Piersa i Petry („skała" w dwóch różnych językach), mieszka z Patrickiem, prześladuje drugą żonę

Christiego, Geraldine, noc w noc dysząc jej ciężko do słuchawki, malując błyszczącą farbą napis „wielokrotny morderca" na karoserii jej mini, pisząc do jej pracodawców, klientów, rodziny i przyjaciół, że Geraldine jest na przemian byłą więźniarką, byłą dziwką, bigamistką, mężczyzną w przebraniu; zmuszona jest wreszcie przez sąd do zaniechania tych praktyk.

— Geraldine nie zrobiła ci nic złego — mówi Chloe do Grace. — Nie jest niczemu winna. Według mnie nie powinnaś tego robić.

— Nie obchodzi mnie, czy jest winna czy nie — odpowiada Grace. — Dzięki temu mam lepsze samopoczucie. Złe zachowanie bardzo pobudza, Chloe. Sama powinnaś tego spróbować któregoś dnia. To niesamowicie wciąga.

Wydawałoby się, że Grace jest ogromnie żal Geraldine, bo często dzwoni do niej w godzinach pracy, żeby jej o tym powiedzieć; tłumaczy, że Christie nie kocha Geraldine, że wiele jej brakuje do tego, by Christie ją pokochał, oraz że ożenił się z nią tylko dlatego, by otrzymać prawa do Piersa i Petry.

Geraldine pracuje w dziale socjalnym do spraw dzieci, jest miłą, choć pozbawioną poczucia humoru poczciwą duszą. Jej z kolei jest żal Grace, którą uważa za obłąkaną, i mówi jej to, kiedy ją dostatecznie sprowokuje.

Grace oczywiście nie myli się co do motywów ślubu Christiego z Geraldine. Pozbyła się złudzeń w stosunku do Christiego wcześniej niż ktokolwiek inny. Według Marjorie szkoda, że Grace, która jest, jak się okazuje, najbardziej z nich trzech zdolna do czynów moralnych — bo czyż nie opuściła Christiego z powodu zasad moralnych raczej niż za podszeptem własnej kobiecej desperacji? — musi ukrywać światło swej wrodzonej prawości za parawanem idiotycznie złego zachowania.

Wierzcie lub nie, ale dla Marjorie to też są dobre czasy. Marjorie robi karierę w strukturach BBC. Dzięki dyplomowi uniwersyteckiemu z wyróżnieniem w dwóch specjalnościach oraz dzięki umiejętności stenotypii zostaje najpierw sekretarką, potem asystentką naukową, aż w końcu awansuje na osobistą asystentkę węgierskiego reżysera teatralnego imieniem Marco, który nieustannie przechwala się swoimi talentami — w rzeczy samej niezwykłymi.

Tak oto w tym czasie Grace i Chloe dyskutują na temat swojej przyjaciółki:

Grace: Ona się w nim podkochuje. Musi, żeby z nim wytrzymać.

Chloe: Przecież płacą jej za to, żeby z nim wytrzymywała. Poza tym wiele się uczy od Marca. Tak mówi.

Grace: To znaczy, że zwala na nią całą robotę. Scenariusze filmowe i tak dalej. Podczas gdy on siedzi na tyłku. Spodziewam się, że po nagraniu idzie z nim do łóżka, żeby rozładować napięcie; one wszystkie tak robią, te asystentki. To ich zadanie.

Chloe: Marjorie nie jest tak łatwo nabrać. Ona jest zbyt mądra.

Grace: Mądrość nie pomogła jeszcze żadnej kobiecie. Spójrz na mnie. Nie, Marjorie została markietanką BBC, to pewne. To straszny los. Te asystentki nigdy nie wychodzą za mąż. Same są sobie winne. Odwalają całą robotę i są zaskoczone, jeśli coś za to dostaną. Wszystkie zasługi oddają garściami temu, w kim są zakochane, producentowi lub reżyserowi. Oczyszczają się, oddając się mediom, jak zakonnice.

Chloe: Jak można być jednocześnie markietanką i zakonnicą?

Grace: Rozumiesz wszystko zbyt dosłownie, Chloe. Musisz doprowadzać Olivera do szału. Pewnie ten jej Marco jest żonaty?

Chloe: Pewnie tak.

Grace (tryumfalnie): No proszę, widzisz? Posługuje się nią w pracy nad swoimi scenariuszami i gdy wysyła kwiaty dla żony, kiedy wyjeżdża na Bahamy kręcić trzydziestą drugą wstawkę do jakiejś nudnej sztuki, którą równie dobrze mógłby nakręcić w Margate, Marjorie będzie na niego czekać w nieskończoność. No i dobrze jej tak za brak zasad i chodzenie z żonatymi mężczyznami.

Grace właśnie idzie do łóżka z Patrickiem. Następnego dnia Midge wychodzi ze szpitala. Chloe mamrocze coś w proteście, ale Grace to ignoruje.

O ile Grace myli się co do Marjorie, o tyle ma rację w kwestii Christiego. Marjorie unika nieuchronnej, wydawałoby się, klasyfikacji, zostaje najpierw samodzielnym reżyserem, a potem producentką. Musi znieść oszczerstwa, jakie towarzyszą kobietom robiącym karierę — obmowę wyglądu, stroju i zachowania — i przyjąć, że na skutek zdobycia pozycji, o której wielu dorosłych i dobrze zarabiających mężczyzn mogłoby marzyć, nie wolno jej eksponować żadnych kobiecych wdzięków. Nie jest to dla niej nic nowego: w rzeczywistości idzie to w parze z jej wyobrażeniem o sobie, które matka tak często kładła jej do głowy.

Przyjemne czasy. Marjorie myśli chwilami, że jakiś zły duch zahartował jej biedne zimne serce. Czy zaszłaby tak daleko, gdyby miała dziecko? Czy chciałaby zajść tak daleko, gdyby żył Ben?

ROZDZIAŁ CZTERDZIESTY ÓSMY

Po wyjeździe Chloe Gwyneth dożywa swoich dni.

Chloe jedzie do Ulden odwiedzić matkę. Zabiera Iniga, który ma osiem lat. Oliver kupił dla Gwyneth domek tuż obok „Róży i Korony", w którym Gwyneth śpi, całymi dniami czyści podłogi i nie okazuje, by była specjalnie wdzięczna za zmianę warunków życia.

W tę właśnie sobotę Leacockowie wyjeżdżają do Włoch na wakacje. Tym razem formalnie, a nie tylko nieoficjalnie, powierzyli gospodę opiece Gwyneth. „Róża i Korona" kwitnie: jest w niej dwadzieścia łóżek, dziesięć łazienek, zbyt mało schodów pożarowych oraz restauracja z dobrymi winami, hiszpańskim szefem kuchni i portugalskimi kelnerami. Rozbudowano bar, zwiększono wybór dobrych, tanich miejscowych piw i atmosfera Zacisznego Kącika rozciągnęła się na cały lokal; na nowo przyobleczony zresztą w różowy materiał w wiktoriański wzorek, który zastąpił spłowiały bordo.

Gwyneth zarabia cztery funty tygodniowo plus darmowe posiłki. Pięćsetprocentowa podwyżka jej pierwotnego wynagrodzenia, jak podkreśla pani Leacock. Teraz Gwyneth wstaje o siódmej i idzie spać o dwunastej. Dziewczęta, którymi zarządza, zarabiają dwa razy więcej od niej, ale Gwyneth zdaje się dumna z niskiego wynagrodzenia.

— Tylko cztery funty tygodniowo — mówi z przejęciem. — Nikogo by teraz nie dostali za te pieniądze.

Chociaż zawsze cieszy się na widok Chloe i zachwyca Inigiem, nie okazuje zainteresowania jej londyńskim życiem. Chloe czuje ulgę zmieszaną z żalem. To tak jakby wychodząc za mąż, stała się dla matki obcą osobą.

I rzeczywiście — życie z Oliverem, ciąża i małżeństwo z nim bez wiedzy jej matki, nie wspominając już o jej zgodzie, nie były czymś, co mogłoby wzmocnić więź między nimi. Raczej ją rozluźniły — przez ten destrukcyjny pęd do samostanowienia, jaki kochające córki kochających matek tak zatrważająco często ujawniają. I tak właśnie się w ich wypadku stało.

Gwyneth zrozumiała i przebaczyła. Ale teraz trzyma swoją córkę na dystans.

— Te dziewczęta są tak niedbałe — skarży się. — Nie mają żadnych zasad. Trzeba ich cały czas pilnować.

I chociaż ma wolny dzień, zamiast ugotować Chloe obiad w domu, zabiera ją do restauracji, żeby móc czuwać nad personelem, posiłkami i gośćmi. Gwyneth się tłumaczy.

— Prawie wcale nie gotuję w domu — mówi. — Nie mogę przyzwyczaić się do gotowania dla siebie. Tyle pracy i tylko ja mam to docenić? Poza tym kiedy jem sama, dostaję niestrawności. Niepokoi mnie cisza. Lubię gwar i pokrzykiwanie, a nawet małe kłótnie, jeżeli tylko nie robią się zbyt poważne!

Kelner przynosi Inigowi górę frytek, przygotowaną w kuchni specjalnie dla niego. Chłopcu pochlebia ta indywidualna obsługa i uśmiecha się miło do matki i babci. Jest pięknym dzieckiem o jasnych oczach. Chloe czuje tak silną i czystą miłość do Iniga w tym wieku, że przeszywa ją wręcz ból silniejszy od tego, jaki kiedykolwiek sprawił jej Oliver. Chloe wybiera szynkę z ananasem. Apetyt niezbyt jej dopisuje.

> Chloe: Kiedy przejdziesz na emeryturę, mamo, będziesz musiała się bardziej usamodzielnić. Spróbuj przyzwyczaić się do swojego domu.
> Gwyneth (przerażona): Mam zamiar pracować do samego końca.
> Chloe: Ale dlaczego? Przecież nie musisz już pracować. Dostałaś żylaków...
> Gwyneth: Nie są takie wielkie.
> Chloe: Poza tym masz kłopoty z żołądkiem...

Gwyneth skarżyła się Chloe, że po przekwitaniu nieco krwawi od czasu do czasu.

170

Gwyneth: To przejdzie, jeśli o tym zapomnę.

Pyta o Marjorie. Gwyneth widziała jej nazwisko w telewizji — chociaż znacznie poniżej nazwisk znanych gwiazd — i miło jej słyszeć, że Marjorie dobrze sobie radzi.

Gwyneth: Taka bystra dziewczynka. Wszystkie takie byłyście, bystre jak woda w potoku.

Zbiera odwagę, by spytać o Grace. Opowieści o Grace często są katastroficzne.

Chloe: Grace? Procesuje się.
Gwyneth: To powinno powstrzymać ją na jakiś czas od wpędzenia się w dalsze kłopoty. A mały Stanhope? Co za imię dla chłopca!
Chloe: Najczęściej jest ze mną. To znaczy, z dziewczyną do dzieci.
Gwyneth: Przypuszczam, że tak jest lepiej, chociaż pewnie jest ci ciężko. Według mnie nigdy nie miała zadatków na dobrą matkę. Żeby tak zostawić biedne maleństwo samo!

Grace wychodzi pewnej nocy na popijawę, zamykając dwuletniego, śpiącego Stanhope'a samego w mieszkaniu. Chłopiec budzi się przerażony, wykręca numery telefoniczne na chybił trafił, łączy się z centralą międzynarodową, gdzie uspokajają go i pocieszają do chwili, gdy udaje się ustalić jego numer i wezwać pomoc. Kiedy Grace wraca o trzeciej nad ranem, z Nigeryjczykiem ubranym w narodowy strój, w domu czeka na nią policja, ktoś z Towarzystwa Ochrony Praw Dziecka i urzędnik z Wydziału do spraw Dzieci.

Biedna Grace. Wszyscy się o tym dowiadują. Nawet Gwyneth, zakopana w Ulden.

Jeszcze biedniejszy jest Stanhope.

Grace zgadza się oddać Stanhope'a Chloe. Nigdy się nim nie opiekowała. To Chloe namówiła Grace, by zrezygnowała z usunięcia ciąży, więc wydaje się jasne, że to Chloe powinna ponieść konsekwencje.

Gwyneth: Biedna Grace. Biedna mała Grace. Zawsze wydawało się, że ma tak wiele, a naprawdę nie miała nic.

Kładzie rękę na ramieniu Chloe i głaszcze je w nagłym przypływie gorącej, opiekuńczej miłości, jaką kiedyś żywiła dla swojego dziecka.

Gwyneth: Cieszę się, że dobrze sobie radzisz. Robiłam dla ciebie, co mogłam, ale to zawsze było niewiele. Nie zasługuję na to, co ciebie spotkało. Czy Oliver nie ma nic przeciwko temu, że wzięłaś Stanhope'a?

Chloe: Nie. On bardzo szanuje Patricka Batesa.

Gwyneth (z nieoczekiwaną szorstkością): Naprawdę nie wiem dlaczego. Muszę powiedzieć, że nigdy nic w nim nie widziałam. To był pechowy dzień, kiedy go tu przysłano. Żałuję, że nie wyjechał do Aberdeen. Miał okropny wpływ na nas wszystkie. I ta jego biedna żona, naprawdę nie wiem, jak ona to wszystko znosi.

Chloe: On jest bardzo twórczy.

Kelner zabrał Iniga na inspekcję działu z lodami. Przy sąsiednim stoliku niecierpliwi się czterech mężczyzn w szarych garniturach, o inteligentnych poirytowanych twarzach, gdyż ich steków coś długo nie widać.

Gwyneth przeprasza Chloe i znika w kuchni. Pośladki Gwyneth ma szerokie i nabite, a jej talia zniknęła wśród ciastowatego ciała. Gdyby była chora, myśli Chloe, to chybaby schudła? Na sąsiednim stoliku pojawiają się steki: czterech mężczyzn zabiera się do jedzenia — Gwyneth wraca, zadowolona.

Gwyneth: Twórczy! A cóż to za wymówka? Twój ojciec był twórczy, ale spełniał swoje obowiązki wobec rodziny. Wiedział, że rzeczywistość ma pierwszeństwo. Reszta to udawanie.

Chloe (apatycznie): Ojciec nie żyje. Gdyby malował obrazy, a nie ściany domów, może wciąż by żył.

Gwyneth: To był jego wybór i wybrał słusznie. Musisz żyć tak, jak powinnaś, a nie jak chcesz.

Chloe: Nie. Ludzie powinni robić to, na co mają ochotę. Jeśli tego nie robią, to tylko zwiastuje dla wszystkich kłopoty.

Nigdy w kłótni nie posunęły się tak daleko. Gwyneth zaciska usta. Chloe zwilża wargi. Czuje niewytłumaczalną wściekłość na matkę. Czterech mężczyzn przy sąsiednim stoliku dyskutuje z kelnerem, który teraz podchodzi do Gwyneth.

Kelner: To nowa dyrekcja. Nędzne kreatury, ci Leacockowie. Sprzedali budę i wyjechali. Pewnie tobie też o tym nie powiedzieli?

Gwyneth robi się blada. Chloe przypomina sobie, że matka wyglądała tak samo dwadzieścia pięć lat temu, kiedy to wyszła z domu jako żona, a wróciła z sanatorium jako wdowa.

Leacockowie faktycznie tak zrobili. Sprzedali „Różę i Koronę" jako dobrze prosperującą firmę dużej sieci hotelowej. A dlaczego by nie? Leacockowie zawsze zamierzali to zrobić: on ma sześćdziesiątkę, a ona pięćdziesiąt pięć lat i Gwyneth powinna była się tego spodziewać. A to, że się jej nie zwierzyli — cóż, przecież nie musieli. Gwyneth jest tylko pracownicą.

Gwyneth tłumaczy to sobie, tak samo jak kiedyś tłumaczyła sobie, dlaczego Chloe, dorosła przecież kobieta, miałaby zapraszać ją na swój ślub. I tak to tłumacząc, przekonuje siebie samą, kiedy więc Leacockowie wracają z wakacji, Gwyneth uśmiecha się do nich, a kiedy za miesiąc wyjeżdżają do Walii, dając jej abażur jako prezent pożegnalny, macha im na pożegnanie i obiecuje pisać, a kiedy w następnym tygodniu nowa dyrekcja zastępuje ją nową kobietą z innego hotelu i Gwyneth zostaje bez pracy, dopiero wtedy zastanawia się przez chwilę, dlaczego Leacockowie nie uznali za stosowne zabezpieczyć jej na starość. Dwadzieścia lat pracy!

Gwyneth siedzi w swoim domku i przez dłuższy czas nie myśli o niczym szczególnym, a kiedy następnym razem Chloe przyjeżdża w odwiedziny, narzeka na bóle brzucha i nie chce iść do lekarza, chociaż Chloe ją namawia.

— To zmiana jedzenia — mówi — nic poważnego. Jestem tu bardzo szczęśliwa i wiele osób przychodzi mnie odwiedzić, nie powinnaś się o mnie martwić, Chloe. I dostałam taką śliczną pocztówkę od Leacocków; kupili mały dom na Malcie.

— Co za potwory — mówi Chloe.

— Nie wolno ci tak o nich mówić — strofuje Gwyneth. — Zawsze byli dla mnie dobrzy.

— Całe lata cię wykorzystywali — krzyczy Chloe. — Oszukiwali cię i śmieli się z ciebie, a ty prosiłaś się o to. Całe życie stałaś i czekałaś, żeby po tobie deptano. Czy nie umiesz się nawet rozzłościć? Nie potrafisz ich nienawidzić?! Gdzie masz charakter?! — Tupie nogami i atakuje zaskoczoną matkę.

Jeszcze nigdy nie było jej tak ciężko. Przez dwie ostatnie noce Oliver wychodził razem z Patrickiem. Szli grasować jak kocury, szukać nocnych tajemnic. Jeśli go kocham, mówi sobie Chloe, pozwolę mu robić to, na co ma ochotę, bo zazdrosna żona to obrzydliwość; i sama zaczyna w to wierzyć. Nie darmo jest córką swojej matki. Kiedy Oliver wraca do domu, ona uśmiecha się, robi kawę i mówi mu, kto dzwonił lub kogo widziała. Doprowadza go to do szaleństwa. Spodnie ma poplamione spermą; nawet nie zadał sobie trudu, żeby je zdjąć, a może był zbyt pijany. Chloe pierze je cierpliwie w najdelikatniejszych płatkach mydlanych. On próbuje ją sprowokować. Ona nie pozwoli się sprowokować. Nawet idąc do lekarza, by wyleczyć się z choroby wenerycznej, nie pozwala sobie na złość, jedynie na rozpacz.

Oliver poddaje się; siedzi w domu, mówi okropne rzeczy o Patricku, odstawia alkohol i pisze kolejny scenariusz. Czy to zwycięstwo czy tylko odwleczona porażka? Chloe uważa, że to zwycięstwo. Oliver wpatruje się w nią posępnym rozwścieczonym wzrokiem i nic nie mówi, w nocy zaś wypróbowuje najbardziej wyrafinowane i osobliwe pozycje, lecz Chloe się tylko uśmiecha i poddaje mu, a jeśli rano jest posiniaczona i pokąsana, to czyż nie jest to miłość i czyż nie sprawiło jej to przyjemności?

Tymczasem Chloe nakłoniła wreszcie matkę do wizyty u lekarza. Tobie, mamo, potrzebna jest histerotomia, mówi. Wyjmij sobie macicę, wytnij, usuń. Wtedy dopiero będziesz osobą, nie kobietą, i może wydobędziesz wreszcie swoją duszę z tych smętnych otchłani, w które tak żałośnie się pogrążyła.

— Nowotwór — mówi lekarz po zbadaniu. No i proszę, rzeczywiście jest, i to wszędzie.

— Kiedy byłam młoda — mówi przyjaciółka Gwyneth, Marion, która ma sklep ze słodyczami — nigdy nie wymawiano tego słowa i tak było lepiej. Nowotwór bierze się stąd, że się o nim mówi.

Dzieci są już w łóżkach. Ale tylko Kevin śpi. W chwili gdy głowa Kevina dotyka poduszki, sen pochłania go tak, jak jezioro świeczkę. Pozostałe dzieci leżą i nie śpią. Stanhope uczy się tabel ligowych — ma nadzieję, że któregoś dnia wygra teleturniej dla dzieci i zaimponuje swojej matce. Kestrel leży w ciemności z otwartymi oczami i napina oraz rozluźnia mięśnie łydki, by wzmocnić je i wygrać w hokeja. Imogena, przedwcześnie dojrzała, czyta Biblię, tak samo jak to robiła kiedyś jej matka.

„Pamiętajcie o Stwórcy w chwilach waszej młodości, kiedy nie nadeszły jeszcze złe dni..."

I nie nadchodzą. Przynajmniej tyle osiągnęła Chloe.

Inigo czeka na kolację o północy. W osiemnastym roku życia osiągnął wreszcie pewien spokój. Ma cierpliwość i godność starca. W szesnastym roku życia targała nim aktywność seksualna, kiedy to dogadzały mu i zaspokajały go całe zastępy zagubionych dziewcząt, trzynasto-, czternasto-, piętnastoletnich, dostających histerii na lekcjach i mdlejących na gimnastyce — oszołomionych środkami nasennymi, narkotykami, marychą, LSD — które chwytały się słomki seksu w powodzi rodzicielskich niepokojów i obaw. Teraz, kilka lat później, dziewczęta spoważniały. Uczą się do egzaminów, czyszczą buty, nie malują się, wracają do wręcz dziewiczego stanu, a na prywatkach zamiast lewitować w zaświaty, do upadłego tańczą walca i fokstrota.

Inigo chciałby zająć się polityką i doprowadzić do rewolucji socjalistycznej, którą jego rodzice tak haniebnie zawalili. Jego bohaterami są Kropotkin i Engels. Marksa i Lenina uważa za raczej mierny produkt współczesności. Przewodniczącego Mao zaś tylko za poetę.

Tyle osiągnęła Chloe.

Boeuf-en-daube jest już gotowy. Ryż odsączony, sałata umyta. Françoise nakryła do stołu, a pośrodku postawiła bukiet wiosennych kwiatów. Zerwała krokusy. Chloe nie znała przedtem nikogo, kto zrywałby krokusy. Uważała, że są nierozłącznie związane z ziemią, w której rosną, ale widać myliła się.

Inigo idzie po Olivera. Kiedy nieznany jest humor Olivera, najczęściej wysyła się po niego Iniga. Oliver jest dumny z Iniga, ciało z jego ciała, miłość z jego miłości, tak wszechstronnego społecznie i seksualnie, a do tego przewodniczącego szkolnego kółka astronomicznego. Nie przewidziano dla niego żadnych bar micwa, rosołów z kury, tradycyjnego „ojjoj". Pójdzie teraz do Oksfordu i nie będzie musiał nikogo prosić o stypendium.

Tyle osiągnął Oliver.

Oliver miał zły dzień. Siedzi, zastanawia się i rozmyśla nad swoim pechem. I tak:

1. Jego ojciec w liście domaga się, by dach nad jego biedną starą głową został naprawiony. Dach przecieka. Dom rodziny Rudore'ów już dawno został skazany na rozbiórkę i stoi samotny oraz zniszczony pośrodku morza błota na budowie, podczas gdy adwokaci pana Rudore'a (za pieniądze Olivera) kwestionują przymus sprzedaży.

2. Dwie rozmowy telefoniczne z siostrami Olivera — obecnie zażywnymi, płodnymi paniami, mieszkającymi naprzeciwko siebie na Bishops Avenue, w najbardziej pożądanej okolicy, z fryzurami wyniesionymi od drogiego fryzjera, czerwonymi paznokciami, szoferami i kartami kredytowymi — które sugerowały, że skoro ich mężowie cały tygodniowy dochód przeznaczyli na Fundusz Obrony Izraela, jedyne co Oliver może zrobić, by wyrównać te wydatki, to nie naprawić, ale położyć ojcu nowy dach. Co więcej, poszły razem obejrzeć ostatni filmik Olivera — pokazywany bez jego wiedzy w Art Cinema na Golders Green — i uznały go za okropnie śmieszny. Oliver nie może sobie w nim przypomnieć ani jednej zabawnej scenki.

3. Chloe pojechała do Londynu, by zobaczyć się z przyjaciółkami. Jego obojętność jest udawana — niepokój ściska mu żołądek. Czy jest nielojalna? Czy rozmawiają o nim? Czy się śmieją? Oliver żyje w strachu przed wyśmianiem. Kiedy wychodzi z narady nad scenariuszem, ma zwyczaj przystawiać ucho do zamkniętych drzwi, by upewnić się, czy się z niego nie śmieją. Oczywiście bardzo często się śmieją.

4. Oliver, wykorzystując nieobecność Chloe, by w ten sposób nie urazić żony, zdołał przeczytać Françoise ostatni dokończony rozdział — ale zamiast dostarczyć spodziewanej satysfakcji, po-

chwał oraz literackiego odzewu tak skwapliwego, jak jej seksualny, była złośliwa, wymagająca, a nawet krytykowała gramatykę. Myślał przez chwilę, że Françoise ze swoimi krępymi kończynami, masywną chłopską figurą i głupawym uśmiechem jest uosobieniem prymitywnej kobiecej mądrości; i odpowiednio, że jej instynktowne postrzeganie okaże się zaledwie z wierzchu przykryte akademicką mądrością; jednakże jej wrodzona mądrość okazała się głupotą, niewinność ograniczeniem, a uczciwość nieprzejednaniem. Françoise słyszy tylko konstrukcję jego zdań, a pozostaje głucha na ich znaczenie oraz przeplatający się rytm, który tworzą; nie ma nawet tego naturalnego i łagodnego wdzięku, który Chloe, mimo wszystkich jej wad, raczy mu ofiarować — to znaczy milczenia na temat tego, co jej się nie podoba.

Teraz obawia się nocy i punktualnego powrotu Françoise do jego łóżka. Zły dzień dla Olivera. Z pewnością znajdzie ujście dla swojego złego humoru.

— W ogóle nie chodzisz teraz na prywatki — oskarża Iniga, kiedy ten przychodzi powiedzieć mu, że kolacja jest na stole. — Zawsze jesteś w domu.

— Prywatki to strata czasu — mówi Inigo.

— A co nie jest stratą czasu? — dopytuje się jego ojciec z cynizmem właściwym swojemu wiekowi i Inigo uśmiecha się uprzejmie.

— Myślisz, że jestem dekadencką, przebrzmiałą sławą? — pyta Oliver z nadzieją.

— Myślę, że jesteś ogólnie poważną i odpowiedzialną osobą — mówi Inigo szczerze. Chyba nie kpi ze swojego ojca? — Dach naprawiony — ciągnie Inigo — rachunki zapłacone, rodzina stabilna, choć nie całkiem tradycyjna, każdy wygląda na zadowolonego. Czego jeszcze można żądać od rodziców?

— Cieszę się, że akceptujesz Françoise — mówi Oliver, rwąc się do konfliktu, którego Inigo stara się uniknąć.

— Cieszę się, że t y ją akceptujesz — mówi Inigo. — Wyobrażam sobie, jak taka młoda kobieta może być męcząca dla kogoś w twoim wieku.

— Wcale nie — mówi Oliver. — Przypuszczam, że t y masz trzy kobiety jednocześnie?

— Miałem — mówi Inigo. — Ale myślę, że nikt nie był tym zachwycony. To był pomysł dziewczyn, nie mój. Nie uważasz, że dziewczyny ogromnie lubią być poniżane? Aż się człowiekowi nie chce brać udziału w czymś takim.

Tak, Inigo kpi z Olivera.

Oliver siedzi u szczytu stołu, Chloe zaś siedzi na jego końcu i podaje jedzenie. Inigo i Françoise siedzą naprzeciwko siebie. Ramiona Olivera są pochylone do przodu. Mięśnie szyi mu drgają. Jak nam się uda przeżyć ten obiad, zastanawia się Chloe. Muszę trzymać język za zębami, mówić same przyjemne rzeczy i pamiętać, że ze względu na Iniga — jak również Françoise — powinnam zachowywać się radośnie, przytomnie i w pełni panować nad swoimi poczynaniami.

I tak oto toczy się rozmowa:

Oliver: Udany dzień w Londynie, Chloe?

Chloe: Tak, dziękuję.

Oliver: Co to znaczy być kobietą! Rozbijać się do woli po sklepach i kupować kapelusze, podczas gdy mężowie urabiają sobie ręce przy robocie.

Chloe: Właściwie nie robiłam żadnych zakupów. Przykro mi, jeśli za mną tęskniłeś.

Oliver: Tylko żartowałem, Chloe. Ależ jesteś poważna! I wcale za tobą nie tęskniłem. Tym razem czytałem Françoise. Jest bardzo dobrym krytykiem, w pewnych granicach. Nieprawdaż, Françoise?

Françoise: Mówię, co myślę. Nic więcej nie mogę zrobić.

Oliver: Zdziwiłabyś się, jak niewielu ludzi ma tę odwagę. Wyślemy cię na kurs wieczorowy, żebyś podszkoliła swój angielski. Nie będziesz musiała się już fatygować, Chloe.

Chloe: To żadna fatyga, Oliver, wiesz o tym dobrze. Jestem bardzo szczęśliwa, jeśli mogę pomóc.

Oliver: Jesteś dobra w scenariuszach, Chloe. Właściwie bardzo dobra. Mają komercyjny kontekst, który rozumiesz. Ale powieści są inne. Françoise ma bardziej literackie podejście. W końcu ma dyplom.

Inigo: Mama chodziła na studia, prawda, mamo? Co się stało? Dlaczego nie zrobiłaś dyplomu?

Chloe nie odpowiada. Stwierdza, że głos odmawia jej posłuszeństwa, a w oczach pojawiają się łzy.

Oliver: No dalej, Chloe. Odpowiedz chłopcu.

Inigo: Coś wam powiem. Wątpię, żeby ta kolacja była dla mnie przyjemnością. Burza wisi w powietrzu. Jeśli nikt nie ma nic przeciwko temu, wezmę swój talerz i zjem przed telewizorem.

Oliver: Niczego dziś nie ma w telewizji.

Inigo: To właśnie jest takie kojące. Pyszne żarcie, Françoise.

Bierze swój talerz i wychodzi.

Oliver: Przykro mi, że zdenerwowałaś Iniga, Chloe. To bez sensu.

Chloe: Nie miałam zamiaru.

Oliver: Nie ma powodu, żebyś była taka apatyczna i przygnębiona. Zamienisz się w swoją matkę, jeśli nie będziesz uważać. Jesteś zazdrosna? Czy o to chodzi? Zazdrosna o Françoise?

Chloe: Oczywiście, że nie.

Oliver: Obawiam się, że jednak tak. Nie pozwolę, żebyś się denerwowała. Jeśli nie chcesz, żebym czytał Françoise, to nie będę. Bóg raczy wiedzieć, jak sobie poradzę. Więc kogo widziałaś w Londynie? Marjorie i Grace, jak sądzę?

Chloe: Tak. Mówiłam ci.

Oliver: I jaka była ich rada?

Chloe: Co to znaczy: ich rada?

Oliver: Powiem ci, jeśli chcesz. Marjorie powiedziała, żebyś wyrzuciła Françoise, a Grace, żebyś rozwiodła się z Oliverem za jak najwyższe alimenty.

Françoise: Przepraszam, ale nie nadążam. Oliver, mówisz tak cicho, że trudno mi coś usłyszeć, a sądzę, że mówisz coś ważnego.

Oliver: Nie. Mylisz się. Opowiadam o plotkach, ploteczkach i intrygach i będę mówił tak, jak mi się podoba.

Françoise: Przepraszam.

Oliver: No więc, Chloe?

Chloe: Nie pytałam ich o radę. W ogóle nic o nas nie mówiłam. To one same dawały rady.

Oliver: Wścibskie suki. Oczywiście skorzystaj z ich rad, jeśli chcesz skończyć tak jak one. Dlaczego nie? W końcu z nimi zamieszkasz. Trzy lesbijki naraz.

Françoise: Może wolicie być sami. Chyba pójdę do Iniga.

Oliver: Zostań tu, Françoise. No proszę, a teraz zdenerwowałaś biedną Françoise. Jesteś prawdziwą suką.

Chloe: Nie jestem. To ty ją denerwujesz. To idiotyczne.

Oliver: Powiem ci, dlaczego naprawdę nie możesz skorzystać z rad swoich przyjaciółek i dlaczego jesteś taka płaczliwa i zdenerwowana. Nie możesz wyrzucić Françoise, choćbyś bardzo chciała, ponieważ to jest mój dom, moja własność, będę tu gościł, kogo chcę, a ty nie masz nic do gadania. Nie możesz się ze mną rozwieść, ponieważ pozwoliłaś jej tu zostać i wiesz o tym tak samo jak twoje przyjaciółki, a ja nie popełniłem żadnego małżeńskiego przestępstwa. Poza tym kto by opiekował się dziećmi?

Chloe nie wzięła do ust ani kęsa. Jedzenie stygnie na jej talerzu. Tłumaczy sobie, że Oliver wcale nie myśli tego, co mówi, i jutro będzie chodzącą czułością i słodyczą. Zazwyczaj tak jest po podobnych wybuchach. Jeśli tylko ona zdoła utrzymać język za zębami, wszystko będzie dobrze.

Chloe: Nie zwracam uwagi na to, co one mówią, Oliver. Przecież wiesz.

Oliver: To dlaczego chciało ci się jechać taki kawał do Londynu, żeby się z nimi zobaczyć? Jeśli już musisz się szwendać, to dlaczego nie poszłaś na popołudniowy seans i nie dokulturalniłaś się, jak wszystkie mamuśki w średnim wieku?

Chloe: Rano nie miałeś nic przeciwko temu, że jadę, Oliverze.

Nie, nie powinna była tego mówić.

Oliver: Nie jestem twoim stróżem. Robisz, co chcesz, i idziesz, gdzie chcesz. Tak długo, dopóki ja nie muszę zajmować się dziećmi. Najbardziej zdenerwowało mnie to, że wróciłaś z Londynu. Dlaczego tam nie zostałaś?

Chloe: Proszę cię, Oliver.

Oliver: Nie mogę tego słuchać. Błagania i biadolenia. Gdybyś znalazła sobie kochanka, nie rozsiewałabyś wokół takiego przygnębienia i zniechęcenia. Kiedyś byłaś w tym taka dobra. Co się stało, czy Patrick już się tobą nie interesuje?

Chloe: Nie widziałam Patricka od dziewięciu lat.

Oliver: No tak. Widać z tego, że nie potrafisz nawiązać przyjaźni z mężczyzną. We wszystkim widzisz seks. Kiedy już go spotkałaś, nie potrafiłaś go docenić, Chloe, tylko położyłaś się przed nim i rozsunęłaś nogi, tak jak kiedyś, i sprowadziłaś wasz związek do banału i śmieszności.

Françoise: Oliver, obawiam się, że nie jesteś miły.

Oliver: Zamknij się.

Chloe: On zwariował, Françoise, nie zwracaj na niego uwagi.

Łzy furii i cierpienia spływają po jej policzkach. On się uśmiecha.

Oliver: Nie, to ty zwariowałaś. Siedzisz tu przy moim stole, nawet kiedy już nie jesteś potrzebna. Nie ma tu dla ciebie miejsca. Nawet nie gotujesz. To żenujące dla wszystkich, jak kurczowo się wszystkiego czepiasz.

Jej dłoń się wyciąga, by złapać za nóż. Czuje, że go zabije. Jego ręka spada na jej dłoń, która uderza w stół z hukiem.

Oliver: Chcesz mnie zabić. Morderczyni. Poroniłaś moje dzieci.

Chloe ucieka z pokoju. Dłoń boli nieznośnie.

Oliver (za nią): I nie myśl, że możesz wziąć Imogenę. Wiesz, że według prawa jest moja.

Inigo nastawia głośniej telewizor. Teraz jego uszy nie słyszą rozmowy rodziców, ale słyszy ją jego serce. Przed oczami migają mu czarne płatki — obawia się, że to początek migreny. Po ojcu odziedziczył skłonność do migren.

Słyszałem to wszystko już ze sto razy, myśli. Szczegóły się różnią, ale sedno jest to samo. Nie może doczekać się wyjazdu z domu i zadowolony jest ze względu na Imogenę — bardzo kocha Imogenę — że mała chodzi wcześnie spać.

Chloe leży na łóżku i płacze.

Chloe powstrzymuje się od powrotu do kuchni i wyrzucenia z siebie wszystkich ripost, zarzutów i oskarżeń, które mogłaby dostarczyć na poczekaniu.

Chloe czuje, że odniosła pewne zwycięstwo, odpierając zarzuty Olivera tak zdecydowanie. Oliver źle się zachował. Tym razem nie ma co do tego żadnych wątpliwości. On też na pewno to widzi. Gdyby nie złapała za nóż, jej zachowanie byłoby bez zarzutu. Zresztą Oliver zranił ją w rękę, zachowując się równie nagannie. Chyba to rozumie.

Chloe nie przychodzi do głowy, że Oliver mówi to, co myśli. Już to kiedyś mówił, ale tak wcale nie uważał.

Oliver, biedny Oliver, zbyt często podnosił fałszywy alarm.

Chloe zapada w półsen. Jej cierpienie podąża za nią; wydaje jej się, że dom się na nią wali, że jego belkowanie jest przeżarte rozpaczą.

Kiedyś w środku nocy do Chloe i Olivera przybiegła Grace, w takim stanie, w jakim znajduje się teraz Chloe, choć miała ważniejszy ku temu powód.

Wyobraźcie to sobie. Na przednich siedzeniach samochodu — ich pierwszego samochodu, forda anglia — Oliver i Chloe, całkiem rozsądni i życzliwi ludzie. Szczęśliwa i kochająca się para, chociaż ich przyjemne życie zostało teraz zakłócone przez rozpacz ich przyjaciółki, Grace, która kuli się z tyłu, łapie oddech oraz szlocha z nienawiści i rozpaczy.

Jadą do domu Christiego w Kensington, by odzyskać Piersa i Petrę. Tego popołudnia Christie zabrał dzieci ze szkoły. Wykradł je. Christie i Grace żyją w separacji. Grace mieszka z dziećmi w tanim dwupokojowym mieszkaniu. („Trzyma je w klatce", twierdzi w sądzie Christie. „To normalny dom", broni się Grace, choć mówi to ustami adwokata z urzędu, który polotem nie dorównuje sztabowi doradców prawnych Christiego.) W bitwie o dzieci zwycięża raz on, raz ona: akta pęcznieją; nakazy sądowe kursują. Jemu nie zależy na dzieciach, uważa Grace. On chce mnie tylko unieszczęśliwić. Ona się nie nadaje na matkę, uważa

Christie. Dziwka. Obłąkany przestępca, mówi Grace, ale kto w to uwierzy? On nie kocha tych dzieci, powtarza Grace.

I rzeczywiście mały Piers i mała Petra, co oznacza skałę w dwóch językach, zamykają się jeszcze bardziej w sobie, kiedy pojawia się Christie, przynosząc podarunki, za które spodziewa się oficjalnych podziękowań. Christie wierzy, że zdrowa dyscyplina i jasna struktura organizacyjna są kluczem do pomyślnego wychowania dziecka. Ich pełne niepokoju oczy wyzierają spod zmarszczonych brwi. Piers dąsa się, a Petra płacze. Zupełnie jakby zdecydowali, że ich najlepszą obroną w rodzicielskiej walce będzie przedstawić siebie jako zdobycz niezbyt wartą wygranej.

Pomimo to Grace kocha je bez pamięci.

Teraz Christie je wykradł. Grace pojechała na komisariat, ale policja nic nie może dla niej zrobić. Tamtego popołudnia Christie, bez jej wiedzy, stał się ich prawnym opiekunem. Ubiegłszy ją, pojechał na policję i pokazał wyrok sądowy, odpowiednio podpisany, zaopatrzony w podpisy świadków, legalnie otrzymany. Grace może się odwołać, jeśli chce. Zajmie jej to co najmniej sześć miesięcy, podczas których Christie zapewnia opiekę i utrzymanie dzieciom.

Oliver, Chloe i Grace docierają do domu Christiego. Znajduje się w spokojnej, wręcz odosobnionej alejce w Kensington. Tu za murem mieszkają bogaci ludzie. Podobno dom jest zabezpieczony jak forteca przed złodziejami. Stoi na rogu, we frontowej, pokrytej sztukaterią ścianie ma okna, ogród otoczony jest wysokim ceglanym murem. Dom wybudował pod koniec ubiegłego wieku nieuczciwy przemysłowiec, który chorobliwie obawiał się złodziei. Gdy samochód staje przed domem, psy w ogrodzie zaczynają szczekać.

Grace naciska dzwonek. Psy przestają szczekać, potem znów ujadają. Nikt nie wychodzi.

Z dachu samochodu Oliver zagląda w wysokie, jarzące się światłem okna.

Widzi obrazy na ścianach, oparcia krzeseł i poruszających się wewnątrz ludzi. Wydaje się, że w środku jest ciepło, przytulnie i bogato, i tak jest w istocie. Jeśli nie zaciągnięto zasłon, to tylko z czystej obojętności dla świata zewnętrznego.

Oliver, Chloe i Grace bez chwili przerwy dzwonią i walą kołatką. Wciąż nikt nie otwiera. Oliver idzie do narożnej budki telefonicznej i wykręca numer, który trzęsącymi się palcami zapisuje mu Grace. Kiedy dzwoni telefon, ktoś po prostu odkłada słuchawkę.

To wszystko.

Górne okno otwiera się i szybko zamyka. Grace przysięga, że to ręka Christiego. Coś powiewa i spływa pod nogi Grace, kiedy ta chwyta się ogrodzenia, wrzeszczy i potrząsa pięścią. Nikt z sąsiadów nie przyjdzie popatrzeć, interweniować czy pomóc. Wszyscy pozostają jak zwykle zamknięci, niemi i nieczuli na błagania, pomstowanie i rozpacz tych na zewnątrz. Wewnątrz wszystko jest w porządku.

Po policzkach Grace płyną łzy. Wychodzi prawie ze skóry.

— Petra, Petra — wrzeszczy. — Ty sukinsynu — płacze. — Ty sukinsynu. Christie, ty morderco. Zabiję cię.

— Jeśli ona normalnie tak się zachowuje — mówi Oliver z rezygnacją — może Christie ma rację, może ona się nie nadaje — ale sam rozumie, że Grace nie może zachowywać się inaczej.

To, co spadło na dół, jest wąskim kawałkiem żółtej wstążki. Wstążki do włosów Petry. Symbolem radości i zwycięstwa Christiego.

Oliver zastanawia się, czy Grace nie dostanie ataku serca. Osunęła się na ziemię. Krzyczy przeraźliwie.

— Na miłość boską, wezwij karetkę — mówi Oliver do Chloe.

— Ten sukinsyn Christie, tego już za wiele. Wszystkich nas zamkną...

Chloe dzwoni. Grace podnosi się z ziemi, czołga w stronę domu, zdrapując kremowe stiuki, aż ściany i jej ręce stają się różowe od krwi pomieszanej z tynkiem.

Kiedy nadjeżdża karetka, Grace wydaje się zdziwiona na jej widok.

— Nie potrzebuję karetki — mówi. — Dlaczego miałabym jej potrzebować? Czuję się zupełnie dobrze.

Karetka odjeżdża. Grace nocuje u Olivera i Chloe. Rano wygląda na opanowaną, a nawet wesołą.

— Z Christiem będzie dzieciom o wiele lepiej — tłumaczy Grace. — A i ja będę mogła się bez nich zabawić, prawda? To małe mieszkanie jest okropne.

I rzeczywiście jak postanawia, tak też robi. Zupełnie jakby wypaliła się w niej jakaś część mózgu.

Później, kiedy Grace zachodzi w ciążę z Patrickiem, to właśnie Chloe namawia ją, by zrezygnowała z aborcji. Wierzy mgliście, że te wypalone części się uaktywnią, ale oczywiście nic takiego nie następuje — tego, co się wypaliło, już nie ma i poród może być cudem dla dziecka, ale nie dla matki. I dlatego właśnie Chloe uważa teraz, że Stanhope jest jej obowiązkiem; jej winą.

A pośrednio, Chloe nie czułaby odpowiedzialności za Kevina i Kestrel, których matka może wciąż jeszcze żyje, gdyby nie narodziny Stanhope'a.

ROZDZIAŁ PIĘĆDZIESIĄTY PIERWSZY

Zauważcie, że Christie miał powód, by wściec się na Grace.

Grace uderzyła go w twarz na przyjęciu, upokorzyła publicznie, i to był początek ich kłopotów. Petra miała w tym czasie dwa lata, więc tak szalone zachowanie nie mogło zostać przypisane depresji poporodowej.

Grace nie uderzyła Christiego w twarz dlatego, że flirtował w kącie z jakąś starszą utytułowaną damą — takie rzeczy rzadko ją niepokoiły. Stało się tak dlatego, że będąc pod wpływem zbyt dużej dawki alkoholu, zdecydowała znienacka, iż nie powinien on w ogóle znaleźć się na tym przyjęciu.

— Ty morderco — krzyknęła — zabiłeś tylu ludzi! — I Christie musiał wepchnąć ją do taksówki i zawieźć do domu. Nawet nie mógł zrobić tego własnym samochodem, gdyż polecił kierowcy, by krążył do północy po sąsiednich ulicach, i nigdzie nie można było go znaleźć.

Tydzień wcześniej, na dzień przed oficjalnym otwarciem, zawalił się jeden z hoteli Christiego: pięćdziesiąt dziewięć osób zabitych, rannych dwanaście. Wśród ofiar znaleźli się:

Dwaj inspektorzy budowlani z Rady Miasta Londynu, wezwani przez dyrektora, by zbadali pęknięcia, które pojawiły się tego dnia na suficie w hallu.

Sam dyrektor.

Przeróżni dekoratorzy wnętrz, kwiaciarze, przedstawiciele prasy, robotnicy, architekci.

Sumienny piosenkarz rockowy, doglądający ustawienia wzmacniaczy.

Zniszczenie było tak całkowite, a gruz tak starty na proch, że żadna liczba badanych dowodów niczego by nie dowiodła. Natomiast plany architektów i dokumentacja Christiego musiały być odkopane z przeróżnych akt i teczek, a to oczywiście zabrało wiele czasu. Dochodzenie zostało zawieszone.

To nie jest jeden z m o i c h hoteli, mówił Christie prasie i wszystkim. To hotel architektów, właściciela, publiczny hotel. Nie m ó j, a poza tym każdy wie, że budynek zawalił się, dlatego że umieszczono w nim bombę. Christie rzucił się jeszcze bardziej w wir zajęć; do biura i na spotkania z klientami; na przyjęcia i kolacje bez jak się wydawało, odrobiny żalu, niepokoju czy wyrzutów sumienia.

Jednakże w tym tygodniu rachunki telefoniczne Christiego wzrosły trzykrotnie, wyciągnął też z banku kilka tysięcy funtów gotówką i wysłał wiele skrzynek whisky pod przeróżne adresy. Grace wiedziała o tym, gdyż pomagała mu w domu prowadzić rachunki, których jak mówił, nie powierzyłby nikomu ze swojej firmy. Pod kierunkiem Christiego przenosiła liczby z jednej księgi do drugiej. Grace lubiła to zajęcie — cyfry, które wychodziły spod jej ręki i które zapisywała z całą delikatnością chińskiego kaligrafa, miały piękny kształt.

Teraz na ostatnim przyjęciu, kiedy obserwuje, jak Christie gawędzi w kącie z damą o niebieskich włosach — żoną Aldermana z Rady Miasta Londynu — widzi go jakby cudzymi oczami. Oczami żony nieżyjącego dyrektora albo może nawet wdowy po kwiaciarzu. Policzkuje go. Policzkuje Christiego, mordercę.

W taksówce, w drodze z przyjęcia do domu, czuje, jak Christie drży. Jest zdziwiona; jej gniew był bardzo krótkotrwały, zrodził się nie wiadomo skąd i zniknął równie szybko. Znów jest sobą. Nastrój, który ją ogarnął, chwilowy, choć brzemienny w skutki, minął.

— Przepraszam — mówi Grace. — Nie wiem, co mnie na-szło. Czułam się, jakbym była kimś innym. Oczywiście, że hotel zawalił się nie z twojej winy. Poza tym znałeś tylko jedną lub dwie z zabitych osób i tylko na gruncie zawodowym.

Ale to mu nie wystarcza. Jest doprowadzony do pasji.

— Trzymaj przy ludziach język za zębami, ty suko — mówi.

— Czy chcesz, żebym wylądował w więzieniu? O to ci chodzi? I tak mnie to dużo kosztuje; czy ciebie też muszę przekupić? Cze-go chcesz, brylantów, norek?

Grace kurczy się w sobie. A wszystko szło tak dobrze. Zda-je sobie sprawę z tego, jakim jest skarbem w jego życiu, ona to wie, tak kochająca, tak szczęśliwa, tak zadowolona z małżeństwa, z długimi szczupłymi nogami i dużymi zimnymi oczami, po mi-strzowsku prowadząca dom, schlebiająca odpowiednim gościom i zniechęcająca nieodpowiednich; ona, która kocha dzieci, zawsze pierwsza podziwia pomysłowość i spryt swojego męża, jego bys-trość i bogactwo; zawsze słucha jego planów i znosi jego złe na-stroje; nigdy nie narzeka, kiedy Christie późno wraca do domu, pewna, że dom jest dla niego najmilszą przystanią (i tak jest — o cudzie!). Nigdy nie krytykuje, nigdy nie pomstuje, a jed-nak ma całą chmarę trywialnych upodobań i niechęci, którymi go raczy i zachwyca. Śledzie wędzone uważa za obrzydliwe, ale uwielbia Veláfzqueza. Mokre liście ją przygnębiają, ale małe ko-ciaki rozweselają. Mężczyzna bez krawata jest niemęski, aparat ortodontyczny kretyński, pas do pończoch seksowny. I tak dalej.

I pomyśleć, że on, Christie, posiada całą tę rozpasaną kobie-cość, że może czerpać z niej przyjemność, jeśli i kiedy tylko chce — nawet po południu, gdy sobie życzy; wystarczy, żeby na chwilę oderwał się od pracy.

Christie jest już wart prawie pół miliona funtów.

Christie uważa, że jego dzieci są trochę dziwne. Chłopiec wygląda na cherlawego, a dziewczynka ma wiecznie katar. Z cie-kawością przygląda się ich błazeństwom. Kupuje im kosztowne prezenty. W końcu Grace bardzo je kocha, a klienci i przyjaciele też się nimi interesują. Christie spodziewa się, że z czasem i on je polubi.

Ale oto na przyjęciu Grace uderza Christiego w twarz i wszystko się zmienia. On czuje, że nie może jej już ufać, a przecież teraz potrzebuje jej wsparcia bardziej niż kiedykolwiek. I co odkrywa? Że Grace nie tylko dołącza do jego wrogów, ale jest na ich czele.

Tej nocy Christie śpi osobno.

Przy śniadaniu Grace wygląda okropnie. Oczy ma zapuchnięte, włosy potargane, a na twarzy plamy. Christiemu nawet podoba się ten widok. Czy rzeczywiście ma taką władzę nad żoną? Kiedy się kochają, Grace jest zazwyczaj opanowana; rzadko kiedy traci nad sobą kontrolę. Myślał przedtem, że to mu odpowiada, ale może to jest jeszcze lepsze, ten miękki obrzęk?

— Proszę, przebacz mi — mówi Grace. — Za dużo wypiłam. Zachowałam się strasznie.

— Tak — mówi Christie. — Rzeczywiście. — Jest bezlitosny. — To nie był piękny widok. Nie cierpię, kiedy kobiety piją, zwłaszcza publicznie.

— Oczywiście to, że budynek runął, nie ma nic wspólnego z tobą. Wszyscy wiedzą, że to była bomba.

— Nie dość, że muszę znosić oficjalną komisję dochodzeniową, to jeszcze moja żona chce przeprowadzić własne śledztwo.

— Proszę, nie idź do pracy taki zły na mnie. Proszę cię... — Grace wpada w panikę. Ma przed sobą perspektywę niewesołego dnia, przyćmionego jego gniewem.

— Nie jestem zły — mówi Christie, zimny jak lód. — Zapomnijmy o tym.

— To trochę dziwne, kiedy ludzie nie boleją nad zmarłymi.

— Skąd wiesz, co czuję?

— Jesteś moim mężem.

— A jaką ty okazujesz się żoną? — pyta. — Nielojalną i perfidną. Żona powinna kochać swojego męża na dobre i na złe.

— Ależ kocham cię, Christie, bardzo.

— Naprawdę? To ciekawe. Oczywiście zdajesz sobie sprawę, że nie mogę powierzać ci już moich ksiąg.

Grace znowu płacze. Pokojówka, która przynosi następny dzbanek kawy, jest wstrząśnięta. Christie czeka cierpliwie, aż sobie pójdzie.

— Nie wierzę twoim łzom — mówi Christie. — Nie są szczere. To nie są łzy skruchy, ale rozczulania się nad sobą. Oskarżasz mnie o brak żalu nad zmarłymi, ale czy płakałaś, kiedy umarła twoja matka? Nie. Byłaś nieczułą córką, tak jak jesteś nieczułą żoną.

Grace płacze jeszcze żałośniej. Christie jest podniecony widokiem jej rosnącego moralnego oraz fizycznego rozkładu i prowadzi ją znów do łóżka. Posłusznie idzie za nim. Christie kocha się z Grace bez zazwyczaj okazywanego szacunku, bez męskiej żądzy, schylającej się przed świątynią kobiecej łaskawości. W istocie im bardziej Grace płacze, tym mocniej Christie ją bije. Stwierdza, że znajduje tyle samo przyjemności w karaniu jej, ile w zaspokajaniu. A może jeszcze więcej.

Kara zaś, prawdę powiedziawszy, spływa po Grace jak po gęsi woda.

Krótko mówiąc, Christie jest rozczarowany Grace. Tak bardzo pragnął wielbić kogoś, kto w zamian wielbiłby jego. Okazuje się zaś, że kobieta, którą posiadł, jest tylko kimś i czymś najzupełniej zwyczajnym.

Dochodzenie w sprawie tragedii w hotelu ani nie zwalnia Christiego z winy, ani go nie stawia w stan oskarżenia. Plany, które udało się odnaleźć, są rozrysowane bez zarzutu. Wygląda więc na to, że członkowie komisji dochodzeniowej po prostu nie lubią Christiego — co może nie jest sprawiedliwe, ale się zdarza — więc nie mają zamiaru oczyścić jego nazwiska z zarzutów. Sposobem Christiego na zaradzenie tej sytuacji jest poświęcenie większej części dnia na działalność towarzyską. Wie, że nie może okazać nawet krztyny braku wiary w siebie. Tylko tak może przekształcić słaby obłok aprobaty, który krąży nad jego głową, w nimb modnego sukcesu. W obecnych czasach najbardziej się liczy zwrócenie na siebie uwagi.

— Każda reklama jest dobrą reklamą — mówi Patrickowi Batesowi, którego zatrudnia, by namalował portret Grace w zaciszu jej własnego domu. — Nie interesuje mnie, jak ona będzie wyglądać, byleby tylko była na płótnie i widniał na nim twój podpis.

Cel uświęca środki.

Lekkomyślna Grace jest zachwycona widokiem Patricka. Tego ranka znów pokłóciła się z Christiem. Obecnie wszystkie ich awantury są jednostronne. On jest lodowaty, nieprzystępny i racjonalny, ona — płaczliwa, hałaśliwa i rozhisteryzowana. Zafascynowany i nieporuszony Christie obserwuje ją, rozpalając w niej płomienie żalu i wściekłości.

Grace mówi Patrickowi, że nie lubi spółkować z wielokrotnym mordercą. Nie na darmo nazywa się Christie, mówi.

Grace popisuje się, jak każda żona przed swoim kochankiem. Ani przez chwilę nie uważa, by Christie był odpowiedzialny za katastrofę na budowie. Może źle skojarzyła rachunki za telefon, whisky i łapówki. Teraz nie może już tego sprawdzić: on nie przynosi ksiąg do domu.

Odkrywa jednak, że nie potrafi zdradzić Christiego, nie całkowicie, chociaż bardzo by chciała, chociaż Patrick leży na niej, próbując rozsunąć jej nogi kolanem, mówiąc, że obraz wymaga współpracy Grace, i pytając, co to dla niej za różnica, skoro jeśli chodzi o seks, to on ma do niej większe prawo niż Christie. Naprawdę? To zdarzenie już dawno zostało wymazane z pamięci Grace; dopiero przyszłe wypadki zmuszą ją, by dokładniej wszystko sobie przypomniała. W tym czasie Grace naprawdę wierzy, że została żoną Christiego jako dziewica oraz że jej sekretne miejsca należą tylko do męża.

Grace odkrywa, że to nie jej umysł odrzuca tego cudzołożnika; wręcz przeciwnie, jej umysł go pragnie — byłaby zachwycona, mogąc odpłacić się Christiemu za złe traktowanie. Jej ciało wydaje się jednak zajmować poważniejsze i bardziej odpowiedzialne stanowisko. Jej nogi, wciąż zaciśnięte, bronią rozgrzanej i pulsującej błony śluzowej przed obcością natręta. Wydaje się, jakby oczekiwała zażyłości, zarazem odrzucając to, co nieznane.

Och, myśli Grace w ramionach Patricka. I znowu: och! Ten jej Christie, który rano, całkiem normalny, jak każdy przeciętny człowiek, je z nią śniadania i jeszcze w pozycji na misjonarza odbywa rozmowy telefoniczne — co już może nie jest takie normalne, ale (jak mówi) jest zapracowany i jeśli już o czymś pomyśli, chce to jak najszybciej zrealizować — ten jej dzienny i nocny Christie, ojciec jej dzieci, wyglądający na pozór na honorowego człowieka, prawdziwego fachowca, w rzeczywistości (podjęła decyzję w tej minucie, przekonana przez ciepły oddech Patricka na jej ustach, uszach, nosie) jest łotrem, diabłem, potworem, karygodnie niedbałym konstruktorem niebezpiecznych budowli, więc wolno jej być niewierną. Choćby kosztem wszystkiego.

Usta Patricka zsuwają się w dół po jej wargach, podczas gdy jego ręka sunie od kolan w górę. Jej nogi poddają się, rozluźniają.

Patrick lubi malować nagie kobiety albo jeśli nalegają, owinięte białymi ręcznikami. Christie nalega na ręcznik i Grace wybrała najmniejszy, jaki mogła znaleźć, bo taki ma nastrój tego ranka.

Marjorie twierdzi, że kobiety, które idą do bieliźniarki i patrzą na sterty czystych ciepłych ręczników i pościeli, starannie ułożone przez inne kobiety, wpadają w „takie nastroje". Mają czas. Uwodzenie nie jest dla pracujących kobiet, matek czy sumiennych pań domu — jest dla próżniaczek i głuptasek.

— Ten raz się nie liczy — mówi Patrick. — Naprawdę. To nie jest seks, to przyjemność.

I rzeczywiście tak jest, Grace jęczy i wije się z rozkoszy, zaskoczona nieoczekiwanym obrotem sytuacji. Nieoczekiwanym! Może przez nią. Czy również nie oczekiwanym przez Christiego? Przecież to Christie zaprowadził ją do Patricka, prawie za rękę.

Marjorie powiedziała kiedyś Grace o potrzebie, jaką odczuwają ambitni mężowie, aby rzucić swoje żony w ramiona mężczyzn, których najbardziej podziwiają i szanują, jak gdyby w nadziei, że wspaniałe osiągnięcia są chorobą, która może być przenoszona drogą płciową.

— Może mówisz o Eskimosach — powiedziała wstrząśnięta Grace — którzy użyczają swoich żon przejezdnym gościom. Ale nie o mężczyznach, których znamy. Naprawdę, Marjorie!

Może się myliła? Może Christie, jej złoty chłopiec, jej prawowity mąż, ma więcej z Eskimosa, niż myślała? Grace, kontemplująca z zachwytem własną przyjemność oraz własną niegodziwość, zdobywa się na to, by obiektywnie spojrzeć na tego niegdyś złotego chłopca i prawowitego męża. Musi teraz uwierzyć świadectwu swoich uszu i oczu, niegodnych małżonki, i przyjąć, że jej mąż jest sadystą, wielokrotnym mordercą, a w sprawach seksu — Eskimosem.

Gdyż rzeczywiście „dostarczył" ją Patrickowi. Zrobił to. Mimo iż wierzył, że najpierw dziewictwo, a potem wierność jego żony są tak integralną częścią jego życia i tak konieczne dla jego istnienia jak własna głowa na karku, Christie bez wahania rozebrał ją, owinął w najmniejszy z ręczników i pchnął w stronę Patricka, mężczyzny, którego ogromnie podziwia.

Faktycznie, Patricka Batesa podziwia każdy, kto jest nikim. Patrick Bates jest artystą i robi pieniądze na sztuce. Duże pieniądze. Jego nazwisko jest znane za granicą. Przyjmowany jest zarówno w pałacach, jak i w norach. Witany w domach, do których Christie, mimo swoich pieniędzy i znajomości, z trudem zdobywa zaproszenie. A jeśli się w nich upije, połamie meble i potłucze najlepsze wazony, i tak mu to darują. (To, że w tych szacownych miejscach traktuje się go jak pałacowego błazna, umyka uwadze wychowanego w koloniach Christiego.) Kobiety wszelkiego rodzaju i autoramentu padają Patrickowi do stóp. Być portretowaną przez Patricka Batesa równa się pójść do łóżka z Patrickiem Batesem, wie to każdy, kto jest nikim. I znaleźć się w znakomitym towarzystwie, aczkolwiek przez pośrednika. Jakże to doświadczenie jednoczy wszystkich, którzy są nikim.

— Patrick i jego modny kutas — mówi smutno Chloe do Marjorie, która niedawno odwiedziła Midge, zawożąc ubrania dla dzieci i czajnik, żeby Midge nie musiała gotować wody w garnku, i przywozi Chloe historię o opuszczeniu i biedzie, przeplataną uroczystymi zapewnieniami o pełnej poświęcenia dozgonnej miłości, która jest jak błyszcząca intarsja na lichej, starej sosnowej skrzyni.

Tymczasem Patrick mówi, że to się nie liczy, i Grace pozwala sobie zgodzić się z nim. To delikatne wtargnięcie, to usłużne oralne zaspokojenie, jego głowa między jej nogami w najbardziej wyrafinowanej pozycji, nie oko w oko, ale nieśmiała wzajemna obsługa; na nic nie patrzeć — z całą pewnością nie ma w tym więcej niewierności niż w masturbacji. Nie, to się nie liczy.

Wróciwszy niespodziewanie, Christie uważa, że przeciwnie, że to się jednak liczy.

Patrick wierzy — a jego dotychczasowe doświadczenie utwierdzało go w tej wierze — że jeśli uda wystarczająco uprzejmego, wystarczająco doświadczonego i bogatego, wtedy mężowie mają skłonność nie tylko wybaczyć, ale także docenić zainteresowanie okazane ich żonom. Robi, co może, gdyż lubi Grace, i kiedy mówi jej, że ją kocha (a ma obecnie taki zwyczaj, że pociesza kobiety tym miłosnym wyznaniem), sam prawie w to wierzy.

I taka odbywa się rozmowa: Christie nadchodzi, Patrick umyka, Grace, wciąż rozdygotana, przykrywa swą nagość poduszkami i wpada wyraźnie w panikę.

Patrick: Cóż to, Christie! Jak miło! Ale jak nieoczekiwanie się zjawiasz! Grace i ja odnawialiśmy właśnie starą znajomość.
Christie: Starą znajomość?

Pamiętajcie, że Christie wierzy w to, iż poślubił Grace jako dziewicę (i właściwie w to samo wierzy Grace). Bo skądże by biała suknia od drogiego projektanta, przyjęcie w dużym ślubnym namiocie, szampan i tak dalej? Pierwszy gambit Patricka usadza go w miejscu.

Grace: To nieprawda, Christie. Tylko ten jeden raz dzisiaj. Przysięgam. Tylko się wygłupialiśmy. Nie powinieneś być taki nieprzyjemny dla mnie przy śniadaniu. To wszystko twoja wina.

Christie wie, że Grace kłamie. Grace, będąc żoną Christiego, często kłamie — co do sum, jakie wydała na ubrania, albo książek, jakie czytała: głupie kłamstwa zrodzone ze strachu przed krytyką.

Christie: Kłamczucha.
Grace: Nigdy cię nie okłamuję, Christie, nigdy.
Christie: Nie myśl, że dostaniesz ode mnie choćby złamanego centa.

Coraz gorzej, co on ma na myśli? Rozwód? W późniejszym życiu Grace, kiedy zrozumie wreszcie, że najgorsze może się stać i rzeczywiście się staje oraz że żaden ogrom kłamstw ani fałszywych świadectw jej nie uratuje, całkowicie rezygnuje z ukrywania rzeczywistości i rozwija w sobie zamiłowanie do prawdy w jej najbardziej niedwuznacznej, kategorycznej i zabójczej formie. Ale teraz, złapana na gorącym uczynku, wygaduje najbardziej niedorzeczne głupstwa.

Grace: Christie, kocham cię. Umarłabym bez ciebie. Patrick nic dla mnie nie znaczy. Byłam zła, bo pozwoliłeś mu namalować mój portret, chociaż wiesz, jaki on jest, a ja nigdy tego nie chciałam!

Christie (nie zwracając na nią uwagi): A jeśli chodzi o ciebie, Patrick, wynoś się z mojego domu, zanim cię zabiję.
Patrick: Nie skończyłem jeszcze obrazu. Potrzebuję co najmniej trzech seansów...

Christie zbliża się do sztalug, żeby zniszczyć ledwo zamazane płótno, ale rozwaga i właściwe poczucie wartości go powstrzymują.

Christie: Możesz go dokończyć z fotografii.
Grace: Och, Christie, przebaczyłeś mi...

Nie przebaczył. Co innego oddać własną żonę mężczyźnie, którego sam wybrałeś, a co innego odkryć, że sama dokonała wyboru.

Patrick (odchodząc): Jak na mężczyznę, który prowadzi interesy leżąc na swojej żonie, wykazujesz kompletny brak poczucia humoru w sprawach seksu, Christie.

Oczywiście nie powinien był tego mówić. Gdyby siedział cicho, może Grace pogodziłaby się z Christiem. Ale z drugiej strony Grace nigdy nie powinna była szeptać Patrickowi szczegółów na temat seksualnych zwyczajów Christiego. To było z jej strony nielojalne: zdawała sobie z tego sprawę i może zasłużyła na utratę męża; ale znowuż może chciała, by tak się stało, instynktownie podążała ku zagładzie i katastrofie. Ten sadysta Christie, wielokrotny morderca; ten wyznawca seksu splecionego ze statusem społecznym, dostający erekcji już na samą myśl o okiełznaniu piękna, zhańbieniu cnoty, interesach i seksie splątanych w jedno; Christie, który gdy Grace leżała czekając w trakcie stosunku, on, Christie, bez jednego żartu, bez cienia uśmiechu, wciąż łączył się nie z biurem i ze swoim personelem pracującym dwadzieścia cztery godziny na dobę, ale z powodu błędu w centrali, ze złym numerem. I nikt na całym świecie, żadna przyjaciółka, żaden prawnik, nawet Patrick, który tylko się zaśmiał, nigdy nie przyznał, że ona, Grace, wyszła za potwora. Później, gdy Christie okazał się łotrem jako ojciec, stanęli po jej stronie, współczuli jej i wspierali ją. Ale gdy Christie był jeszcze jej mężem — nigdy. Powinna być mu wdzięczna, myśleli.

— Skończyłem z tobą, Grace — mówi Christie.

I rzeczywiście.

Przystaje przy drzwiach.

— I nie myśl, że oddam ci dzieci — dodaje.

I rzeczywiście.

Christie rozwodzi się z Grace z powodu cudzołóstwa, pozywając na świadka Patricka. Grace nie może zaprzeczyć oskarżeniu, skoro Patrick jawnie się przyznaje. Sędziowie patrzą na nią z kwaśnymi minami, uważając, że jako jawnogrzesznica o niskim poziomie moralnym nie jest odpowiednią osobą do opieki nad dziećmi. Ale Christie również im się nie podoba. Jego prawnicy wydają się zbyt cwani, upodlenie jego byłej żony zbyt nikczemne. Dzieci potrzebują kobiecej ręki; Christie jest zimny i wyrachowany.

Grace dostaje dom w St. John's Wood i chociaż Christie jest formalnym opiekunem, ona sprawuje opiekę nad dziećmi przez jakiś czas. Christie odwiedza je co drugą niedzielę: przynosi im kosztowne prezenty i wynajmuje na cały dzień opiekunkę. Dzieci są zakłopotane i nie okazują mu uczuć. Na jego widok Grace staje się hałaśliwa, rozhisteryzowana i nierozsądna. On pozostaje lodowaty, obojętny i silny.

Gdyby się nie kochali na swój własny, okropny sposób, mogliby się rozstać na dobre. A tak — nie potrafią.

Christie żeni się z Geraldine, pracującą w opiece społecznej. Biorąc pod uwagę nową żonę oraz dowody w postaci fotografii: 1) dzieci płaczących pod oknem Grace, 2) małej Petry leżącej na chodniku przed domem towarowym Woolwortha w napadzie wściekłości, 3) Grace tańczącej z Murzynem w nocnym klubie — a także zaświadczenia lekarskiego stwierdzającego, że Piers ma owsiki, sędziowie nie mają wyboru i przyznają Christiemu prawo do opieki nad dziećmi. Bez większego jednak przekonania.

Grace mogła pogodzić się z rozwodem, ale jak widać, nie z powtórnym ożenkiem Christiego. Może w głębi duszy wierzyła, że ona i Christie się pogodzą.

Christie jest doprowadzony do furii przez to, co nadal uważa za niewierność Grace, i żądny zemsty jak nigdy. Każe policji śledzić czarnego kochanka Grace i zatrzymać go pod zarzutem posiadania (przypuszczalnie) narkotyków. Grace wysyła anonimowe listy do jego klientów, przyjaciół i rodziny i mówi im przez telefon nieprzyzwoite rzeczy.

Nigdy się nie widują. Jej prawnicy kurczą się ze strachu, gdy widzą ją nadchodzącą. Jego — zacierają ręce. Więcej pieniędzy! Przedstawiają sędziom sprośne listy Grace do Geraldine. Christie dostaje dzieci.

Kradnie je rzecz jasna. Nie wystarcza mu to, że zostają mu legalnie przekazane. To koniec. Grace nie może już ich więcej narażać. Kocha swoje dzieci. Christie ich nie kocha. A więc niech je bierze.

Grace widzi teraz, że miłość może je tylko skrzywdzić. Musi z nich, a także z niego, zrezygnować i tak robi. Piers i Petra, żegnajcie. Piers, gdy dorośnie, pójdzie do Sandhurst, potem do Oksfordu, a potem do wojska. Zawsze nosi krawat, nawet w niedzielę. Petra kończy szkołę, a później uczęszcza na kursy dla sekretarek. Umie wspaniale układać bukiety i któregoś dnia jej fotografia ukaże się na okładce „Country Life".

Poza tym gdy ich ojciec ginie w wypadku samochodowym (dzień po zawarciu swego trzeciego małżeństwa, z Californią), dzieci wracają pod opiekę Geraldine, jego drugiej żony, która jest dla nich bardzo dobra, chociaż specjalnie za nimi nie przepada. W każdym razie California nigdy nie interesowała się dziećmi Christiego. Chodziło jej tylko o jego pieniądze i mówiła mu to, ale Christiemu chyba to nie przeszkadzało.

Na pogrzebie Grace nawet nie pyta, co porabiają jej dzieci. Wszyscy twierdzą, że Grace jest bezlitosną, samolubną kobietą-nie-kobietą pozbawioną instynktu macierzyńskiego. Grace jeździ czasami na Golders Green, gdzie jak wskazuje napis, leżą jego prochy (podobno), i siedzi spokojnie obok nich, na słońcu, jakby czekając, aż Christie wstanie, aż wróci w niego życie, by zaczął nową awanturę i tchnął to życie w nią. Czasem zawozi ją tam Patrick. Czeka w samochodzie, podczas gdy Grace siedzi na cmentarzu i medytuje nad życiem i śmiercią.

Marjorie, Grace i ja.

Ależ z nas obywatelki, ależ siostry!

Jesteśmy lojalne wobec mężczyzn, ale nie wobec siebie. Wychodzimy za morderców i jeszcze ich chwalimy. Wychodzimy za złodziei i odwiedzamy ich w więzieniu. Pocieszamy generałów, śpimy z katami i niezadowolone z takiego oportunizmu, całkiem świadomie dręczymy małżonki żonatych mężczyzn.

Cóż, moralność jest dla bogatych i zawsze tak było. My, kobiety, my żebraczki, praczki i sprzątaczki, robimy wszystko co w naszej mocy, dla nas i dla naszych rodzin. Nie ma między nami jedności. Musi tak być, w imię przetrwania.

ROZDZIAŁ PIĘĆDZIESIĄTY TRZECI

Po wieczornej kłótni z Oliverem — jeśli tak jednostronny konflikt można nazwać kłótnią — Chloe, przykryta kołdrą, leży na łóżku, popłakuje i przysypia. Nadchodzi Oliver.

Chloe jest zdumiona. Kiedy płacze, Oliver na ogół trzyma się od niej z daleka. Nie lubi scen. Później, kiedy ona odzyskuje równowagę, on wznawia stosunki małżeńskie, nie nawiązując już do incydentu, który spowodował ich chwilowe zerwanie.

Teraz Oliver siada na brzegu łóżka i głaszcze włosy Chloe. Chloe jest wyczerpana żałością. W jej rozpaczy jest jednak coś rozkosznego. On wie o tym i korzysta z tego.

— To był ciężki dzień, Chloe — mówi, a potem nieoczekiwanie: — Przepraszam. Ale nie powinnaś tak się tym przejmować. O co chodzi?

— O to, co mówiłeś — dla Chloe jest to jasne.

— Słowa — mówi Oliver. — Wiesz, że tak nie myślę. Dlaczego więc rozpaczasz?

Jest w tym jego zachowaniu coś dziwnego, myśli Chloe, chociaż nie pozbawionego przyjemności. Siada. Delikatnie, choć stanowczo, Oliver popycha ją z powrotem na poduszki.

— Leż — mówi. — Chcę z tobą porozmawiać. Położę się koło ciebie. — I kładzie się.

Oliver tak mówi do sufitu:

Oliver: Musisz bardziej wierzyć w moją miłość do ciebie, Chloe. Byliśmy ze sobą przez całe nasze dorosłe życie. Jesteśmy częścią siebie. Jeśli jestem brutalny w słowach wobec ciebie, to dlatego że jesteś przedłużeniem mnie i mówię ci to, co sam chciałbym sobie powiedzieć. To w zasadzie wszystko. Ty jednak reagujesz na słowa, jakby były wyciosane z kamienia i nadlatywały, by zdzielić cię w głowę.

Chloe: Przepraszam.

Oliver: To przynosi same szkody; nie wystarczy powiedzieć przepraszam. Próbujesz narzucić mi wzór tradycyjnego małżeńskiego zachowania, który jest obcy mojej naturze. Chcesz, żebym był miły. Nie jestem miły. Ludzie nie są mili, nie przez cały czas, może chwilami. Doprowadzasz mnie do szału, Chloe.

Chloe: Przepraszam.

Oliver: Mniejsza z tym. Kocham cię.

Bierze jej rękę. Głaszcze ją.

Oliver: Nie cierpię, kiedy jesteśmy sobie obcy.

Chloe: To dlaczego to robisz, Oliverze?

Oliver puszcza jej dłoń.

Chloe: Przepraszam. Wiem, że to przeze mnie. Odkąd Patrick...

Znów bierze jej rękę.

Oliver: Ach, tak, Patrick. Myślę, że już czas, żebyś zapomniała o Patricku, Chloe.

Chloe: Jak mogę zapomnieć, skoro ty nie zapominasz?

Oliver: Najdroższa Chloe, źle mnie oceniasz. Postrzegasz nasze małżeństwo jako twierdzę, widzisz Patricka, jak wali w bramy; to prawda, że zrobił paskudny wyłom w murach. Ale co do mnie, nie zauważam już tej szkody. Skrzywdził bardziej siebie niż nas. Jak złodziej w nocy zesłał na nas Imogenę, ale ona stała się naszym najdroższym sprzymierzeńcem. Zyskaliśmy więcej, niż kiedykolwiek straciliśmy, Chloe, i ty, i ja. A skoro już mówimy sobie prawdę, myślę, że Patrick ma skłonności homoseksualne i zdobył ciebie, żeby zdobyć mnie. Interesował się przede wszystkim mną, a nie tobą.

Chloe: Spodziewam się.

Oliver: Ty oczywiście, kiedy już decydujesz się na zdradę, czujesz się znacznie gorzej ode mnie. Zdrada naznaczyła twoje zachowanie na całe lata. Czułaś niepewność i gotowość do obrony — to wcale nie było zabawne. Poniżyłaś się do zazdrości. Jakie to głupie: przecież to co dwoje lub troje ludzi robi sobie fizycznie, jakie części swojego ciała sobie wkładają, może być powodem przyjemności, ale nie bólu. Patrick i ja przyjaźniliśmy się — nie mogłaś tego przepuścić, musiałaś się wepchnąć między nas, kręcąc swoją śliczną dupką. Nie przypuszczam, żeby kobiety rozumiały ten rodzaj przyjaźni między mężczyznami, a ponieważ jej nie rozumieją, to żywią do niej niechęć.

Chloe: Mam przyjaciół. Przyjaciółki.

Oliver: Tak. Przypominasz sobie o tej przyjaźni, kiedy ich potrzebujesz, odrzucasz je, kiedy już ich nie chcesz. Męska przyjaźń jest innej natury — daje tak samo, jak bierze.

Jego ręka rozpina jej bluzkę i spoczywa na jej piersi. Mimo jej woli brodawki twardnieją. Nie lubi się kłócić.

Oliver: Kochana Chloe. Kochana miękko-twarda Chloe. Pamiętasz, jak to wszystko kiedyś było?

Chloe: Tak.

I rzeczywiście. Jej ciało pamięta z całą dokładnością, obracając się szybciutko w stronę Olivera takim samym instynktownym ruchem, jakim noworodek szuka piersi matki.

Oliver: Przepraszam, że przeze mnie płakałaś. Obejmij mnie ramionami.

Chloe: A co z Françoise?

Oliver: Do diabła z Françoise...

Chloe: Ale nie możesz tak po prostu...

Oliver: Mogę.

Chloe: Biedna Françoise, pozostawiona sama sobie...

Oliver uwalnia się delikatnie z objęć Chloe.

Oliver: Dobrze więc. Masz całkowitą rację. Jeśli chcesz Françoise, będziesz ją miała.

O czym on mówi? Chloe nic nie rozumie. Ale Oliver wydaje się przekraczać granice rozsądku.

Oliver: Zdejmij ubranie, Chloe. Powiedz mi, dlaczego poszłaś do łóżka w ubraniu?
Chloe: Czułam się zbyt nieszczęśliwa, żeby je zdjąć.
Oliver: Moja kochana Chloe, co by powiedziała twoja matka? Rozsypujesz się, trzeba cię poskładać na nowo, natychmiast, jeszcze tej nocy.

Oliver pomaga Chloe się rozebrać.

Oliver: Twoje piękne ciało. Nigdy go nie zapomnę.

Chloe już wcześniej słyszała gdzieś te słowa. Ach tak, ten film, który jego siostry uznały za tak zabawny. Chloe poszła na prapremierę, po której powiedziała Oliverowi i wszystkim, jakie to arcydzieło. Tylko żywiąc takie przekonanie, mogła uniknąć oburzenia, jakie w przeciwnym razie by ją ogarnęło.

Oliver: Nie ma znaczenia, z kim sypiam, Chloe. I tak wychodzi na to samo. Wszystkie zamieniają się w ciebie. Moja najmądrzejsza, najbystrzejsza Chloe. Śpię z Françoise i śnię, że to ty. Karzę samego siebie zamiast ciebie. To jakiś przesąd. Powiedziałem sobie, że nie dotknę ciebie, dopóki nie skończę powieści. Zamiast tego będę czerpał natchnienie z mojej frustracji. Jestem pewien, że właśnie dlatego nie wyszedł mi mój ostatni film — bo pisząc go, przez cały czas pieprzyłem cię jak szalony. Jak mogłem zdobyć się na to, żeby spojrzeć na swoje życie z dystansu?

Zawsze zaprzeczał, że to o jego życie chodzi, jednak Chloe prawie tego nie zauważa, jest taka zamroczona, ale i pocieszona. Tak wyjaśnia to później Marjorie: „Myślałam, że odrzucił mnie z powodów seksualnych, ale nie, okazało się w końcu, że z powodów czysto literackich."

Chloe (niepewnie): Czy szybko skończysz swoją powieść?

A może już skończył? Może dlatego właśnie tu jest i głaszcze ją znajomym palcem po czole, po piersi, po brzuchu, między udami: jej ciało jest wciąż ciepłe i pełne nadziei.

Oliver: To zupełne szaleństwo, nieprawdaż? Ja chyba naprawdę jestem wariatem. Może nigdy jej nie skończę. Mam blokadę na pisanie. Spalę ją. Skończę z tym. Wrócę do pisania komercyjnej szmiry.
Chloe: Nie możesz jej spalić, po tak długim czasie.
Oliver: Dlaczego nie? A co jeszcze mogę zrobić? Położyłaś się do łóżka w ubraniu, wypłakując sobie serce. Nie mogę cię unieszczęśliwiać. To źle wpływa na dzieci. Nie mam innego wyboru, będę musiał wyrzucić Françoise, ale ona jest tak złączona z tą powieścią, że jeśli sobie pójdzie, to z książką koniec.
Chloe: Ależ, Oliver...
Oliver: Chyba że może we troje...

Chloe wpatruje się w niego bez mrugnięcia powieką, ani nie akceptując, ani nie odmawiając, zbyt zdumiona, by zdobyć się na jedno lub drugie.

Oliver: Leż tutaj, Chloe, kochanie, nie ruszaj się. Zobaczysz, ocalę nas wszystkich.

Chloe leży posłusznie. Oliver odchodzi i wraca z Françoise. Jest zaspana i ma na sobie pikowany pomarańczowy nylonowy szlafrok.

Oliver: Nie będzie już więcej takich wieczorów. Żadnych takich dni jak wczorajszy. Będziecie się przyjaźnić, jak należy.
Françoise: Jesteśmy najprawdziwszymi przyjaciółkami. Pani Rudore jest niezwykle kulturalną i nowoczesną osobą.
Oliver: Pani Rudore! Co za idiotyzm. Ma na imię Chloe. Powiedz „Chloe", Françoise.

Françoise: Chloe. A co z szacunkiem należnym pracodawcy od służącej?

Oliver: Ja jestem twoim pracodawcą, Françoise, i chciałbym, żebyś zarówno kochała, jak i szanowała Chloe. Zdejmij ten okropny szlafrok. Masz piękne ciało. Zgadzasz się z tym, Chloe?

Niestety, Chloe widzi, jak jej mąż ustawia scenę, przygotowując się do następnego filmu. Grace powiedziała później niezbyt uprzejmie, że „jeśli ma zamiar kręcić pościelówki, to traci czas. Zobacz, co się przytrafiło Sebastianowi. Stracił wszystkie pieniądze, swoje i moje. Szeroka publiczność pragnie teraz kina familijnego, a nie scenek z lesbijkami. To już odgrzewane kotlety. Nikt ich nie pamięta, nawet numerów z prosiakami i rybami".

Pewnie przeczucie, że będzie w przyszłości wyświetlana na ekranie, a także wrażenie własnej nierealności (wreszcie ujawnionej) w oczach Olivera sprawiają, że Chloe ulega, początkowo bez protestu, a następnie z widoczną przyjemnością, pod natarczywymi ustami Françoise i jej dociekliwymi dłońmi. Françoise, tłumaczy Chloe Oliver, jest biseksualna i jednakową rozkosz sprawia jej stosunek z mężczyzną, jak z kobietą. Po fiasku w 1968 roku, znudzona podawaniem kawy fotelowym rewolucjonistom, dołączyła do komuny zdeklarowanych lesbijek.

Oliver: I czemuż by nie? Samice nie są tak zdradzieckie jak samce. Wy, kobiety, musicie nauczyć się trzymać razem. Na pewno się nauczycie. My, mężczyźni, będziemy tylko dla ozdoby i do napełnienia banków spermy.

Dlaczego więc nie? Jeśli Oliver tego właśnie chce. Chloe czuje, że już wyrosła z macierzyństwa i jest jej bezpiecznie ze świadomością, że Imogena przesypia wreszcie całą noc. Chloe znów może stać się kobietą, a nie wiecznie czujną matką, czyli typem, o którym Oliver mówi, i nie bez racji, że dominuje wśród kobiet.

Piersi Françoise są białe i ciężkie, z niebieskimi śladami po dotknięciach palców Olivera i z płaskimi różowymi brodawkami. Jej ramiona są ciemno owłosione i muskularne, przypominają Chloe ramiona Olivera. Poza tym jest mieszaniną miękkiego

z twardym, jak wiśnia w czekoladzie w pudełku mieszanki czeko-
ladowej „Black Magic".

To był długi i ciężki dzień, myśli Chloe. Nie jest to żadne odkry-
cie, ale lepsze to niż samotny szloch w łóżku. A poza tym jej reakcja
zyskała aprobatę Olivera. Może rzeczywiście mogliby w ten sposób
być we trójkę szczęśliwi? Françoise szepcze jej do ucha francuskie
nieprzyzwoitości. Chloe mgliście je rozumie. Jej pełne uwagi ciało
przygotowuje falę reakcji na badawcze palce Françoise.

Ale nic z tego.

Dość, psiakość, myśli Oliver (albo jak kiedyś powiedziała
Helen do Marjorie, cedząc litera po literze, z jowialną pruderią
poprzedniego pokolenia: „Dość, tatko, psiakostka!"). Oliver in-
terweniuje, rozdzielając Chloe i Françoise, doprowadzając swoją
próbę generalną do nagiego, kategorycznego i milczącego końca.
Françoise, ze schowaną twarzą, leży na łóżku obok Chloe. Czy
jest wyczerpana, wzburzona czy po prostu śpi? Chloe uważa, że
to ostatnie.

Oliver siada na brzegu łóżka obok Chloe i głaszcze czoło swojej żony.

Oliver: A więc wreszcie poznaliśmy twoją prawdziwą naturę, Chloe.
Zawsze to podejrzewałem. Wcale nie interesujesz się mną ani innym
mężczyzną. Tak naprawdę reagujesz na kobiety. Na Grace, Marjorie
albo twoją matkę. Nawet na służącą. Cóż, czemu nie? Nie ma nic zło-
go w byciu lesbijką, z tym że stopień twojej hipokryzji okazał się dla
mnie szkodliwy. Tyle lat udawałaś coś, czym nie byłaś, winiłaś mnie za
wszystkie nasze niepowodzenia, odrzucałaś nasze dzieci. Oczywiście
to twoje ciało je odrzucało. Nie byłaś wobec mnie w porządku, Chloe.
Chloe: Oliver, ja nie jestem lesbijką. Nie bądź śmieszny.

On schyla się i całuje ją pobłażliwie. Ona siada i odpycha go.
Oliver idzie i zajmuje miejsce obok Françoise, przebiega palcami
wzdłuż jej kręgosłupa.

Chloe: Jesteś śmieszny. Nie obchodzi mnie już więcej, co mówisz ani
co robisz.

I rzeczywiście.

203

Wygląda na to, że jej szczerość robi wrażenie na Oliverze, a jednocześnie zaskakuje go. Oliver przewraca Françoise na plecy. Płakała.

Oliver: Ależ obchodzi cię, Chloe. Zobaczysz, że będzie cię obchodzić. Myślisz, że będziesz sobie tam siedzieć, patrzeć na mnie i nie będzie cię nic obchodzić? Na pewno będzie.
Chloe: Nie będzie.

Chloe ma w głowie jasność. Nie jest już niczyją kobietą. Nie będzie jej obchodzić i już. Z taką samą beznamiętnością, z jaką obserwuje kąpiel swoich dzieci, patrzy, jak Oliver kołysze się zespolony z Françoise. Françoise ciągle płacze z wyczerpania, a teraz i wyraźnego strachu, odwracając głowę i unikając ust Olivera, podczas gdy on czerpie z niej to, co można by tylko nazwać rozpaczliwą i wątpliwą przyjemnością. Uwolniona Françoise płacze dalej.

Françoise: Przepraszam, że płaczę. Jestem taka zmęczona. Dlaczego moje życie jest takie pieskie?
Oliver: Bo jesteś durną, głupią, burżujską suką, a nie wyzwoloną kobietą. Na miłość boską, idź do swojego pokoju.

Françoise wychodzi. Ku swojemu zdziwieniu Chloe widzi łzy w oczach Olivera.

Oliver: Przepraszam cię, Chloe. Nie wiem, co się ze mną dzieje. Ja chyba zwariowałem.
Chloe: Też tak myślę.

Chloe słyszy swój śmiech, nie histeryczny ani żałosny, ale właściwie całkiem lekki i wesoły; a co gorsza, śmieje się nie z Oliverem, ale z niego, i w tym zgodna jest nareszcie z resztą wszechświata.

Grace uważa, że kobiety z proletariatu mają chyba lepsze życie od tych z klasy średniej — pominąwszy oczywiście niedożywienie, choroby, przepracowanie, poronienia, wyczerpanie i tak dalej. Ale w swoim życiu prywatnym mają mniej oczekiwań i co za tym idzie, mniej rozczarowań. W łóżku zadowalają się swoimi mężami, w zamian biorą od nich tygodniową zapłatę, później oddają ją im na bary lub mecze piłki nożnej i żyją dalej.

Marjorie utrzymuje, że wielką, dręczącą zabójczą wadą klas średnich jest udawanie, że są miłe, podczas gdy tak nie jest. W oczach kobiet pretendujących do lepszego towarzystwa i/lub o wyczerpanym systemie nerwowym Patrick trąci proletariatem, tętniąc nieokrzesaną, źle ukrywaną żywotną energią, która nieuchronnie zdobywa i pokonuje wszystko, tak samo jak mężczyzna zdobywa kobietę. Oczywiście takie kobiety same kładą się u jego stóp, ofiarowując bez walki swój nieunikniony orgazm — i co za tym idzie, przyjmując spodziewaną karę nie tylko za swoje klasowe poglądy, ale ogólnie za wyzysk kobiet — który z kolei wynika z wyzyskiwania ich samych.

— Marjorie we wszystkim widzi Marksa — narzeka Grace przed Chloe — i mówi z punktu widzenia kobiety, która zawsze leży pod mężczyzną. Tak strasznie mi jej żal. Dlaczego nigdy nie leży na wierzchu?

Jej własny, za długi romans z Patrickiem, w którym raz po raz znajdują się u kresu sił, nie wydaje się przynosić jej zbyt wiele szczęścia — jak często podkreśla Marjorie.

— Biedna Grace — mówi Marjorie — jest już taka wypalona. Wyobraź sobie, że całą wiarę pokładasz w igraszkach seksualnych. To jasne, że Grace traktuje Patricka jak pamiątkę po lepszych czasach, kiedy wciąż drzemało w niej nieco uczucia. Co do Patricka, nie wozi jej na grób Christiego dlatego, że ją uwielbia (jak Grace opowiada każdemu), ale po to, by zdenerwować Midge, i dlatego że lubi widok nagrobków odcinających się na tle nieba.

Podczas gdy Grace igra i zabawia się przez całe lata sześćdziesiąte, a swoje trzydzieste, zawsze podążając za modą — wskakuje do łóżek wodnych i w skąpe sukienki, zażywa LSD i uprawia

okultyzm, wierzy w latające spodki, astrologię i pole magne-
tyczne, znajdując tam oczywiście kosmiczne usprawiedliwienie
całkiem irracjonalnego prześladowania nieszczęsnej Geraldine;
dostaje kuratora sądowego po nocy spędzonej w więzieniu za
skandaliczne zachowanie w pewnym barze w Chelsea (przypadkowo nazywającym się „Róża i Korona"); można by wręcz sądzić,
że rywalizuje z Patrickiem pod względem liczby i różnorodności
seksualnych podrywów — chociaż w przeciwieństwie do Patricka nigdy nie kładzie farby na płótno, co z pewnością usprawie-
dliwiałoby ją przed światem, że tak jak on, zdradza wszystkie
symptomy artystycznej duszy, a nie ujawnia jedynie kłopotliwych
i antyspołecznych zachowań; zamiast tego często usuwa ciążę (ze-
wnętrzny i namacalny znak jej wewnętrznego i duchowego stanu, utrzymuje Marjorie, podkreślając jej wolę niszczenia zamiast
tworzenia). Tak więc podczas gdy Grace igra ze sobą i swoim losem, Marjorie dmucha na zimne.

— Marjorie mądrze postępuje, nie wychodząc za mąż
— mówi Grace. — To rodzaj kobiety, która po to się urodziła,
by pięć razy owdowieć. Jej mężowie padaliby trupem jeden po
drugim, wiesz, jak to jest, jeśli nie od trucizny, to od samej obecności Marjorie. Spójrz sama na jej osiągnięcia. Najpierw ojciec,
potem Ben, a na koniec dziecko. Najlepiej będzie, jeśli zostanie
tam, gdzie jej miejsce, kładąc palec śmierci na programach te-
lewizyjnych.

I rzeczywiście Marjorie wydaje się unikać wszelkich osobi-
stych zobowiązań wobec czegokolwiek, z wyjątkiem telewizyj-
nych programów lub struktur. Walczy raczej z organizacjami
niż z ludźmi. Włącza się w biurowe wojny na papierze, walcząc
o pozycję w telewizyjnej hierarchii, przewodząc tej sekcji, a potem
tamtej, wdrapując się po murach konserwatywnej organizacyjnej
piramidy, którą z BBC utworzyli planiści; jej nazwisko ukazuje
się wreszcie w ołowianej czerni, tak blisko wierzchołka, jak tylko
stać na to kobietę.

— Odwiedza Patricka tylko po to, żeby znowu poczuć się
młodziej — mówi Grace — jak w czasach, kiedy więcej spodziewała się po życiu. Pranie jego brudów pomaga jej czuć się kobietą.
Bo cóż innego może jej w tym pomóc? Jest jedyną na świecie isto-
tą płci żeńskiej, która go nie interesuje. To nie jest dla niej miłe,

chociaż daję słowo, że on wydziela teraz jakiś zjełczały zapach, a jego nogi zaczynają gnić.

Marjorie ma jednak swoją rodzinę. Zaprzyjaźnia się ze zgraną paczką lesbijek. Garną się do niej jak stadko zagubionych i przejętych kurcząt: w cieple ich szczebioczącej, kwoczącej uwagi Marjorie nabiera rumieńców: cisza jej nocy przerywana jest plotkami i śmiechem. Przyjaciółki grzeją jej małe dłonie, podziwiają jej mądrość, przynoszą prezenciki. Razem z nimi rozchichotana robi radosne wypady do sklepów ze starociami i antykami, zbierając ciekawostki, niewielkie skarby, bibeloty i przeróżne okazje. By na zawsze — jakie to pozytywne! — ocalić od zapomnienia to, co jest tego warte. Marjorie wyrabia w sobie artystyczny smak: jej nieprzytulne mieszkanie staje się interesującym miejscem. W rozmowie wykazuje się wiedzą o wiktoriańskich blaszanych pudełkach po ciasteczkach, szkle Lalique'a i Tiffany'ego. Uczy się gotować *coq-au-vin*, a nie tylko spaghetti po bolońsku. Ale z czasem jej przyjaciółki znikają, tak jak się pojawiły. Pudełka po ciasteczkach wyglądają bardziej na zardzewiałe niż niezwykłe: upuszcza i rozbija swój najładniejszy talerz Lalique'a; zaczyna znowu otwierać puszki z gotowaną fasolką.

— Nic, co dobre, nie trwa długo — mówi żałośnie do Chloe. — Po tym jak wprowadzono poprawkę do prawa dla pełnoletnich i nie musiały już się ukrywać, wyraźnie przestałam im być potrzebna. Zaczęłyśmy się zażarcie kłócić, i to wcale nie na niby. Zauważyłam, że przedrzeźniają mnie i wykorzystują; zazwyczaj tylko udawały, ale teraz robiły to naprawdę. To tak jakby ich życie wreszcie stało się prawdziwe, jakby nie musiały już niczego udawać, więc dla mnie nie było już w nim miejsca. Dobrze im życzę, ale mi przykro. Tęsknię za nimi. Przyjemnie mi było, że mój brak biustu jest zaletą, a nie ułomnością.

Co do Chloe, zaciska zęby i tkwi przy mężu i dzieciach jak koń przy dyszlu, do samego końca. Życie duchowo niezamężnych i duchowo bezdzietnych wydaje jej się smutne.

Tego ranka Chloe budzi wybuch śmiechu. Najpierw czuje lęk, dopiero później uświadamia sobie, że to jest jej śmiech, a nie jakiejś obcej osoby w sypialni.

Słońce świeci przez okno. Kolejny cudowny dzień. Zima była krótka i łagodna — dlatego też bez wątpienia tak wcześnie pojawiły się mszyce. Jeśli klimat się zmienia, myśli Chloe, czy ja powinnam być wciąż taka sama?

Jest ósma. Chloe powinna wstać i nadzorować wypiek bułek dla Olivera. Françoise wciąż o nich zapomina i zbyt długo zostawia je w piecu, przez co wysychają, a ich skórka jest zagrożeniem dla coraz bardziej kruchych zębów Olivera. Chloe ma ochotę poleżeć trochę dłużej w swoim prawym łożu. Wtem, gdy zapach spalonego chleba wypełnia pokój wręcz namacalną chmurą, wstaje ze złością, wkłada szlafrok i idzie do kuchni.

Tego ranka Françoise wydaje się zdecydowanie negować swoją płeć. Ma na sobie biały podkoszulek, sprane dżinsy i trampki Iniga. Jej dojrzałe kobiece kształty, nie skrępowane stanikiem, przelewają się ostrzegawczo pod ubraniem. Z nerwów brak jej tchu i chciałaby się wkraść w łaski Chloe, która tylko z hukiem otwiera okna z gniewną wymówką.

Chloe: Czyżbyś nie miała za grosz zmysłu powonienia, Françoise?

Françoise: Proszę mnie nie przygnębiać. Oskrobałam bułki. Oliver nie zauważy.

Chloe: Obawiam się, że zauważy.

Françoise: W taki ranek drobiazgi nie są ważne.

Chloe: Mylisz się. Ranek nie jest ważny w najmniejszym stopniu, natomiast bułki tak. Jeśli mi nie wierzysz, sama zanieś dzisiaj śniadanie Oliverowi.

Françoise: Pani jest zła, podczas gdy powinna być pani kochająca. Chcę tylko kochać i być kochaną. Być blisko tych, których kocham najbardziej na świecie. Blisko pani i Olivera. I całej waszej cudownej rodziny.

Chloe: Nie powinnaś być zbyt blisko butów Iniga, Françoise. Ma chroniczną grzybicę stóp.

Françoise: Widzę, że wyprowadziłam panią z równowagi. Nie mogę sobie tego wybaczyć. Chciałam tylko panią uszczęśliwić. Ale pani serce jest dla mnie zamknięte. Pani wierzy, że seks jest głównie dla prokreacji. Dlatego wyobraża go sobie pani jedynie z płcią przeciwną. Pani się mną gorszy. Dla pani seks jest czymś wstydliwym. Dla mnie jest sakramentem: boleję nad tym, że nie może się pani dzielić ze mną czymś tak radosnym.

Chloe: Przypuszczam, że nie zetknęłaś się nigdy z grzybicą stóp, w przeciwnym razie nie traktowałabyś tego tak lekko.

Françoise wpada w czkający płacz, który sprawia, że Chloe sztywnieje ze złości i zakłopotania. Ogarnia ją pragnienie, by jak najmocniej zranić Françoise. Czy to właśnie czuje Oliver? Dlaczego piersi Françoise są fioletowe i posiniaczone? Co to za przyjemność skrywać uczucie, kiedy jest ono i zasłużone, i bardzo potrzebne?

Françoise: Pani jest dla mnie niemiła. Chcę jechać do domu. Ale tam jest jeszcze gorzej niż tutaj. Utrzymywałam intymne stosunki z moją najlepszą przyjaciółką z cukierni. Przysięgała, że mnie kocha: mówiła, że nienawidzi mężczyzn. Kiedy robiła tort weselny, przebijała szpilką serce cukrowego pana młodego. Ale później uciekła z moim narzeczonym. Oskarżyła mnie przed nim o to, że jestem lesbijką i uwiodłam ją, więc znienawidził mnie i ożenił się z nią. A przecież było na odwrót. Dlaczego ludzie udają, kiedy powinni być poważni?

Chloe: Bóg raczy wiedzieć.

Françoise: Chcę jechać do domu, gdzie traktuje się mnie poważnie.

Chloe: Myślę, że Oliver traktuje cię bardzo poważnie, Françoise. A ja mam wielką nadzieję, że zostaniesz. Uważam, że musisz, choćby dla dobra literatury. Tylko proszę cię, postaraj się nie płakać przy dzieciach, dobrze? Czy teraz zaniesiesz Oliverowi tacę?

Ale Françoise nie chce. Chloe idzie sama. Zanosi Oliverowi tacę, siada na krawędzi łóżka i opowiada kojąco o krokusach, narcyzach i grzybicy Iniga.

Oliver: Nie jestem szalony, Chloe. Nie musisz traktować mnie pobłażliwie. Przykro mi z powodu zeszłej nocy.

Chloe: Nie mówmy o tym. Jestem pewna, że to, co dzieje się w nocy, nie ma nic wspólnego z naszą jaźnią za dnia. Przepraszam za przypalone bułki.

Oliver: Pewnie to wina Françoise?

Chloe: Tak.

Oliver: Ta dziewczyna musi odejść.

Chloe: Nie, nie. Ona jest pożyteczna.

I naprawdę tak jest.

Oliver: Może rzeczywiście powinienem rzucić powieść i wrócić do scenariuszy filmowych.

Chloe: Na miłość boską, nie. Nie po tym wszystkim.

Oliver: Gdyby tylko można było kontrolować swoje zachcianki seksualne! Przyrzekam ci, Chloe, że gdybym mógł, byłabyś na czele listy. Oszczędziłoby to mnóstwo kłopotów i wysiłku oraz przestawania z naprawdę głupimi osobami tylko dlatego, że trudno odmówić wielkiemu tyłkowi i ciężkim cycom.

Chloe: To chyba okropne być mężczyzną, i to tak bezradnym wobec własnej natury.

Czy śmieje się z niego? Tak. Jej zwycięstwo jest całkowite. Ale nie przynosi jej spodziewanej radości. Śmiech zamiera jej w gardle.

ROZDZIAŁ PIĘĆDZIESIĄTY PIĄTY

Rano dzwoni telefon. To Grace. Taką odbywają rozmowę:

Chloe: Myślałam, że jesteś we Francji, Grace.

Grace: Co, ja? Dziewczyny bez staników i stare świntuchy z aparatami fotograficznymi? Chyba żartujesz. Zresztą jestem za stara na zawody w stawce plażowiczek. Sebastian tak powiedział, a on wie, co mówi, sam jest królem zawodów w wielkiej wulgarnej grze zwanej życiem. Tyle że bez głównej wygranej. Jego samolot spadnie na ziemię, dzięki Bogu. Wczoraj na przyjęciu spotkaliśmy wróżbitę, który tak powiedział, a on nigdy się nie myli. Jeśli Sebastian chce rzucić wyzwanie losowi, to jego sprawa, tak mu wtedy powiedziałam. Może nie jesteś aż takim ulubieńcem losu, jak to sobie wyobrażasz, powiedziałam. Nie spodobało mu się to. Ale potem rzuciłam czajnikiem i chyba głupio zrobiłam, cholera jasna.

Chloe: Grace, czy to mądrze kłócić się z Sebastianem, jeśli on ma wszystkie twoje pieniądze?

Grace: Kłócić się? Nazywasz to kłótnią? Pojechałam na izbę przyjęć, żeby założyli mi szwy na wargę, żebra też mam całe posiniaczone.

Mam w nosie pieniądze. Niech je sobie zabiera. I tak były Christiego. To ostatnia podła zemsta Christiego, żebym zawsze była prześladowana przez łowców posagu, którzy nawet pięćdziesiąt pensów uważają za fortunę. Cieszę się, że ich nie mam. Przecież mogę zarabiać, prawda?

Chloe: No, nie wiem, Grace. Nigdy nie zarabiałaś.

Grace: Chyba oszalałam, dzwoniąc do ciebie. Jesteś taka nadęta i poważna. Działasz jak kubeł zimnej wody. Jak tam Oliver? Każe ci patrzeć?

Chloe: Tak.

Grace: Poczekaj, aż powiem Marjorie.

Chloe: Ojej, nie powinnam była tego mówić.

Grace: Za późno. Dlaczego wciąż jesteś lojalna wobec tego potwora? Już od lat nie zasługuje na twoją lojalność. Czy wiesz, że matka Marjorie jest w szpitalu?

Chloe: Nie.

Grace: Zadzwoniłam do Marjorie w środku nocy, kiedy Sebastian mnie tłukł, ale nie miałam z niej najmniejszego pożytku, bo jej matka dostała ataku serca i Marjorie nie mogła o niczym innym myśleć. Helen jest na oddziale intensywnej terapii. Ale wyjdzie z tego. Marjorie zrobiła taki raban, że można było pomyśleć, że jej matka umiera.

Chloe: Ona bardzo ją kocha.

Grace: Ja też bardzo kochałam Sebastiana. Chloe, jestem naprawdę strasznie zdenerwowana. Nie mogę tak wiecznie żyć. Musi być jakaś prawda w życiu człowieka, nie uważasz? Poza tym wiesz, co jest dzisiaj?

Chloe: Nie.

Grace: Już pięć lat minęło od śmierci Midge.

Chloe: I co z tego?

Grace: Uważasz, że to była moja wina?

Chloe: Tak.

Grace: Wiedziałam. To dlatego tak często jesteś dla mnie okropna. Nie winisz Patricka?

Chloe: Nie. Już nie. Nie można winić mężczyzn za ich czyny.

Grace: Chyba masz rację. Podążają za swoimi kutasami, jak osły za marchewką. Podobno, bo sama nigdy tego nie widziałam. Cóż, teraz to już koniec. Jadę do szpitala, żeby być z Marjorie. Pojedziesz ze mną?

Chloe: Czy ona chce, żebym przyjechała?

Grace: Jeśli chcesz być czyjąś przyjaciółką, czasem musisz być natrętna w przyjaźni.

Chloe: Naprawdę?

Grace: Tak. Ucałuj ode mnie Stanhope'a, Chloe, ty złodziejko cudzych dzieci.

Grace odkłada słuchawkę. Telefon dzwoni prawie natychmiast. Tym razem to Marjorie.

Marjorie: Chloe, moja matka.

Chloe: Tak, wiem. Grace mi mówiła. Jak się czuje?

Marjorie: Obawiam się, że nie mam dobrych wieści. Guz był złośliwy.

Chloe: Nie rozumiem. Grace mówiła, że to atak serca.

Marjorie: Grace wszystko przekręca. To był nowotwór mózgu. Powiedzieli, że mogła go mieć całe lata. Chirurg pytał się, czy kiedykolwiek zachowywała się dziwnie. A co jest normą, spytałam, ale nie potrafił mi powiedzieć. W każdym razie wycięli z niej wszystko, co mogli, i teraz siedzi na łóżku z ogoloną głową i wielką zaszytą blizną na skroni, skubiąc sobie brwi. Czy to dziwne czy normalne?

Chloe: Wygląda na to, że jest w dobrej formie, Marjorie. I że nie czuje bólu. Czy chcesz, żebym przyjechała? Grace mówiła, że przyjedzie.

Marjorie: O Boże! No cóż, niech przyjeżdża. Przecież znała moją matkę, tak samo jak ty. Przyjedź dziś wieczorem. Nie cierpię szpitali. Jestem bardzo dobrze zorganizowaną osobą, ale jak tylko poczuję ten zapach, rozsypuję się. Oni nic nie chcą mi powiedzieć. Zresztą i tak zawsze pytam niewłaściwą osobę. Pytam, czy ona umrze, a oni na to, że wszyscy umrzemy, a ona jest już przecież starszą panią. Co chcą przez to powiedzieć? Biedna mateczka. Zawsze była taka dzielna i chociaż los jej nie sprzyjał, zawsze potrafiła wyciągnąć trochę dobroci nawet ze złego.

Chloe zupełnie nie zgadza się z takim obrazem Helen, ale nic nie mówi. Biedna Helen, powtarza w duchu, lecz jedyne co pamięta, to lekceważenie przez Helen, tyle lat temu, jej pozycji społecznej. Mała Chloe, córka barmanki. Tyle lat temu! Czy Chloe rzeczywiście nosi tę urazę tak długo? Tak, Chloe wciąż ją czuje. To nie złe traktowanie Marjorie przez Helen powoduje niechęć Chloe do tej biednej, przegranej, obandażowanej staruszki, ale owo wciąż żywe, zachowane w sercu lekceważenie.

Marjorie: Ona się zmieniła. Problem w tym, że nie wiem, czy to normalny stan psychiczny czy szaleństwo... Jest teraz dla mnie taka miła. Nazywa mnie swoją małą dziewczynką, i to z wielką dumą. Nigdy przedtem nic takiego nie słyszałam. Bierze mnie za rękę i głaszcze. Wiesz, jak na ogół nienawidzi dotykania kogokolwiek.

Chloe: Wydaje mi się, że to normalne zachowanie, Marjorie.

Marjorie: Ale pielęgniarka powiedziała: „One często tak się zachowują po operacji mózgu." Nie zniosę tego, Chloe.

Chloe: Musisz, Marjorie. Nie masz wyboru.

Marjorie: Mogłabym na przykład zainstalować kamerę i jakoś sobie z tym poradzić, na przykład przez ciemny obiektyw.

Chloe: Ale nie zrobisz tego. Nie tym razem.

Marjorie: Nie. Dziękuję ci, Chloe.

Marjorie odkłada słuchawkę. Chloe zabiera się za prasowanie. Nie wierzy, by Françoise zrobiła to z należnym nabożeństwem — by poświęciła czas i energię, żeby wygładzić rogi kołnierzy u koszul i nie zagnieść fałd na rękawach. Zresztą Chloe przepada za prasowaniem. Lubi zapach wilgotnej bielizny i gorącego żelazka; niebezpieczny zapach spalenizny w powietrzu, rosnąca sterta schludnego porządku. Jej ręce poruszają się zręcznie i spokojnie.

Tak samo Gwyneth, matka Chloe, kiedy jeszcze żyła, skrapiała i prasowała bieliznę, a mała Chloe, z nosem ledwie wystającym ponad deskę do prasowania, patrzyła.

Kiedy więc Gwyneth prasowała, pan Leacock patrzył w zachwycie, stawał za nią i obejmował ramionami jej talię, aż drżała jej ręka, a potem, ostrożnie odstawiając żelazko, opierała się o jego męską pierś, przytulając delikatnie swoje ciało do jego, obracając głowę tak, że jej policzek opierał się o jego ramię, w geście kobiecej uległości — który gdyby znała prawdę, a ta nigdy nie została jej wyjawiona, zdobywał jego serce nawet bardziej niż korzyść, jaką przyniosła jemu i jego żonie (która nigdy i nigdzie, przez całe życie, nie złożyła swojej głowy w uległości). Nie wolno nam wątpić, że romantyczne fantazje pana Leacocka w mniejszym stopniu dotyczyły Gwyneth, jego pracownicy, niż jej fantazje dotyczyły jego, pracodawcy. Problem leży w żałosnym końcu tej historii, a nie początku.

Ale bądźmy raczej wdzięczni, że nos Imogeny nie wystaje zza deski do prasowania Chloe. Imogena jest razem z chłopcami w ogrodowej szopie, buduje z drzewa balsa szybowiec, który z góry skazany jest na to, by nigdy nie latać.

Oliver pracuje w swoim studio.

Françoise haruje w kuchni, doprowadzając ją do ładu.

Po południu dzwoni telefon.

Grace: Chloe, czy mogę prosić Stanhope'a?

Chloe (podejrzliwie): A o co chodzi?

Grace: Jestem bardzo zdenerwowana, Chloe. Proszę cię, nie kłóć się, tylko idź po Stanhope'a. To mój syn.

Chloe: Czemu jesteś zdenerwowana?

Grace: Z wielu powodów. Nie mam pieniędzy, narzeczonego, ty mi mówisz, że jestem morderczynią, czuję się okropnie staro, pojechałam do szpitala odwiedzić matkę Marjorie — chyba jestem nienormalna — i to był koszmar.

Chloe: Dlaczego?

Grace: Tak właśnie skończę, jestem tego pewna. Siedząc na łóżku z ogoloną głową w zakrwawionym bandażu, myśląc, że mam dwadzieścia lat, i prosząc pielęgniarkę, żeby zabrała dziecko, bo jest zbyt brzydkie. Byłam okropna dla Stanhope'a, prawda? Tak jak Helen dla Marjorie.

Chloe: Jak Marjorie to przyjmuje?

Grace: To wszystko jest żenujące. Poza tym samolot Sebastiana wylądował bezpiecznie, więc właściwie mogłam z nim lecieć. Proszę cię, pozwól mi porozmawiać ze Stanhope'em. Chloe.

Chloe: A co chcesz mu powiedzieć? Jest bardzo zajęty. Ogląda mecz w telewizji.

Grace: Jesteś okropnie niegodziwa, Chloe. Próbujesz nas rozdzielić.

Chloe przyznaje rację oskarżeniu Grace. Stawia ją to w niekorzystnym świetle. To potworna słabość Chloe, jej moralna pięta achillesowa. Wkrada się w łaski dzieci innych kobiet, kupując je lepszymi ciasteczkami, zabawkami, dobranockami, a także milszą i rozsądniejszą atmosferą, niż potrafi zapewnić każda naturalna matka, nawet w najlepszych warunkach.

Naturalna matka jest niekonsekwentna w stosunku do dziecka. Przybrana zachowuje się znacznie lepiej.

Grace: Daj Stanhope'a do telefonu, Chloe. W przeciwnym razie napiszę mu, że dzwoniłam, a ty nie pozwoliłaś mi z nim rozmawiać, i ani on, ani ja nigdy ci tego nie wybaczymy.

Chloe odrywa Stanhope'a od telewizora.

Chloe: Przepraszam, Stanhope. To twoja mama.
Stanhope: Myślałem, że jest we Francji.
Chloe: Zmieniła plany.
Stanhope: Wariatka.

Bierze słuchawkę.

Grace: Stanhope, wolę nie myśleć o tym, że cały czas gapisz się w telewizor. Będziesz miał kwadratowe oczy. Dlaczego nie kopiesz piłki, zamiast oglądać to pudło?
Stanhope: Jestem zmęczony.
Grace: Stanhope, może lepiej by było, gdybyś przyjechał i zamieszkał ze mną, jak tylko się urządzę. Powiedz „W Szczebrzeszynie chrząszcz brzmi w trzcinie."
Stanhope (zaskoczony): Co?
Grace: No widzisz, równie dobrze mógłbyś chodzić do państwowej szkoły, wziąwszy pod uwagę to wszystko, co zyskujesz w obecnej. Stanhope, kochanie, chciałabym ci coś powiedzieć. Ile masz już lat, mój drogi?
Stanhope: Dwanaście.
Grace: Jesteś więc całkiem dorosły. Wiesz już dużo o życiu i tak dalej. Teraz słuchaj. Słuchasz?
Stanhope: Tak.
Grace: Twoim ojcem nie był mój drugi mąż, lotnik, ale bardzo znaczący i utalentowany portrecista nazwiskiem Patrick Bates.
Stanhope: Ale to ojciec Kevina i Kestrel. Tylko oni nigdy go nie widują. To wariat.
Grace: On nie jest wariatem, jest bardzo utalentowany. Na twoim miejscu, Stanhope, byłabym dumna z tak słynnego ojca i nie szukałabym od razu dziury w całym. Chloe wszystko ci o tym opowie, ona jest naprawdę dobra w tych sprawach. Czy możesz mi ją dać do telefonu, kochanie?

215

Stanhope wręcza Chloe słuchawkę i czeka obok niej niespokojnie.

Grace: Powiedziałam mu o Patricku, Chloe. Zawsze mówiłaś, że powinnam to zrobić. Stephen też zawsze mówi, że z dziećmi trzeba grać w otwarte karty. Skoro już o tym mowa, Stephen jest zarówno bratem Stanhope'a, jak i jego wujem. Czy życie nie jest nadzwyczajne? Cieszę się, że powiedziałam o tym Stanhope'owi. Kamień spadł mi z serca. A gdybym umarła czy coś takiego i ktoś inny musiałby mu to powiedzieć? Ty też będziesz musiała kiedyś powiedzieć o tym Imogenie, prawda? Nie powinnaś z tym zwlekać, Chloe.

Chloe odkłada słuchawkę.

Stanhope: Mówi, że mogę przyjechać do niej do Londynu i chodzić do zwykłej szkoły. Czy muszę?
Chloe: Nie sądzę.
Stanhope: Czy ona nie jest troszeczkę pomylona?
Chloe: Nie wiem, Stanhope. Myślę, że jest raczej zdenerwowana.
Stanhope: Przypuszczam, że to menopauza. Powiedziała, że mam tego samego ojca co Kev i Kes. Czy to znaczy, że nie mogę ożenić się z Kestrel?
Chloe: Chyba nie. A co, masz taki zamiar?
Stanhope: O Boże, nie. Czy to wszystko? Czy mogę już oglądać mecz?
Chloe: Tak. Chyba że chcesz wiedzieć coś więcej o Patricku.
Stanhope: Pomyślę o tym kiedy indziej, jeżeli nie masz nic przeciwko temu. Czy mógłbym zmienić imię na Bob?
Chloe: Czemu nie?

Stanhope szturcha Chloe, bardziej rozbawiony niż przygnębiony, i wraca przed telewizor. Gdyby coś takiego przydarzyło się mnie, myśli Chloe, takie objawienie dokonane między obiadem a podwieczorkiem, moje życie byłoby skończone. Co ratuje te dzieci? Telewizja?

Grace, ta ukryta suka. Poderwij ją do działania, a zobaczysz, co zrobi.

— Nie spóźnij się na pociąg — mówi Oliver — jeżeli masz zamiar odwiedzić Marjorie.

— Jeszcze zdążę, jeśli się pospieszę — mówi Chloe.

— Podwiozę cię — mówi i tak też robi. Ta jego nowa usłużność krępuje ją. — Pozdrów ode mnie Marjorie — dodaje. — Mam nadzieję, że jej matka wyzdrowieje. Czego chciała Grace?

— Chciała tylko powiedzieć Stanhope'owi, kto jest jego ojcem.

— Tak po prostu?

— Tak po prostu.

— Ludzie powinni się pobierać i trwać w małżeństwie — oświadcza Oliver. — Przynajmniej dzieci na tym nie cierpią.

Ale Chloe nie chce wracać do stanu zadowolenia sprzed lat, gdy Oliver i ona, mimo wzlotów i upadków — jak nazywał je Oliver — mieli zwyczaj gratulować sobie dojrzałości swego postępowania oraz swojej szczególnej małżeńskiej wyższości.

ROZDZIAŁ PIĘĆDZIESIĄTY SZÓSTY

Oliver i Chloe są w równym stopniu odpowiedzialni za Stanhope' a.

To Oliver, na prośbę Chloe, odwozi Grace do kliniki i powstrzymuje ją przed usunięciem ciąży. Grace jest w czwartym miesiącu ze Stanhope'em — niezbyt bezpieczny okres na przerwanie ciąży, ale Grace skłamała lekarzowi dokonującemu aborcji, który nie zorientował się w dacie poczęcia. Jest przecież bardzo zajęty. W jego gabinecie w sobotnie popołudnia jest zawsze kolejka.

— Chyba umrę — mówi Grace do Chloe, chociaż najsilniejszym uczuciem, jakie teraz żywi, jest nadzieja.

— Powiedz mu prawdę — błaga Chloe.

— W żadnym wypadku — mówi Grace. — Jeżeli nie potrafi tego ustalić podczas badania, to na niczym się nie zna, i jeśli umrę, zajmie się nim policja i wsadzi go do więzienia, więc warto umrzeć, żeby coś takiego się zdarzyło. Obłudny bydlak.

Przerywanie ciąży jest wciąż przestępstwem kryminalnym zarówno dla dokonującego aborcji, jak i dla pacjentki. Przerwanie ciąży kosztuje Grace dwieście funtów i przeprowadzone ma być przez świetnego ginekologa, który w klinice przy Harley Street wykonuje sześć takich zabiegów dziennie przez pięć dni w tygodniu. Poniedziałki rano uprzejmie rezerwuje na cele dobroczynne — przypadki dwunastoletnich dziewczynek i alkoholiczek po czterdziestce. Firma, której własnością jest klinika, zgarnia siedemdziesiąt pięć funtów od pacjentki. Reszta należy się lekarzowi, z wyjątkiem dwudziestu pięciu funtów od każdej operacji, które dostaje anestezjolog — ten też w końcu ryzykuje uwięzienie.

W niedziele ginekolog gra w golfa, a w sobotnie poranki pisze artykuły i wygłasza przemówienia, orędując za liberalizacją prawa o aborcji. Jest zawsze zajęty. W sobotnie popołudnia ustawia sobie cały przyszły tydzień pracy. Wierzy (w świecie, który z trudem zgadza się na coś tak prostego), że kobiety powinny same decydować o swoich procesach rozrodczych, a także w prawo popytu i podaży. Jak inaczej sprawiedliwie kierować społeczeństwem? Jest czarujący, miły, inteligentny, nieprzytomnie bogaty i Grace nienawidzi go za to, że jest takim mordercą i spekulantem.

Teraz już po raz czwarty stanął u stóp jej łóżka, mówiąc, żeby się nie bała, że obudzi się w świetnej formie, i wyciągnął swoją pedantycznie czystą (miejmy nadzieję!) dłoń po kopertę z pieniędzmi. Z gotówką, nie czekami.

W obchodzie towarzyszy mu anestezjolog, oglądając pacjentki, aby zaoszczędzić na czasie, podobnie jak kiedyś robił to kat. Oliver dostarcza pieniądze. Grace zwróci mu je później, gdyż teraz ma kłopoty z zebraniem całej sumy. Bez sensu jest prosić o nie Patricka: każda taka prośba, wywołująca bladość na jego twarzy i drżenie rąk, jest wykroczeniem wobec sztuki, a nawet wobec ludzkiej uprzejmości. Oliver woli sam bulić pieniądze, niż być świadkiem zdenerwowania Patricka.

We wtorek wieczorem Grace idzie do kliniki. Następnego ranka ma mieć zabieg.

W nocy z wtorku na środę Chloe szlocha i nie daje Oliverovi spokoju.

— Zabierz jej te pieniądze — błaga. — To ty je dałeś Grace. Idź do niej i odbierz. To morderstwo.

Chloe leży w łóżku po ostatnim poronieniu, blada i roztrzęsiona. Był to tylko ośmiotygodniowy płód, niewiele — zbyt wcześnie na prawdziwą rozpacz, zbyt późno na obojętność, choć wywołało to wiele bólu i zamieszania — ale całą swoją niewyżytą emocjonalną energię kieruje teraz ku dziecku Grace, które musi, jak mówi Oliverowi, musi być ocalone. — Idź po nią — tupie i wrzeszczy, podczas gdy Oliver stoi wystraszony, gapiąc się na nią. — Przyprowadź ją! Powiedz jej, że jeśli ona go nie chce, to ja je wezmę. Nie może tego zrobić! Co za suka! Mordercza suka!

Oliver, bezradny i zagubiony w morzu macierzyńskich pasji, idzie, chociaż instynktownie czuje, że nie powinien. Argumenty potrafi odeprzeć; z histerią umie sobie poradzić — ale kiedy Chloe powołuje się na elementarne siły macierzyństwa, Oliver robi to, co mu każą.

— A co z Midge? — pyta od drzwi.

— A co ze mną, ze mną? — krzyczy Chloe. — Co z moim dzieckiem?

Oliver zamyka za sobą drzwi, drzwi między sobą a Chloe, i wychodzi, żeby przywieźć Grace do domu.

Niecałe pięć miesięcy później Grace rodzi Stanhope'a w szpitalu Świętego Jerzego. Porzucona Midge wydaje na świat Kestrel w sąsiedniej sali. Dwa niemowlaki leżą przypadkowo w sąsiadujących łóżeczkach na oddziale dziecięcym i wszyscy uważają, że za wczesne zapalenie oka Kestrel — które wlokło się całymi latami — winę ponosi Stanhope.

Tymczasem za drzwiami szpitala, od strony Hyde Park Corner, toczy się zwyczajny ruch uliczny, jak gdyby wszystko na świecie było prozaiczne, praktyczne i powolne siłom, które są całkowicie w zasięgu naszej kontroli.

Zdradzona Midge zmaga się przez następne dwa lata z chwalebnymi obowiązkami żony i matki, zanim ostatecznie rozstanie się z Patrickiem, okiem Kestrel, miłością, obowiązkiem i zmorą.

Oczywiście Grace wini za wszystko Stanhope'a.

Szpital Świętego Stefana przy Fulham Road, gdzie leży Helen, już dawno powinien zostać zburzony. Tak przynajmniej twierdzi taksówkarz podczas długiej przeprawy Chloe przez Londyn w godzinie szczytu, z Liverpool Street Station przez szpital Świętego Jerzego, aż do Fulham Road.

— Co za nora! Ściany aż chodzą od karaluchów. Straciłem tam wuja. Zasłabł na ulicy i wycięli mu nerkę. Kiedy oprzytomniał, pielęgniarka spytała go, jak się czuje. „Dobrze" — powiedział. — „O wiele lepiej, niż kiedy wycinali mi pierwszą."

Chloe milczy.

— Niech się pani nie gniewa — mówi taksówkarz. — To tylko taki żart, żeby poprawić pani humor. Mam nadzieję, że nie odwiedza pani nikogo bliskiego.

— Nie — mówi Chloe — nikogo specjalnie bliskiego.

Helen, matka Marjorie. To przez Helen Patrick znalazł się w ramionach Midge, a więc, jakkolwiek pośrednio, Helen skłoniła Midge do skończenia ze sobą.

Stało się to w dniu urodzin Stanhope'a i Kestrel, chociaż byli oni wtedy w takim wieku, w którym człowiek woli opakowania prezentów od nich samych, będąc na świecie zaledwie przez dwa krótkie lata.

Helen, matka Marjorie. Rozdarta między młodością a wiekiem średnim, wróciwszy z Australii, przez chwilę, o dziwo, pozbawiona kochanka, wyrzuca Patricka z Frognal. Czym się kierowała? Pogwałconym poczuciem własności czy też zhańbieniem swojego dziecka? Albowiem obszerny salon zastawiony był portretami nagiej Marjorie, a naga Marjorie zdaniem Helen była zbyt ciężka, niezgrabna, zbyt kędzierzawa i przypominająca gruszkę, aby stanowić komplement dla swojej matki. A może ogarnęła ją po prostu banalna irytacja, kiedy okazało się, że Marjorie nie zajmuje się domem, tylko jest w Oksfordzie, zdobywa kolejne dyplomy, finansowana przez źródła poza kontrolą Helen, a dom na Frognal pozostawiła pod opieką mężczyzny, który nie chodzi do fryzjera, nie zapina koszuli, nie używa widelca, skoro wystarczały mu palce, które gdy były tłuste, wycierał w makatkę powstałą z jego włosów na brodzie, sięgających włosów na piersi, rudawych, sztywnych i kędzierzawych — czy ta irytacja spowodowała, że Helen wyrzuciła z domu Patricka, zniszczyła jego obrazy, a na drzwiach wejściowych powiesiła kłódkę?

Właściwie drzwi nawet się nie domykały i przez szparę, chociaż była wąska, przez kilka kolejnych lat wciskała się fala kotów, śmieci i liści. Helen zrobiłaby lepiej, gdyby pozwoliła Patrickowi zostać i nie zniszczyła jego obrazów, które później mogły być warte wiele tysięcy — choć malowane na zbyt dużą skalę jak dla prawdziwie wytrawnego kupca. Jednakże Helen, co sama pierwsza przyznawała, zawsze miała poczucie wyższości wobec dzieł sztuki, uważając je za coś aroganckiego wobec własnego, stworzonego przez Boga kobiecego ideału, a także za rodzaj wyzwania.

Wyrzuciła również Marjorie. Wezwała ją z Oksfordu i umówiwszy się z nią w kawiarni na Dworcu Paddington, tak mówiła nad niesmaczną kawą:

Helen: Najdroższa Marjorie, jak się o ciebie martwię. Jaka musisz być nieszczęśliwa, żeby wiązać się z kimś takim! I pomyśleć, że nie było mnie tutaj, by cię od tego uchronić! Że też pozwoliłaś się namalować, i to nago! Wystawić się na takie pośmiewisko! To straszna tragedia, że nie mogłam sama cię wychować i rozwijać twojej wrażliwości. Esther Songford była kochaną duszą, ale tak nudną i przeciętną, że doprowadziłoby to każdego do szaleństwa, nie tylko ciebie. Moje drogie dziecko, rozumiem twoją rozpacz. Musimy pogodzić się z faktem, że nie jesteś pięknością; ale to po prostu nieprawda, że byle mężczyzna jest lepszy niż żaden. Wierz mi, lepiej żyć w panieństwie niż z przedstawicielem klasy robotniczej. To żaden snobizm, po prostu ich podejście do kobiet jest inne od naszego — oni robią użytek ze swoich kobiet, traktują je jak zwierzęta i obawiam się, że Patrick Bates tak właśnie cię potraktował. Nie przeczę, że dla pewnego typu kobiet może wydać się atrakcyjny, i bardzo się starał, żeby zdobyć moje względy, Marjorie, jak by to powiedzieć, w nadziei na dalszy darmowy wikt i opierunek, ale pomylił się co do mnie. Wiem, co mogę zaoferować mężczyźnie, i nie potrzebuję facetów tego rodzaju, żeby mi to mówili. Jeśli masz przeżyć jako kobieta, Marjorie, a nie uschnąć jako wyemancypowana literatka, choć widzę, że się uparłaś, by tak właśnie się stało — co to za bzdura z tym Oksfordem? — musisz być bardziej dumna ze swojej kobiecości.

Ale to nie oznacza wystawienia na pokaz swojej nagości przed klasą pracującą, jak jakaś prostytutka. Co my mamy z tobą zrobić?

Marjorie: Ależ mamo!

Helen: Ciągle próbowałam być dla ciebie dobrą matką, a ty zawsze mnie zawodziłaś. Spójrz, jak wygląda nasz dom...

Marjorie: Robiłam, co mogłam...

Helen: Nie robiłaś! Tak samo nic nie zrobiłaś, gdy zmarł twój biedny ojciec. Powinnam była tam być, a nie byłam.

Marjorie: Wysłałam telegram...

Helen: Telegram, który nie dotarł. Cóż, nie będziemy teraz roztrząsać szczegółów, jak również twojego braku serca i złośliwej chęci trzymania mnie z daleka. Wtedy bardzo mnie to bolało, ale mój przyjaciel, Peter Smilie — jest szefem wydziału edukacji w Sydney — wytłumaczył niechęć, którą dzieci wyraźnie — Bóg raczy wiedzieć dlaczego — żywią w stosunku do swoich rodziców. Jestem też pewna, że śmierć twojego ojca była dla ciebie wystarczającą karą. Dziwi mnie, że tak sobie lekceważysz pamięć o nim, Marjorie. Serce by mu pękło, gdyby wiedział, jak bardzo się pogrążałaś.

Marjorie: Ależ nie pogrążyłam się, mamo. To wcale nie jest tak, jak myślisz. Jesteśmy po prostu przyjaciółmi. I biedny Patrick, gdzie on ma się podziać?

Helen: Obawiam się, że rzeczywiście myślisz o nim więcej niż o mnie, Marjorie. A poza tym nie kłam.

Ma całkowitą rację. Marjorie kłamie. Pusta butelka grand marniera, trzymana pod łóżkiem Marjorie, jest na to dowodem. Wina wyczerpuje siły Marjorie.

Marjorie: Ja wcale nie kłamię i jestem pewna, że ojciec nie miałby nic przeciwko temu, by Patrick u nas mieszkał. Kochał obrazy.

Helen: Dobre obrazy, kochanie, ale nie złych malarzy. Jesteś taka naiwna.

Marjorie (przez łzy): Poza tym nie chcę tam sama mieszkać. W tym domu straszy.

Postanowiła nigdy o tym nie wspominać. I słusznie. Widzicie, co się dzieje, gdy o tym wspomina? Helen jest obrażona. Dom nawiedzony przez duchy? Najszczęśliwsze dni w jej życiu — dopóki

Marjorie nie położyła im kresu — spędziła w tym domu. Jakim cudem może być nawiedzony?

Helen: Jesteś przecież taka mądra, Marjorie, jak możesz wygadywać takie bzdury? Nawiedzony, też coś! Jeżeli tylko to czujesz w stosunku do tego biednego domu, to lepiej go zaryglujmy, zamknijmy na głucho, a ja spróbuję znaleźć kupca. Nie podołam temu sama, jeśli mi nie pomożesz.

Marjorie: A gdzie będę jeździła na wakacje?

Helen: Zostaniesz w Oksfordzie. To takie piękne miejsce.

Marjorie: Nie stać mnie na to. Dostaję niskie stypendium...

Helen: Więc znajdź jakąś pracę. Chyba będziesz mogła się do tego zniżyć, ale proszę cię, tylko nie jako modelka malarzy. Nie masz do tego odpowiedniej figury ani cery. Podczas tegorocznej letniej wystawy Królewskiej Akademii zostanie wystawiony mój portret. Czy to nie cudowne? I Marjorie, pozwól mi powiedzieć ci, żebyś nie nosiła w ten sposób włosów. To niekorzystne dla kształtu twojej twarzy. Zawsze związujesz je z tyłu jakimś starym kawałkiem wstążki. Wiem, że są mocno skręcone i niewiele da się z nimi zrobić, ale nad takimi rzeczami trzeba pracować. Wielkie nieba, wypiłaś swoją kawę. Jak mogłaś!

Zostawiając swoją kawę nietkniętą, Helen idzie najpierw do fryzjera, a potem kupuje kłódkę i zamawia przewóz rzeczy Marjorie z Frognal do Oksfordu. Sama ponosi wspaniałomyślnie koszta. Podczas letniej wystawy spotyka mężczyznę z Nowej Fundlandii, właściciela floty rybackiej, i jedzie z nim na półkulę północną. Wygląda teraz o wiele lepiej, opatulona w żeglarskie swetry, niż gdy opala się nago na pokładzie czyjegoś jachtu, i jest tego świadoma.

Helen nie wychodzi ponownie za mąż. Zainwestowała całe swoje zaangażowanie, tak jak robią to kobiety, które mają mało do zaoferowania, w swoje pierwsze małżeństwo i w rezultacie zwrot inwestycji okazał się tak rozczarowująco mały, że woli nie powtarzać tego doświadczenia. Podobnie jak Grace, Helen chyba nigdy nie brakuje pieniędzy. Niewyraźne postacie mężczyzn majaczą na dalszym planie jej życia, ofiarowując bogactwa, uprzejmości, wakacje. W zamian otrzymują nie namiętność, ale rodzaj niegrzecznej łaskawości, niechętne rozsunięcie nóg oraz tak całkowity brak orgazmu, że wydaje się to raczej fascynować, niż odstręczać. Jest też tak wybredna, że jej wielbiciele powinni gratulować sobie, iż w ogóle dostąpili zaszczytu podziwiania jej.

Och, niechlujna, nowoczesna Marjorie. W czasie roku akademickiego mieszka w akademiku, w czasie wakacji pracuje w pubie, śpi w pokoiku nad barem i czeka na jego zamknięcie, tak jak kiedyś Chloe, niepomna powtarzających się scen z męskimi dramatami i rozpustą: czeka, jakby wiedziała, że wesele Grace i jej własny los splotą się któregoś dnia.

A Patrick, którego Helen wysłała na coś, co z nadzieją uważała za odludzie, spotkał tam swoją Midge.

Midge, córka masona, nie żyje.

Czyja to wina?

ROZDZIAŁ PIĘĆDZIESIĄTY ÓSMY

Marjorie, Grace i ja! Jak się starzejemy? Jak umrzemy? Marjorie ma swój fundusz emerytalny, polisy ubezpieczeniowe oraz ostatnio spadek w postaci matczynego domu na Frognal.

Nie pozwala wybiegać dalej swojej wyobraźni — nauczyła się trzymać ją na wodzy pragmatyzmu. Jej epitafium będzie się składać z miłości jej przyjaciół, żalu jej znajomych oraz jednej lub dwóch półek taśm w bibliotece BBC — aż wreszcie w interesie ekonomii, one również zostaną skasowane, aby wykorzystać je ponownie. Niczego innego nie pragnie.

Grace ma nadzieję na nagłą i szybką śmierć, tak przynajmniej mówi, zanim zacznie się wstydzić swojej fizycznej ułomności. Nie będzie się pogodnie starzeć. Walczy ze starością. Już teraz za dużo pije. Jest przyzwyczajona do podziwu, ale zachwycający jest tylko jej wygląd. Kiedy on przeminie, ona również odejdzie, mówi Grace. Ja, Chloe, wierzę, że dzieci zapewniają mi nieśmiertelność. Kiedy umrę, będą mnie pamiętać, tak jak ja pamiętam swoją własną matkę — a także Esther, która jak ja ratowała dzieci innych kobiet, kradnąc je w przelocie. Myślę, że nieśmiertelność składa się z takiego właśnie macierzyńskiego ciepła, legalnego bądź bezprawnego. Sączy się przez pokolenia, użyźniając grunt, przygotowując go na więcej dobroci.

ROZDZIAŁ PIĘĆDZIESIĄTY DZIEWIĄTY

Korytarze szpitala Świętego Stefana są długie i zielone, z rurami na wierzchu odbijającymi brzęk metalowych menażek oraz unoszącą się mgiełką pary, środków odkażających i starości.

Helen znajduje się w małej sali z czterema łóżkami. Trzy są puste. W czwartym, podparta poduszkami, leży Helen. Wydaje się pogrążona we śnie albo w śpiączce. Powieki przykryły jej duże oczy jakby dzięki siłom grawitacji, a nie mięśni. Jej starcze usta opadły. Wyjęto jej zęby. Ma łysą głowę. Tylko rana na skroni, bardzo wyraźnie widoczna pod cienkim czepkiem, strzępiasto załatana, jakby usługi w postaci zakładania szwów były mniej ważne, wskazuje na jej dawną żywotność. Pulsuje; a może tylko tak się Chloe wydaje?

Jej stara nieprzyjaciółka tak nisko upadła. Chloe odkrywa, że w oczach ma łzy. Marjorie siedzi przy matce, głaszcząc bezwładną, choć wciąż kształtną dłoń. One, które w dobrych czasach tak rzadko się dotykały. Helen z pewnością by na to nie pozwoliła za życia, ale pozwala na to teraz, z konieczności, na wpół martwa.

Marjorie: Miło, że przyszłaś. Grace była tu wcześniej.

Chloe: To było oczywiste, że przyjdziemy.

Marjorie: Nic nie jest oczywiste. Nigdy sobie specjalnie nie pomagałyśmy.

Chloe (zaskoczona): Robimy, co tylko się da.

Ona, której ogród dźwięczy przysięgami Iniga, Imogeny, Kevina, Kestrel i Stanhope'a.

Marjorie: Powinnyśmy bardziej interesować się życiem każdej z nas, a nie tylko wyławiać jego fragmenty. Powinnam pójść i zastrzelić Olivera, ty powinnaś wpakować Grace do domu wariatów, a co do mnie, powinnyście już dawno wysłać mnie do biura matrymonialnego. Zobacz, jak to się wszystko kończy...

Marjorie wskazuje na swoją matkę i pociąga nosem.

Marjorie: Mówią, że to może się ciągnąć tygodniami. Mam dzisiaj nagranie i nie poszłam do studia, widzisz?
Chloe: Przecież nie mogłaś pójść.
Marjorie: Mam to po prostu w nosie.
Chloe: To się zmieni.
Marjorie: Bardzo w to wątpię. Jak ja będę bez niej żyła, Chloe? Nie mam dzieci. Jest moją jedyną rodziną.
Chloe: Zawsze masz BBC.
Marjorie: I co z tego? Wiesz, że matka nie miała nawet telewizora? Jestem pewna, że to dlatego, żeby nie zobaczyć mojego nazwiska na ekranie.

Jakby na potwierdzenie Helen otwiera oczy. Usuwa rękę spod dłoni Marjorie i znowu nieruchomieje. Marjorie znosi to cierpliwie.

Chloe: Dlaczego nie pójdziesz do domu i nie prześpisz się, Marjorie? Ja tu zostanę.
Marjorie: Może obudzić się i tęsknić za mną.
Chloe: Będziesz tu stała i wyżymała tę starą kość, żeby wycisnąć z niej kroplę uczucia? Nic dziwnego, że bierzesz do domu tyle prania.

Marjorie uśmiecha się, to wspomnienie sprawia jej radość, i kładzie się na jednym z pustych łóżek, zamykając oczy.

Marjorie: Myślałam o Midge.
Chloe: Ja też.
Marjorie: Pozwoliłyśmy na to, żeby umarła.

Midge, córka masona. Patrick, wyrzucony z Frognal przez Helen, zamieszkuje z Midge. Kto by pomyślał?
Na pewno nie rodzice Midge, państwo Martha i Mervyn Macklin, który jest właścicielem sklepu z materiałami piśmiennymi

oraz mistrzem wolnomularskim. Midge jest ich czwartym dzieckiem, jedyną córką, która w wieku czternastu lat wygrała konkurs Lutona „Mały Artysta Roku".

Pani Macklin wciąż się zamartwia. Martwi się o zdrowie i szczęście Midge oraz o tajemne rytuały masońskie pana Macklina. Mervyn nie ma przed nią innych sekretów; cóż to za nielojalność? Martha próbuje włamać się do zamkniętej walizki, w której Mervyn trzyma swoje szaty; Martha przymila się, błaga, płacze, bez rezultatu. Pan Macklin dochowuje tajemnicy. Córka Midge bierze go w obronę. Tatusina córeczka, nie mamusina. Pani Mahonie z domku obok mówi do Marthy, że masoni całują kozie tyłki na tajnych zebraniach.

— Mężczyźni są jak dzieci — mówi. — Zupełnie jak mali chłopcy, zawsze chcą nasikać wyżej od innych. I zobaczyć, kto nasmrodzi na suficie, nie tylko na ścianach.

Od tej pory Midge nie wolno rozmawiać z panią Mahonie. Midge jest tryumfem rodziny Macklin: jest tym, po co żyli, pracowali i rodzili się przez całe pokolenia; jest kimś, kto oderwie się i opuści świat wąskich uliczek i sklepików na rogu i wejdzie w świat bogaty, wspaniały i dziwny. Jest ich daniną dla klas średnich.

Mervyn i Martha wysyłają Midge do szkoły sztuk pięknych, pełni obaw o jej dziewictwo, przyszłość i zdrowie psychiczne. Wydaje się tak krucha, to chude dzieciątko na patykowatych nogach, z myszowatymi włosami, niewydarzonym biustem i zagorzałymi sympatiami. Mają się czego obawiać. Midge wynajmuje mieszkanko na poddaszu w Camberwell — nie ogrzane, nie umeblowane i tanie, gdyż piętro niżej szaleją dwa dobermany — i w ciągu miesiąca Patrick jest już u niej zadomowiony.

Samica żółwia toruje sobie drogę z morza na brzeg; wykopuje dziurę i z nieskończonym wysiłkiem składa około sześciuset jaj, zasypuje je piaskiem i zdycha z wyczerpania. Wylęgają się młode; małe żółwiki gramolą się w stronę morza. Tysiąc morskich ptaków czeka, przyczajonych. Najwyżej jeden żółwik ucieknie i dotrze do wody. Najszybszy, najżwawszy, najbardziej przystosowany — a może po prostu największy szczęściarz.

Czy Patrick przynosi szczęście czy pecha? Aż do chwili śmierci — nie tak dawno temu — Midge utrzymuje, że przynosi szczęście. Uparta aż do końca. To dlaczego wciąż płacze? Czy powodem jest jej natura czy Patrick, a może to jej natura sprawia, że Patrick jest tym, czym jest?

Pan Macklin przyjeżdża do Londynu, żeby ratować córkę.

— To moje życie — mówi Midge. — Pozwól mi żyć, jak chcę.

— Jesteś wątła i chorowita — mówi pan Macklin — i marnujesz siebie i swój talent, nasz talent, dla tego człowieka. Pójdę do władz uczelni. Poproszę, żeby go wyrzucili.

— On już rzucił uczelnię — mówi Midge. — I ja też. To była strata czasu. Czego Patrick może się tu nauczyć? Maluje portrety i dobrze mu to idzie. Jest mi z nim wspaniale.

Chyba jednak nie. Patrick nie znosi oddawania jej pieniędzy. Chce, żeby Midge żyła z nim dla miłości, a nie dla tego, co jej daje. Midge jest posłuszna.

Midge ląduje w szpitalu z powodu niedożywienia. Jakże rozpacza, z tęsknoty za nim oczywiście.

Pan Macklin wymyśla plan, by otruć Patricka. Wysyła mu pocztą czekoladki, którymi Patrick roztropnie częstuje dobermany. Nie zdychają, ale dostają biegunki i ich odchody wypalają plamy, które widać do dzisiaj na całym terenie Camberwell Green. (Dozorcy parkowi każą trzymać psy na smyczy, więc właściciel prowadza je na szpulce sznurka od latawca.)

Midge wraca do domu na rekonwalescencję, niecierpliwa i zrozpaczona wytrzymuje trzy tygodnie w pokoju nad sklepem, a potem znów wraca do Patricka, który się z nią żeni; żeby zemścić się, jak mówi, na panu Macklinie za jego skrytobójczy atak i rozmyślne szkody wyrządzone Camberwell Green.

Midge, wypraszana z mieszkania za każdym razem, gdy Patrick maluje portret, odkrywa, że jej mąż sypia ze swoimi modelkami. Wszyscy wiedzieli o tym od dłuższego czasu. Midge jedzie do domu. Potem wraca. Lecz do czego? Ależ ona rozpacza...

Patrick wynajął pracownię w Londynie i romansuje z Grace, której nie interesuje, z kim on sypia i jak, dopóki w grę wchodzi sztuka; ma on też dowcipnych, bezwzględnych przyjaciół, między innymi Olivera i Chloe, którzy przerażają Midge. Midge, z każdym dniem podobniejsza do myszy, chlipie i beczy podczas samotnych nocy.

Midge rodzi Kevina. Patrick, zachwycony widocznymi objawami jej macierzyństwa, wraca do domu. To straszny okres. Midge nie buntuje się, chodząc głodna i w ubraniach z wyprzedaży lub podarowanych jej przez Grace, Chloe i Marjorie, ale kiedy dziecko płacze z głodu i zmuszona jest pożyczyć pieniądze od Chloe, podczas gdy Patrick przegrywa co noc setki funtów w pokera, jest zrozpaczona i płacze. Płaczą oboje, ona i dziecko. Patrick nie może tego znieść i wprowadza się z powrotem do Grace.

Patrick waha się, nie wie, którą wybrać: Grace czy Midge. Spędza tygodnie w pracowni, a weekendy w domu. Mijają lata. Kupuje dla Midge kości na zupę. W kościach jest wiele wartościowych składników, mówi.

Midge nie może już wrócić do domu. Jej ojciec miał atak serca, a matka przyjmuje do domu lokatorów, opiekuje się ojcem i mówi do Midge: „Jeśli nie masz nic przeciwko temu, wolę uważać cię za zmarłą".

Którejś nocy, w trakcie kłótni, mający w czubie Patrick zapładnia Grace, wyskakuje z łóżka i wraca do domu, do Midge, którą też zapładnia, gdyż zapomniała wziąć pigułkę.

Kobiety zachodzą w ciążę o wiele łatwiej, gdy płaczą, zauważa Patrick.

Grace, oszalała, planuje aborcję, od czego za namową Chloe odwodzi ją Oliver.

Oliver puka do drzwi kliniki. Śliczna irlandzka pielęgniarka o stalowych oczach robi szparę w drzwiach. Czy był umówiony? Nie? Więc nie może wejść. Oliver uważa, że może, i wchodzi, personel zaś pozbywa się Grace z kliniki, węsząc w powietrzu kłopoty. Mimo iż podwoiła w kopercie sumę pieniędzy dla chirurga, już jej teraz nie dotkną. Są przesądni, co jest zrozumiałe, gdyż mają do czynienia ze śmiercią. Kłopoty ciągną za sobą kłopoty, wszyscy to wiedzą.

Jeśli twój samolot się spóźnia, nie wsiadaj do niego. Ostrzeżenia o bombach prowokują awarię silnika i na odwrót.

Grace traktuje swoją ciążę ze złą wolą. Pije, pali, bierze środki uspokajające i oświadcza Chloe, że jeśli urodzi upośledzone umysłowo, zdeformowane dziecko, to będzie to wina Chloe. Grace nie chce iść do lekarza, nie zapisuje się do szpitala, w dniu planowanego porodu idzie po zakupy, a na oddziale położniczym spotyka Patricka, idącego z wizytą do Midge.

Patrick zostaje z Grace, by obserwować poród, a następnie wraca do niej i zamieszkuje z nią. Podziwia jej charakter. Midge nie przestaje płakać.

Grace wybiera dla dziecka najmniej przyjemne dla ucha imię Stanhope i na większą część czasu podrzuca noworodka Chloe.

Midge próbuje uzyskać prawo do pomocy z opieki społecznej, ale nie udaje jej się to. Państwowe pieniądze będą się jej należeć tylko wtedy, gdy podejmie kroki rozwodowe. Rozwieść się z Patrickiem? Niemożliwe! Patrick jest jej mężem. Ojcem jej dzieci. Kocha go. Któregoś dnia z pewnością się ustatkuje. W ostateczności wiek i impotencja kiedyś go wyleczą. A może Grace przestanie się nim interesować.

Grace uważa, że miłość Midge do Patricka nie ma nic wspólnego z nią. Po doświadczeniach z Christiem taka wierność jest w oczach Grace niczym innym jak masochistycznym i zgubnym szaleństwem. Midge powinna rozwieść się z Patrickiem, zapewnić sobie w drodze sądowej odpowiednie alimenty i uwolnić go, by mógł podążać za swoją naturą. Jakim prawem, pyta, Midge wymaga wierności od Patricka, skoro jego natura jest inna? Ona, Grace, niczego nie żąda. Cieszy się tym, co ma, a fizyczną zazdrość wyrzuciła ze swej duszy. Jeśli napastuje Geraldine, to robi to dla zabawy, nie z rozpaczy. Tak mówi.

A jednak przysyła Kevinowi i Kestrel prezenty. Ma niejasne wrażenie, tak przynajmniej twierdzi Oliver, że czegoś te dzieci pozbawiła, nawet jeśli chodzi tylko o ojca.

Oliver poważnie podchodzi do ojcostwa. W towarzystwie Midge Chloe czuje się nienaturalnie i niepewnie. Marzy o tym, by wziąć szczotkę i wyszorować jej podłogi, uszyć zasłony na gołe okna, przynieść pudło na dziecięce zabawki, iść do lekarza z okiem Kestrel, kupić uchwyty do komody. Ale nie robi tego. Nie chce obrazić Midge, ofiarowując takie proste rozwiązania jej nieszczęścia, a ignorując większą, poważniejszą jego przyczynę. Poza tym czuje pokorę w obliczu oddania Midge dla sprawy równie istotnej, jak beznadziejnej.

— Pokorę! Nie rozumiem dlaczego — mówi Marjorie — skoro nawet Oliver przynosi do domu trypra. — Chloe musiała powiedzieć o tym Grace, na wypadek gdyby Patrick i Oliver zarazili się z tego samego źródła, i oczywiście Grace powtórzyła Marjorie. — Wykazujesz takie samo absurdalne oddanie Oliverowi, jak Midge Patrickowi. A Oliver nie jest nawet artystą.

— To zupełnie co innego — mówi Chloe. — Oliver nie zaprzecza słowem ani czynem, że jestem jego żoną. Każdy oddech Patricka jest zaparciem się Midge.

Ona również w to wierzy, tak jak Midge. Któregoś dnia... któregoś dnia Oliver uspokoi się, zostanie w domu, uzna seksualną wyższość Chloe nad wszystkimi jej rywalkami i przez jesień ich życia będą razem oglądać telewizję. Nigdy się nie dowie, że Oliver — tak jak wcześniej Christie zrobił to Grace — wbije sobie do głowy, by popchnąć swoją opuszczoną, zmartwioną żonę w ramiona Patricka — co można uznać jedynie za próbę załagodzenia swojej winy, wymówkę dla usprawiedliwienia dalszych konfliktów lub też za upodobanie do emocjonalnego zwiększania napięcia. Wie tylko, że Midge wydaje się w jakiś niejasny sposób pełna moralnej wyższości wobec niej, Chloe. Oraz to, że nie może zapraszać Midge na przyjęcia, bo jak by Midge pasowała do wszystkich tych ludzi filmu (co mają w domach wpuszczane w podłogę wanny i marmurowe kolumny przy drzwiach wejściowych), których musi zapraszać na kolacje ze względu na Olivera? I mając tyle na głowie, jak może dreptać wciąż do Acton, by pocieszać Midge i wysłuchiwać jej biadań?

Co do Marjorie, całymi dniami jest w pracy, gdzie dochodzi do siebie po całonocnej harówce. Marjorie niewiele może pomóc. Oczywiście Marjorie robi użytek z Midge, tak subtelnie jak to możliwe, w filmie dokumentalnym o kobietach, które zmarnowały sobie życie. Marjorie czuje, że Midge psuje styl Patricka.

— Wszystko się zmienia — mówi Marjorie. — Musisz to przyjąć do wiadomości. To, że kiedyś miałaś dobre życie, nie znaczy, że dalej masz prawo do dobrego życia.

Midge nie powinna była nigdy rodzić dzieci. To było samolubne szaleństwo.

Tymczasem Kevin i Kestrel ciągną Midge za spódnicę, płaczą, dokuczają i psocą. Oko Kestrel jest ciągłym zmartwieniem. Jest zawsze zaognione i łzawi.

Midge zalega z czynszem. Dostaje nakaz eksmisji. Idzie do budki telefonicznej, dzwoni do mieszkania Grace i pyta o Patricka, ale znalezienie go zajmuje Grace tyle czasu, że kiedy dociera do telefonu, Midge kończą się pieniądze i Patrick słyszy tylko sygnał ciągły.

Midge nie ma prezentu dla Kestrel na jej drugie urodziny, lecz na szczęście Chloe, Marjorie i Grace wysłały jej pocztą małe paczuszki. Zawsze to coś.

— Jeśli coś mi się kiedyś stanie — powiedziała raz Midge do Chloe — czy zajmiesz się moimi dziećmi?

— Oczywiście — odpowiedziała Chloe bezmyślnie. — Co masz na myśli, mówiąc, że coś ci się stanie?

— Wypadek — odparła Midge.

Midge łyka wszystkie pastylki nasenne, jakie przepisywał jej lekarz — zbierała je całymi latami — w dniu urodzin Kestrel. Następnego ranka nie budzi się i dzieci na próżno szarpią ją i dokazują.

W drodze na plan zdjęciowy Marjorie zagląda do mieszkania, znajduje Midge, dzwoni po karetkę, wzywa Chloe i jedzie do pracy. Cóż jeszcze można zrobić? Nie ma sensu siedzieć bezczynnie i słuchać, jak rośnie trawa.

Zresztą, mówi Grace, czy Midge miała przed sobą jakąś przyszłość? Skoro zbierała pastylki nasenne, to znaczy, że musiała mieć skłonności samobójcze; szukała też wyraźnie kozła ofiarnego, a ona, Grace, nie widzi siebie w tej roli. A poza tym która kobieta zrobiłaby coś takiego swoim dzieciom? Samobójstwo, mówi Grace, jest aktem wrogości i samobójca/samobójczyni zasługuje na potępienie, a nie na litość.

W każdym razie od tamtego czasu jej zainteresowanie Patrickiem wyraźnie osłabło.

Chloe zabrała Kevina i Kestrel do domu. Patrick nie protestował. Ale później, gdy Oliver zaproponował, że razem z Chloe wystąpią o formalną adopcję, pokręcił głową. W takim razie, mówi Oliver, który — ponieważ zapłacił Patrickowi prawie dwa tysiące funtów za namalowanie Chloe, potrzebował wtedy gotówki — może będziesz płacić za ich utrzymanie? Chloe, ubrana jedynie w ręcznik podczas ostatniej sesji pozowania, bo wszystkie pozostałe zakończyli bez żadnych gestów Patricka w jej stronę ani jej w jego, poza czysto artystycznymi, podjęła temat utrzymania jego dzieci z lojalności wobec Olivera oczywiście; nigdy nie zrobiłaby tego sama z siebie. Ale Oliver tyle na nią wydał! Dwa tysiące funtów za portret. Jego szwagrowie dopiero co publicznie darowali po tysiąc funtów na rzecz lasu na wzgórzu Synaj.

Patrick: Spróbuj zrozumieć, Chloe. Jeśli będę rozdawał pieniądze, nie będę mógł malować.
Chloe: Nie chodzi o rozdawanie pieniędzy. Wydajesz je na swoje własne ciało i krew.
Patrick: Tak samo mówiła Midge. Nigdy nie była mi wierna. Miała romans z tym właścicielem dobermanów. Dlatego próbowałem je zabić.
Chloe: To bzdura. Nie mów takich rzeczy o Midge. Kochała cię. Dlaczego zawsze musisz pogarszać sprawę?

Pogrzeb Midge był smutny. Midge została pochowana, nie spopielona. Pani Macklin popchnęła wózek inwalidzki pana Macklina na brzeg grobu. Pan Macklin próbował skoczyć Patrickowi do gardła, ale zdołał jedynie wypaść z wózka na ziemię. Patrick, który wyglądał na pijanego albo naćpanego, albo na jedno i drugie, i zupełnie nie wiedział, co robi, przyszedł na pogrzeb z piętnastoletnią uzależnioną od heroiny dziewczyną, którą ojciec przemysłowiec chciał uwiecznić na płótnie, póki jeszcze miała jaki taki wygląd.

Grace w ogóle nie przyszła. Oliver, Chloe i Marjorie stawili się karnie.

Na grobie Midge Patrick wykonał rodzaj skocznego tańca, aż w końcu został powstrzymany przez Olivera, który podłożył mu nogę, tak że Patrick się potknął i leżał na ziemi tam, gdzie upadł, za dużym nagrobkiem. Razem z dziewczyną próbowali następnie odbyć tam i wtedy rytualny stosunek, jak powiedział Patrick, w intencji żniw, ale oboje stracili przytomność, zanim udało im się go dopełnić.

Na szczęście Macklinowie już odjechali w czarnym wypożyczonym rolls-roysie i zostało tylko młodsze, bardziej wyrozumiałe pokolenie.

Patrick: Więc nie proś o pieniądze dla dzieci. Jeśli Olivera stać na zamówienie u mnie twojego portretu, to stać go również na utrzymanie moich dzieci. Poza tym masz zajęcie, Chloe.
Chloe: Mam dość zajęć, dziękuję ci bardzo.

Patrick: Naprawdę? Nie chciałabyś jeszcze jednego dzidziusia?

Chloe: Owszem. Ale zawsze ronię.

Patrick: To cały Oliver. Najmniej twórczy typ, jakiego kiedykolwiek znałem. Na wszystkim kładzie swój palec śmierci. Scenariusze, kobiety, popijawy; a teraz nawet dzieci.

Chloe, przyzwyczajona wszak do codziennego poświęcania się na ołtarzu twórczości Olivera, jest wstrząśnięta. Więc te poronienia są jego winą, nie jej? Wprost trudno uwierzyć.

Patrick: Czy chciałabyś, żebym dał ci dzidziusia, Chloe? Skoro nie mogę dać Kevinowi i Kestrel pieniędzy, możemy przynajmniej ofiarować im rodzeństwo.

Chloe: A skąd wiesz, że zajdę w ciążę? W żadnym wypadku nie spodziewam się teraz owulacji.

Patrick: Oczywiście, że zajdziesz.

Chloe: Wtedy nie zaszłam.

Patrick: Mnie za to winisz?

Chloe: Tak.

Patrick: Ależ wy, kobiety, nosicie w sobie urazę.

I proszę, oto Chloe, spleciona po tylu latach z Patrickiem, poczyna Imogenę. Nie przychodzi jej do głowy, że Patrick powie Oliverowi, kto jest ojcem jej dziecka, ale rzecz jasna kiedy Oliver ponownie żąda pieniędzy na Kevina i Kestrel i wstrzymuje zapłatę za portret Chloe, Patrick jest do tego zmuszony. Chloe zaś nie ma poronienia, co już jest wystarczającym dowodem prawdziwości słów Patricka.

Oliver przebacza Chloe. Chloe nie przebacza ani sobie, ani Patrickowi.

ROZDZIAŁ SZEŚĆDZIESIĄTY

Chloe przysypia przy łóżku Helen. Brakuje jej snu. Nagle budzi się z drgnięciem.

234

— Biedna mała Midge — Marjorie mówi z łóżka, na którym leży, jakby również była pacjentką. Płacze.

Chloe: Dlaczego dla odmiany nie zapłaczesz nad sobą? Dlaczego wolisz płakać nad zdarzeniem sprzed dziesięciu lat?

Powieki Helen drgają, ale się nie otwierają.

Marjorie: Gdybym zaczęła, mogłabym nigdy nie skończyć. Wszystkie te sprawy, które powinnam była załatwić i których nie załatwiłam. Czy to nie dziwne, że zajrzałam do mieszkania Midge tego ranka, chociaż wiedziałam, że jeśli to zrobię, nie zdążę do pracy? Nigdy przedtem tego nie robiłam. W każdym razie było już za późno na pomoc. Najpierw jeździłam po okolicznych uliczkach jak jakaś wariatka. Powinnam była od razu posłuchać tego impulsu, a nie walczyć z nim.

Chloe: Zawsze tak jest w przypadku czyjejś śmierci. W najlepszym razie.

Marjorie: Biedny mały Kevin otworzył drzwi. Ledwo mógł dosięgnąć klamki. Zrobiłam tylko to, co mogłam. Wezwałam karetkę i zaczekałam na ciebie. Myślę jednak, że powinnam była zrobić jeszcze coś, ale ja po prostu pojechałam do pracy.

Chloe: Co to znaczy — jeszcze coś?

Marjorie: Nie wiem. Po prostu tam być. Albo przynajmniej upewnić się, czy będzie żyła czy nie. Tak naprawdę nie chciałam wiedzieć. Co za tchórzostwo. Nie powinnam była angażować jej do tego filmu dokumentalnego. To jej nie pomogło. Człowiek robi tyle rzeczy, których nie powinien robić.

Chloe: Co jeszcze?

Marjorie: To, że dałam Benowi tę żarówkę. Byłam zła na niego. Chciał odwiedzić swoją matkę, a wiedziałam, że ona mnie nie lubi, więc specjalnie zmusiłam go, żeby sięgnął za daleko. Miałam nadzieję, że spadnie. I jeszcze jedna okropna rzecz — nie wysłałam matce telegramu, kiedy tata wrócił. Nie przypominam sobie, żebym to zrobiła. Poszłam na pocztę, żeby go wysłać, wiem, że go napisałam, i wydaje mi się, że wtedy właśnie go podarłam, Chloe.

Chloe: Wydaje ci się?

Marjorie: Wiesz, jak w tamtych czasach liczyło się każdy grosz. Miałam do wyboru albo wysłać telegram, albo kupić masło. Nie cierpiałam margaryny. Wszyscy w szkole przezywali mnie Marge, a zwłaszcza ty, Chloe.

Chloe: Przepraszam.

Rzeczywiście tak było. Jej własne imię, Chloe, rzadko spotykane i obco brzmiące, wynosiło ją ponad zwykły status. Nazywanie Marjorie Marge było dla niej upokorzeniem i Chloe korzystała z tego, kiedy tylko się dało.

Marjorie: Już za późno. Pomyślałam po prostu, że ci o tym powiem. Zresztą nie chodziło o to. Chciałam mieć ojca dla siebie. Sądziłam, że matka będzie dla niego niedobra. A on umarł.

Chloe: Marjorie, czy powiedziałaś znajomym Helen, że ona jest w szpitalu?

Marjorie (ignorując ją): A poza tym ten dom na Frognal. W ogóle nie powinnam była tam mieszkać. Patrick miał rację, to ja prześladowałam sama siebie, wysyłałam sobie sygnały. Uciekaj stąd, nie myśl o tym, zapomnij o wszystkim, zacznij od nowa. Nie staraj się wycisnąć krwi z kamienia. Moja krew poplamiła te schody. Jakie to wszystko dziwne. Powinnam być zadowolona, kiedy matka zmieniła zamki i wypędziła mnie stamtąd, ale nie byłam.

Dom, myśli Chloe, dom. Gdybym tylko miała dokąd pójść, czy zabrałabym dzieci, a Olivera zostawiła? Nie.

Chloe (z uporem): Marjorie, komu jeszcze mówiłaś, że Helen jest w szpitalu?

Marjorie: Nikomu. Tylko tobie i Grace.

Chloe otwiera torebkę Helen z krokodylowej skóry, stojącą na nocnym stoliku, i szuka w niej notesu z adresami. Co za świętokradztwo! Przetrząsać torebkę matki! Czy Chloe będzie rozpaczać, jeśli Helen umrze; a jeśli wtedy, to czemu nie teraz? A może będzie jej po prostu żal samej siebie; kolejna śmierć będąca pośrednio jej własną. Musimy żyć w oczekiwaniu na śmierć, myśli Chloe, swoją i innych. Tylko z perspektywy naszego końca życie ma jakikolwiek sens. Torebka Helen jest schludna i czysta. Mała kosmetyczka; puderniczka i róż. Koronkowa chusteczka, zaskakująco biała. Portfel, niemal pękający w szwach. Zamszowa portmonetka, nie zdarta i bez jednej plamki. Saszetka z wodą kolońską. Wizytówka dentysty. Notatnik z adresami, z malutkim ołówkiem zatkniętym wzdłuż grzbietu i stronicami dokładnie zapełnionymi drobniutkim pismem. Torebka zwykłej starszej pani.

Marjorie bierze notatnik.

Chloe: Marjorie, czy chrapałam teraz, kiedy zasnęłam?
Marjorie: Co za śmieszne rzeczy mówisz. Nie, oczywiście, że nie.
Chloe: Nigdy się nie wie takich rzeczy.

Marjorie wychodzi z pokoju w poszukiwaniu aparatu telefonicznego. Chloe zostaje sama z Helen i ogarnia ją strach. I rzeczywiście, jakby uwolnione od ciężaru obecności Marjorie, powieki Helen trzepocą, unoszą się i Helen spogląda wprost na Chloe. Mówi śpiewnym głosem, tak samo jak trzydzieści lat temu.

Helen: Chciałabym, żebyś zrobiła coś ze swoimi włosami, Marjorie. Dlaczego nie możesz być taka jak Chloe Evans? Ona jest zawsze taka schludna.

Powieki znowu jej opadają. Wzdycha, wyczerpana. Dwie pielęgniarki, jedna biała, druga czarnoskóra, obie zmęczone, chodzą z wózkiem i przymierzają się do przeniesienia Helen z jej wygodnego łóżka na niewygodny blat wózka.

Chloe: Dokąd ją zabieracie?
Pielęgniarka: Czy jest pani najbliższą rodziną?
Chloe: Nie.
Pielęgniarka: Zresztą co za różnica. Bierzemy ją tylko na zdjęcie rentgenowskie.

Łóżko Helen jest puste, kiedy wraca Marjorie. Przyprowadza ze sobą Grace. Grace była z wizytą u Patricka. Ma na sobie spłowiałe niebieskie dżinsy, granatową koszulę i dżinsową marynarkę. Jej oczy są wciąż podpuchnięte od porannych awantur, a twarz wydaje się sflaczała i zaczerwieniona. Starzeje się, myśli Chloe.

Ale Grace siada na brzegu łóżka, macha nogami jak dziewczynka i tryska energią.

Grace: Jestem pewna, że wszystko będzie w porządku, Marjorie. Przecież nie robiliby jej zdjęcia, gdyby uważali, że lada chwila kipnie. Patrick mówi, że z rakiem mózgu ludzie żyją całymi latami. Mówi, że myśli, że sam ma raka. Nie zdziwiłabym się. To byłaby dla niego wygodna wymówka za to całe złe zachowanie! Proszę pana, to nie ja, to rak. Nawiasem mówiąc wygląda okropnie. Jestem pewna, że ma szkorbut. Żyje na wędzonych śledziach i herbacie i ma co najmniej sześć łańcuchów na drzwiach, żeby odstraszyć włamywaczy. Powinnyście widzieć te wrzody na jego dziąsłach. On chce swoje pranie z powrotem, Marjorie, czyste lub brudne. Nie ufa ci.

Marjorie: Mam teraz inne rzeczy na głowie.

Grace: Powiedziałam to tylko dlatego, żeby cię rozbawić. Niewiele brakowało, a przyprowadziłabym go ze sobą. Wiecie, jak on kocha szpitale.

Marjorie: Cóż, nigdy nie przepadał za moją matką.

Grace: Obawiam się, że to prawda. Dlaczego masz taką ponurą minę, Chloe? Czy chcesz, żebym sobie poszła?

Chloe: Nie. Chciałabym, żebyś wykazała więcej odpowiedzialności w stosunku do Stanhope'a. To wszystko.

Grace: Co prawda, to prawda, jak lubisz mawiać. Faktycznie, muszę się z tobą zgodzić. Patrick nie jest żadną gratką jako ojciec. Zapomniałabym. Jego nogi też są w strasznym stanie. Żylaki mu owrzodziały. Pije stanowczo za dużo, ale to przynajmniej powinno obniżyć mu potencję. W każdym razie mam taką nadzieję. Powiedz Stanhope'owi, że się pomyliłam albo coś takiego, na przykład że źle obliczyłam miesiączkę. Niech się żeni z Kestrel, jeśli chce.

Chloe: Dlaczego miałby tego chcieć?

Grace: Cóż, wiesz, jakie jest życie. Takie rzeczy się zdarzają.

Chloe: Nie chcesz, żeby Stanhope z tobą zamieszkał?

Grace: Dobry Boże, nie. Nie nadaję się. Przecież zawsze to powtarzasz. Zresztą Sebastian wraca do domu. Mówi, że plaża była zalana. Żałuję, że nie zadzwonił rano, zanim spotkałam się z Patrickiem. Marjorie, Patrick pyta, czy będzie mógł się wprowadzić, jeśli dom na Frognal zostanie otwarty?

Marjorie: Nie.

Grace: Jest zły, bo nie oddałaś mu jego prania. Podejrzewa, że je ukradłaś. On nie może tak tam żyć. Potrzebuje pomocy.

Marjorie: Ode mnie już jej nie dostanie. Życie jest zbyt krótkie.

Grace: Dlaczego nie? Żyje tak od śmierci Midge.

Chloe: No i dobrze.

Grace: Myślisz, że jesteś święta, Chloe, ale tak naprawdę jesteś diabłem. Uważam, że ciebie przede wszystkim należy winić za śmierć Midge.

Chloe: Mnie?

Grace: Tak. Gdybyś nie powiedziała jej, że zajmiesz się jej dziećmi. Midge nigdy by tego nie zrobiła. Żyłaby i płakała do dzisiaj. Jesteś bardzo niebezpieczną osobą, Chloe. Ludzie, którzy stoją i czekają, aż inni się rozsypią, żeby pozbierać po nich kawałki, powinni być izolowani. Oni wręcz zachęcają do rozpadu. Czas, żebyś nauczyła się cieszyć życiem, Chloe. Jesteś zbyt niebezpieczna jako męczennica.

Rób, co chcesz, a nie co powinnaś! Czy nie tak Chloe krzyczała kiedyś na biedną Gwyneth? O jakim tu postępie mowa, z pokolenia na pokolenie, skoro córki postępują tak jak matki? Czy Imogena będzie cierpiała z powodu Chloe tak samo, jak Chloe przez własną matkę? Zrozumieć, przebaczyć, wytrzymać. Co to ma być za lekcja dla córek? Lepiej skończyć jak Helen, która nie przebaczyła i która nie uzyskała przebaczenia. Lepiej żyć jak Grace, przynajmniej pełnią życia.

Przychodzi blada i rozdygotana pielęgniarka, by wezwać najbliższą rodzinę, zidentyfikowaną po krótkim zamieszaniu jako Marjorie, a nie Grace, do pokoju socjalnego. Chloe prawie niczego nie zauważa. Ona — zgubą Midge, a nie jej ocaleniem?

Grace: Pamiętaj, że byłam jedyną dziewczynką, którą odesłano z powrotem do jej pokoju za wyrażenie nadziei, że Hitler wygra wojnę. Zrobię wszystko, żeby coś się działo. Przynajmniej zachowałam swoją energię przez to, że nic mnie nie obchodziło albo obchodziło co najwyżej kilka godzin. Moralność okropnie pozbawia żywotności, Chloe. Zobacz, co zrobiłaś Oliverowi przez to, że byłaś taka lepsza od niego. Odkąd wyszłaś za niego, ani dnia porządnie nie przepracował.

Marjorie, szara na twarzy, wraca z pokoju socjalnego. Wygładza poduszkę na łóżku Helen i równiutko układa kapę. Helen nie żyje. Jej serce przestało bić na wózku wiozącym ją na zdjęcie rentgenowskie i czy to przez uprzejmość, czy z wyczerpania, żadna z sióstr nie pobiegła po aparat tlenowy. Podążały dalej i kiedy nadeszła pomoc, było już za późno.

— W ogóle nie powinni byli jej ruszać — mówi Marjorie.
— Powinnaś była je zatrzymać, Chloe. Biedna mateczka.

Marjorie płacze sama nad sobą.

ROZDZIAŁ SZEŚĆDZIESIĄTY PIERWSZY

Chłoe, Marjorie i Grace siedzą pod osłoną przystanku autobusowego nie opodal szpitala. Pada deszcz. Nie ma taksówek. Autobusu też nie widać. Niebieskie zamszowe buty Chloe są mokre, a przy podeszwie niebieski kolor pociemniał. Stopy ma lodowate. Trzęsie się z zimna. Przez jakiś czas nic nie mówią. Grace maca się po czubku głowy.

— Jestem pewna, że znów zaszłam w ciążę — mówi Grace po chwili. — Mam takie śmieszne uczucie. I czubek głowy mam miękki, kiedy go naciskam. Pamiętacie, kiedy zobaczyłyśmy dziecko poruszające się w brzuchu mojej matki? Czy to nie było okropne? Żałuję, że to nie była dziewczynka. Dziewczynka by jej nie zabiła. Poza tym mam lepsze podejście do dziewczynek. Właściwie nie bardzo interesowałam się Piersem, tylko Petrą.

— To będzie chłopiec — mówi Chloe. — Jeśli w ogóle tam coś jest. Za bardzo chcesz dziecka.

Ale nie wątpi w to, że Grace jest w ciąży. Marjorie trzyma na kolanach torebkę swojej matki.

— Co mam z tym zrobić? — pyta. — Nie odważę się w niej grzebać.

— Zostaw ją w koszu na śmieci — mówi Chloe.

— Tak po prostu?

— Tak. Znajdzie ją ktoś, kto jej potrzebuje.

Marjorie wkłada torebkę do kosza na śmieci. Nadzwyczajnym zbiegiem okoliczności jakiś uczciwy znalazca zanosi ją później na policję, która odnajduje Marjorie i prosi o odebranie torebki, i gdy Marjorie ją dostaje, rozpacza na nowo i wini za to Chloe, ale w tym momencie jej pomysł wydaje się trafny.

— To by było właściwie tyle — mówi Marjorie. — Chciałabym, żeby autobus już przyjechał. Zimno mi. Co za okropny kraj. Nic mnie już tu nie trzyma, prawda?

— Gdybyś tylko uwierzyła w wędrówkę dusz — mówi Grace — tak jak ja próbuję to robić, nie czułabyś się przygnębiona. Helen była we wspaniałej formie i miała piękne ciało. Jeśli jestem w ciąży, to chciałabym, żeby jej dusza wstąpiła w to dziecko. O to właśnie mi chodzi.

— Boże, dopomóż nam wszystkim.

— Czy mówiła coś przed śmiercią? — pyta Marjorie. — Nie powinnam była cię słuchać, Chloe. Nie powinnam była jej zostawiać.

— Spała cały czas — mówi Chloe. Czy ma prawo kłamać czy nie? Marjorie nigdy się nie dowie.

— Jeśli chcesz dom na Frognal — mówi Marjorie — możesz go sobie wziąć.

— Po co? — pyta zdziwiona Chloe.

— Żeby żyć tam bez Olivera — mówi Marjorie. — Z dziećmi, ale bez Olivera. Możesz wynająć górę i żyć z tego.

— Ona nigdy tego nie zrobi — mówi Grace. — Daj go raczej Patrickowi.

— Na pewno nie — mówi Marjorie.

Przyjeżdża autobus. Wsiadają do niego i siedzą rzędem naprzeciwko drzwi. Marjorie i Grace wysiadają przy Earls Court. Chloe mija Piccadilly Circus i przesiada się do trzynastki jadącej na Liverpool Street. Przez większą część nocy leży z otwartymi oczami. Oliver ani Françoise nie zakłócają spokoju. Tej nocy każdy śpi w swoim łóżku. Kto by pomyślał?

ROZDZIAŁ SZEŚĆDZIESIĄTY DRUGI

Marjorie, Grace i ja. Co my, zranione siostry, możemy powiedzieć, żeby ci pomóc? Co możemy powiedzieć o życiu i śmierci, początku i końcu, łataniu i wyrzucaniu do kosza; o wzorach, jakie zakreśla nasze życie, które chyba ma jakiś porządek, jeśli tylko potrafiłybyśmy go wyraźnie dostrzec.

Wszystkie trzy możemy myśleć tylko o naszym niewielkim doświadczeniu, będę zadowolona, chociaż nieco zdziwiona, jeśli inni czegoś się od nas nauczą. Bo komuż chciałoby się uczyć z czyjegoś doświadczenia? Kiedy zatrzaskuje się pułapka, jest już na ogół za późno, każdy to wie.

Ależ tak, kobiece ciała leżą porzucone na polu bitewnym, posępne, martwe ramiona sterczą ku niebu. To była radosna bitwa, nie myślcie sobie, że było inaczej. Podczas jej apogeum świeciło jasno słońce, błyszczały zbroje, latały iskry. I ziemia z wdzięcznością przyjmowała krew. Pory roku znów się powtarzają.

Śliczna siostrzyczko na miękkiej poduszce, czesząca swoje jedwabiste włosy, nie podaj w wątpliwość tego, co mówi twoja starsza siostra. A tym bardziej babcia. Słuchaj uważnie wszystkiego, co mówi, a może nie skończysz taka zmęczona, zużyta i smutna, jak ona. Bądź wdzięczna za miękkość poduszki, skoro już ją masz, i żyw nadzieję, że ta, która ją szyła i wypychała, nie zazdrości ci przyjemności płynącej z korzystania z czegoś tak miękkiego. Uszycie tej poduszki kosztowało ją wiele, a dało niewielką zapłatę. Ale dla niej, dla ciebie i dla wszystkich nas, mówi babcia, wszystko jest takie samo. Przychodzą dobre czasy i szybko odchodzą. I tak jak odchodzą, przychodzą znowu.

Więc doceniaj te chwile piękna, odpryski prawdy, noce pełne miłości. To wszystko, co masz. Rób rodzinne zdjęcia, nie wstydź się. Strój się na śluby, wszystkie śluby. Ciesz się przy narodzinach, wszystkich bez wyjątku. Bo dni mogą być szczęśliwe — ale cała przyszłość nie. Tak mówi babcia. Ta obecna chwila to wszystko, co masz. Te dni, te noce, te chwile, jedna po drugiej.

Co do przyjaciółek, moich przyjaciółek. Grace balansuje między ciałami poległych i przez jeszcze jakiś czas odpędza sępy. Rodzi dziecko, wychowuje je, przekornie nazywa je Hypatia, żyje przez jakiś czas z Patrickiem, wraca do Sebastiana, którego obecnie uważa, słusznie czy niesłusznie, za ojca Hypatii. Sebastian rzuca przemysł filmowy i zajmuje się reklamą pod patronatem syna Esther, Stephena, który będąc teraz odpowiedzialnym za marketing produktów odchudzających, chudnie około trzydziestu kilogramów. Grace uważa, że poprawa kondycji ludzkiej jest zawsze możliwa. Sama jest dobrą matką dla Hypatii, a w swoim prywatnym życiu z Sebastianem odzyskuje powolny, cukierkowy rytm swojego wcześniejszego życia z Christiem. Stanhope odwiedza ją raz w miesiącu. Robi mu kanapki z ogórkiem, a tak poza tym zostawia go samemu sobie. Raz w tygodniu jedzie do Bournemouth z wizytą do swojego ojca i podlewa mu pomidory w skrzynkach na oknach.

Kto by pomyślał?

Na szczęście Hypatia jest cierpliwym i grzecznym dzieckiem, które jeśli może, nigdy nie płacze i wcale nie jest podobne do Helen, ale raczej do poprzedniego wcielenia Chloe.

Pocieszona Marjorie nie szuka już konfliktów i znajduje inne, zdrowsze pole do działania w Izraelu. „Byłam dzieckiem mojego ojca, a nie matki", mówi. Wraz z ekipą filmową codziennie igrają ze śmiercią, przemierzając strefę zdemilitaryzowaną i czekając na przypadki przemocy. Bez macicy i bez matki wydaje się dość pogodna. Jest opalona, ogorzała i wreszcie przystojna, w kraju, gdzie być bez charakteru nie jest niczym nadzwyczajnym, ale być przy życiu, czy to jako mężczyzna, czy kobieta, jest chwalebne.

Co do mnie, Chloe, już nie czekam tylko na to, by umrzeć. Porządkuję mój dom, dom Marjorie, i w samą porę. Dzieci mi pomagają. Oliver mówi: „Przecież nie możesz zostawić mnie z Françoise", a ja odpowiadam: mogę, mogę, i zostawiam.

———————————

W serii ukazały się: